村暖花开，与三村同行

中华文学基金会　中国平安／编

作家出版社

目 录

序

村暖花开处处香　吴义勤 / 001
见证“三村消息”　盛瑞生 / 006

村暖花开·贵州篇

摘帽记　关仁山 / 003
登上“中国天眼”的老人　马步升 / 006
爱上灰树花　张学东 / 010
青山里的意志　汪惠仁 / 015
新山乡巨变　南飞雁 / 018

村暖花开·广西篇

西南叫靖西的地方（组诗）　刘立云 / 027
广西的阳光（组诗）　大解 / 036
广西三首　李元胜 / 042
靖西五首　胡弦 / 045
三村工程速写（组诗）　蓝野 / 050

村暖花开·广东篇

莲塘村体检　肖克凡 / 057

九连真人，“三村工程”以及《莫欺少年穷》　王十月 / 061

弱小与强大　杨黎光 / 070

河源，生命之源　李晓东 / 096

河源“溯源”　胡性能 / 103

村暖花开·江西篇

调查的意义　吴克敬 / 111

山那边是海　许晨 / 116

寻乌底色　纪红建 / 125

脱贫路上　江子 / 140

梦开始的地方　张锐强 / 150

寻乌的屋　傅逸尘 / 155

村暖花开·甘肃篇

目极千年事　弋舟 / 163

为了百姓脱贫　李战吉 / 170

土房的骨骼　敏洮舟 / 267

洮河女人　云舒 / 275

此心安处是吾乡　陈亚军 / 295

村暖花开·内蒙古篇

阴山下，天似穹庐爱笼四野　王久辛 / 311
乌兰察布散记　艾平 / 321
诗四首　郃筐 / 333

村暖花开·陕西篇

佛坪行　黄传会 / 339
佛坪安心　明江 / 346
旷原乡音　方英文 / 355
中国PATH之P　王方晨 / 364
铜川·耀州　王剑冰 / 373
高原新貌　刘建东 / 386
送平安　葛水平 / 394
山乡，这样巨变着　穆涛 / 405
平安小蜜蜂　丁一鹤 / 412
金色的独角仙　左眩 / 428

村暖花开处处香

吴义勤

2015年，习近平总书记在中央扶贫开发工作会议上强调，消除贫困、改善民生、逐步实现共同富裕，是社会主义的本质要求，是中国共产党的重要使命。要立下愚公移山志，咬定目标不放松，坚决打赢这场没有硝烟的战争。在总书记讲话精神的指引下，全国上下、各行各业都投入到了这一人类历史上堪称史诗级的伟大"战争"中，今天的中国大地上每天都在上演着可歌可泣的脱贫攻坚的精彩故事。

为了用文学的形式参与脱贫攻坚的伟大历程，讲述脱贫攻坚的伟大成就和精彩故事，2019年3月，中华文学基金会与平安公益基金会携手，联合共建"'村暖花开'作家助力精准扶贫"公益项目，组织包括茅盾文学奖、鲁迅文学奖在内的全国著名作家深入到精准扶贫第一线采风，实地了解扶贫攻坚情况，书写党领导广大人民"脱贫困、奔小康"的伟大历程。

中华文学基金会是中国作家协会所属的国家级基金会，是公益性社会团体。自成立以来，始终致力于繁荣文学创作、培养文学人才、以文学方式推动社会主义精神文明建设，提高全民族文化素质。党的十八大以来，在脱贫攻坚、推动贫困地区发展中，中华文学基金会也积极行动，不断创新工作方式，加大对贫困地区的扶持力度，以图书捐赠，开设育才图书室、农家书屋，文学下乡等多种方式积极支援贫困地区建设。

平安集团是享誉中外的优秀民族企业。多年来，平安集团始终注重企业文化建设，形成了良好的企业形象和鲜明独特的企业文化传统。倾情于公益事业，机制化、常态化地投入社会公益活动是其企业文化不可或缺的重要内涵。早在二十世纪九十年代，就投身公益事业，并搭建起教育公益、环境公益、红十字公益、灾难救助四大板块的公益体系。党的十八大以来，平安集团进一步整合资源，升级公益服务，全方位、多层次地开展产业扶贫、健康扶贫、教育扶贫，积极助力脱贫攻坚事业发展。

正因为两家单位有着共同流淌的公益血液，因而情投意合、一见钟情，这构成了合作共建“村暖花开”作家助力精准扶贫公益项目的精神和文化基础。一年来，整个项目设计周密、组织得力、内容丰富、进展顺利、合作愉快，各项活动进行得有声有色，所到之处几乎都能引起不小的轰动，形成持续的冲击效应。关仁山、马步升、张学东、汪惠仁、南飞雁、李元胜、胡弦、蓝野、杨黎光、肖克凡、胡性能、王十月、弋舟、王久辛、艾平、郈筐、黄传会、穆涛、丁一鹤、葛水平、方英文等四十四名全国知名作家深入贵州黔东南雷山县、广西靖西市、广东河源市、江西赣州寻乌县、甘肃定西市临洮县、内蒙古乌兰察布市、陕西汉中市佛坪县、陕西铜川市耀州区等八个县市区开展采风活动。采风期间，多位随团作家为当地文学爱好者和学生讲授文学课，服务当地群众的文化生活。李元胜主讲的“行走的诗意”、肖克凡主讲的“生活与写作”、葛水平主讲的“浅谈电影《功夫熊猫》中的中国文化”、陈亚军主讲的“散文的文学性和思想性”、徐晨主讲的“海洋文化”等均受到热烈欢迎。何建明、徐贵祥、李浩、张之路、左昡、薛涛、星河、树才等知名作家开设的文学课堂，被录制成视频，在网络平台免费播放。一百位包括茅盾文学奖获奖者、鲁迅文学奖获奖者在内的著名作家每人为贫困地区的中小学生及文学爱好者推荐一本图书并配上推荐语，推荐形式包含视频、音频、文稿等多种方式，使经典文学作品以新的形式走进了贫困地区。

脱贫攻坚是当代中国最伟大的“中国故事”，也是人类有史以来最精彩的故事。“村暖花开”是作家走进生活、走近人民的实践之旅，是向生活和人民的学习之旅，是在伟大的扶贫事业中被感动、受教育、得到净化之旅。一年来，作家深入了解贫困地区人们的生活、精神、文化，积累了大量真实的第一手资料，为贫困地区打开了一条与外部世界连接的特殊通道。作家们以敏锐的眼光和睿智的思想将贫困地区的风景、人物、故事、民俗文化融入文学创作中，将他们站在那片土地上的所见所思所想转化为一个个生动具体的文学作品、文学形象。这些作品犹如一颗颗亮晶晶的果实，与那片土地及生活其上的人们血脉相连，遥相呼应。广大作家既是他们所发现、感受和书写的这些精彩的中国故事的亲历者、见证者，同时他们也成了这些故事的主人公和有机组成部分。借助作家们的笔墨，“村暖花开”公益项目已经成长为一个重要的文学扶贫平台和展示脱贫攻坚成就的窗口，对于充分发挥文学在脱贫攻坚中的积极作用有十分重要的意义。

现在，这本沉甸甸的《村暖花开，与三村同行》就要出版了。通过三十九篇包含小说、散文、诗歌、报告文学等多种样式的文学作品，作家们用来自文学和心灵的语言将一个个贫困的地区、一个个偏僻的群落细致刻绘，重新擦亮，以不同的文学形式把遥远的土地和陌生的人群拉到了读者眼前，把脱贫攻坚一线的那些平凡的英雄、普通的劳动者、脱离贫困的农人呈现在世界面前。我相信，书中那些精彩的细节、那些动人的面孔、那些朴实的话语、那些感人的情节，一定会打动、感染每一位与它相遇的读者；我也相信，它不仅是平安集团和中华文学基金会精诚合作的结晶与成果，不仅是当代中国脱贫攻坚事业的记录与见证，也是这个伟大事业的重要组成部分。我坚信，中华文学基金会和平安集团精心打造的这支致力于推动脱贫攻坚事业发展的文学轻骑兵必将会走向更多脱贫攻坚的一线战场，让文学之花盛开在脱贫攻坚的前沿阵地，让文学的花香在更多的山村群落回荡。

最后，我要向平安集团表达由衷的敬意，感谢平安集团对中国作家协会、中华文学基金会的信任与支持，感谢孙建一、盛瑞生、陈遥等集团各级领导在项目推进过程中的倾心付出，平安的企业文化和平安人务实严谨、一丝不苟的工作作风给广大作家和中华文学基金会的员工们留下了深刻的印象。祝愿平安集团在新时代不断创造新的辉煌，也祝愿平安集团与中华文学基金会的合作沿着机制化、常态化、长期化的方向不断深化、不断创新、不断成熟，取得越来越丰硕的成果。

本次“村暖花开”项目为双方的合作搭建了平台、积累了经验、深化了友谊，必将会在未来的合作中开放出更美丽的花朵。

是为序。

2019年冬于北京

见证“三村消息”

盛瑞生

摆在读者面前的这本书，是“‘村暖花开’作家助力精准扶贫”公益项目的阶段性产物，数十位作家或以散文，或以报告文学，或以诗歌，甚至以“儿童小说”的形式，写出了各自匠心独运、精心酝酿的作品。这些作品可以说艺术与思想兼具，历史与当下结合，所见与所思浑然一体，不仅仅是一篇篇文学佳作，更是文化与思想、公益责任与济世情怀的结晶。

2019年阳春三月，中国平安非常荣幸携手中国作协、中华文学基金会共同启动了“村暖花开·三村采风行”活动。作家采风团“同行”中国平安在全国各地的村官（产业扶贫）、村医（健康扶贫）、村教（教育扶贫）项目，各方名家，共襄盛举，发挥“文化扶贫”之力，宣传乡村之美，展示中国的精准扶贫成就。作为此项活动部分行程的亲历者、参与者，回想起与作家们一起深入贫困乡村的点点滴滴，不禁感慨万千。

这不仅仅是一次持续数月的精准扶贫之旅，也是我们的一次集体心灵之旅、精神之旅。

2019年是“精准扶贫”伟业的关键之年，新中国成立70周年，我们有幸能够加入助力脱贫攻坚的全中国、全民族大合唱之中。中国平安自2018年初发起“三村工程”，以助力贫困地区实现贫有所助、病有所医、学有所教为愿景，截至目前已在全国二十一个省份共发放扶贫资金数百亿元，惠及贫困人口超五十万人，但联合如此多的作家共同行动，让他们见证乡村扶贫的变迁，同时借由他们的如椽巨笔，歌咏扶贫伟业，展现乡村美好，深挖扶贫典型，还是第一次。

短短数月，我们先后抵达广西靖西、广东河源、甘肃临洮、贵州雷山、江西寻乌、内蒙古乌兰察布、陕西佛坪及耀州等八个贫困县市区。中国平安在这八个点分别进行产业、医疗、教育等领域的扶贫落地，先后派出了集团监事会主席孙建一、集团总经理兼联席CEO谢永林、集团联席CEO陈心颖、集团副董事长任汇川、集团党委书记陈克祥、集团副总经理兼首席稽核执行官叶素兰、集团副总经理兼首席人力资源执行官蔡方方，代表中国平安深入当地精准扶贫一线，而几十位重量级作家，则分批随行整个扶贫过程。

我亦参与了这一项目的佛坪、耀州两场活动。在佛坪西岔河镇银厂沟村，中国平安利用全数字化的医疗设备“移动健康检测车”，给村民们进行体检、义诊；在该镇中心小学，我们的专家给孩子们讲授“人工智能”等硬核科技；还与孩子们一起互动做游戏，他们的欢声笑语久久回荡在山间与田野……在耀州这个药王孙思邈的故乡，我们不仅在当地建构平安“扶贫闭环”的样板——铜川模式，撬动千万“免息免担保”扶贫资金，倾力打造“平安果”等农产品品牌，并且给当地开出了科技新“药方”，运用造型前卫的平安好医生一分钟诊所，为村民们进行快速问诊；而平安村教工程，则推动了“双师课堂”“青少年科技素养提升计划”在这座红色根据地的生动实现……诚如“耀州”之名，我们祈愿“公益+科技”之光，从这里出发，能光耀神州大地，照亮贫困地区乡亲们追求美好生活的道路。

让我印象尤深的是在佛坪长角坝镇龙草坪村的蜜蜂养殖基

地，我与大家共同见证了平安利用自身的“智慧农业溯源”技术，给销往全国各地的蜂蜜产品贴上独一无二的“身份证”，只要轻松一扫二维码，产品原产地、质量、时间等“区块链”信息一目了然……那一次，我与采风团的作家们还一起化身蜂农，换上采蜜服，走近散布于草地和花丛的蜂箱，体验蜂蜜的采集流程。我们看着琥珀色的蜂蜜在蜂桶里旋转，耳朵听着蜜蜂飞来飞去的嗡嗡声，感觉蜜蜂的“人生”是如此奇妙：它们从这个枝头飞到另一个枝头，从这朵花蕊里钻进，又从另一朵花蕊中钻出，勤勤恳恳地传播着花朵里面的“消息”，甜蜜便因此而来。然后，一点点的甜蜜便汇聚成更浓、更深的甜蜜，就如同我们的“村暖花开”三村公益—— 一点点的善意逐渐汇聚成更大的社会善意。我看到很多作家都细细地观察蜜蜂酿蜜的过程，细心地和蜂农交流脱贫体会、产业方向，用手机拍摄这一切、记录这一切。如今，他们也酿出了各自的文学之蜜，带来了三村工程的文学“消息”，便是这本厚厚的《村暖花开，与三村同行》。

这一趟中国平安与作家们的“同行”之旅，是一次对彼此、对社会都非常有意义的“同心”历程：一方面促进了文化、文学向乡村的美好流动，他们带动了文学下乡、文化入村、文明入心；另一方面，这本书的出版，也将打开社会对八个扶贫点乃至整个中国乡村的认识，引发社会对扶贫事业的更多关注，能启迪更多的人投身于乡村的建设和再造，“文艺的美好将使乡村更美好”。

作家是社会灵魂的塑造者和容器，作家同时是生活的消息员，他们的作品是人间万象的“消息树”，这本书，就是他们传递的“乡村消息”。这些“消息”有时并不全部美好，但因为这些“消息”，让我们真切感受到扶贫伟业的每一个点滴的成果及乡村振兴的隆隆进步声。

长期以来，中国平安致力于扶贫公益事业。我们意识到“扶贫必先扶志和扶智”，经济扶贫必须与文化扶贫双轨并行、有效结合，才能提升经济扶贫的品质。感谢中国作协、中华文学基金会给了中国平安这次机会，感谢作家们的辛勤奔波和辛苦笔耕，使得我们有机会领略这样精彩的扶贫故事、三村消息。

“春草如有情，山中尚含绿”，村暖了，花开了，美丽的“三村消息”将遍布田间地头、村居民所。我们希望在未来，有更多志同道合的同行者、同心者，与我们一起见证、聆听村暖的消息、花开的讯息，一起在建设美丽乡村的路上，携手共进。

（编者注：盛瑞生，中国平安董事会秘书兼品牌总监）

村暖花开·贵州篇

摘帽记

关仁山

所谓“摘帽儿”就是摘穷帽儿。摘穷帽儿就是举世闻名的“精准扶贫”。这次跟随中国作协庆祝新中国成立70周年主题采访活动，我们走进了贵州黔东南。这里扶贫的故事新鲜而生动，我们每天都被感动着。

黔东南是个神奇而美丽的地方。印象最深的是台江县。地处苗岭山脉主峰雷公山北麓，大多为苗族，被誉为“天下苗族第一县”。我们在台江感受到的有起风的凌晨，有温暖的午后，有绚烂的黄昏，也有流星的夜晚。这里是美丽的，却也是贫穷的。这里的扶贫模式新颖之处，还在于中国平安加入的扶贫战斗，取得了显著成果。这篇《摘帽记》重点讲述了一下平安工作人员的扶贫故事，特别是灰树花的扶贫故事让我久久难忘。在讲述扶贫故事之前，对这方土地人文风情进行回顾。台江县的苗寨有九个支系，每个支系的语言、服饰、风俗略有不同，各有特色。我喜欢她们的盛装，精美绝伦的刺绣，巧夺天工的银饰盛装，瑰丽夺目的工艺品，惊心动魄的牛斗狗争，惊险火爆的舞龙嘘花，热情奔放的笙鼓舞蹈，浩如烟海的苗族歌曲，崇尚文明的礼仪风范，别具风趣的婚恋习俗。台江县地貌奇特，高山、盆地、河谷错落有致，属亚热带温和湿润气候，雨量充沛，冬无严寒，夏无酷暑，年均气温15.9摄氏度，年平均降水量1096.7毫米，宜农、宜林、宜畜、宜渔。这样的文化底蕴，这样的气候条件，具备产业振兴的基础。我由此联想到黔东南，特别是台江县“摘穷帽”的故事。

明媚的清晨，带给我意外的惊喜。喜于采撷，喜于对美的对话，喜于在黔东南的风景中看出新的风景。中国平安与台江合作的扶贫项目“灰树花”，就是这道风景里的珍珠。灰树花不是花，而是营养丰富的栗菇，食药兼用的真菌，味道鲜美，营养丰富，口感极好。其中富含葡聚糖，能增强机体对肿瘤细胞和HIV病毒免疫力。中国平安的孙黎明经理带我们走进了吕江苗寨的“灰树花”生产园。他介绍了灰树花，惊呆了一双双幼稚好奇的眼睛。为了让苗寨乡亲尽快摘穷帽儿，他们与当地领导引来了浙江的企业家，到这里投资“灰树花”。

夏日未临，这里已经烈日炎炎。“灰树花”点燃了我的热情，我脑海里努力填补关于真菌食品的空白，空白的可贵之处就在于是空白。爱灰树花的人和热爱贵州美丽的山川和勤劳的人民一样，愿意怀了炽烈的爱去欣赏、品尝“灰树花”。我就再说说“灰树花”吧。孙黎明经理说完，当地政府扶贫干部又做了介绍：这是一种高级保健品，风行日本、新加坡等市场，中国人接受它还需要一个过程。贵州台江特别适宜灰树花生长，土壤、气候都恰到好处。专家评价，灰树花具有防癌、抗癌、抗衰老、促进性腺功能的作用，可以防治糖尿病、抑制肥胖，双向调节血压、治疗动脉硬化和脑血栓等病症，口服还能美容滋润皮肤、延缓衰老。灰树花规模化种植，不仅利润大，而且有利于中国食用菌产品结构调整。

目前灰树花销售还是一个问题。我听后十分焦虑，马上想到一个在北京的朋友，他也叫黎明。一切困难都在黎明之前，光明的前景诱惑着我们。远方的朋友啊，愿你在千山万水之外能听到贵州扶贫干部清越的心音。我马上给北京的农业农村部中国绿色食品协会黎明副会长发了微信，他看到“灰树花”的介绍十分激动。这是食用菌类食品的新成员，他答应在他的平台上让贵州“灰树花”在全国绽放。回到北京，孙黎明经理就与黎明会长对接了“灰树花”项目。我为之欣慰，更为那些为黔东南人民摘贫帽的同志们点赞。他们的辛苦，他们的热望，带有一颗诗意的琴心。黔东南大山残有的故事，只能诉说过去岁月的穷困与苍凉。今天我们走进了新时代，时代奋进的词典里也补充进了珍贵的词汇“精准扶贫”。无数从贫困中走出来的农民，绽开了灰树花一样的笑颜。那是对党和政府的信任与感激。那无限陶醉的神情，见证了黔东南百姓脱贫的历程。我们自然也就明白，人民幸福的源头是什么了。

一只飞鸟在雨中倾听天空的雷声。这滚滚春雷，离我们越来越近了。雷雨过后，天空中会出现美丽的彩虹，和风吹着白云，一股久违了的气息潮水般向我涌来。夜来无眠，摘帽子、灰树花……这些艰辛而美丽的字眼纷纷出现，荣耀散尽，我们要重新学习，一切重新开始……

登上“中国天眼”的老人

马步升

一路有雨，雨不大，一路有风，风亦不大，这是春雨春风，正好不热不冷。从贵阳出发，颠簸几个小时后，到达中国天眼广场。先是参观南仁东纪念馆，一位杰出科学家的身影，穿行在风雨中，跋涉在崇山峻岭中，震荡在人们的心目中。

要去观摩中国天眼了，公告牌介绍得很清楚，从这里到达中国天眼位置，共需攀登六百六十八级台阶。抬望眼，一道木质台阶如天梯，一阶阶盘旋而上，直达云雾浓密处。平地观山，视角所限，阶梯如一块块木板，搭在陡坡上，看不出阶梯之间的梯级层次。依旧是风，依旧是雨，在春雨春风中，在绿树掩映中，满山的映山红围绕阶梯，挂满山坡。前天在三沙市的永兴岛上，我的腿部肌肉严重拉伤，平地行走已是勉力而行。这么高、这么陡、一定也会很湿滑的阶梯能够攀登上去吗？这，确实是一个不得不再三考量的问题。

吵吵嚷嚷中，一个旅行团队出现了，全由老年人组成，有男有女，看样子，年纪最小的也是古稀之年了。他们在阶梯前集合完毕后，女领队介绍了阶梯的情况，无非是有多高，有多陡，有多湿滑，她建议由大家自由选择量力而行，画外音很明白，在下面看看，不要上去了。有几个老人不假思索大声说：上，这么远的路，专门为看中国天眼而来，干吗不上？上！一些老人互相商量一会儿，表示也要上去。还剩几个老人，抬头望几眼阶梯，低头思量一会儿，畏葸再三，摇摇头，摆摆手，显然是放弃了。这时，率先表示要登山的一位老人往前几步，站在这几位老人面前，伸出一根手指，点着他们，一脸不屑地吼道：你，你今年才七十六！你，你今年刚满八十！你，在我面前，你还是个小毛头，才七十一，我都八十六了！千里路上是来干吗的，好意思你！这个团队我年龄最大，我落下过一场活动吗？

所有的老人都几乎同时愣了一下，然后互相看看，好似集体犯了错误。一个老人举起一只拳头，喊了一声：上，都上，不到天眼非好汉！一位满头白发的妇女回头嗔道：什么时候都改不了你那大男子主义，别忘了，在家，出门，都是我在照顾你！刚才说话的老人嘿嘿一笑，改口高喊：不到天眼非好女！大家哄笑一片，原来他们是夫妻。说话间，老人们开始登山了，那个自称年纪最大的老人，健步走在最前面。

我这人，从不发什么豪言壮语，也从不争强好胜，凡事随心随意随量随缘而已。不能说我是受到老人们的鼓舞，我是要看看老人们到底能否爬上山头，到底谁能上去，谁上不去。俗话说，老者不以筋骨为能，八十黄忠不服老让无数垂暮之人心生豪情，但不服老，只是态度，老，却是事实。爬高争胜，毕竟是一桩体力活儿。起初，我跟在老人后面，上到大约二百个台阶的平台时，大多数老人选择休息。刚才他们在决定上山与否时，我在场，一路他们也在时不时瞥我一眼。我估计他们要到此为止了，我怕他们难堪，便甩开他们登山了。

台阶确实陡峻而湿滑，一脚踩上去，必须踏稳当了再举步，每上一阶，都要举全身之力。满山的青松翠柏，细雨打在树梢上，如旷野遥远的软侬私语；轻的风，细的雨，呵护着野花野草；最是那映山红，花枝轻柔，花朵潮红，它们似乎也懂得它们正是人们心仪的美丽。被夹持在树木花草间的木质台阶，好似恢复了生命，在风雨中，在脚下，发出咿咿呀呀的轻叫声。时而传来人的说话声，在风雨草木的过滤下，声声断断，如风拍草木，如花瓣落地。到了五百级平台处，前后望去，此时此地唯我一人。切莫急，趁着这个空当，缓一缓，恢复体力，看天看地看花草，俯仰之间，体味一番天高地阔，清洗一下心中尘埃。

不一会儿，脚下人声渐近，低头看，几位老人已到眼前，而走在最前面的竟是那位自称最年长者。他气喘吁吁，还在边走边回头招呼同伴，而脚步却显得相当轻捷。他朝我微微一笑，我也回以微笑，我知道他们要在此处休息，便离座而去。我终于爬上了制高点，举头，天上云雾缭绕，有篮球场那么大的一块蓝天刚从云雾中露出来，又迅速隐入云雾中。低头，一只巨大的锅镶嵌在一个更其巨大的山坳中。这就是中国天眼啊，中国科学家的惊世杰作！所有的人都在低头观摩，各种照相机，各种手机，所有的人都在想办法使自己能与中国天眼同框。我一边欣赏中国天眼，一边还在想着：那些老人能否到达制高点，究竟有几个人能够到达目的地？几乎是前后脚，一些老人已经上来了，率先到达的竟然又是那个自称年纪最长者！

说实话，我心下有些愧怍，我凭什么怀疑那些老人的体力？人老了，体力固然是要下降的，但体力的内核却是热情和毅力，也从来都是热情和毅力。今天的游人众多，而许多年轻人却止步于山下，或半途而返，最终爬上山顶的大多是中老年人。那些老者看起来精力更旺盛，比他们年轻一些的人，爬上来了，看一看天眼，心事已了，便要返回了。这些老年人，大约因为爬山之不易，也许，因为年事已高，出来一趟不易，兴致便格外高，便格外珍惜这次出游机会。他们在中国天眼前欢呼雀跃，他们转着圈儿从不同的角度观摩，兴致勃勃，乐此不疲。他们观看着，游玩着，也不忘了极口盛赞这盛世辉煌。他们都是经历过无数世事风云的人，他们有着漫长的纵向比较经验，他们更能体察到中国天眼后面所蕴藏的微言大义。

科学家通过中国天眼可以仰观宇宙天象，普通人凭借中国天眼，又何尝不可以查勘大地人情呢。

爱上灰树花

张学东

在祖国西南部的莽莽群山之间，有一个并不起眼的小山村，可以说它的名字普通得不能再普通，平凡得不能再平凡。脚尧，这个村子后来之所以出了名，那还是二十世纪九十年代中后期的事了。1998年初，脚尧村人拿出贵州省委省政府奖励给他们的“红旗文明村”的十五万元奖金，由村支部书记带队，从千里之外的河南洛阳红星拖拉机厂购得一台履带式推土机，当轰隆隆的机器开到地势陡峭的“猫鼻梁”时，横亘在眼前的高山深壑，阻挡了机器前行的脚步。当地人常把脚尧说成“咬脚”，意思是这里山路崎岖陡峭，行走起来十分艰难费脚，即便徒步爬一趟山，也不是件容易的事，何况是这么一台机械。而在当年，脚尧村三十户七十多位农民想方设法不惜流汗甚至流血，不分昼夜鏖战了两天，硬是用一双双粗糙的大手，一副副宽阔的肩膀，将那样一台数十吨重的庞然大物抬回了村里，从此开启了一条不等不靠、不甘落后、自力更生的垦荒致富之路。这种肩扛手抬永不言败的冲天干劲，后来被人们总结为脚尧精神。笔者有幸，2019年4月中旬，随中国作家协会庆祝新中国成立70周年采访团奔赴黔东南腹地进行实地走访，在那座美丽宁静的小山村，亲眼看见了这台被当地百姓称作“脚尧号”的退役推土机。春日明媚的光芒正轻轻抚摸着这台昔日的“致富能手”，那些铁器部件锈迹斑驳，经年沉淀的油渍使发动机依稀发亮，勤劳的脚尧人将它视为劳动模范和精神的象征，极其隆重地把它摆放在村委会门口的雨棚下，他们就是要让子子孙孙铭记那段战天斗地的光辉岁月。

几天来，作家们一路走一路看，一路不停追问和思索，在黔东南、黔南州，在都匀，在平塘，在台江，脚踏实地埋头苦干的脚尧精神，正在贵州的山川大地上续写着属于这个新时代的一个又一个奇迹。特别是围绕着“脱贫攻坚示范县”这一重大目标，各地市县纷纷抢抓机遇，最大限度地激发脱贫攻坚活力，大力发展山地特色农业产业。最突出的当数台江县食用菌产业园区，其建设项目总投资高达一亿两千万元，总规模为六百万棒食用菌生产大棚，以及七千多平方米的产品综合加工区。他们正是通过县政府积极招商引资，使重大投资项目落地生根的。该项目主要生产食用菌，包括香菇和灰树花。走进宽敞简洁的种植温棚，那一排排一列列的分层货架上，齐齐整整地摆满了灰树花菌棒，它们像面包棒那样鼓胀着褐色身躯，朵朵菌菇正冲破塑料薄膜的束缚，向参观者展示它们娇嫩鲜美的面容；那些奇异的灰褐色“花朵”层层叠叠，像蓓蕾像花瓣更像微缩了的蘑菇云，它们成群结队扑面而来，充斥着人的视野。这种植物确实有着神奇的生长和繁衍能量，尤其是在人们日益追求健康饮食的时代，它们简直就是农民脱贫致富的好帮手。就在大家纷纷用手机拍照的时候，采摘菌菇的农户开始进场忙碌起来，他们每人端一只方形塑料收纳箱，好像眨眼之间，那一只只大箱子就被装得满满当当的，男女农民的脸上洋溢着收获的喜悦和满足。习总书记曾指出，小康不小康，关键看老乡。要想实现全面小康，全面脱贫是最硬的指标，唯有解决了这一根本性难题，让广大贫困群众“劳”有所获，使他们的生活质量大幅度提升，才能最终实现2020年的宏伟蓝图。

在台江县排羊乡的扶贫点上，作家们看到最多的是灰树花，俗名舞茸，也称灰树菇，是非常珍贵的食药用真菌。它由菌丝、菌核和子实体组成，菌丝呈乳白色，茸毛状的菌丝生长后会形成精致的菌丝束，有柄，不分枝蔓，整体感觉酷似瑰丽的珊瑚。其菌肉白嫩，肉厚约三十毫米，形象丰满富态，可以说是菌类中的虞美人。早在《泰山药物志》中，它就被列为泰山的十大特产之一。灰树花生长期好氧喜光，只要培育过程操作得当，温度湿度及光照适宜，它就会表现出成活率高、出菇可靠、产量高而稳定、品质上佳等优点。此外，灰树花清香浓郁，营养丰富，是十分优质的药用菌类。在广大的亚洲地区，灰树花是颇受人们追捧的药食两用菌菇，它含有丰富的蛋白质、碳水化合物、纤维、维生素、多种微量元素和生物素，食之美味可口，有利于人体健康。正是这种小小的灰花树菌，在贵州特别是台江县的脱贫攻坚战中，其经济杠杆作用实在不可小觑。

中国平安在台江县首开全国扶贫保险业务，经过实地考察和调研，平安先用“扶贫保”撬动的“免息免担保”资金以借贷的方式给付到扶贫企业手中，然后由企业带头在台江县进行规模投资和农业种植，灰树花食用菌种植产业就此在台江县轰轰烈烈展开。政府牵头，企业投入，金融扶持，大力发展种植产业，努力振兴贫困乡村，真正实现了就地扶贫的目的。这里采取的方式是，企业利用自身优势和技术人员，集中大量生产各类菌棒，待菌棒培养成熟之际，再将它们发放到当地农户手中，同时进行跟踪指导帮扶和技术支持。仅2019年，该地区承包香菇大棚的种植户就有十八户，其中贫困户为十五户，他们共承包菌棒生产三十二万多棒，总产量为一百八十吨，每棒平均产量在一点一三斤左右，第一季度共发放生产管理费三十七万余元，平均每户收益为两万元左右，最高种植户可达三万八千元，最低也在一万五千元左右。经由每户科学合理种植后，企业再将成熟的产品按市场价统一回收，通过市场和互联网销售到全国各地，从而达到扶贫脱贫的目的。此外，这里还有专业的合作社负责当地的土地流转，合作社在扣除了土地流转费用之后，还要将所剩余资金的百分之七十拿出来对贫困户进行分红，每户平均获得的分红额度不少于五百元，人均增收可达一百五十元以上。

这一举措正是贵州省政府在工作报告中所提出的：要千方百计扩大内需，抓住西部大开发的二十年机遇期，在特色产业和乡村振兴等方面谋划一批好项目大项目，积极推动投资联动，引导金融机构加大对投资项目的信贷支持，鼓励他们要特别助力扶贫开发项目。中国平安银行正是在这样的政策号召下，将其关注的目光投向黔东南绵延起伏的大山之中的。在这片古老的土地上，金融机构与农业企业联姻，灰树花这种优质菌类找到了最适宜生长的土壤。“爱上灰树花，爱上菌类种植，更爱上这云雾缭绕的黔南山川。”笔者在采访平安银行的一个项目经理时，对方饱含深情地说出了这句话。而那些长期困顿于大山深处的农民，可谓久旱逢甘霖，在这里剩余劳动力得到了极大的释放，从此不必抛家舍业地走出大山，不必孤身一人到陌生的城市里漂泊，他们只需守在自家门口，靠自己的双手和勤劳就挣到了比原先外出打工更多的钱，而家中的老人孩子也能得到更好的照顾，真可谓是一举两得了。

其实，这种“台江模式”最大的特点还在于，在菌类的种植和成长期，平安银行同时也开启了自然灾害保险，以及种植户的人身意外伤害险，尤其是遇到蔬菜市场大幅波动，食用菌价格下跌的重大风险时，平安银行还将启动更为细心周到的保险业务，从而最大限度地保证企业和农户的根本利益。目前，平安银行已向当地农户赔付此类保险金累计十万余元，成为该地区农民和农作物的保护伞。政府放心，企业安心，农民顺心，这是一个良心企业对社会最大的贡献，更是中国山川大地正在进行中的脱贫攻坚战的最真实最有力的注解。

世界上最大的口径五百米的大射电天文望远镜已落户贵州平塘的喀斯特地貌山区，南仁东和他带领的研发建设团队所创造的奇迹，令世界为之瞩目和称颂，那巨大的被群山环抱的国之重器，仿佛一枚光亮无比的神圣天眼，正时刻凝望着奥妙深邃的太空，中国日益强大起来的大国形象在此得以完美展现。世间少了一名科学家，天空多了一颗南仁东星，探索苍穹可以说是我们这个民族最古老的梦想之一，敦煌壁画上的飞天画面深深镌刻在国人的心中，如今，这一梦想终于如愿以偿，这也是伟大中国梦的重要组成部分。而仰望星空的科学探索精神和脚踏实地的脚尧精神，正在祖国九百六十多万平方公里的土地上成就着一个又一个传奇。

青山里的意志

汪惠仁

前段时间，在读者反馈意见调研中，我的同事发现了一位特别读者。他是我们的一本长篇小说《海边春秋》的读者。

同事给我拿来了这位特别读者的点评本《海边春秋》。圈圈点点，天头地脚写满了心得体会，不同深度、强度与热度的批语，这位特别读者动用了不同的颜色与字体——在激赏的地方，他甚至特别为此刻印加盖。

后来我和这位特别读者见面了，他是高校的老师，正做着下乡帮扶的干部。关于农村，关于帮扶，我们聊了很长时间。天黑下来，我留他吃晚饭，他说不行，还得赶回蓟州的山里。

我记住了他的一些话，因为是真心话，我记住了。我问他，有必要下乡帮扶吗？他说，太有必要了，应该早做。我问他，帮扶以来，对你自己而言，最大的感受是什么？他说，现在每一次回到市里，就觉得原来自己为一些事生气啊想不通啊，都没有必要，心太小了，现在的全部注意力就在解决一个一个困难上。

四月中旬，我来到黔东南的大山深处，遇到了更多下乡的帮扶人士。在市、县、乡、村之间，帮扶人士来回奔波，他们像我先前遇到的那位特别的读者一样，热烈而沉着，疲惫而没有怨言。

扶贫，脱贫，要求是一户也不落下。莽莽青山里藏着这样了不起的意志。

在雷山的村庄，我看到一张张登记表，记录着所有贫困人口的姓名、脱贫路径以及解决进度。看着这些登记表，我想起王阳明曾经给学生这样解释他的知行观：只在嘴上讲孝敬而行为里没有孝敬的人，这只能说明他既没有孝之行也不懂孝之知。同样，在综合国力显著提升的今天，我们如果还在空谈对人民的爱，是过不去知行合一这道关口的。必须切实行动起来，只有行动起来，在行动中培植爱之“知”，“致良知”的愿景才有可能在知行合一中渐渐实现。在贵州，在黔东南的莽莽青山里，这支“行”的队伍在不断壮大，觉醒的贫困户加入进来了，省市的公职人员加入进来了，县乡村三级专职的帮扶机构与人员加入进来了，在外地获得良好发展、现在心怀感恩反哺故乡的游子加入进来了，刚刚走出大学校园的青年加入进来了。

还有一些特殊的社会力量也加入进来了——在台江县一座苗寨的食用菌培育大棚外，我碰到了平安产险的几个业务经理，毫无疑问，他们身上自然也透着金融保险行业所给予的工作风范，精明高效，操着流利的业务“贯口”；但在食用菌散发的特殊的馨香中，在莽莽青山无意供出的秀色里，我还是在这几个业务经理的身上感受到了另外的气质。在这个项目上，平安产险没有追求获利，来到大山深处，他们只想担起一份责任，担起这些厚道的山里人无法承受的在生产经营环节可能会出现的种种风险。大棚里培育的食用菌是我之前没有见过的一种，灰色的，像茸花，层层叠叠，很美，叫灰树花。大棚外面有简易的烹调设备，客户是可以品尝的，但当日行程太匆匆，我没有来得及品尝——我悄悄摘了一小朵，做个纪念吧，对莽莽青山里的人来说，对参与帮扶的社会力量来说，对我自己来说，灰树花完全可以拥有另一个名字：觉悟之花。

二十三年前，在我刚刚进入出版行业做图书发行员的时候，我到过贵州。你可以想象当时的情景，一个涉世未深毫无工作经验的长发诗人，一路散发新出的样书催收未结的账款，所有的书店都在告诉他，这个春天雨水太大，书被泡坏了，没办法结账。就这样，没有锦囊妙计，没有任何收获，我从南京到上海到福州到桂林，最后来到贵阳。记得到贵阳是夜里了，疲惫不堪，我拖着装样书的大箱子，随意坐到了一个夜食摊前。后来知道，那个夜里，我吃的是肠旺面。酸、辣，吃出了幻觉，在职场生涯中，这是一碗关键性的面条，它让我吃出了遵义式的转折感。

二十三年后，我再次来到贵州。从贵州，我带回了一朵觉悟之花。

新山乡巨变

南飞雁

《山乡巨变》是十七年文学的扛鼎之作，早在中文系读书的时候，这部小说就出现在各种书目中，是中文系学生必读的书目。周立波先生在书中，用练达传神的语言，展示了湖南山乡农村在农业合作化运动中翻天覆地的改变，而邓秀梅、"亭面糊"等个性鲜明、栩栩如生的人物，已经进入中国当代文学的人物画廊，成为那个历史时期最为丰满立体的文学形象。刚毕业时，我曾于郑州旧书摊见到一本作家出版社1959年第一版的《山乡巨变》，布质书脊，精装排版，绿色封面，当时未能入手，第二天带够了钱再去，已经被不知名的爱书人捷足先登了，一直引为憾事。

距离这一版《山乡巨变》出版整整六十年后的2019年，我有幸作为中国作协"庆祝新中国成立70周年主题采访活动"第一团的团员，深入海南、贵州采访，在黔东南的山乡之间，亲身体验到了一场新的、正在进行中的"山乡巨变"。如果说在周立波先生笔下，新中国成立初期农业合作化运动是继土地革命后的第二次"暴风骤雨"，那么，我在黔东南台江县排羊乡感受到的，则是在决胜全面建成小康社会的关键之年的又一次“山乡巨变”。

众所周知，2020年是我国农村贫困人口全部脱贫的决胜之年，中国作协此次“庆祝新中国成立70周年主题采访活动”第一团的重要采访内容，就是贵州贫困农村的脱贫攻坚之路。

说起贵州，我并不陌生。十几年前，我曾经在贵州待过一段时间，亲身体会到了传说中的“地无三尺平、天无三日晴、人无三分银”的“贵州特色”。如今再次来到这片土地之上，听到、看到和感受到的，却是对这三句话的最新解读：

地无三尺平：独特的喀斯特地貌，散落在山岭纵横中的少数民族村寨，不但带来了丰富的旅游文化资源，还给“中国天眼”的落户贵州提供了举世无双的最佳地理载体。

天无三日晴：雨水多，湿度高，水力充沛，珍贵药材俯拾皆是，野生菌子琳琅满目，成就了贵州成为无与伦比的自然植物王国；不但如此，凉爽的气候，洁净的空气，丰富的电力资源，使得贵州坐拥得天独厚的优势，成为“中国机房”“大数据之都”。

人无三分银：在贵州，贫穷正在成为历史，小康社会属于全国人民，不会让任何一个人掉队，而每一位靓丽盛装的少数民族姑娘身上，丁零作响的银饰都让人眼花缭乱，这又何止“三分”？

其实在这次到贵州之前，我就对平安产险在台江县排羊乡的扶贫项目有所了解，并充满了好奇。因为我了解到，平安产险在2017年推出的“平安扶贫保”被称为“台江模式”，已经在台江县落地了一年多，获得过“2017年度扶贫大奖”，成效可谓显著，深受台江贫困农民的欢迎。可以说，平安产险的这一创举，正是贵州的贫困山乡脱贫致富，和全国人民一起奔向小康社会的诸多推力之一，而且平安产险自身特有的金融手段的属性，也为扶贫攻坚增添了浓墨重彩的现代性和时代感。

农村、农业、农民问题，一直是中国社会最基础、最敏感的问题之一，在千百年皇权社会体制下，从来没有也不可能彻底解决。漫长的历史进程中，从政府到民间的有识之士尝试使用货币、金融政策，来缓解“三农”问题、解决贫困问题的诸多实践，也都昙花一现，很快湮灭在历史长河中。在商品经济和商业贸易高度发达的北宋神宗熙宁年间，由王安石主持的全国性“变法”里，就有“青苗法”的重要举措，其内容核心是在青黄不接时，由政府以低息借贷资金给农民，帮助农民解决种子农资、生产工具等生产难题，待农民丰收后偿还政府贷款。王安石的变法最后归于失败，其中暴露出的借贷用途缺乏规范、贷款回收风险较大、行政干预效率低下等弊端，一直到今天也是亟待解决的难点。到了二十世纪二三十年代，以山东邹平、河北定县、江苏无锡为代表的“乡村建设”运动中，关注者、参与者、研究者、实践者堪称蔚为壮观，不乏梁漱溟、黄炎培等著名知识分子，他们从“政、教、富、卫”四个核心方面进行建设，其中“富”即针对当时农村金融枯竭、农民购买力下降、负债比例和幅度激增、农产品滞销等经济金融层面的问题，也包含了利用当时先进的近代金融理念化解矛盾的努力。但随着抗日战争的爆发，这些凝聚了当时众多精英分子一腔心血的计划方略，在隆隆炮声中化为乌有。可以说，从北宋至今的千年中，无数个方案、政策都在试图破解“农村”“贫困”“金融”交叉相融的这一困局，直至今天的“台江模式”出现之后，才有了真正落地的成功实例。

台江县，位于黔东南州中部，经济落后，资源贫乏，大部分乡镇都在群山之中，贫困村就达九十三个之多。平安产险的扶贫团队深入台江县调研之初，发现这里没有一个成规模的工业企业，农户种植范围单一，经营品种有限，依靠玉米、水稻的零散种植，勉强维持一家人的温饱。经过艰苦的前期调研，根据台江县的自然环境和生物资源基础，平安产险的扶贫团队决定选取“食用菌产业”作为扶贫重点项目推进，正式推出了全国首个“免息，免担保，送保险”的产业扶贫“台江模式”。4月17日，我们采访团一行人来到了台江县排羊乡，参观坐落在这里的食用菌产业园。一座座大棚，一根根菌棒，一车车采摘后的食用菌，正在忙碌的村民们，所有这一切，都在无声地告诉每一位来访者，在这块土地上发生了什么。

简单地讲，平安产险利用自己“保险”这一金融工具手段，向企业（尤其是缺乏银行信用的新建企业）提供贷款担保和贴息，使企业能够顺利地取得银行贷款，开展经营活动；而获得贷款的企业，需要与当地农户签订合作协议，由企业负责菌菇生产所需的硬件建设和技术管理，建档贫困户认领菌菇大棚，领取菌棒参加劳动，不见钱、不见贷，只要参与劳动，就可以获得劳务收入和大棚股份分红，没有压力，也没有负担。

那么，为什么选取食用菌产业模式？这项为期三年的首期模式中，银行的贷款如何收回？农民会不会有负担和风险？

陪同我们一起采访的平安产险黔东南中心支公司的申扬帆一一解答了我的疑惑。首先，食用菌生产环境洁净，产品绿色无污染，工序简单，劳动量较小，而且成长周期短，三个月即能见到收益，可以迅速动员起广大贫困村民投入生产中来。其次，从平安银行获取的贷款中，一部分是免息的，一部分是贴息的，而贴息的部分由平安产险捐赠，所以对借款人而言，贷款并不需要支出利息。一旦项目失利，则由平安产险采用信用保证保险进行赔付，资金损失部分由保险、政府、银行各自承担，与贫困户没有责任，完全可以让贫困户们轻装上阵。

在我浅显的理解中，这一扶贫项目最可贵的创造在于两点：首先是用金融保险的手段，将产业、农民联系在一起，解决了新建企业贷款难、融资难的问题，也解决了农民直接使用资金的应用风险问题，形成了贷后闭环管理；其次是全方位的保险保障，涵盖了特色农险、天气、价格、人身意外险等一揽子保险扶贫方案，最大限度减少返贫可能。而在这一模式试水之初的不解、观望、质疑，甚至反对的声音，如今已经不复存在，无比期待产业扩容、扩大生产的，正是一个个看到了实效和脱贫希望的村民。

习近平总书记在看望今年全国政协会议文艺界、社科界委员时，强调“与时代同步伐，以人民为中心，以精品奉献人民，用明德引领风尚”，这是我们文艺创作的方向和路径。而平安产险的“台江模式”，同样是从“以人民为中心”出发，将金融保险手段，与助力脱贫攻坚的伟大实践紧密结合，创造了先贤关注但未曾解决的困局。伟大的时代呼唤作家创作伟大的作品，同样地，也呼唤各行各业的工作者，在自己的岗位上创造伟大的作品。“台江模式”，即是平安产险的员工们深入人民，扎根实践，不断摸索和创新，最终形成的脱贫模式，这也是他们奉献出的精品。菌菇是长在菌棒上的，而希望是长在人民心中的。无论作家也好，金融工作者也好，在属于人民的世纪中奉献出的真正的精品力作，永远是来自于人民，服务于人民，最终让人民受益的。这就是我在采访一线收获的体会。

村暖花开·广西篇

西南叫靖西的地方（组诗）

刘立云

十二道门

我注视着这些门。我知道我站在
它的左边，就是它左边那道门
我站在它右边，就是它
右边那道门；我站在它的上下左右
它的东南西北，我就是它
上下左右的门，东南西北的门
我站在它的核心，它的内部
我就是它的中枢神经
就是它四面八方的任何的一道门

一座古堡。一座叫十二道门的古堡
默默地矗立在那里，就像我曾经
默默地矗立在哨位上，眼观
六路，耳听八方；时间是嵌在它墙壁上的

枪眼和弹洞，它经过烈火焚烧后
残留的无数道裂痕。一座古堡
矗立在那里，你是否想到它应该有
像我一样的大脑和心脏？
像猛兽那样茹毛饮血的一腔牙齿？

告诉你我从未来过这里，从未见过
这座古堡，但我惊喜地发现
我认识它！我熟悉它的每条通道和每个射孔
如同我熟悉我的掌纹，我身上的
皮肤和骨头。一座叫十二道门的古堡
矗立在那里，我相信它是天空的
十二颗星宿，大地的十二只眼睛
我相信它是十二把刀子，十二道闪电
十二团比岩石埋藏得更深的火焰
如果我喊它一声，我相信
它会用山谷轰轰隆隆的回声，响亮地应答

其实我的身体里就藏着这样一座古堡
你们看不见它。我戎马一生
枕戈待旦一生
我一年四季十二个月兵不卸甲
我就是它随时关闭或打开的十二道门

边境线上的次生林

“我们在这里打过仗！”当我们乘坐的车
在边境线我方一侧崭新的公路上
艰难地爬坡；当我看见山冈上笔直的
针插般密集的桉树；蓬蓬勃勃
的松；密密匝匝，枝叶展开一匣匣
子弹样的杉，我在心里对自己说——
是的，就是这样，我们在这里打过仗……

我想起了那年的情景。想起公路两边的山
曾经是光秃秃的，山上的树木屡屡
被战争砍伐，被战火熊熊焚烧
战争也啸叫着，砍伐我们年轻的肢体
有时是我们的手，有时是我们的脚
有时是我们的命！而我们是
为祖国去战斗的，为祖国去冲锋陷阵
我就希望我们的手，我们的脚
甚至我们的命，插在那里
能长出一片森林来；我就希望它们郁郁葱葱
静静地，覆盖那些大大小小的弹坑

我们乘坐的车还在行走，沿着边境线走

我们是去看望边境线上的边民
去看望他们的家，他们的孩子、学校
和田野。山冈上的桉树、松树和杉树
扑面而来。我认出了它们！（不知
它们是否还记得我，认得出我？）
我认出了它们是漫山遍野的次生林
这让我惊喜并倍感安慰
我知道凡是树木都有年轮，都有清晰的
记忆；而边境线上这一片片次生林
它们用自己的存在，用它们的郁郁葱葱
蓬蓬勃勃，告诉人们——
战争已远去
它们的生命与和平生长的时间一样长

反复说起的那条河

听说他慷慨地拿出自己家里的宅基地
又慷慨拿出自己三十八岁的年华
让这座小学，让在小学上空
飘扬的那面旗，成为弄关屯最亮丽的一道风景
之后，我在想：一个人的胸膛要敞开到
什么程度，才能算宽阔？
才能成为全校四十二个孩子的
老师，校长，和他们的精神父亲？

并且不止这些。并且他还拿出了他的学养
他的憧憬，他早些年抛下村寨
远走高飞的夙愿，在指给孩子们辨认的
一条汹涌流淌的大河
旁边，用汉、壮、苗三种语言，分别建造三条船
他说孩子们，你们必须渡过这条河
河这边叫贫穷，叫蒙昧；而河那边
叫现代，叫文明；或者叫远方
叫诗歌——那是我们祖祖辈辈从未
到过，但我们这一代人，必须到达的地方

这个叫李春谋的人，个子不高，皮肤
黑黢黢的，保持着他这个民族的
朴素，坚忍，和深藏在骨头里的倔强
他说他指出的那条河
实际上，太宽阔太汹涌了，可谓
惊涛拍岸；他那些翻山越岭来读书的孩子们
没有几个能渡过河去
而他要做的，是当他们被大浪打回来
他就站在河边，不让他们上岸
他要把他们一个个继续往河的那边赶

李春谋是在上课的间隙说这番话的
他让在同一个教室上课的三个年级

临时自习十分钟
我发现他有许多话要对我们说，但当他反复说起那条河
我看见他望着层层叠叠的山峦
眼睛里有一种落在井里，长久被遗忘的忧伤

与苗族汉子老B喝酒

我向四十出头的这位六个孩子的父亲
问好；他笑而不答，酒气扑面
怀抱一个硕大的饮料瓶子，给我们
倒酒。用的是喝工夫茶那种小杯子
色泽模糊，像他新房上锁的
位置上，那块水泥砖上的包浆（说污渍
或许更准确一些）。刚进门的时候
我看了一眼他的家：有一台老式
木壳电视机，五六张缺胳膊少腿的
板凳。一根竹竿上晾着短裤、袜子
围兜、尿片。火塘里的火刚熄灭
低矮的饭桌上放着刚吃剩的饭菜
他是一个热心的人，每倒一杯酒都要用
穿在身上那件汗衣擦一擦杯子
他擦一下倒一杯，递给我左边的蓝野
擦一下倒一杯，递给我；再擦一下
倒一杯，递给我右边的驻队干部

但驻队干部说不喝了，不喝了，老B
你不能用酒堵我的嘴，我该批评你
还得批评你，是不是？你把十五岁的儿子
放到广东去打工是不对的，是不是？
他还未成年嘛。老B说，是是是
按政府说的，我打电话让我儿子回来
不能让政府受连累。相互推挡中
酒杯从驻队干部的手中掉下来，杯碎了
酒洒了。他迅速换一只杯子，再擦
再倒酒。驻队干部趁机跑出去接电话了
老B把下一杯酒，放在驻队干部原来
面对的桌子上，对我们说，我们不能
凡事靠政府，我六个孩子，政府能给我
盖六栋房子，娶六个儿媳吗？还得
自力更生；还得靠孩子自己出去
打工赚钱。说着举起酒杯说，喝！喝！喝！
我看看蓝野，看看驻队干部刚坐过的
那张空凳子，咕噜一下，把那杯酒干了

先人身怀怎样的谦卑

我真钦佩靖西老百姓的纯朴，他们
把先人埋在村庄的四周
埋在不妨碍播种和收获的田间地头

甚至埋在大路边，好像先人们
不是去另外一个世界
而是继续日出而作，日落而息
家里遇到什么事，打开窗
大声吼一嗓，他们就会扛着铁铲回来

都是平平常常随随便便的一些土堆
有的连土堆也没有，只是垒着
几块石头；有的有墓碑但大多数连墓碑也省略了
更多的已沉落，平复，还原为耕地
种上了粮食、蔬菜、烟叶
和政府及有关公司
扶植推广的作物。因为清明刚过去
告诉我的，是埋人的地方
仍插着白幡，风吹来像酒幌一样飘荡

我无法猜想先人们身怀怎样的谦卑
他们活着的时候，拼命地劳作
甘愿榨干最后一滴血汗。那时他们想的是
向山村，向这个世界
借几十年时光？那么死了呢？
死了，便潦草地埋在地里
这时他们是向人世间
是向他们的儿孙，借三尺黄土？

我在弄关屯小学大门口看见一个女孩
坐在灰蓬蓬的泥土里读一本书
在她的三步之外
就是这样一个坟堆，插着迎风飘扬的白幡
我问她：小朋友，你害怕吗？
她说：不怕，不怕
在那儿，住着我们的爷爷和奶奶

广西的阳光（组诗）

大解

异乡的小学校

我读小学时，学校里唯一的乐器，
是一个女老师的嘴。
在她之前，没有人会唱歌，她走之后，
也不再有美丽。仅仅一个月，
她就调走了。仅仅一个月，
她上最后一课时，
全班的学生放声大哭。
那时我十岁，在巴掌大的村庄，
在群山环抱的山村小学，
我第一次懂得留恋，
也是第一次，
为情感和音乐而流泪。

五十二年后，在遥远的
广西靖西市弄关小学，

当孩子们从教室里，
蜂拥而出，
我再也不想控制自己的眼泪。

看见甘蔗幼苗，想起往事

一个小丫头跟爸爸耍赖，要吃甘蔗。
一个小丫头跟爸爸耍赖，要吃两节甘蔗。
她拽住爸爸的衣襟，要吃。要吃。
她缠住了她的爸爸。

多年以后，我反省自己的过错：
两岁的女儿要吃甘蔗，
我直接给她买了糖，
她要糖，我直接给她买了甜蜜。

此刻我站在甘蔗田里，
第一次看见幼苗如何生长，
突然想起，
一个小吃货，
当年的需要。
而我这个傻瓜，只知道甜，
却忽略了，吃，这个幸福的过程。

男人熊小李

男人熊小李，今年四十岁，
衣服上有污渍，脸上有皱纹。
他说方言，坐板凳，
怀里搂着两岁的外孙。

男人熊小李，老婆三十六岁，
他们的女儿，
十五岁那年嫁在了本村。

男人熊小李，家里昏暗，空荡，
除了一张木板床
和挂在墙上的几件旧衣服，
其余的是空气。

我到房子的外面走走，
群山突然耸起，围住了我，
山的另一面是越南，
一片云彩，
正在翻越边境线，向我国移动。

古镇纪实

长三厘米，宽一厘米，
一块长方形的黄色晚霞，孤零零地，
悬在天空。

在广西靖西市旧州古镇正西方向，
距离时光的源头，大约一百里，
距离水面，隔着平静的反光。

与我一起看见这天象的，
还有胡弦，蓝野，李元胜，
我们的身后是黄昏，
黄昏后面，是静静的
美得让人窒息的
山水和竹林。

我把图片发在微信里，
姜念光说，那是板砖拍在天上。
孔维冰说，那是天窗。
唯一说是金条的人，她的名字，
躲在落日后面，发出金属的光芒。

广西的阳光

广西的阳光，颜色有点黄。
空气过滤掉花香以后，
会泛起一种淡淡的浮光，
让人错误地以为掺杂了金粉，
而实际上，是天空吸收了本身的蓝色，
在太阳横越苍天时，
呈现出一种自然的天象。

我研究过天空的高度，一旦超过白云，
就会变成巨大的反光镜，在地上投下倒影。
而广西的孤峰太多，会因此沉默，
接受这些从天而降的光芒。

我若拒绝太阳，会变得阴暗，
我若获得两个身影，就会有人鼓动我，
飞回北方。

北方的阳光是白色的，有点凉。
甚至有点忧伤。而广西不。
我要在广西住三天，
第一天，晒太阳。

第二天，晒太阳。

第三天，晒太阳。

到了第四天，我就拔地而起，

拉着行李箱，回到天上。

广西三首

李元胜

石　漠

我放弃，后来你也放弃了
那些黄昏是裂缝，是时间的空白

就像这里，森林离开，人类最终也没能占领
这些山峦是虚无，是自然的遗骨

我们的生活正在流失，沿着莫名的漏斗
我们越来越坚硬，像堆积的石头

就像这里，灌木在后退，围拢过来的群山
守不住羊儿眼中的一滴眼泪

有一天，我在书里读到你的消息
读到我们身上的石灰岩，似乎为时已晚

就像这里，失落已久的翡翠之杯，消失的海子
我们错过的一切，已经恍若隔世

坡教村的甘蔗林

森林溃败的地方，仅仅几十年
人类就开始了溃败

坡上的地不断缩小，一场暴雨之后
缩小到……
一个颤抖的手掌就可以把它遮住

只有甘蔗，像最后的战士
站立在仅存的土地上

它的叶子可以作绕指柔
也可以锋利如刀刃

它深深扎进泥土里的手指
像不甘心的坡教村人，不屈服于被放逐的命运

你是否读到过它们的回忆
漫长的日晒，突然涨上来的洪水

它在回忆中，它所有的经历

一半变成了骨头，一半变成了糖

遥远的城市，我品尝着咖啡上面的薄薄砂糖
猝不及防地，舌头上展开它们苦涩的一生

暮归图

天暗下来，一切仍然是残缺的
时间的黑色部分，再也无法让这里充盈

伤痕累累的道路和群山，互相松开
双败俱伤的对手，退回原处，默默等待

你能想象没有银河的夜空吗
你能想象没有星星的坡教村吗

一辆摩托车，在暮色中滑行着
后座上，放学的小女孩，把脸深深埋在父亲后背

每天，隔着几座山的村小
都有星星们被认领回家

这是距离城市最远的灯，也是距离银河最远的星星
像是怀着巨大的不安，整个天空缓缓地俯下身来

靖西五首

胡弦

甘蔗田

这一生，你可能偶尔经过甘蔗田，
偶尔经过穷人的清晨。
日子是苦的，甘蔗是甜的。

不管人间有过怎样的变故，甘蔗都是甜的。
它把糖运往每一个日子，运往
我们搅拌咖啡的日子。
曾经，甘蔗林沙沙响，一个穷人
也有他的神：他把苦含在嘴里，一开口，
语言总是甜的。

轧糖厂也在不远的地方。
机器多么有力，它轧出糖，吐掉残渣。
——冲动早已过去了，这钢铁和它拥有的力量
知道一些，糖和蔗农都不知道的事。

这一生，你偶尔会经过甘蔗田。
淡淡薄雾里，幼苗们刚刚长出地面，
傍着去年留下的遍地刀痕。

弄关小学

山坳里，一座米粒大的小学校，
一群星星般的小孩子。
每当他们诵读，唱歌，
风和云彩就在天上应和，
群山起伏，像一座激动的大教室。
——已是春天，芦苇新生喉管，
竹林摇曳，一个女孩在作文里写道：
“我要像桃花心木那样经受考验……”
已是春天，万物蓬勃，
校墙外的镀锌围栏内，一头斗牛
正憋着劲儿逡巡，像个
挨了批评、不服气的野小子。

绣　球

像花瓣儿扣成的，这球形花

挂在旧州街头，
如同敏感、快乐、惴惴不安的心。
它们也应该经历那样的场面，
在尖叫、有点粗鲁、闹哄哄的人群上，
鸟儿一样轻盈地滑行，一瞬间
确定下爱，和漫长一世……
——不可能再有那样的游戏了，
任性的幸福，已被古老的传说收走。
可姑娘们仍然绣得认真，
无数花瓣儿，又在春天的针尖下迷了路，
无数微笑的好女儿，栖身小镇，
精通复杂、难以置信的手艺，
拥有简单、干净的一生。

在坡教村，和一个村民交谈

我们落在队伍后面，说着话。
他说，这里连洪水也站不住，冲刷完庄稼地，
它们就消失了。
雨也是，很快就会漏掉，连最深的井
也无法再够到它们。
村庄像建在漏斗上的，人啊，一不小心
就有可能被漏下去。
(山上，有四个村庄已空了)。

所以，必须努力做个剩下的人，必须努力
建水窖，生娃，造房子……
不要叫苦，要微笑着说话，甚至唱歌，因为，
神只帮助那些快乐的人。
（我看到他眼角过多的密纹，
那正是经常笑的结果。）
他说，他打过工，知道外面的世界，
但作为一个蔗农，仍生活在村里。
他说每天早晨从梦中醒来，他都会
看到一列绿皮火车穿过山洞，从树梢上驶过，
像从远方给他带来的希望。
（大解说，火车要能停停就好了）

烟草田

一块烟草田，开着花，
叶片还小，距离肥硕、老气横秋还远。
现在我们知道了，这是烟草花，
小小的喇叭状，没有声音。
叶片在长大，将被烘烤，切丝，卷成
烟卷抽掉。而在这之前是春天，
烟草开着花。

唯一的一次，在旧州，

我们在烟草田里抽烟，闲聊。
天渐渐暗下来，我们已看不见
彼此的脸，只能看见
一点一点的烟头在闪，
像几个化成了灰烬的人。而黑暗中，
烟草花开着，看不见，也不香。

三村工程速写（组诗）

蓝野

甜蜜的过程

坡教村的甘蔗苗
在暴烈的阳光下，低着头

瓦蓝的苍穹下，甘蔗低着头
逼仄的山沟里，甘蔗低着头
啾啾鸟鸣声里，甘蔗低着头
漩涡一样漏水的田地里，甘蔗低着头
火车轰响而过，从低头的甘蔗苗一旁毫不犹豫地离开
而不走的是黧黑面孔的驻村干部

闪着汗水光芒的村干部和村民们乐呵呵地描述：
——熬过了春末，甘蔗苗会茁壮起来的
打出那眼新机井，甘蔗苗会茁壮起来的

——秋天的甘蔗林，将收拢这山谷里所有的甘甜

走进制糖车间
——秋天的坡教村，渗浸、分蜜
村民们会将甜甜的笑挂在脸上，挂在眉梢

从一棵棵旱地里低头的甘蔗苗
变成雪白晶莹的糖
要经历漫长的季节和漫长的道路
——蒸煮，萃取，漫沥，结晶
甜蜜和爱都需要
热烈地熬，长久地熬

我们在低头摇曳的甘蔗苗前
听平安集团三村工程的村官说着甘蔗变糖的过程
在暴烈的阳光下
我们和坡教村的村干部们，一起昂着头

坡教村速写

我们很惊奇
坡教村的墓地，散落在自家房子周围

——原来，这里的壮族乡亲
希望他们逝去的祖辈父辈
守护着自己，守护着后人

希望亲人们没有距离
没有生死的界线

我们很惊奇
坡教村的水窖高出地面
砌垒在院墙内外

——原来，这是一个漏斗村
雨水下来，旋即在大地上渗漏得无影无踪
在大地内部消失得无影无踪
高高的水窖，存放着村民活命的依靠

三村工程使村官、村医、村教
来到大山里，来到这先人守望的村庄
来到这水窖和希望高耸在山腰的村庄

怀着对大地上一切生灵的敬畏
三村工程走进深山，走着一条艰辛的道路
也走着一条最好的道路，走进了村庄的希望里

这个春天，在坡教村的院落之间
墓地和水窖旁，有一些蒿草在摇曳
有一些蒿草在摇曳着天空下明亮的呼唤

弄关民族小学

汉语苗语壮语教学的弄关小学
苗族老师李春谋，正在复式班上
带着孩子们用汉语普通话诵读

那些稚嫩的童音和一个壮年汉子浑厚的声音
交织在一起，忽高忽低，如合唱中不同的声部
——鸟在高飞，花在盛开，江山壮丽……

三位老师，四十二位学生
在偏远的峡谷里，这一片茂盛的小森林在成长
傍晚，有十几个孩子要翻过一座山才能到家
李老师陪着他们，与我们挥别
他说，前几天走晚了
一个人夜里回来，在山顶数过星星

深山里的斗牛场

我们来的时候，是春天
弄关苗寨的斗牛场里
两头安逸的斗牛在散步

斗牛场里，那些狂奔和争斗的痕迹还在
新春斗牛是这里最热闹的活动
是旅游脱贫最亮丽的项目
“建斗牛场是驻村干部跑来的资金
硬化路是驻村干部带着修的
斗牛的消息是驻村干部在网络上发布的……”
——村民们七嘴八舌地告诉我们

“山那边的斗牛也会赶过来
但是，每年都是我们赢
都是我们弄关屯的斗牛赢……”

自豪之余，一位苗寨妇女告诉我——
这里是广西壮族自治区靖西市龙邦镇大莫村弄关屯

村暖花开·广东篇

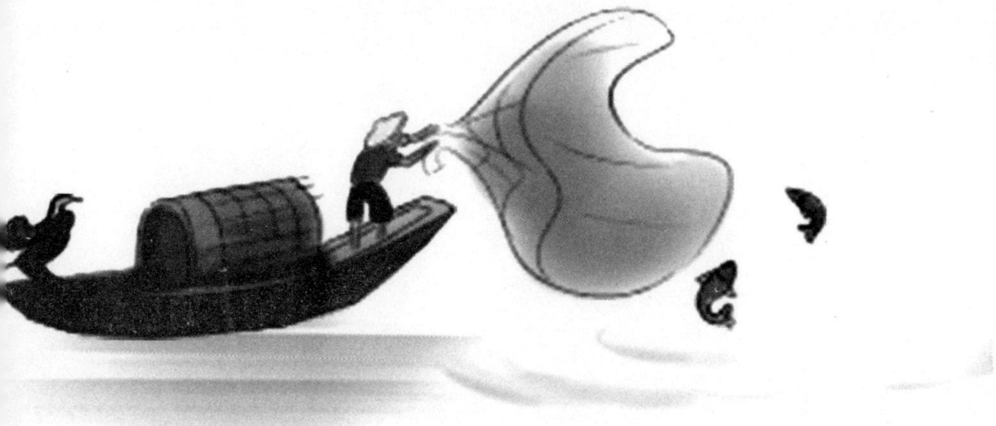

莲塘村体检

肖克凡

远望这是座乡间别墅式建筑，近看是莲塘村的村民委员会。这座建筑显然落成不久，透着清新的朝气。村委会大门前悬挂的红色横幅写着“欢迎平安健康检测中心进村开展免费体检活动”。

一辆标有“中国平安三村工程移动健康检测车”字样的大客车，已经停在村委会门前。大客车门旁有人手持体检单，排队等候着。

走进村委会大厅，我们通常所见的健康体检场面呈现眼前：一个个村民由志愿者引导，从登记处前领取体检单，来采血处抽取血样，到就诊桌前测量血压……这令我看到类似大城市机关单位年度体检的情景。然而，这里是紫金县龙窝镇莲塘村，属于偏远地区贫困乡村。

前来体检的多是农村老年人，他们表情淡定从容。然而，新时代新生活的气息，宛若春意荡漾，现场欣然可感。

一间会议室里举办“老年人健康知识讲座”，身穿红色马甲的志愿者发放《健康教育服务管理手册》和《健康档案服务管理手册》。这个讲座别开生面，将普及健康知识与建立健康档案结合起来，受到村民普遍欢迎。

大厅里开展“慢性病防治知识咨询活动”，从事妇产科工作二十余年的副主任医师王丽丽，耐心解答患者提出的问题。这些乡村妇女从常年缺乏医疗概念转化为关注自身健康状况，无疑是精准扶贫工作开启民智的真实体现。这场景使我意识到，我们实施真正意义的农村脱贫，不光体现为物质生活的改善，也应当是广大村民体格健康与文化素质的提升，从而保障精准扶贫取得的成果，让农民的获得感长盛不衰。

多年以来，我国偏远贫困地区健康普查工作，存在村民底数不清、情况不明、针对性不强、扶贫资金和项目指向不确等诸多方面问题，加之物质生活匮乏，缺少基本医疗条件，致使村民患病无法得到明确治疗，农村家庭因病致贫现象并不鲜见。为响应习近平主席“实事求是、因地制宜、分类指导、精准扶贫”的重要指示，中国平安自2018年开始，面向贫困山村启动“三村建设工程”，“三村”即“村官、村医、村教”，为贫困地区实施产业扶贫（村官）、健康扶贫（村医）和教育扶贫（村教）。努力实现贫困乡村“贫有所助、病有所医、学有所教”的精准扶贫目标。

我在紫金县龙窝镇莲塘村看到的体检现场，正是“三村建设工程”之“村医”项目。此项目为相关贫困地区升级一千个乡村诊所、培训一万名村医，为实现农村健康扶贫工程提供有力保障。

我读到村医志愿者代表汪湛医生的访谈实录：“偏远贫困乡村医疗基础条件非常差，可以说村医手无寸铁，一个村医往往要承担两三千人的日常医疗工作，手里光拿个听诊器能做什么呢？例如，在村里我们发现三个肝癌患者，都是八厘米到十厘米的肿瘤，已经没有办法了。很多老年人一辈子没做过健康检查。打从实施‘三村建设工程’以来，乡村卫生所里有了检测一体机，这种一体机能做血压、脉搏、血糖等项目，这很牛了。但是重要项目村里还是做不了，比如彩超和CT。现在有了‘移动健康检测车’，配备化验检查、心电图检测、超声检查，还有X光机，等于把一座小医院送到村头，农民可以享受跟城市居民几乎相同的健康体检服务。”

这就是“移动健康检测车”的功能。我读罢这份访谈实录，极其兴奋地走出村委会大门，再次打量这辆用当代科技设备装备起来的“移动健康检测车”。此时，这辆车前门是排队等待接受X光检查的村民，后门则排队上车接受B超项目检查。

这确实是一辆不同寻常的大客车，它搭载健康检测设备以及知名医技护团队下乡，已然行程数万公里，抵达广西、江西、重庆、湖北和广东一百零八个贫困乡村，完成一百八十场大型名医巡诊，累计为三万余名村民提供健康检测，尤其关注高血脂、心脑血管病、肝病等慢性病及常见肿瘤的筛查。这辆“移动健康检测车”还装载了“智慧影像系统”，可以直接将检查结果上传到云平台，全国专家实时在线远程诊断指导，这如同一座小型移动医院，让广大村民足不出户享受到精准医疗服务，使病患得到及时治疗，从而提高村民健康水平。

精准扶贫不停步，造福乡村新生活。通过建设富有特色的移动医疗城堡——“中国平安移动健康检测车”，结合“名医巡诊”，将先进的健康检测送到贫困村民家门口，走出一条颇具特色的健康扶贫之路。因此中国平安健康检测中心在第八届中国公益节中获评“2018年度公益创新奖”。他们在精准扶贫实践中实现创新，这项奖励非同寻常。

一项项体检流程结束了。村委会小桌上摆满新鲜面包和盒装牛奶，这显然是为清早空腹前来体检的村民们准备的。我在莲塘村村民健康体检现场，一阵香甜气息扑面而来，让我记住了这个并非寻常的时刻。

九连真人，“三村工程”以及《莫欺少年穷》

王十月

这三个词条放在一起，似乎不搭。

九连真人是一个乐队；“三村工程”，顾名思义，是一个工程，类似我们熟知的希望工程；《莫欺少年穷》是九连真人的成名曲。

先说“三村工程”。

今年五月，我接到中国作协邀请，参加中国作协与中国平安集团共同举办的“村暖花开·三村采风行”，主要是深入生活，深入扶贫一线，了解中国平安集团的精准扶贫工程“三村工程”的落地情况。我们初定是去广东阳江，临时不知何故，改去河源。中国广东以外的人，对河源最深的印象，估计是当年第一例非典。另外，河源是和自贡齐名的恐龙之乡，是全球恐龙蛋化石主要出土地和馆藏地，也是世界上罕见的集恐龙蛋、恐龙骨骼、恐龙脚印“三位一体”的“龙蛋共生地”。目前，河源馆藏恐龙蛋化石数量近一万八千枚，居世界第一。

在广东生活近二十年，对河源，我算比较熟悉的。

二十年前，珠三角开始产业转移，我兄长打工的佛山新中源瓷砖厂，就是第一批从珠三角向粤东西北转移的企业。当时，各级政府对“绿水青山就是金山银山”的认知不足，片面追求GDP的量而不重其质也是通病。但对经济欠发达地区来说，发展经济，似乎从来都是第一位的，是迫在眉睫的。牺牲环境换GDP，也是无奈之举。我们不能站在今天的角度，去对过去指手画脚。

这些产业转移，带来了就业，搞活了当地经济，也不可避免地带来了污染。在当时，我就对河源的万绿湖有隐约担心。广东以外的朋友，可能对万绿湖不太熟悉。万绿湖又叫新丰江水库，是华南最大的人工湖，容量达139亿立方米，最深处达116米，平均深度30米，水温恒定在19至23摄氏度之间。四十多年来，一直保持着国家地表水1类的标准。也是东江中下游和香港的饮用水源地，农夫山泉的八大水源地之一。大约正是因为万绿湖特殊而重要的地位，高污染的陶瓷企业，才没有成规模向河源转移。佛山的这些陶瓷企业，后来大量转去了粤北的清远，算是保住了这片水源地。曾经被誉为广东后花园的清远，空气质量一度不如广州。直到这几年政府推动陶瓷企业煤改气，空气质量才有所改观。

我曾在佛山的陶瓷重镇南庄打过工。曾在散文《总有微光照亮》的开篇这样描写南庄：

> 我要说说南庄，这座珠三角的小镇。说说这小镇的灰尘。噪音。人。事。
>
> 南庄给我的第一印象是压抑的。这珠三角的工业

陶瓷重镇，差不多百分之九十的工厂都生产建筑用陶瓷。踏上南庄的土地，耳朵里塞满了巨大的机器轰鸣声，一根根高大的烟囱林立，让这座小镇的表情显得怪异莫名，噪音太大，反而失去了声音，只有那些烟囱无声地往外喷吐着青灰的烟。烟太多了，无法飘散，在天空堆积成厚厚的阴霾。整个南庄的天空和大地、工厂和河流都被涂抹成了灰褐色，连树上也浮着一层厚厚的灰，就连打工者的衣服和脸也是灰色的。让人想起一个叫尚扬的油画家和他笔下的风景。

第一次走进南庄，心里生起本能的反感。悲哀地想，这就是我将要生活的地方！无论这小镇是否接纳我，也无论我是否喜欢它，我都要想办法把自己像钉子一样钉入它的身体，除此之外我别无选择。

这是2000年的南庄。如今的南庄，已然无法寻觅当年的影子。陶瓷是佛山的支柱产业，不可否认，如果没有这些陶瓷厂，就没有今天佛山在广东经济中的地位。

说远了，话题回到河源。

多年之前，广东省作协组织了一批作家，创作广东扶贫的报告文学，我受命采访的就是河源、梅州这一片。因此走过河源的一些地方，喜欢河源的绿水青山，也对河源的贫困有一些基本认知。当年，汪洋初到广东任职，在考察了粤东西北后，曾经感慨，说中国最富的地方在广东，最穷的地方也在广东。

这些年，精准扶贫已经深入人心。不可否认，在网络上，有不少针对精准扶贫的段子，各地在执行精准扶贫中，也出现了这样那样的小问题。如此浩大的工程，要说完全没有问题反而不正常。平心而论，只要你不带偏见，真正走进中国的贫困地区，你一定会看到，精准扶贫，对中国贫困地区带来的巨大改变。我当时采访过一个村，是广东省交通厅的对口扶贫单位，交通厅并没有在该村大量撒银子，而是利用当地山多田少的现状，带来景观植物的种植技术和产业扶持。交通厅以市场价，采购扶贫点种植的高速公路绿化带景观树，当地村民人均纯收入实现了飞跃，交通厅也有了自己的景观树种植基地，做到了双赢。我真切地感受到，村民日子过好了后对党和政府的感恩之情。说一千道一万，执政为民，执政党让人民过上富足生活，是第一位的。因此，对于中国平安集团的“三村工程”，我是有好奇的，想知道，他们会怎样利用自身优势，带动贫困地区脱贫致富。

我们一行的目的地，是河源紫金县。

河源地处广东东部，紫金县又地处河源东南，与潮汕地区接壤，山区丘陵占全县面积的84%，其中，可种植特色经济作物的丘陵只占4.1%，典型的八山一水一分田。这样的地方，如果走过去的农业发展老路，想不贫困都难。发展工业，又容易带来污染。好在，这些年来，紫金旅游业发展比较快，我能查得到的资料显示，2016年，紫金的农业总产值46亿元，旅游总收入则达到了24.1亿元。2017年，旅游总收入27.03亿元。每年都在递增。

中国平安集团在全国有多个紫金这样的对口扶贫县。这项工程，就是“三村智慧扶贫工程”，简称“三村工程”。核心实质，就是针对产业、健康、教育三个方向，智慧扶贫。我是农家子弟，深知中国农村问题的关键所在。平安集团的“三村工程”，制定者应该是对中国农村贫困问题进行了深入调研，并在此基础上，有针对性提出了解决方案。中国农村，村官很重要。前些年，许多地方村民自治选举，选出来的村委会主任，不是拳头硬的村霸，就是腰杆子粗的土豪。村民对自己的选举权和被选举权看得并不重，有些地方，三五十元，就可以买到一张选票，甚至一包烟可以换一张选票。这些人竞选，本就带着私心，很难相信，他们能带动农民致富。这些年，各地实行第一书记挂职，较有针对性地在解决这一问题。当然，许多地方下派的第一书记是知识分子，或大城市的干部，缺少和农民打交道的民间智慧，下到基层水土不服，工作变成了做台账。中国平安集团下派的驻村干部，多是当地的业务骨干，有较强的执行能力。在引导村民抓特色产业方面，有他们的优势。

中国农村贫困，有几大因素，除了地理环境的制约，更大一部分是因病致贫、因病返贫。

根据2016年多家公益组织联合发布的《中国地中海贫血蓝皮书》显示，我国重型和中间型“地贫”患者在三十万人左右，“地贫”基因携带者超过三千万人，主要集中在广西、广东、海南等南方省份。广东省人口平均“地贫”基因携带率为16.83%。河源又是广东地中海贫血的高发区，河源地区“地贫”基因携带率为19.7%，每五个人中，就有一个“地贫”基因携带者。一个家庭，只要有一个中度或者重度“地贫”患者，就会陷入贫困的深渊。对于河源这样经济本来就欠发达的地区来说，“地贫”高发，无异于雪上加霜。针对这一情况，平安“三村工程”，在河源投入专业团队，不仅培训当地村医，还定期派平安健康移动检测车，将先进的健康检测送到村民家门口。我们采风团到的那天，正是移动检测车进村检测的日子，村委会门口排队检测的村民挤得水泄不通。他们在家门口，不用挂号，就能得到一流的专家、主任医生的诊治，并免费完成一系列检查。针对“地贫”高发，移动检测项目，除了常规项目，还专门设计了“地贫”筛查血液的检测项目，包括红细胞孵育渗透脆性试验、G6PD缺陷筛查、血红蛋白成分分析等三大项目和十三个小项目，全面帮助村民们筛查疾病，及早预防与治疗。一个细节，让我很感动，每个排队抽完血的村民，可以领到一盒热牛奶和一个大面包。我是农民，我清楚，对于许多农民来说，对提前检测预防疾病并不上心，只要没得病，他们多是得过且过。但是抽血检查可以免费领到一盒牛奶一个面包，却是实在的动力。我看到，农民抽完血之后，领取牛奶面包时，脸上洋溢的开心。这个细节，让我明白，平安集团的三村工作人员，是懂农民、知道怎样发动农民的。

中国平安集团的村教工程，不是简单培训乡村教师。以河源紫金县为例，平安集团在乡村教育的硬件和软件上下足了功夫。先是为乡村学校添置智能化教学设备，在此基础上，依托平安先进的AI、大数据科技优势，在搭建同频互动直播设备的基础上，开发了“三村晖”线上智慧教学平台，一端统筹优质师资资源，接入教育公益渠道；另一端向乡村校园注入文化动能，组成了由陈心颖及其平安科技线高管十人组成的志愿教师团，寓教于乐，利用VR体验等课程环节，深入浅出地展示科技赋能农业的优势，用心引导乡村学生了解新科技时代下的智慧农业知识。

说完中国平安的“三村工程”，我想说一说九连真人。

九连真人是一个乐队，在今年夏天特别火爆的一档网络综艺节目《乐队的夏天》中，以客家方言摇滚在节目中大放异彩。

他们的成名曲，是用客家方言演唱的《莫欺少年穷》。

之所以要说到九连真人和他们的这首歌，因为九连真人就是来自河源。

贫困山区的民间摇滚乐队，走上了国内最顶尖的舞台。

他们的主唱兼吉他手阿龙是美术老师，副主唱兼小号阿麦是音乐老师。

阿龙毕业于四川音乐学院，学过中国画，毕业后，在深圳做过一段时间设计师，有一份体面的工作，算是成功走出了大山。阿麦毕业于岭南师范学院。贝斯手万里曾在珠海求学。在这个夏天，他们的音乐征服了许多观众。

如果说其他乐队给我的感受，或者是惊异于他们的音乐才华，比如CLICK15乐队、盘尼西林乐队、海龟先生乐队；或是感动于他们对音乐数十年坚持的执着，比如面孔和痛仰乐队；或是感动于他们的单纯，比如斯斯与帆乐队；或者共鸣于他们的深刻与反叛，如新裤子乐队和刺猬乐队。只有九连真人，带给我的是刺痛感。九连真人一直歌唱的主题，往小里说，就是他们这样生在贫困大山里的青年的精神世界；往大里说，他们唱的是这个时代和他们一样的年轻人共同的心声。

他们走出过大山，又回到大山，做起最平凡的乡村教师。

在乡村人的眼里，他们是失败的。可他们明白自己在选择什么，知道自己坚守在乡村的价值和意义。他们从来没有在采访中，或者在音乐中，表达过他们坚守的意义，他们不拔高自己，只是谦逊地说，他们是因为不适应外面的环境才选择回到大山。

他们的歌刺痛了我。他们的代表作，也是一鸣惊人的成名作《莫欺少年穷》，直面的就是贫穷。他们生在这贫穷之地，却有着和哪吒一样的“我命由我不由天”的精神，《莫欺少年穷》，歌中的那个青年阿民，在上山和下山之间纠结，相信这也是九连真人面临过的，甚至还在面临的纠结。

是走出大山，还是回到家乡？

是上山还是下山？

也是我曾面临过的纠结。只不过，我没有九连真人的勇气，我选择成就小我，当了故乡的逃兵。九连真人选择回到故乡。

在节目录制期间，河源遇到百年不遇的暴雨灾难，他们为自己这时不能回去陪在学生的身边而深感惶恐不安，他们写了一首歌《落大水》。最让我感动的，是节目组去采访他们的学生时，他们的学生兴奋地挤在镜头前的笑容，他们叫着为老师加油，相信，九连真人在这个夏天，教给孩子们的，是一生受用不尽的财富。一个优秀的老师，影响改变的，是一大批孩子的未来。九连真人用他们的音乐、梦想、选择，在河源大山的孩子们心中，种下了梦的种子。

这是最珍贵的。

“三村工程”，在我看来，扶贫助困的同时，更重要的，是他们也在孩子们心中播下了梦想的种子。

扶贫、扶贫，终究是靠外力在扶。只有千千万万如九连真人这样有知识、有见识、有理想的孩子成长起来，生成了自我的力量，才能真正摆脱贫困——精神世界的贫困。

用九连真人《莫欺少年穷》的几句歌词，结束这篇文章：

行话想上天行爱去哪边
还想上天还要去哪边
哎呀你别笑嘻嘻
哎呀你别给我笑嘻嘻
莫愁前路哇无知己
莫愁前路无知己
就算上刀山也要接过火炬
就算上刀山也要接过火炬
涯爱行出去还要行落去

弱小与强大

——在山沟里看到的一位客家女人

杨黎光

“天”，塌在一个弱小的肩上

文学，总是要表现生活中的种种不幸，就是喜剧有时也在表现不幸之中，让受众含着泪水笑，因为许许多多不幸的故事，是文学创作中深化主题和吸引读者的重要元素，也是文学唤起人们悲悯情怀的主旨之一。

可当生活中一个活生生的充满着不幸的人，其十五年的人生，五千五百多个煎熬的日夜，一个一个真实地展现在你面前的时候，你就没有了站在生活之外阅读文学中不幸的那种从容，而是感受到一种深入其境的锥心之疼。这时，你会真切地觉得，不幸，原来是这样残酷。

2019年5月11日，我从广东河源市紫金县洋头村扶贫点上采访回来，心却一直留在那个叫作洋头寨的自然村里。一个身高只有一米五、体重才八十三斤的名叫温素红的女人所经受的苦难，一直停留在我的脑海里。她那弱小的肩膀，扛着一个塌下来的

“天”，踉踉跄跄地走过了十五年。这十五年她是一天一天一夜一夜地熬过来的，直到平安保险集团的扶贫工作队走进村里……

上午在她的家里，下午在村委会里，我和温素红聊了很久。温素红始终面带笑容地说着，我却听得心头无比沉重。

温素红，1981年5月出生在广东梅州的五华县，她的出生地与她现在的家只有二十多里路，却分别属于两个市，一个属于梅州市，一个属于河源市，都是客家地区，也都是属于经济欠发达的山区。

客家人是广东三大主要民系（广府人、潮汕人、客家人）中的独特一支。客家人不是少数民族，他们起源于中原汉族，是汉民族中的一个分支。作为一个群体，客家人可以被称为一个民系。顾名思义，客家即“客而为家”，他们是历史上多次大迁徙的经历者，远离了自己的故土，而定居于赣粤闽边界，才被称为客家人。这些被认为是“客人”的人，在经过漫长的迁徙历史后，却始终都能顽强地生存下来，并开枝散叶。

历史上，客家人主要有五次大迁徙。

第一次大迁徙是西晋永康元年（公元300年），因中原发生了“八王之乱”，北方的匈奴、鲜卑、羌、氐、羯等少数民族乘虚而入，相互攻战不休，使中原陷入“五胡乱华”的动荡局面。西晋王朝覆亡后，中原成了胡人的天下，他们废农田，牧牛羊，虏汉人做奴隶。不堪奴役的汉人大举南迁，当时其前锋就已经抵达今天广东梅州的大埔。这次迁徙持续了一百七十多年，迁移人口达一二百万之众。

第二次大迁徙源自唐朝的“安史之乱”后，出现了藩镇割据的局面。不久，又爆发了由王仙芝、黄巢领导的农民起义。战乱所及，唯有赣南、粤东北和闽西南等地，由于交通闭塞，可以免受战乱所害，于是吸引着先民们由九江溯赣江而上，来到今天的赣南、粤东北和闽西的三角地带定居。这次南迁，延续到唐以后的五代时期，历时九十余年。

第三次大迁徙是公元1126年后，这时发生了“靖康之难”，北宋都城开封被金兵攻占。金人入主中原后，强占民田，推行奴隶制。处于黄河流域的汉族人民，为躲避战乱，又一次渡江南迁，进入如今粤东的梅州、惠州一带。因为这时户籍有“主”“客”之分，“主”是原住民，“客”即为外来者，移民外来入籍者皆被编入“客籍”。这就是“客家人”的由来。

第四次大迁徙是源于清政府于康熙年间发起的“移湖广、填四川”的移民运动。于是，由中原移居两湖、两广的汉民，又大量入川。

第五次大迁徙是清朝咸丰同治年间，粤中地区发生了持续十二年的广东广府人与客家人的“土客械斗”，双方都死伤甚众。清政府为解决“土客之争”，特划出台山赤溪地区以安置客家人。动乱使得客家人开始了又一次的大迁徙，分别迁到海南、广西，甚至漂洋过海去谋生。

此时，一部分客家人，通过海路和陆路开始向海外迁徙。海路由厦门、汕头、广州、海口、虎门、香港和台山赤溪的凼家冲等港口出发，乘船冒险到达南洋各地。陆路通过广西、云南边境进入缅甸、越南等地。相当数量的破产农民和城市贫民，他们或自驾帆船，或被掳掠、诱骗、招雇为“契约华工”，到南洋等地从事苦役。

20世纪中叶以来，又有部分人由原住国向欧美等国乃至世界各地再行迁移。现在，客家后裔已遍布五大洲的八十多个国家和地区。

客家人是一个吃苦耐劳生命顽强的民系，现在包括香港、澳门、台湾等地区，及世界各国约有八千万客家人，正如客家人所说的那样，“凡有海水的地方，就有华人，凡有华人的地方，就有客家人”。

客家人历史上几次大的迁徙，绝大部分都转移到了丘陵连绵不断的闽粤赣边界。闽粤赣边界地区气候潮湿，土壤酸性大，不够肥沃，地形以丘陵为主，山多田少，良田匮乏，事实上并不适合农耕民族的定居。再加上处于丘陵山脉之中，交通不便，客观上也影响了经济的发展。以被誉为“客家四州”的梅州、惠州、赣州、汀州（今长汀）为例。世界“客都”梅州人均GDP长期在广东省二十一个地级市中排名倒数第一，赣州经济也一直处于江西省末端，其他客家人聚居地如广东的韶关、河源，广西的贺州等地，经济发展也都比较缓慢。

温素红的出生地梅州五华，和她嫁到的河源紫金，都是属于客家贫困地区。人们世代在贫瘠的土地上求着温饱，也是今天我们精准扶贫的重点地区。

由于贫困，温素红几乎就是泡在苦水里长大的，她出生时母亲已经生了两个哥哥，在特别重男轻女的家乡，她就是一个多余。加上家中又穷，养活不了这一张多余的嘴。她被送人了，领养人家是个善良的人家，但是，同样家贫，所以她中学没毕业，就要出门打工挣钱养家。

温素红不到十六岁就到广东佛山帮人卖服装，挣的所有钱都寄回给养父母，而自己在外打工两年没有回过一趟家。不是不想家，那时，她还是一个大孩子，怎么会不想家，可回家的路在她的眼里，就是一张一张的人民币，她舍不得。

两年后，温素红终于回到了家乡，家乡还是那样贫穷。就在这时她遇上了一位小伙儿朱伟强。

朱伟强，河源市紫金县洋头寨人，同为客家小伙儿，家中六个孩子，他是唯一的男孩。朱伟强家同样贫困，本人也没有什么特别的专长，好在客家小伙儿都能吃苦，脏活苦活都肯干，又顾家。两人谈不上感情有多深，只是让温素红感到想有一个家，朱伟强是家中的独子，能给她一个栖身避雨的家。温素红很快就嫁给了朱伟强。那一年她十九岁，朱伟强二十二岁，当地人普遍早婚。十九岁，在城里，还是一个在妈妈面前任性的大女孩。

可客家女人，她们的世界就是自己的家，哪怕是一个穷家。没有金窝银窝，但总有自己的草窝，草窝对于穷人一样地温暖。婚后的日子虽然家贫，贫穷到结婚的时候都没有钱摆喜酒，但有了自己的家，温素红就感到温暖。不久，有了第一个儿子，过了两年又有了第二个儿子，结婚四年，温素红田间地头地劳作，还为丈夫朱伟强生了两个儿子。这对于作为独子的朱伟强，是欢天喜地的事。

可两个嗷嗷待哺的儿子，需要钱来抚养。这时，朱伟强的姐姐妹妹们都已经出嫁，并且家中经济状况都不太好，父母亲也年事已高，特别是父亲有严重的糖尿病，已经丧失了劳动能力，朱传强作为家中的顶梁柱要撑起这个家。但勤劳的客家人不怕吃苦，朱伟强到处打工，什么苦活都干，只要能养家糊口。

紫金县是一个贫困县，但出瓷土，当地人叫白泥，是用来烧瓷器的原料。挖瓷土是个苦活，可苦活也得干。朱伟强就给老板挖瓷土，挣钱养家。

可老天不长眼，不眷顾穷人。朱伟强挖着挖着，最可怕的事发生了：塌方。细腻凝结沉重的瓷土，把朱伟强砸在坑里。他被工友们从瓷土里扒了出来，紧急送到医院抢救，命是保住了，可生不如死。他下肢瘫痪了，瓷土砸坏了他的腰椎，他再也站不起来了。施工队的头儿是个小老板，付完了十几万的医疗费，给了七万元的赔偿，就再也没有能力给钱了。

对于朱伟强家来说，“天”塌下来了！

可这个“天”塌在一个弱小的肩上，她就是温素红。此时，公婆年迈，儿子太小，一个四岁，一个两岁，床上躺着一个连大小便都不能自理的男人。那是2004年的10月，那一年，温素红二十四岁。

真的有点叫天天不应，叫地地不灵。

伴着星露下地，踏着月光回家

此时，朱伟强的家，上有丧失劳动力的两个花甲老人，下有嗷嗷待哺的稚子。朱伟强就是家中顶天的那根柱子，现在柱子折了，天就塌了下来。我们常说，天塌下来，有个子高的顶着，可个子高的倒下了，天，就塌在那个弱小的肩上了。这个弱小，只能是温素红了。

出院以后的朱伟强被抬回家中，躺在床上，心如死灰，日夜不停地用手敲打着失去知觉的双腿，情绪低落在生还是死的边沿上徘徊。老父亲愁白了头发，老母亲哭干了眼泪，姐姐妹妹们回到家中，长吁短叹，但待不了多长时间，又各自匆匆回到自己的家中，因为家家都有农家的困难，家家都有嗷嗷待喂的鸡鸭。村里怀有同情心的人来看过了，但人人都有自己的生活，家家都有本难念的经，大家都无奈地回到他们自己的生活中去了。

只留下温素红，她无处可去，因为这是她的家。她说，当时看着家中的一切，两个老人呆呆地看着自己的独子，一筹莫展。两个儿子，一个四岁的拉着妈妈的手，被吓呆了，不停地问妈妈，爸爸怎么躺在床上不起来？小的儿子才两岁，还在满地爬呢，他连吓都不知道，还时不时地去找妈妈那早已没有了奶水的乳房。温素红手足无措，不知道以后的日子该怎么过。

此时的温素红，看着丈夫一脸的死灰，看着两眼已经麻木得连悲伤都不知道了的公公婆婆，心里充满着绝望，不知道这样的苦日子还有没有头。当丈夫在医院抢救时，全家还抱着他能康复的希望，这个希望也支撑着温素红风里来雨里去，现在年纪轻轻的丈夫要永远瘫在床上，支撑的希望消失了，温素红连死的心都有了。这时，小儿子抱着她的腿，哭闹着："妈妈，饿，饿。"

低头看着眼前嗷嗷待哺的儿子，做母亲的天性给了她活下去的理由，她转身去了灶头，儿子要吃，丈夫要吃，公婆也要吃，一家人总要活下去啊！

烧饭，为了全家；烧水，给丈夫擦身，还要喂鸡喂猪。等把家人都弄睡下了，盆里还有一堆衣服。广东属于亚热带地区，闷热多汗，是其气候的特点，所以一年四季都要天天冲凉，一家人换下的衣服，是温素红每天晚上九、十点钟后的作业。

忙完一切，月亮早已挂在窗棂上，窗外的西山，只剩下一个模糊的轮廓，轮廓里还有家里的一亩三分茶园，那是家里的生计，是温素红明天清晨的作业。

温素红看看家里的钟，已经是夜里十一点多了。她拖着累得已经没有了知觉的身子，在丈夫身边躺下。

她要让自己恢复一点体力，明天的日子还要过。

可是，睡下没一会儿，就被丈夫不时敲打他自己的腿的声音弄醒。丈夫的双腿已经没有了知觉，却总觉得疼痛不已，所以两只手日夜不停地敲打着已经不能动弹的双腿。温素红后来对我说，不知道什么原因，他那脚连老鼠咬了脚指头都不知道，却说日夜都在疼，疼得他不断地呻吟。我不能从病理上回答温素红这是什么原因，但却知道从心理上有这么一种下意识的感觉。我曾采访过一位参加过越战的老兵，他的一条腿在战场上被地雷炸断了，后来装了假肢，却常常觉得假肢痒，不自觉地用手去抓，这可能就是一种下意识的心理。朱伟强这种日夜觉得腿疼的感觉，持续了很长一段时间，他日夜地呻吟和敲打双腿，让睡在一旁的温素红，常常通宵无法入睡。

所以，夜，对于身心疲惫的温素红来说，就显得特别地短，明天，仿佛在自己刚刚躺下就到来了。

第二天凌晨五点，温素红就起床了。起床的第一件事，就是帮助丈夫排便。下肢失去知觉的丈夫，大便小便都无法自主排泄。早上起来，小便胀得他的肚子像是一面鼓，微微隆起，可就是不会自己排出，直胀得他痛苦得直哼哼。温素红只得用双手帮他轻轻按摩，顺着腹部一点一点地往下推。可按摩就不能解决大便问题，尤其是由于长时间卧床，没有运动，朱伟强后来严重便秘，大便干燥得像是羊屎，一粒一粒的，温素红只得用手一点一点往外抠。

从此，每天起床的第一件事，就是帮助丈夫大小便。

干完这些，快六点钟了，天开始麻麻亮了，老人和孩子都还在睡梦里，温素红要去喂猪，为了给丈夫挣继续治疗的费用，她一个人养了二十头猪。每一头猪跟孩子一样，都要吃，而且一头猪每天吃的不比孩子少。特别是每天早上，猪也是嗷嗷待哺，真的是嗷嗷叫着等待着喂食，来晚了，一片猪饥饿的“抗议”声。温素红要去给猪煮猪食。喂完了猪，还要把一夜二十头猪拉的粪便清理出来，然后挑着猪粪去茶园。

茶园在半山，从猪圈到茶园一百多米，矮小的个子，八十多斤的体重，晴天还好，一遇雨天，泥泞的山路上，远远地看见温素红那颤颤巍巍的身影，像一只顽强的蚂蚁，一步一步地朝前跋涉。温素红将猪粪挑到茶园，给茶树施肥，然后她要到地里去锄草，每年茶叶的收获是家里的重要经济来源之一。

再然后，就去喂鸡。那时最多时温素红养了几十只鸡。鸡和猪一样，都要吃要拉。于是，锄完茶园里的草以后，她要把一夜鸡拉的屎，也清理出来。

这时，公公婆婆也起床了，孩子们也醒了，温素红要给他们准备早饭。婆婆帮助媳妇打下手，烧好了早饭，家人都在吃饭时，温素红要去伺候丈夫吃饭。

全家人吃完早饭，时间已经到了快七点半了，这时，温素红匆匆出门了，她还要去上班。为了补贴家用，温素红在镇上的一家编织厂里，找了一份编织毛衣的工作，每天上午八点上班，因此她匆匆地出门了。

中午十二点下班，工友们都休息吃饭了，温素红却顶着烈日匆匆地往家赶，她要赶回家烧中饭。婆婆虽然能帮她把菜烧好，但两个小儿子吃饭，还得自己回家，还有那个躺在床上不能动弹的丈夫要吃饭。

从十二点到下午两点，两个小时，温素红要赶回家，烧好饭，伺候丈夫吃好，差不多就到了下午要上班的时间了，她又匆匆往镇上赶，好在工厂离家不太远。为了那一点微薄的工资，温素红天天都匆匆奔走在路上。

下午六点下班回家，第一件事，就是帮助丈夫排便，每天如此。然后再去烧饭，照顾儿子吃好饭，又要去喂猪喂鸡，再回来给两个孩子洗澡，孩子嫌她身上有猪屎的味，她拍拍儿子的屁股哭笑不得。接着给丈夫擦洗身子，还要给丈夫翻身按摩、搽药，医生一再交代，丈夫长期卧床容易长褥疮。

弄完这一切，她才能吃上一口饭，吃完饭，又是洗全家人的衣服，洗好，晾好，又是月光正顶了，每天晚上都是到了十一点以后，她才能真正喘一口气，拖着疲惫不堪的身子躺下。

感觉很快第二个凌晨又到来了，周而复始，一天一天。温素红总在路上，不是匆匆下地上班，就是匆匆赶路回家，那弱小的身影总在田间地头、乡间小道上，披着星露出门，踏着月光回家。

不仅如此，为了多挣一点钱给丈夫治病，她除了在编织厂上班，周末还常去做小工，小工都是又累又脏的活儿，例如为工地扛水泥，一袋水泥一百斤，她的体重才八十多斤，扛着水泥两脚都打战。编织厂有时为赶工，常常加班，老板觉得她家里的事太多，就不安排她加班，可她为了多挣一点加班费，下了班赶快回到家里，料理好丈夫，又赶回厂里加班。工厂从老板到工友，都心疼她，下班后夜深了，工友、老板轮番送她回家。

就这样，每天夜晚，温素红坐在工友们的电动车后座上，往往就靠着同事的后背，睡着了。工友们也不忍心叫醒她，只是把电动车骑得慢点，稳点，让这个苦命的女人，稍稍睡一会儿。因为，一会儿到了家，她又要忙丈夫、儿子、公婆，还有那几十头猪和几十只鸡鸭。

村里人，好多都心疼地说，看她，又黑又瘦，体重从一百零三斤，直降到了八十三斤，整个人形小了一号。

一天凌晨，温素红又匆匆去了茶园锄草，锄着锄着，就一头栽倒在地，晕过去了。周边没有一个人，也就没有人来帮她，她在凌晨的露水里不知道躺了多久才苏醒过来。她没有力气自己爬起来，只是艰难地翻了一个身，面朝天躺着。此时，她看到月亮还挂在西山上，清晨的露水就像细雨落在自己的身上，全身都湿透了，微风一吹，透着心地凉。她问自己：这样的日子什么时候才是个头啊？

是啊，这样的日子，什么时候才到头？人，有时候不怕吃苦，因为苦难总有到头的那一天；人，怕的是没有希望。

周边村里也有类似的情况，困难比温素红家还要小一点，但，有人家的年轻妻子就跑了，跑得没有了音讯。这时候，有村里的大嫂看着实在不忍心，就关心地私下问温素红：“你才二十多岁，还这么年轻，天天这么守着活寡泡在苦水里，到哪天才是个头呀？”

温素红抬头看了看天，天上有几片正往山外飘去的白云。她在佛山打过两年工，她当然知道山外的世界比山里的日子好，然而她再低头看了看躺在床上的丈夫，叹了一口气才说：“谁叫我命苦，我只要离开两天，他就活不下去了，他被老鼠咬了脚指头都不知道。”

接着，她看了看家门口满地跑的两个儿子，露出一丝欣慰：“我还有两个儿子，总有出头的那一天吧。”

就这样，这个客家妹一天一天数着日头，一天一天守着丈夫，一天一天盼着儿子长大，这一天一天，如同流水，慢慢流过了五千五百多个日夜，日子对她来说，除了盼头，就是那流着的一滴一滴的汗水、挣着的那一块一块的钱。一天一天积累了整整十五年的日子，可贫困并没有离自己远去。

人，可以失去一切，唯独不能失去希望。

并不是为了爱，仅是为了一个家

那天下午在村委会等待采访温素红的时候，村委会一位妇女干部不无敬佩地对我说：“要是没有温素红，她的那个瘫痪的老公恐怕早死了，现在活得好好的，前些日子在平安集团扶贫工作队的帮助下，去老远的石家庄治疗了呢！”

我来深圳定居二十七年了，多年来，在各种不同的地方，见过不少被称为“客家妹”的姑娘，她们大多都是社会的底层，例如商场的营业员、工厂的打工妹、餐馆里的服务员，甚至在早期的建筑工地上，也曾见过客家妹的身影。我对她们的评价，可以借用一句广东民谣来囊括：客家妹有多好，娶到等于捡到宝！在我的脑海里，她们未必是漂亮的，但她们一定是质朴、勤劳、能吃苦而不叫苦的一个群体。所以，是最好居家过日子的“宝”。

客家妹以其勤劳、俭朴、坚忍不拔的性格，受到人们的普遍称赞。他们往往日出而作，日落而息，无复有暇之时。20世纪初，一位曾经在客家地区居住多年的美国传教士罗伯·史密斯回国后，写过一本书叫《中国的客家》，他在书中说：“客家妇女真是我所见到的任何一族妇女中最值得赞叹的了。在客家中，几乎可以说，一切稍微粗重的工作，都是属于妇女们的责任。如果你是初到中国客家地方居住的，你一定会感到极大的惊讶。”1890年，英国人爱德尔在他的《中国访问记录》中，也写过类似称赞客家女人的话。

不论是在传统中，还是在现代社会里，客家女性始终是家庭的重心，是社会基层的稳定器。

客家地区有句俗语，说“没有老婆不成家”，这个“家”不仅指“结婚生儿育女”，更重要的是指在家庭中所处的特殊地位。客家妇女充分扮演着好妻子、好母亲、好媳妇、好婆婆的家庭角色。她们脾气柔顺、内心极有主见，又恪守主内不主外的温良恭俭让的祖训，与公婆妯娌和睦相处。

可客家人，主外的仍然是男人，而主外最大的责任就是男人挣钱养家。可温素红的男人完全丧失了劳动能力，连生活都要靠温素红照顾，这个客家女人的肩头扛着的就不是一个主内的责任了。在当今的社会，没有人不强调责任，可往往人们强调的都是别人的责任多，而客家妹主内，就是首先遵守自己的责任，这是客家妹自觉的文化意识，是客家人的传统。

可当主外的顶梁柱倒了，温素红就内外都得支撑着。日子，像村边小河的流水，不紧不慢地流过，困苦，一天一天地跟随着。家乡穷苦，是因为大山的阻隔，是因为土地的贫瘠，是因为交通的不便（刚刚才通了第一条高速公路，我从深圳去河源，竟然坐的是二十世纪七八十年代的绿皮火车）。公婆一天比一天老，儿子却一天一天地长大，这是温素红最大的欣慰，也是她最大的负担，她深知知识的重要，坚持让两个儿子继续读书，因此经济支出有增无减。温素红十几年的付出，也只能维持着家的基本温饱，但贫困却像影子一样，一直就在身后。多少个夜里，温素红会突然从疲惫中醒来，伸手摸到了丈夫仍然没有知觉的腿，望着窗外没有月亮的西山，朦朦胧胧的阴影里，什么也看不清。

她在心里默默地数着：一、二、三……一年、二年、三年……十五年过去了，自己也人到中年了，哪一年会是个头，哪一年才可以摆脱贫困？

这一天，也许来了，平安保险集团的扶贫工作队进村了。

希望，从这一天开始

客家人传统上所集中居住的地区，基本上都是比较贫困的地区。这是历史原因所造成的。历史上客家人从中原向南迁徙，几乎都是因为战乱。兵荒马乱的岁月，南迁的目的是逃命，寻找安全的地方为第一。战乱所及，唯有赣南、粤东北和闽西南等地，由于交通闭塞，免受战乱所害，于是吸引着客家先民们由九江溯赣江而上，来到今天的赣南、粤东北和闽西的三角地带定居。这些地方基本上都是交通闭塞、人迹罕至的，因而也是经济落后仅能温饱的地区。这种状况千百年来改善不大，以致今天这些地方，也基本上成了党和政府重点扶贫的地区。而广东的河源紫金，离经济特区深圳较近，所以深圳的政府和企业，承担了精准扶贫脱贫的责任。

2016年始，深圳的平安保险集团在承担了全国三百多个扶贫点的精准扶贫时，又接下了紫金县的扶贫工作。为响应党中央“精准扶贫”的要求，体现集团的企业社会责任。平安保险集团党委决定在集团成立三十周年之际，拿出一百亿元用于扶贫规划，面向全国贫困地区，开展产业扶贫、健康扶贫和教育扶贫。

那天，我在扶贫点上见到了平安保险集团党群工作部的总经理肖建业，他是平安集团全国扶贫工作的总负责人。2019年5月10日是星期五，肖建业在深圳平安集团总部处理完手头上的工作，自己驾车开了二百二十五公里，到了紫金县扶贫点洋头村和我们会集。

肖建业给我留下了很深的印象，此人剪了一个平头，衣着简朴，不像是一个世界500强超级大集团的高层领导，而像是一个朴实的寒门出身的村干部。其实肖建业的父母都是银行系统的干部，他是在大城市银行大院里长大的。而肖建业对扶贫工作的那份感情，让我由衷地感动。据了解，他利用一切空余时间，自己开车跑过平安集团在全国的三百多个扶贫点，最远到过西藏、青海、甘肃，还去了云南、贵州、四川、湖南、江西、广西。我粗略地算了一下，肖建业这一路跑了近十万公里。而一个紫金县的洋头村，他先后就来了三十五趟。紫金县洋头村距深圳来回一趟就是四百五十公里，跑了三十五趟，就跑了一万五千七百多公里，最后把他的那辆车都跑报废了。而平安集团是没有公车的，他笑称自己是"私车公用"。那天我们见面时，他开的是原车报废后新买的一辆越野车。

肖建业不仅对扶贫工作责任心强，而且对这项工作充满着使命感，他热情健谈，条理清晰、如数家珍般地细细向我述说着，整个平安集团所做的扶贫工作的点点滴滴。洋头村里的每一个贫困户，他都了如指掌。温素红的家，他去了不知道多少次。我真的不敢相信，在一个民企里，还有这样的一位优秀的党务干部。我觉得，他的所作所为真的是给平安集团贴了不少"金"。一个成功的民企，它所承担的社会责任，表现了一个企业的担当精神。有这样一位大型企业负责扶贫工作总头头的表率，下面的扶贫工作，你就可想而知了。

肖建业到达洋头村的时候，天已经黑透了，他边匆匆地吃饭，边和我聊着平安集团在紫金县的扶贫工作。

2016年5月，平安集团接下紫金县莲塘、洋头两个村的扶贫任务，肖建业作为集团领导具体抓这项工作的落实。而平安集团的掌门人马明哲，对扶贫工作非常重视，经常在百忙中过问扶贫工作，并且要求得很细很具体。例如，首先要做好驻村扶贫干部的挑选，要由他们来具体落实扶贫工作。平安保险集团是一个全国性的超大型企业，不仅分公司覆盖全国，员工更是来自五湖四海。肖建业决定在公司的人事档案中，寻找紫金籍的干部，把他们派到扶贫点上，因为他们对家乡水土熟悉，他们与扶贫点人们的语言相通。为此，经过精挑细选，最后抽调了平安产险的杨庆丰和平安银行的钟军两位紫金籍干部，驻村开展扶贫工作。

5月19日扶贫工作队进村，5月24日肖建业就来到了洋头村。这时具体负责洋头村扶贫工作的钟军，已经通过摸底对所有的困难户进行了归总造册，发现温素红家属于村里最最困难的一户。肖建业告诉我，那天，钟军领着他走进了温素红的家，唉，真的只能用家徒四壁来形容，房子是毛坯，裸露着红砖，家里光线昏暗，几乎没有一件像样的家具。两个老人神情麻木，行动迟缓，床上躺着下肢不能动弹的朱伟强。

肖建业问，这家谁主事呀？

只见温素红匆匆从地里赶回来，肖建业只见她个子小小的，十分消瘦，皮肤因为长年在地里劳作晒得黑黑的。当时肖建业就想，这么小个子的女人，有多大的力量，竟然能支撑这么一个破碎沉重的家长达十几年，一时间不由得肃然起敬。

当天晚上肖建业就住在村里，从那时开始，肖建业每次来，都没有住过宾馆，连招待所也不住，而是住在扶贫点村民的家里。据说，常常被虫子、蚊子咬得浑身都是包。他是企业的高管，有很不错的收入，可以说，他比较富裕，而且扶贫是集团公司的一项工作，到扶贫点属于公务出差，可他不仅开的是自己的私车，而且也不去住宾馆，就住在扶贫点农民的家里，每一次都是如此。仅这一点，就让我肃然起敬。就是在这样的扶贫工作中，在扶贫点上肖建业突然累得视网膜脱落，治疗了很久，至今也没有完全恢复。但肖建业一天也没有放松扶贫工作，这个肖建业，真的让我刮目相看。我想，他图什么？图升迁，他在平安集团工作了二十多年，已经是高管了，在与我的交谈中，他的潜意识里好像已经在考虑退休后的生活，没有感到他有任何企图心。

那他这样做，只能说是一种自觉，一种责任，一种对穷人的感情。这是一个怀有悲悯情怀的中国知识分子。

有这样的人，在抓平安集团的扶贫工作，你就可以想象，整个平安集团的扶贫工作落实情况了。

那一夜肖建业基本没睡好，想得最多的是如何帮助温素红一家脱贫。第二天一早，他又去了温素红的家，他想和温素红好好聊聊，了解她家的迫切需求和最困难的地方。温素红不在家，去山边的茶园里采茶去了。肖建业和钟军又追到茶园里，一边跟着温素红帮她采茶，一边和温素红细细地聊着家常，通过聊天，来寻找帮助温素红家脱贫的办法。

那时，温素红家有一亩多茶园，但品种老化，品质不高，也卖不了多少钱。河源的紫金，虽然有六百多年的种茶史，但无论是茶树的品种，还是茶叶的制作技术，都比较粗放，茶的品质一直提升不了，所以经济价值也不高，茶叶的销路也不好。村里都是历史上留下的茶园，田边屋后，种植养护几乎都靠天成。

了解了温素红家的情况，肖建业、钟军心里有了谱，他们在考虑怎么具体帮助温素红家脱贫，只有脱贫了，温素红才能真正翻身。

于是，帮助温素红家的脱贫措施就陆续出台了。

首先在产业扶贫方面，帮扶了一万元，用于扩大她家的茶园，从一亩多扩大到四亩，提供了台湾产的优质茶苗，同时请技术人员登门指导种植。联系大型茶场，将温素红送去学习，帮助她提高种茶加工等技术。茶叶上市后，肖建业亲自帮助推销，温素红家茶园每年产茶二百多斤，几乎都由肖建业推销到了平安集团总部，而且价格高于市场，这就使温素红家每年约有两万多元的稳定茶叶收入。同时，还给温素红家提供优质鸡苗——胡须鸡，指导饲养，增加收入。

教育帮扶方面，给温素红家两个儿子，每人每年提供三千元学杂费用，保证两个孩子正常读书。

健康扶贫方面，平安集团给温素红家每一个人都买了“新农合医疗保险”，以后看病，可以报销一定比例的费用。

如今，温素红在家里经济状况逐渐好转以后，将住房在原来的基础上，进行了加建，建成了两层半的钢筋水泥小楼。平安集团的扶贫工作队，为她向政府申请一万五千元，平安集团再提供五千元，补贴给温素红家装修房子的外立面，今年下半年，这个立面瓷砖贴好后，现在的温素红家，就是一幢漂亮的乡间小洋楼。如今，洋头村几乎家家都是如此了。

经过几年的努力，经过平安集团的精准帮扶，温素红家已于2018年12月，通过严格标准的验收，正式脱贫了。

两个村不止一家贫困户。对于村里其他贫困户，肖建业要求杨庆丰和钟军逐一进行了排查，把所有情况摸清摸准，只有全面地掌握了情况，才能有的放矢，实施有效的扶贫计划，这才叫“精准扶贫”，原则是，不能给几个钱就了事，有了钱的那段日子是脱贫了，钱花完了，仍然是贫困。

杨庆丰和钟军任劳任怨，多次召开村民代表大会征求意见，并且通过公示，最后确定帮扶对象，完成了贫困户建档立卡工作。

肖建业再次来到扶贫点时，听取了杨庆丰和钟军的情况报告，他再一次表明了自己的意见，他说："授之以鱼不如授之以渔，要转变认识，简单地给钱给物，只能解一时之困，合理安排扶贫项目，授之以养殖和种植的专业技术，才能断掉穷根、开掘富源。"

之后，由"扶贫办"联合河源平安产险和寿险的员工，与所有贫困户完成结对子帮扶。两个村的扶贫工作队还逐户上门，了解贫困户的需求，做好危房改造和房屋渗水修缮、种养等产业、民生基础等项目的前期调研工作。结合贫困户的实际情况、劳动能力和专业技能，因户因人，制订了三年帮扶工作方案。

杨庆丰告诉我，帮最困难的乡亲们日子先好起来，是扶贫工作组最真切的想法。"走访贫困户的次数多了，连农户家里狗的名字都记得，哪家猪圈里少头猪，我都能一眼看出来。太熟悉了。"

平安集团的扶贫工作整体按照"定位到户，精准到人，核心工程，惠利村邻"的思路和"先生产后消费"的原则，充分提高帮扶资金的利用率。按照考核指标，在确保每年贫困户脱贫的前提下，通过村集体经济项目的投入，实现滚动开发，增加村集体经济收入，最后根据政府各部门配套政策，落实相应的民生项目，提高村民生活质量。

素有“八山一水一分田”之称的紫金县，地处粤东北东江中游，山地、丘陵占全县总面积的84%，地势东高西低，南北两面山峦重叠，非常适合发展种植业，关键要选取适合的、经济价值较高的经济作物。扶贫工作队经过走访农业专家，与当地农民一道，最后选取了茶叶、金橘、柚子和梅子等经济作物来扩大种植。

具体到洋头村，扶贫干部钟军可是耗尽了心血，他发现洋头村自然条件很好，如何因地制宜，带领村民脱贫致富，是钟军进村第一天就开始琢磨的问题。通过多次考察和求教专家，钟军找到了洋头村的脱贫钥匙——充分利用河谷丘陵山区的地势，发展红心蜜柚的种植。

钟军对蜜柚种植一无所知，但他通过不断地学习、看书，并专程请来种植专家指导，渐渐摸到了门道，他把自己变成了一个农民，掌握了什么时候施肥除虫，什么时候开花授粉，让红心蜜柚在洋头村生根结果，让村集体每年都能受益。

经过三年的努力，今天当我进村的时候，当地人不无骄傲地向我们介绍：“这里，以后是绿油油的茶山，那一片，将是金灿灿的橘山，不远处是柚子山，那边是梅子山……”我从这一个个吸引人的介绍中，看到了平安集团扶贫干部们对产业扶贫工作的精心安排，对项目丰收的信心和期盼。

一点一点，温素红感受着温情

动笔写这篇文章的那天晚上，北京卫视正在热播打歌节目

《中歌会》，曾经以一首《我很丑，可是我很温柔》红遍两岸的台湾流行歌手赵传，正在唱一首他的新歌《感谢你》，他唱道：“雨再扇，风再刮，不弃不离不肯放，多少次勉强，是你为我倔强，对我放不下，感谢你的作伴。”赵传深情的演唱，比那首成名作《我很丑，可是我很温柔》更让我感动，直听得我热泪盈眶。而眼前出现的是我刚刚在扶贫采访中所见到的贫困户温素红，十五年来对她自己那瘫痪的丈夫“不弃不离不肯放”，以她那柔弱的肩膀顶起了塌下的天。

在母亲温素红的言传身教下，她的两个儿子不仅健康成长起来了，而且懂得心疼母亲，爱这个家。大儿子朱巧良，七八岁就帮着母亲到茶园里去拔草，小儿子也跟在哥哥后面学得有模有样。再长大一点后，就主动从母亲手中分担一点照顾爸爸的事情，例如，帮助爸爸排便，已经是儿子们的事情了。大儿子是温素红的骄傲，她从手机里调出儿子的照片给我看，嗬，十分标致阳光的一个小伙儿，一米七的个子，目前在惠州财金职业技术学校读书，学习成绩不错。大儿子朱巧良已经能独立照顾爸爸了。

朱伟强因为有家族糖尿病遗传，父亲就是糖尿病患者，他长期卧床，不能运动，2014年检查发现患上了糖尿病。糖尿病人的伤口不易愈合，所以朱伟强的屁股上长了一个褥疮后，怎么治疗就是愈合不了，伤口已经发展到拳头大了，在紫金一直治不好，十分痛苦。这时有人介绍了石家庄有一家骨科医院，对治疗此类的疾病有一定的经验。

石家庄，对于温素红来说仿佛远在天边，别说去，听都没有听过。朱伟强又是一个瘫痪的病人，怎么出门，温素红愁容满面。还有钱在哪里？这时她想到了平安集团驻村的扶贫工作队，他们是温素红的主心骨。

此时，钟军已经因为工作的需要，调回了单位。同样为紫金籍的干部张向华接替了洋头村的扶贫工作。温素红找到张向华向他求援。责任心很强的张向华对温素红说，你先别急，石家庄离广东那么远，去治病不是一句话，我先向集团肖总汇报一下，看看怎么帮你。

肖建业听了汇报后，关切地说道："温素红丈夫的病要想办法帮他治，但现在网络上介绍的医院很多，鱼龙混杂，真假难辨，朱伟强下身瘫痪，出那么远的门，可是不易的事，而且肯定要花不小的一笔钱。首先要当心被骗。这样，我来给平安集团石家庄分公司的人联系一下，让他们派人去实地了解一下这家医院，把情况搞实了，再来决定去还是不去。"

就这样，一个朱伟强的外出治病，牵动了平实集团一批人的心。

石家庄分公司的同志接到电话后，立即派人进行了实地走访，并认真地进行了调查。结论是，这家医院可信。

消息传回以后，肖建业指示全力帮助朱伟强治疗。

这么重的病，这么远的路，算算要花一大笔的钱，普通人家承担都困难，别说是温素红家了。平安集团扶贫干部张向华千方百计地帮助筹款。张向华不知跑了多少路，一笔一笔、一点一点地解决朱伟强的医疗费用和来回路费。例如申请"新型农村合作医疗"报销一部分，申请社会保险报销一部分，申请"重大医疗补贴"报销一部分。还怕不够，又利用网络筹款，把朱伟强的病情放到一个叫"水滴筹"公益网站上去，一共筹了一万两千元，不仅如此，张向华还在自己的微信朋友圈发起募捐，收到朋友捐的几千块。钟军虽然已经离开了，但他得知消息后，也在自己的朋友圈里发起募捐。募捐来的钱，全部交给了温素红。

温素红那十分懂事的大儿子，听说爸爸要去石家庄治病，扶贫干部这样关心帮助，觉得自己也应做点贡献，决定春节放假不回家了，跑到惠州碧桂园大酒店去做服务员，一个春节假期，一共挣了两千多块钱，全部交给了母亲。

2019年2月23日，朱伟强十几年来第一次出远门，陪同的是大儿子朱巧良，在石家庄的骨科医院，一共做了两次手术，治疗了三个多月，终于治好了那多年没有愈合的伤口，温素红高兴地从手机里调出朱伟强康复的视频给我看，我才知道，那个伤口有那么大，大得让我有点触目惊心。

多年从没有离开过温素红的朱伟强，躺在石家庄医院的病房里，非常想念妻子。想着这么多年妻子对家的付出，对自己的付出，对儿子的付出，心突然就热了起来。他对大儿子说：“巧良，你妈这么辛苦，将来你要孝顺她。”儿子本来就很爱妈妈，他对父亲说：“我知道。”朱伟强又说：“知道不行，你要对妈妈说出来，你妈太苦了。你现在就给你妈发条微信，让她知道。”

听话的巧良拿起手机，一下子又不知道怎么说。说，妈我爱你，妈不习惯。说，妈我要孝顺你，自己不习惯。一时不知怎么写。突然，他想到，妈妈现在四十多岁了，除了十七岁前到佛山打过两年工，后来由于父亲卧床，这么多年从没离开过家，她不知道现在外面世界的精彩。于是，儿子给温素红发了这样一条微信："妈，以后等我赚了钱，带你出去玩。"

就这么一条简单的微信，温素红像宝一样保存在自己的手机里，那天在和我交谈中，非常幸福地从手机里调出来给我看。

这不是一个爱情故事

对，这不是一个爱情故事，这是一个承袭着中华民族传统美德的女人本能的故事，尽一个媳妇、妻子、母亲责任的本能。在她骨子里面就是觉得，自己应该这样做，自己也只能这样做。当然在当地，同样是客家女人，遇到类似的困难有选择了逃避，把家、老人、丈夫、孩子扔下，而逃得无影无踪的女人。

温素红谈不上对朱伟强有多深的感情，她与朱伟强从相识到结婚时间很短，她也没有体会过什么难舍难分的爱情，她就是想有一个家，能让她栖身躲雨的家。那时，养父母家太穷，自己十五岁就去佛山打工，仿佛是卖身契约，因为太小，雇她的老板事前约定，两年不能回家。她对世态炎凉并不懂，只知道外面没有自己的家。没有家，就如同村里的小鸟归不了巢。两年后回到家里，家徒四壁，再加上当地传统上就是重男轻女，养父母也不希望她一直待在家里。这时，温素红才十七岁多一点儿，客家妹都有很强的家庭归属感，她渴望着有一个可以栖身的家。

就在这时，遇上了同为客家小伙儿的朱伟强，温素红就答应嫁给他了。他们还来不及建立多深的感情，两家都穷，穷得连喜酒都没摆就结婚了，就生儿子了，而且一连生了两个，从姑娘到母亲，温素红手忙脚乱。

接着，天就塌下来了。所以，温素红所做的一切，与其说是对丈夫的爱，不如说是对家的责任，是一个客家女人千百年来骨子里的对家的归属，这种家的观念，成为我们这个社会最稳定的因素。

去年春节前，瘫痪后第一次出远门到石家庄治病的朱伟强，在节日里，也许是触景生情，也许是想念妻子了，因为十五年来，他是一天也没有离开过妻子，于是，他给温素红发了一条微信："下辈子我还要娶你。"他以为这是一句温情脉脉的表示，他自己都被这条微信感动了，所以拿着手机在等待妻子也同样温情脉脉的回复。

过了好久好久，都没有收到妻子的回复。

温素红收到这条微信时，正在喂猪，她看了一眼，一点也不感动，满脑子都是这么多年来受的苦难，她没有多想，把那些猪喂饱了，清完了猪粪，洗了洗手，才回了这样一条微信："下辈子我就不嫁你了，但这辈子我帮你到底。"

这就是温素红，这就是客家妹的缩影。

温素红无疑是弱小的，她弱小到走在人群里几乎看不到她的身影，可温素红又是强大的，强大到用一个弱小的身子，支撑着整个家不能塌下来的大梁，在这个大梁下，有年迈多病的公公婆婆，有瘫痪在床的丈夫，还有两个一天一天在长大的儿子。温素红弱小的是身体，强大的是内心。

这是一个传统客家女人的美德，是对生活要求的简单，对欲望的淡漠，却对人生寄托着希望。

这就是一个弱小与强大的故事，它激励人心。

河源，生命之源

李晓东

河源采风归来，数月未动笔，当然主要是“拖延症”的老毛病又在作祟，更深层本质，是不知从哪个角度写这块我只游历了两天的土地。五个月来，香港激进示威牵动着全国人民的目光和神经，我也时时关注。2008年参加香港作联成立二十周年庆典，曾到过一次香港，说实话，印象一般，感觉过于拥挤，人也没有想象中的洋气，和我生活多年的上海相比，仿佛相差许多。但那时香港热闹而平静，登山顶看维多利亚港湾，灯光辉映，虽没有上海外滩“亚洲第一湾”带给人华丽的震撼，也显出了“东方之珠”的风采。

黑衣暴徒乱港，极端暴力手段，甚至恐怖主义行径屡见不鲜，气焰汹汹，仿佛真的能把香港从中国版图割裂出去。要知道，即使英国殖民香港，主要手段也是“租借”，香港从来就是中国的一部分，一天也没有脱离。现在，却有人妄图实现“香港独立”，真是痴心妄想得可以。殊不知，除了空气，香港的水、电、气、菜等无不由内地供应而来。古语云“日用而不自知”，繁华都市生活久了，以为水就是在水龙头里的，电是天然存在的，燃气按下阀门自然能着的，菜是超市里生长的……

完全忘了，为城市正常的日常生活，有多少长期细致的工作要做。水是生活之源，香港七百万人的用水，就来自河源。

初知河源地名，并非来自地理书，而是文学史。北京大学中文系温儒敏教授主编的《中国现代文学三十年》一书，是我们考中国现当代文学专业研究生必读书。看温儒敏简介，广东河源紫金县人，当时我还从未出过故乡山西一步，广东在想象中繁华而遥远，河源、紫金，更是识其名而不知其地。不料，这次参加中国平安“村暖花开”扶贫采风活动，所到之地就是广东省河源市紫金县，主要活动地域之一，是龙窝镇。连忙上网查温老师信息，故乡果然是紫金龙窝镇。突然有一种穿越时空来看你的奇妙和亲切。虽然才识有限，未能考上北大中文系，成为温老师学生，但读其著作增长知识、获得学历，也可算私淑弟子了，寻访老师故乡，有种油然而生的温情。

河源地处广东东北部，虽属珠三角城市群，距广州机场不足三小时车程，却依然贫困。一个重要原因，就是河源乃东江中上游，而东江，承担着为香港送水的任务。为了香港七百万人能喝上安全、洁净的水，河源一直没有大力发展工业，保护香港水源地，成了河源最重要的使命。行走在紫金县的乡镇，没有高楼，所多见的，是水泥或者红砖建造的二层小楼。有的房子脚手架还没有拆，看似未完工的工地。走进屋子一看，家具被褥俱全。一问才知，主人已入住多年，因财力所限，只能先入住，有点钱了，再一点点装修改善。看着水泥预制板的屋顶和裸露的红砖，想起香港的富贵繁华，竟一时不知今夕何夕。

门外坡下，东江水静静流过。前夜下过雨，水有些浑，是土的颜色。雨水从河岸挟带泥土进入河中，没有任何工业污染。中国改革开放四十年，也是大规模工业化的四十年，工业排放污染了空气、土壤、河流。我的故乡山西，最著名的歌曲是《人说山西好风光》，“你看那汾河的水啊，哗啦啦地流过我的小村旁”，汾河流水哗啦啦，亲疙蛋下河洗衣裳的田园景象，随着洗煤厂、化工厂排出的废水，日渐消失了。我家住在山西的另一条重要河流浊漳河畔，上小学时，二十世纪八十年代前期，河里鱼虾众多，孩子们就在岸边，拿自己用窗纱扎的小网，一伸手，就能捞上好几条小鱼，很少落空，放在罐头瓶里，它们整齐地游来游去。尤其是春天，针尖大小的鱼苗把河面都占满了，不用网子，手一捧，就能掬上好几条。常常奇怪，这么多鱼，到夏天怎么不见了？后来才知道，大鱼吃小鱼，绝大多数，都成了同类的食物。可知道也没用了，清澈的河水，突然白如牛奶，仿佛浓得流不动。忽一日，又化作红色，有时还红中带绿，色彩艳丽夺目。当然，大多数时候漆黑如墨。鱼虾们自然无所藏身，销声匿迹。在中央巡视组工作期间，巡视山东，山东省治理水体污染的一项重要成果，就是河流恢复鱼类生长。可见，河流绝鱼，非山西独有。

夏天时节，孩子们常下河游泳，不会游的，在河里踮起脚尖走路，享受浮力的快乐，偶尔呛口水，腥而甜。想尿了，上岸来解决，不知从哪里听到，但大家都坚信，尿到河里丧良心，夜里会尿炕。乱排污的厂子，却不管什么丧不丧良心尿不尿炕，直把阮章竞先生热情讴歌的漳河水变成了脏河水。正因为河流污染屡禁不绝、极难治理，全国才普遍实行河长制。一条没有污染的河流，小河弯弯向南流，流到香江去看一看，浪漫依然的风采下，包含了多少无声的付出！

河源，不仅是东方明珠璀璨之源，在中国革命史上同样留下了伟大记忆。苏区，无论中央苏区、鄂豫皖苏区还是闽浙赣苏区，都属于二十世纪二三十年代波澜壮阔的岁月。但到河源，你会发现，苏区依然存在，是紫金县的一个乡镇——苏区镇——1957年由炮子乡改名为苏区公社。中国革命史上，为纪念牺牲的将领，曾用牺牲者的名字命名地名。最著名的，1942年，将八路军副总参谋长左权将军牺牲地山西辽县，更名为左权县。我的家乡武乡县，与左权县临界，看到路上经过的汽车上，写着“左权……”，听大人说“左权家……”感觉这县名很厉害，很“有权”。但我外公，一位八路军老战士，偶尔会把左权县叫成辽县、辽州。我不明白，他说，“左权县以前叫辽县，左权死在那里，就叫左权县了”。一个县和一个人发生联系，我半懂不懂地知道了一些。与之类似的，黑龙江有尚志县、靖宇县，陕西有志丹县、子长县。山西还有两个乡，刘胡兰乡和尹灵芝乡，为纪念两位女英雄。在西柏坡召开的七届二中全会上，确定了几项“不”，其中之一，为“不以人名做地名”。“苏区”，不是人名，却具有更庄严的意义。

1923年，在中国共产党领导下，在炮子圩建立农会。1927年4月26日，“八七会议”召开之前、八一南昌起义之前、秋收起义之前，“4·12”反革命政变发生不到半个月，炮子圩即爆发了农民暴动，成立紫金县人民政府，11月底，又建立苏维埃政府，是全国最早的农民暴动和苏维埃政府，比中央苏区还早三年。把“苏区”这个具有特殊意义的名字归于河源紫金，渊源有自，实至名归。

苏维埃政府旧址，至今犹存，当地称“红屋”。红色外墙的房子，经历了九十多年风霜雪雨，依然完整、坚固。颜色红得发暗，仿佛烈士鲜血的色泽，又仿佛“天安门红”一样的颜色。我们走进旧址，中间是天井，周围一间间房子，其中一间的牌子上写着“周恩来路居地”。暴动前，时任国民革命军东征军政治部主任的周恩来，到紫金县指导武装斗争。其时，周恩来发着高烧，拖着病体，详细询问了起义准备的各项情况。初试锋芒的紫金农军出手不凡，仅用一夜，就占领县城，夺取县政权。以彭湃为首的海陆丰农民运动声势浩大，而紫金农民运动，是它的起源和先声。

距离紫金苏维埃政府旧址不远的地方，有一块山坡下的平地，绿草青青。一块石碑，上书两字“血田”。我们排成一列，向这块地，以及这块田地上曾经发生的牺牲致敬。1928年，国民党黄旭初部大举进攻紫金苏维埃政府，四月初，在这块地上集体枪杀革命干部群众二百八十多人，十月初，又枪杀一百七十多人，鲜血染红了稻田，流进江河。血田上，一组雕塑，戴链者、牺牲者、受难者，根本上，是反抗者、奋斗者、挺立者。铁的雕塑，显出铁的黑色和硬的光泽。铁和血，构成了人类历史前进的基本力量，也是中国共产党人武装革命的核心要素，铁的反抗和血的牺牲，铁的坚毅和血的温度。毛泽东说星星之火，可以燎原，紫金苏区，就是第一粒火种。

血田旁，种植许多李子树。树不高，果实结得很稠，果粒小而圆，深绿里映出深红。可能是姓的关系吧，我从小就对李子很是偏爱。虽然我家乡有谚语“桃饱杏伤人，李子树下抬死人”，我却甘愿冒了生命危险去尝试，即使聪明的七岁童王戎老先生一千多年前就英明地指出“道旁苦李”不可食，我和当时的小伙伴们也全然不顾，当然，也没听说过这著名的典故。把绿的李子摘下，在麦秸垛上掏个洞，绿李子放进去，三四天就捂红了。有一次，丢了家门钥匙，不敢回家，带着弟弟去流浪，到天黑，大人找见了我俩。锁子已被刮出弹簧，随着用任何一把钥匙打开了。妈妈没打我们，甚至一句厉害话也没说。几天后去掏李子，却一把掏出了钥匙。拿着钥匙飞奔回家，妈妈说，没用了，你们拿去玩吧。现在想想，不仅因我妈脾气好，最本质的，我爸爸在煤矿工作，每月有工资，虽然不高，但买两把铁锁头没问题，比起纯粹是农民的村里其他人家，要宽裕很多。马克思主义讲经济是基础，“人们首先必须吃穿住行，然后才能从事艺术宗教等”，的确如此。河源依然贫困，这道旁之李，就是扶贫项目所植。

幼年养下的李子馋虫蠢蠢欲动，我不禁伸手偷偷摘了个，不洗，直接咬下去。做好了酸倒牙、满口生津的准备……不料，又甜又绵！再一看，李子肉都鲜红，甚至是血红的。忽然想起，朱德总司令在我老家山西武乡王家峪八路军总部旁手植的杨树，每一截树枝掰开，都嵌着一枚规则的五角星。这李子肉，也是大革命烈士的鲜血染红的吗？见我们摘李子，村人没有不高兴，有人还摘了许多送给我们，我好好地过了把老瘾！我不知其名，暗暗叫它们“血李”，血田边的李子。道旁之李，同样枝繁子茂，味美色鲜。“血沃中原肥劲草”，无数先辈抛头颅洒热血，不就是为了后代的我们，能和平安宁地吃上李子，孩子们不因丢了家门钥匙就被贫穷的父母责打吗？

河源紫金，是中国平安集团对口帮扶地区。莲塘村和洋头村，都驻了平安集团的帮扶人员。脱贫攻坚，是十九大报告中明确的“三大战役”之一，也是任务最紧迫的。我们见到了平安集团分管扶贫工作的负责人，多年来，他走遍平安帮扶的省、市，县也去了大多数。黑而瘦，精神却很不错，说起帮扶来，头头是道，甚至熟悉重点帮扶对象家里的具体情况。精准扶贫，不仅精准到人，而且要精准到事，针对每家具体情况，制定一户一策、一村一品的帮扶措施。时维五月，清明刚过，正是新茶上市季节，茶园里，茶农弯腰采茶。“采菊东篱下，悠然见南山”，是士大夫的审美观照，采茶山坡下，欣然见翠芽，是农人获得收入、改善生活的辛勤劳动。可能是出身农村的缘故吧，我一直忘不了初中时学过的吴伯箫散文《菜园小记》开头的话：“种花好，种菜更好。花种得好，姹紫嫣红，满园芬芳，可以欣赏；菜种得好，嫩绿的茎叶，肥硕的块根，多浆的果实，却可以食用。”因此，对有实际收益的采茶，比非功利之采菊，更觉亲切。我们也戴上草帽、挎上篮子，做一回茶农。矮矮的茶树上，尖端生出绿绿的嫩芽，掐一尖放到篮子里，很细小，要采满一篮，得多少工夫啊！

茶田不远处，有一厦棚，里边放了炒茶机、烘干机，现场采、现场制作，颇有些DIY的时尚感。制好装袋，每个袋子上，都有平安集团的LOGO。原来，茶园、制茶、卖茶，都是平安集团扶贫产业链上的一环。平安集团是中国唯一全牌照金融企业，覆盖全国的网点，为茶叶的销售提供了得天独厚的渠道保障，平安的品牌信誉极大增强了消费者信心，数量庞大的客户群，则为茶叶储备了巨量消费者。在甘肃天水挂职工作时，亲身参与扶贫工作，自己感觉对扶贫还有点常识和心得，见到平安集团扶贫模式，依然大为赞叹。扶贫开发，把开发和扶贫结合起来，脱贫才可持续，乡村才能真正走向振兴，传统的生命，才能生生不息、绵延不绝。

河源“溯源”

胡性能

1. 地名

生活在高原，见过许多孕育江河的高山，对“河源”这样的地名非常敏感，猜测它应该是广东地理上的一块高地，然而因为知识贫乏，在受《小说选刊》邀请去河源采风之前，我不知道它孕育的是那一条大河。

我是从另外一条大河的源头而来——珠江的源头。它离我日夜生活的地方，直线距离不足一百公里。马雄山，一座海拔仅两千多米的山岗，在群山雄峙的云南，这样的海拔注定它在漫长的时光中寂寂无闻。以至于数百年前，徐霞客为探寻珠江的源头，沿大江逆流而上，最终却迷失在云南的群山之中。临近源头，水流变小，目的地变得似有若无，站在两河的交汇处，任何选择都是赌博，伟大的旅行家，做对了99%的选择题，却在此功亏一篑。马雄山近在咫尺，徐霞客却与它擦身而过，留下无尽遗憾。

在前往河源采风的途中，我做了一点功课。唐朝李吉甫《元和郡县志》记载：“河源，本汉龙川县之地，齐于此置河源县，以县东、北三百里有三河之源，故名也。”三河，指的是连平河、忠信河与新丰河。

巧合的是，珠江的源头马雄山，海拔虽低，却也孕育了三条江河，有着“一水滴三江”的美誉。这三条江是从东麓流出的南盘江，从北坡流出的北盘江，以及往西流出后又北折的牛栏江。三条江河在离开马雄山母体之后，各自又接纳了生命旅途上的万千之水，最后均成长为水量丰沛的大河。其中的南盘江与北盘江，在流淌了几百公里之后，在贵州的两江口汇合，之后带着更磅礴的气势继续前行，流淌成东方浩荡的珠江。而另外一条往北奔去的牛栏江，最终汇入金沙江水系，它要与另外两个“兄弟”相见，只能是数千公里以外的大海了。

所以，在我看来，“河源”是一个有着动感的名词，它意味着初始、出发地、起点、源头，甚至是故乡。看着这两个带有三点水的字，我总是会想起一条由细小而渐大的河流，翻山越岭，穿过重重阻碍，执着、百折不挠，最终汇入浩瀚的大海。而孕育江河的山岗，就像一位母亲，站立在村口，眼巴巴望着自己的儿女渐行渐远，消失在目力难及的远方的世界。

2. 村庄

采风的第一站是河源市紫金县龙窝镇的莲塘村。和今天中国的大多数村庄一样，这是一个以老人和孩子为主体的村庄。作为改革开放的先行省区，广东的快速发展，让这个省的城市化进程得以提速，农村大量青壮劳力离开故乡，前往人流拥挤的城市追求人生梦想。莲塘村可以说是中国当今乡村的一个标本：活力四射的青年离开以后，只剩下老人、妇女和孩子。

我们去采风的那一天，恰好碰到平安健康检测中心到莲塘开展免费体检活动。村委会的楼上楼下，全是持单等待体检的人。让我感到诧异的是，除了少许的中年妇人之外，持单者大多是老年人，他们好像是分拣机迅速转动过后被筛选出来的石子，正在低声地交谈、打听或者沉默地站在队列中，脸上带着期待的表情。周边，是醒目的招贴，有体检通知、有地中海贫血防治核心信息及知识要点、有平安集团“三村建设工程”的介绍，等等。站在村委会大门外的台阶上，望着一张张从眼前一闪而过的苍老面孔，透过遥遥时光，我能看见他们曾经的强壮、健硕与美丽，但终归抵挡不住时间的侵袭。渐渐衰老的身体，让人想起沙漠中的河流，不知道它还能流淌多久，就会隐没于地下。

一辆中国平安三村工程移动健康检测车停在村委会前面的场坝中，场坝的右侧，有几棵不知名的大树。阳历的五月初，正是草长莺飞的暮春时节，树叶生机勃勃，形成巨大的冠盖，与树下那些等待体检的苍老生命形成巨大的反差。天空时晴时雨，变幻不定。有一瞬间，我短暂失聪，望着那些等待体检的老人，我突然觉得，从某个角度来说，这些留守在村庄的老人，是另外一个“河源”。在莲塘村，在中国数以十万计百万计的村庄里，那些源源不断出走到城市的年轻生命，组成了一条条从村庄流往都市的年轻河流，他们活力四射，奔流不息，最终汇聚成都市无边的人海。

这让我想起了有一次在北京地铁西直门站，正值上班的高峰期，我看见人流像洪水一样从出口涌出，令人窒息。那些带着梦想匆忙行进的人，是否在他们遥远的故乡，也有眼前这些像山岗一样沉默、笃定，等候他们归来的老人？

3. 学校

我们乘坐的中巴车在龙窝镇停了下来，5月9日上午十点过，街道安静异常。龙窝镇第二中心小学是我们这天上午采风的第二站。学校的位置奇特，穿过大门后立即得爬二三十级的台阶，有琅琅的读书声从上面传了过来。台阶的尽头，豁然开朗，自成一体的空间：教学楼、简易的运动场、旗杆、壁报……我在这个校园看见了与莲塘村等待体检的老人相对应的另外一极：孩子。感觉是，在龙窝这个地方，人口的组成像一只哑铃，连接一老一少两头球状的中间部分细瘦，仿佛潮湿的空气只锈蚀那个地方。与城市的孩子不一样，龙窝镇第二中心小学就读的学生，大多数跟随年迈的祖辈生活。远在城市打工的父母，是他们在春节期间才能见到的候鸟。熟悉而又陌生，亲切又隔膜。成长的岁月里，没有父母的陪伴，他们大多纤弱而又敏感，眼神里时常会掠过一丝不安。

作为采风的一个部分，这天上午，由中国作家协会、中国平安集团和中华文学基金会联合捐建的育才图书室授牌仪式将在此举行。同行的朋友告诉我，这所学校也是平安集团拟升级的一千所乡村学校中的一所。目的只有一个：让乡村的孩子与城里的孩子，接受同等的教育。

采访中我们得知，以往龙窝镇所辖的村庄里，那些进城打工，并能够在城里幸运立足的父母，往往会在安定下来之后，接走自己的孩子。因为他们进入城市后发现，与城里的许多人家相比，他们的孩子在起跑时就慢了半拍。但随着“村教工程”的实施，流失的学生少了，孩子们能够顺利成长，父母的顾虑就小了。

“村教工程”是平安集团“三村建设工程”不可或缺的一环，目的是以云平台等技术和信息桥梁，将城市优质教育资源引入贫困地区，提升乡村教育水平。采访团里的肖克凡老师，博闻强记，一路而来的交谈，他广博的知识让人深为折服，因此被安排在第二天下午给小学生们讲一课。那是神奇的一课，借助“双师课堂”智慧教学设备，肖克凡老师的讲授被实时连线到深圳百仕达小学，也就是说，相隔数百公里的学生，在不同的地点，竟然能够在同一时段共享同一智慧空间。结合数十年的写作经历，肖克凡先生围绕故事、细节、阅读、好奇心等关键词，将自己的写作体验，对学生娓娓道来。

因为教室的空间有限，能够容纳的学生不多，我和此行采风的领队——《小说选刊》副主编李晓东被安排在隔壁的图书室，与另外一些孩子交流写文章的心得。让我意外的是，有一个十来岁的小女孩子，竟然把《红楼梦》的简读本读了五六遍。那本书是她远在城里打工的父亲春节回家，给她带来的礼物。我问她最喜欢什么课程时，她回答说写作文。

如果我们把一个人的漫长一生，也看成是长河的话，那么肖克凡老师在龙窝小学里所上的这一堂文学课，会不会像一盏明亮的灯火，在一些孩子人生的源头，照亮他们未来的人生长途。我猜想，也许多年以后，有一位作家会来自于龙窝这地方，他也许是阅读《红楼梦》的那位姑娘，也许会是另外的孩子。

在央视播放的《动物世界》里，我曾经见到过一种执着的鱼：鲑鱼。每年秋天，它们会不辞辛劳，跋涉数千公里，逆流而上，只为回到自己的出发之地，完成生命的轮回。完成与龙窝小学的孩子们的交流后，教室外面又下了一会儿阵雨。浩瀚的天宇里，云朵结伴飘行，队列巨大，我意识到，那些从江河流到大海里的水，正在以一种难以察觉的方式，回到它最初的源头，回到水汽云集的山巅，反哺隆起的大地，就像那些历经艰辛的鲑鱼一样。“源头”，有如生命中被秘密设置的芯片一样，出走得再远，也会永久储存着一些出发时的隐秘信息。

乡村，或许也可以说是城市的源头。点滴的积攒、融入、汇合、繁衍、壮大，最终成为人流如织的繁华都市。因而，我把《小说选刊》组织的这次采风，看成是以文学的方式对乡村深情回眸，也把平安集团在河源实施的“三村工程”，看成是一家企业对社会的反哺，我幻想有一天，从龙窝小学成长走入城市的孩子，有人会回来，回到他们的出生地，向更小的孩子们，讲述外面的世界，讲述他们离开故乡之后，走过的万千山水。

村暖花开·江西篇

调查的意义

吴克敬

“没有调查，没有发言权。”到了江西省的寻乌县，参观毛主席的“寻乌调查纪念馆”，得知我们为毛主席的这句多加一个字，而成为“没有调查，就没有发言权。”这句话多一个字，少一个字，我很难说出什么不同来，但我知道唯有正确地学习毛主席的原话，才能准确地理解毛主席《寻乌调查》的要旨。

从一座古建筑改建而来的毛主席“寻乌调查纪念馆”，就坐落在寻乌县城的马蹄岗上，占地八千余平方米，主要有毛主席旧居、寻乌调查陈列室、红军医院、红四军干部会议旧址等景点。在来寻乌县之前，我在网上即把这座具有光辉革命历史的纪念馆，认真地巡览过了。知道毛主席在这里既写出了著名的《寻乌调查》，还写了著名的《反对本本主义》。毛主席后来回忆他做过的调查，说他曾经在湘潭、湘乡、衡山、醴陵、长沙、永新、宁冈做过七个有系统的调查，湖南五个是大革命时代（一九二七年一月）做的，永新、宁冈两个是井冈山时代（一九二七年十一月）做的。湖南五个放在“我的爱人杨开慧手里，她被杀了，这五个调查大概是损失了。永新、宁冈两个，一九二九年一月红军离开井冈山时放在山上的一个朋友手里，蒋桂会攻井冈山时也损失了”。从毛主席的这段话不难看出，毛主席是太注重调查研究了，凡事做了调查，做了研究，他老人家才会说出自己的见解来。一九二九年一月时，毛主席与朱德总司令率领红四军突破了国民党军对井冈山革命根据地的“围剿”，开辟了赣南、闽西革命根据地。为了巩固和壮大根据地，还为了解决党内有些同志对中国社会经济状况的错误认知，便自我垂范，下大力做了一次深入的社会调查。他的调查，用他的话说，一是“走马观花”，一是“下马看花”。“走马观花”可以迅速了解事物的概况，“下马看花”则能看到事物的内部，发现问题的本质。这次调查，毛主席收获了几十万字的调查笔记，最后整理出了近十万字的《寻乌调查》。八十多年时间过去了，我因为要写我来寻乌县的感受，即重读了《寻乌调查》，感觉还是那么扎实新鲜，那么理论联系实际。

郭友梅、范大明、赵镜清、刘亮凡、李大顺、刘茂哉、刘星五、钟步赢、陈倬云、郭清如等有名有姓的十一个参加了毛主席寻乌调查的人，有九位后来都因为反动派的疯狂报复，而先后牺牲！在纪念馆里，我一个展室一个展室地走，讲解员低沉的声音叩击着我的耳鼓，我似乎还听得见，那些牺牲者在毛主席《寻乌调查》里发出的历史的呼唤。他们的呼唤，丰富着毛主席《寻乌调查》的内容，坚实着毛主席《寻乌调查》的基础，让我深刻地感受到，唯有向毛主席学习，坚持调查研究，才是大有意义的。

全国范围内实施的脱贫攻坚工作，就是党中央在充分调查的基础上确定下来的。而我们部分作家朋友，到寻乌县来，目的亦非常明确，就是要深入寻乌县的村村寨寨里去，与生活在那里的老百姓，面对面地座谈，倾听他们的声音，感受他们的感受，来一次文学意义上的调查。不敢说几日的走访调查，有多么深入，多么有成效，但我自觉还是有点受益的，而这受益就建立在调查研究的基础上，哪怕我的调查还很薄弱。

不过我怀揣毛主席在《寻乌调查》里说的一句话，“要做小学生，放下臭架子”。所以就很自觉地以小学生的姿态，用了五天时间，马不停蹄地穿梭在寻乌的山山水水间，去了三标乡富寨村、项山乡卢屋村、澄江镇周田村，以及山水林田湖草项目、丹溪乡中小学、太湖水库工程等多处脱贫攻坚点，真切地看到了，也听到了脱贫攻坚工作为当地百姓生活带来的变化，是现实的、巨大的。三标乡副乡长陈粤芳，是位年轻的女同志，她对富寨村情况的熟悉，像自己的家一样，特别是对村里的贫困家庭，如同对自己的父母兄弟，知之甚详，几年来既有上级机关的扶持，也有他们一线干部的努力，大力推行产业扶贫，在搞好土地流转的基础上，鼓励大家参股入股，投入珍贵药材黄精与石参种植上，先试点，再推广，目前这已经成为村民主要的产业发展方向。传统的养蜂业，更是他们牢牢抓在手上的一项产业。而一项新的产业，也就是利用富寨村独有的自然环境，大力开展的乡村旅游，业已具备了一定的规模。

三标乡富寨村的情况是这个样子，项山乡卢屋村、澄江镇周田村亦如这里的情况一样，结合自己山乡的特色，或搞特色种植，或进行其他产业的开拓，全都做得风生水起，让人现场看了，对做出如此成就的他们，深感钦佩。

要知道，他们这么做，是受了很大限制的。

远离他们这里的香港，还有广州、深圳，数千万下游城市人口的吃水，依靠的东江，就起源在寻乌县，全县大部分地方，作为东江的起源地，国家对他们是有着严格的水源地保护要求的，牛不能养，猪不能养，羊不能养，还有盛名天下的脐橙、蜜橘也不能种养了。要知道，这些可是寻乌人数千年来的产业根本呢！一家人如果拥有三五亩的脐橙，或者蜜橘，就能够终年生活无忧。然而下游城市人口饮水的安全，要求他们把传统的养殖与种植，都自觉地放弃了。因为养殖的猪、牛、羊，会产生牲畜粪便，种植的脐橙、蜜橘，要施肥打农药，这可是要污染水源的呢。

真是要难为寻乌人的呢。他们的脱贫攻坚，不知比别的地方要艰难多少倍。

但这没有难住智慧的寻乌人，水源地禁养猪、牛、羊，水源地禁种脐橙、蜜橘，他们就避开水源地，继续他们的猪、牛、羊养殖，继续他们的脐橙、蜜橘种植。当然这会带来新的问题，而最使他们头痛的即是脐橙、蜜橘的病虫害了。其中有种极不起眼的脐橙、蜜橘木虱，随风飞扬，沾染上脐橙、蜜橘的嫩芽，整棵树都会染病死亡。怎么办呢？这方面的专家，寻找到一种薄如蝉翼且又透光透水的纺织物品，立木搭架，为脐橙、蜜橘撑起一片一片白亮亮的保护膜，保证了脐橙、蜜橘不被木虱伤害。我们在寻乌县天南海北地走，见多了那样的白帐篷，知道那是要增加种植成本的，不过能够确保脐橙、蜜橘的生长，而且还能保证脐橙、蜜橘的口感，也算是为了脱贫攻坚而创立的一项技术创造了。

来在寻乌县的日子，是雨季的六月天。品质更好的脐橙、蜜橘还需要一些时间，但早熟的五月橙，已经上市，我们下榻的招待所客房里，就有热情的主人准备的橙子，我不知别人是何态度，总之我没有客气，自觉剥了橙子皮吃了。要我说，寻乌县五月橙的味道，已经很是饱满了呢，我不知哪儿的橙子，还能比寻乌县的橙子味道好。

回到西安的家里，我坐在书案前，来写我在寻乌县的调查，顺手冲了一杯寻乌县的大墩绿眉茶，这是那里的一位乡党送我的。乡党名叫罗录红，他是大学毕业考到寻乌去的。他在送我大墩绿眉茶时，还送了一罐狮子岩茶，他送我时，我俩就把“狮子岩茶”品味过了。前者的大墩绿眉茶是他们寻乌县发展出来的茶叶新品，后者的狮子岩茶是他们寻乌县的旧爱。但我品味着，以为不论新品旧爱，其冲泡出来的香气，一样清高持久，一样味醇鲜爽，一样深长怡人。

我是爱上寻乌县了，爱这里的脐橙、蜜橘，爱这里的茶香。

山那边是海

许晨

“同学们：我们的祖国有多大啊？”

“九百六十万平方公里！”偌大的操场上，上百名五、六年级的学生异口同声地回答，整齐而清脆的少年之声震荡着周围的绿色大山。

“对，你们说得不错，教科书上是这样讲的。”我赞许地点点头，继而话锋一转：“不过那只是陆地上的面积，我们还有三百多万平方公里的‘蓝色国土’，那就是一万八千公里的海岸线沿海十二海里的领海，以及二百海里的专属经济区。”

这一番话语立时引起了大家的浓厚兴趣，他们一个个睁大圆溜溜的眼睛望着我，开始听一场别开生面的文化讲座……

2019年6月初，正是“红了樱桃，绿了芭蕉”的春夏之交，我有幸参加了中国作协联合平安集团举办的“村暖花开·三村采风行”作家助力精准扶贫公益项目活动。在《中国作家》杂志社主编程绍武、编辑部副主任佟鑫等人带领下，来到赣南革命老区寻乌县采风写作。“三村”，主要是指扶助“村官、村医、村教”三个方面，以期达到贫有所助、病有所医、学有所教的目标。今年是我国全面建成小康社会的关键之年，实施此次活动，会更好地推动作家深入生活、扎根人民，将所见所闻以文学作品的形式为社会大众呈现一个真实、立体、易感知的乡村扶贫图景。

寻乌，位于赣、闽、粤三省交接处，是江西省赣州市下辖县，一个具有光荣革命传统的红色老区，毛泽东、朱德、邓小平等老一辈革命家率领工农红军，曾在这里留下过闪光的足迹。特别是毛泽东同志不辞辛劳精心写下的《寻乌调查》一文，首次提出了“没有调查，没有发言权”的论断，至今仍然焕发着夺目的光彩。近年来，在针对各地农村精准扶贫、整体脱贫的大潮中，寻乌人民发扬战争年代的拼搏奉献精神，奋发有为干事创业，取得了令世人瞩目的成果，谱写了一曲新时代可歌可泣的壮歌。

连日来，作家采风团在寻乌县有关部门的协助配合下，轻车简从，走村进户，相继参观走访了历史人文景点、扶贫脱贫先进典型等，包括毛泽东寻乌调查纪念馆、文峰乡柯树塘山水林田湖草项目建设点、三标乡富寨村、项山乡卢屋村等地。所到之处，无不被那青山绿水、山乡巨变的情景所吸引、所感动。

这一天上午，我们一行按计划前往距离县城较远的丹溪乡中小学，座谈山区教育情况，赠送学生学习用具。中巴车沿着弯弯曲曲的盘山公路行驶着，翻过了一座又一座大山，仿佛没有尽头似的。两旁的高岭低谷满目碧绿、青翠欲滴，一个名词顺理成章跳在了眼前：春深如海。作家诗人的思维时刻闲不住，面对如此良辰美景更是无话不谈。尤其几天来的赣南之旅，令人目不暇接，畅所欲言，狭窄的车厢里犹如召开了热烈的“研讨会”。

蓦地，陪同工作人员接到一个电话：丹溪乡中小学十分重视，正在集合师生欢迎作家采风团，并热切希望作一次文化讲座。计划变了：由原来的集体交流改成作家讲课。坐在前边的程绍武领队看看车内，目光落在我身上：来吧，你是海洋文学专家，给山区孩子们讲讲大海。这个题目不错，我曾在不同场合向不同听众讲过，但那是有准备有课件的，现在感觉有点突然。没问题，作家讲课要什么准备，再说你对海洋文化有研究，一定能讲好！

明丽的朝阳牵着隆隆的中巴车，一路奔驰，载着我们来到了丹溪乡中小学。走进不大的校门，豁然开朗，一个现代化的山村学校展现在眼前：铺着红绿塑胶跑道的大操场，沿着山坡错落有致的教学楼、师生宿舍，一群群身穿统一校服、戴着红领巾的学生手提凳子，排着整齐的队伍走向操场坐下。哦，原来是在操场上讲课，这可是我所遇到的前所未有的“大课堂”。

乡领导和校长、老师热情地欢迎我们，简略介绍了学校情况：这是一所由小学到初中的“九年一贯制”学校，所以叫作丹溪乡中小学。它创建于1976年，坐落在美丽的丹溪乡丹溪村，占地面积24350平方米。原来校舍较差，条件艰苦，近年来得益于改革开放好政策，从县委县政府到社会各界实施教育扶贫，发生了巨大变化。盖了新大楼，配备电脑微机室，山乡里飞来了金凤凰。

在一片春潮般的掌声中，我走上讲台，环顾四周，近处坐满了大操场的同学们，一个个仰着红扑扑的面孔，宛如盛开绽放的杜鹃花。远方是蓝天白云，青山环抱。我深深呼吸了一口新鲜空气，开口说道：“同学们大家好！咱们这里是赣南山区，而我来自祖国的东部山东青岛，一个美丽的海滨城市，今天我给大家讲讲大海、讲讲海洋文学，题目就是：山那边是海！大家看见过大海吗？到海边去过吗？”

哈，一下子把学生情绪调动起来了，有的举手，有的直接回答：“看见过，在电视里，在画报上！”“我去过，暑假里爸爸妈妈带我到小梅沙玩过。”众说纷纭，不一而足。从对话中我了解到：这些山里孩子大多没见过真正的大海，只是从电视屏幕上看到了波涛、轮船和翻飞的海鸥，个别学生则是因为父母在深圳、珠海等地打工，前去看望时去过海边。他们对蔚蓝色的海洋怀有浓厚的兴趣与求知的渴望……

于是，我娓娓讲起了海洋故事——不用讲稿，这些已经深深印在我的脑海里：从远古《山海经》“精卫填海”的神话、秦朝徐福东渡的传说，到外国名著安徒生的童话《海的女儿》、凡尔纳的科幻小说《海底两万里》；从郑和七下西洋的壮举、近代有海无防的悲剧，到新中国成立以后的崛起，特别是实施的海洋强国的国家战略，并且联系我的获奖作品《第四极：中国“蛟龙”号挑战深海》，满怀激情而又深入浅出，犹似展开了一幅浩大而神秘的海洋图画，赢得了师生们由衷的喜爱掌声。

随着天色近午，太阳公公似乎也被这里的气氛所吸引，想听听讲些什么，脚步匆匆地移到了当空头顶上，火辣辣的热情让人有些受不了，汗珠一颗颗滑落下我的面庞。主持人看见了，一边为茶杯里续水，一边拿来一顶草帽给我戴上，瞬间感到一阵清凉。可当我看到学生们还都无遮无挡地坐在阳光下，立即摘下来放在一旁笑笑说：没事儿，我要跟大家同甘共苦。

欢愉的时间总是很短，不知不觉一个小时过去了，考虑到学生上课也就四十五分钟，又到中午操场上温度高了，我便在一首名为《问大海》的海洋儿歌中结束了讲座："大海大海我问你，你为什么这么蓝？大海笑着来回答，我的怀里抱着天。大海大海我问你，你为什么这么咸？大海笑着来回答，渔民叔叔流了汗。"这是我们青岛诗人刘饶民写于二十世纪五六十年代的作品，生动形象，朗朗上口，加之我细致的讲解，很快，孩子们就非常喜欢且背诵如流了。

看着他们愉快而满足的笑脸，我欣慰地想到：今天的讲课可能为大山里的孩子打开一扇大门，通向山外，通往海洋。在未来的年代里，他们中间会出现研究海洋生物和矿物的科学家、航空母舰核潜艇上的海军将士，抑或是远洋船队中的水手船员、海上石油钻井平台和建设海港码头的工程师，等等。如今，高耸的大山远远阻挡不住向往大海的童心。我们此行则是为其助了一臂之力……

走下讲台，乡长、校长，还有采风团队友们，纷纷与我握手，赞许：讲得很好！别说学生，我们也都愿意听呢！谢谢！谢谢！咱们学生纪律相当好，我观察了一下，没有交头接耳的，连一个走动上厕所的都没有。呵呵，这说明一是平常要求高，二是内容吸引人。程领队还特别对我坚持不戴遮阳帽提出表扬："不错，有大家风度，给采风团争了光！"

队友之一，江西省作协常务副主席江子特意总结道："这次讲座虽是临时定的，但因功底扎实，十分成功。可以说是紧扣主题、深入浅出、激情洋溢、趣味横生。”“过奖了！我只是想让山里的孩子们多了解一下海洋……”

随后，大家坐在一起畅谈教育扶贫、尊师重教等话题。我们了解到：丹溪乡中小学是全乡中心学校，目前有十八个教学班，在校学生七百二十三人，教职员工四十五人。设有十八个教学班，建有图书室、仪器室、实验室、微机多媒体教室等功能室十一间，并配备有标准的篮球场、羽毛球场、排球场、乒乓球场等活动场所，设备完善，管理规范。全体教职员工形成了严格加科学的管理方法，合格加特长的育人模式，教学质量长盛不衰，在各级各类学科竞赛中获奖，硕果累累。

特别使我感慨的是，过去说到农村小学，一句顺口溜道出了满腹辛酸：草房子，泥台子，里边坐着土孩子。星移斗转，沧桑巨变，如今的乡村学校早已大变样了。从中央到地方，各级各部门全力以赴改善教育状况。治穷先治愚，扶贫先扶智。再苦不能苦孩子，再穷不能穷教育。一句句新的顺口溜，彰显了乡村振兴的重要内容。

远的不去说了，就以眼前的丹溪乡中小学为例，乡政府的办公室比学校差远了，而且为了让学生有个上体育课的操场，乡里硬是把一块商用土地拿出来，无偿划拨给学校使用。还有根据国家政策，每天如期如数、保质保量向学生免费供应营养午餐，特别确保一袋牛奶。谈话中，乡长还指着校长笑着说：“在我们乡里，工资最高的不是我乡长，而是他！”

“是吗？”这引起了大家的兴趣，突破了男人不能问收入、女人不能问年龄的不成文规矩，打破砂锅纹（问）到底："你多少，他多少？"

"呵呵，没有什么不好讲的，我拿公务员正科级工资，每月四千多块，校长有高级职称，每月六千多块呢！"

这是真金白银啊，这是真正的尊师重教！教师真正体验了一次人类灵魂工程师的待遇。如果各地乡村学校都是这样并且长期坚持，过去那种留不住公派教师，只靠民办教师挑大梁，甚而中学生教小学生的年月，当然会一去不复返了！

回到县城后，我们从一直负责接待的县委张海副书记处了解到：类似丹溪乡中小学的情况在寻乌有很多，它还不是最典型的。自2015年打响脱贫攻坚战以来，在县委县政府的坚强领导下，全县认真开展教育精准扶贫工作，以困难学生资助、控辍保学为重点，全面落实教育扶贫各项政策，着力改善贫困村学校办学条件、优化农村师资队伍、促进城乡教育均衡发展，教育扶贫工作取得了良好成效。

按照"应免尽免、应补尽补、应贷尽贷"的原则，他们全面落实教育扶贫各项资助政策。2015年春季学期至2018年秋季学期，累计发放教育专项资助资金5605.3万元，资助贫困家庭学生6.66万人次。对于留守儿童，给予特别关爱，健全谈心制度，开展对口帮扶。构建了一个家庭、社会、学校共同参与的责任网络，使留守儿童的身心健康状况明显改善，生活自理能力增强。

张海副书记是从中宣部来的挂职干部，负责分管党群文教等工作，已经深深爱上了这片红色的土地，与寻乌人打成一片了。他身材结实匀称，平头短发，面孔黑里透红，如果不是一口京腔京韵，俨然是一位江西老表了。面对我的提问，他侃侃而谈：

“我们着力改善了农村学校办学条件。2015—2018年，全县薄弱学校改造规划了十七个贫困村二十个项目，一共投入建设资金3451.19万元（上级资金2131.31万元，县级资金1319.88万元），用于新建校舍3660.84平方米、运动场建设23129平方米及其他附属设施、设备采购85.4万元。

“同时，为加强乡村教师队伍建设，县里专门出台了《寻乌县乡村教师支持计划（2015—2020年）实施办法》，按照边远每人每月三百元、最边远每人每月五百元的标准，及时足额发放农村中小学教师特殊津贴；所有在乡镇工作的公办教师均享受了乡镇工作补贴。为乡村学校老师配备必要的工作、生活设施，逐步推行‘五个一’服务（即提供一张床、一张办公桌、一台热水器、一台电视机、一套厨房设备）。县里还建立了乡村教师荣誉制度，2016年以来，已对七十多名从教二十年的乡村教师授予荣誉称号……”

“这太好了！俗话说：栽下梧桐树，引得凤凰来。如此尊师重教，一定会取得丰硕的成果。”我由衷地赞叹道。

“对！”张海自豪地说，“这几年全县适龄儿童入学率和高考升学率都有大幅度提高。如今在寻乌农村，最好的楼房是学校，最受尊敬的人是教师。每年，我们还组织德艺双馨的教师和品学兼优的学生，乘飞机坐动车，走出大山，或到发达城市去学习，或参加海滨夏令营，开阔眼界，交流思想……”

好啊！山那边是海，海这边是山，山海相依，同频共振。

即将告别寻乌县时，我们收到了丹溪乡中小学特意发来的照片。那是当天我讲完课之后，采风团又在领队程绍武主编带领下站成一排，向每一位参加听课的学生，一一发放了学习用品，而后与师生合影留念：背靠着绿色的大山，身边簇拥着如花的孩子们，摄影师“咔嚓”一声，留下了一幅难忘的山乡助教图……

寻乌底色

纪红建

一

寻乌，地处赣州东南隅，一块充满红色印迹的土地。

2019年6月上旬，我穿行在陡峭幽深、蜿蜒曲折的罗霄山脉，行走在峰峦叠翠、流水潺潺的美丽寻乌。当我站定在弥漫着淡淡幽香的宽敞大棚边，眺望着在山间盘旋环绕的柏油公路和掩映在绿林中的漂亮楼房时，我在心里反问自己："这还是曾经的国家扶贫开发重点县，罗霄山特困片区县吗？"显然，那已经是过去时了。我眼前的寻乌，与传说中的以偏僻、贫穷而"出名"的寻乌，与资料上所说的"守住了青山绿水，也守住了贫困"的寻乌，与曾经的"森林退化，水土流失"的寻乌，反差巨大。如果不是亲历其境，如果不是亲眼见到万木常青、绿色崛起的欣欣向荣的景象，我怎么也不会相信。难道真如有人评价的，"赣州革命老区正在成为新农村建设的典范，就像颗颗明珠镶嵌在连绵的罗霄山脉，闪出耀眼的光芒"。当然，这种变化是全国人民美好的向往，也是新中国历史进程的一种必然。

漫步在寻乌革命历史纪念馆，我被这片浸润着红色基因的热土深深感染着。

寻乌是中央苏区全红县。在第二次国内革命战争时期，毛泽东、朱德、邓小平等老一辈无产阶级革命家，都曾在这里从事过伟大的革命实践活动，并先后发生过“圳下战争”“罗福嶂会议”“寻乌调查”“罗塘谈判”等在中国革命史上具有重大意义的历史事件。

《寻乌调查》更是闪烁着灿烂的光辉。

1930年5月初，毛泽东率领红四军由会昌来到寻乌县城，进行了历时一个多月的革命活动。他利用红军在安远、寻乌、平远分兵发动群众的机会，在时任中共寻乌县委书记古柏的协助下，在寻乌开展了十多天的社会调查。

纪念馆墙上展示的三份详细表格，让我瞬间对《寻乌调查》肃然起敬。

第一份是出席调查会人员情况表。从表格可以看出，毛泽东先后邀请郭友梅、范大明、赵镜清、刘亮凡等十一人开调查会，他们大部分是本地人，就身份来说，有苏维埃干部、教师、商人、农民、工人和士兵等，对寻乌的历史和现状比较熟悉。

第二份是寻乌县城人员成分和他们的政治地位情况表。情况表显示，农民1620人，占比20%；手工业者297人，占比11%；游民270人，占比10%；娼妓162人，占比6%；商人135人，占比5%；政府机关100人，占比4%；地主78人，占比3%；宗教徒22人，占比1%弱。

第三份是寻乌地主分类情况表。情况表对寻乌八个头等大地主、十二个二等大地主、一百一十三个中地主的具体情况一一进行了分析。关于寻乌的土地斗争，毛泽东从分配土地的方法、山林分配、池塘分配、房屋分配、分配土地的区域标准、城郊游民要求分田、留公田、分配快慢、抵抗平田的人、非农民是否分田、废债、土地税、土地斗争中的妇女等十七个方面进行了深入调查。

这是一次深度调查，不是“走马观花”式的调查。比如寻乌的交通，毛泽东具体分析了水路、陆路、电报、邮政、陆路交通器具的情况；寻乌的商业，毛泽东具体调查了从门岭到梅县、从安远到梅县、从梅县到门岭、从梅县到安远与信丰经寻乌的生意情况，以及惠州来货、寻乌的出口货、寻乌的重要市场等情况，详细调查了寻乌城市场各种货物的种类、店铺分布、经营品种、专卖经营、商品成色、货物来源、市场价格、销售方向、年度贸额、荣枯演变、店员制度等情况；寻乌的旧有土地关系，毛泽东从农村人口成分、旧有田地分配、公共地主、个人地主、富农、贫农、山林制度、剥削状况、寻乌文化等九个方面做了详细调查。

这注定是一次具有非凡历史意义的调查。

更为可贵的是，毛泽东不唯上、不唯书、只唯实，客观呈现事实，不回避问题，真实反映了当地老百姓的生存境遇，没有夸大也没有隐瞒农民被剥削的情形。比如，对于寻乌的剥削状况，毛泽东分析了地租剥削、高利剥削、税捐剥削三种类型共二十三种具体剥削方式，其中包括“禾头根下毛饭吃”“要衫裤着去捞”等极端剥削方式。通过调查，毛泽东发现寻乌有近40%的农民刚打下禾、交过租就没有饭吃。针对“卖妻鬻子”的传言，毛泽东经过调查发现卖儿子的现象在寻乌农村十分普遍，债主听说有人家卖了儿子后，马上就会上门讨账。毛泽东还承认这个调查“有个大缺点”“就是没有分析中农、雇农与流氓”。此外，在“旧有土地分配”问题上，“没有把富农、中农、贫农的土地分开来讲”。客观说明调查研究的不足，同样体现了毛泽东实事求是的科学态度。彼时，毛泽东就开始坚持实事求是思想路线了。

第二年年初，毛泽东在宁都小布整理出《寻乌调查》全文，共五章三十九节，八万多字。《寻乌调查》是毛泽东农村调查的经典之作，其深入、唯实的作风，蕴含的调查研究思想与方法，依然是我们这个时代的营养。

《寻乌调查》倾注着毛泽东的心血与情感。“我做的调查以这次为最大规模。我过去做过湘潭、湘乡、衡山、醴陵、长沙、永新、宁冈七个有系统的调查，湖南那五个是大革命时代（一九二七年一月）做的，永新、宁冈是井冈山时代（一九二七年十一月）做的。湖南五个放在我的爱人杨开慧手里，她被杀了，这五个调查大概是损失了。永新、宁冈两个，一九二九年一月红军离开井冈山时放在山上的一个朋友手里，蒋桂会攻井冈山时也损失了。失掉别的任何东西，我不着急，失掉这些调查（特别是衡山、永新两个），使我时常念及，永久也不会忘记。”毛泽东在《寻乌调查》中写道。

或许，这就是革命战争年代的命运吧！后来虽然《寻乌调查》被带到了延安，但它很长时间被遗忘在某个角落，没有被人发现，但从寻乌出发的党的实事求是思想从未中断。幸运的是，1950年《寻乌调查》原抄件被发现，毛泽东兴奋不已，并对第五章进行了认真修改。

《寻乌调查》的诞生，自然离不开寻乌这片赤诚的土地和这片土地上的人民。

古柏便是杰出代表。他1906年12月出生于寻乌县篁乡区塘背村（今晨光镇沁园春村），1925年12月加入中国共产党，1927年参与组建寻乌县第一个党组织——中共寻乌县支部干事会。1928年3月，古柏参加寻乌县“三二五”暴动，并任县城一路总指挥。同年冬，赣南红军第二十一纵队成立，古柏任党代表，率部依托寻乌南边阳天嶂一带大山开展游击战争。1929年1月，由毛泽东、朱德、陈毅率领红四军主力从井冈山向赣南闽西进军经过寻乌，古柏第一次见到毛泽东，他向毛泽东详尽汇报了寻乌县党组织领导开展群众工作和武装斗争的情况。这年11月，寻乌县军事委员会成立，古柏任主任委员。

毛泽东在寻乌进行调查时，古柏全力以赴协助毛泽东开展寻乌调查，陪同他走街串巷，深入店铺、作坊，坐田间地头，与工人、农友促膝谈心，广交社会名流，了解社会各阶级的情况。此后，古柏调到毛泽东身边工作，任红四军前委秘书长，跟随毛泽东转战闽西、赣南、袁水流域和赣江两岸。中央红军主力长征后，古柏留在中央苏区坚持游击战争。1935年2月，古柏被安排往赣粤闽边界突围，领导开展游击战争。3月初，古柏来到广东龙川县鸳鸯坑，由于叛徒出卖，被龙川县警大队包围，在掩护战友们突围的战斗中英勇牺牲，年仅二十九岁。

得知古柏牺牲后，毛泽东非常痛惜。1937年秋，他给烈士家属题词写道：吾友古柏，英俊奋发，为国捐躯，殊堪悲悼。

愿古氏同胞，继其遗志，共达自由解放之目的。

…………

九十多年来，岁月历经沧桑，但红色让这片土地愈加坚毅顽强。

二

6月3日上午，从寻乌县城到文峰乡上甲村时，汽车在山间上山、下山，再上山，再下山。寻乌山不算高，但一座连着一座，一望无际。一团团翠绿的火，在枝头燃烧着。

“那是什么?”我指着不远处绿色中若隐若现的一片黑色，问寻乌县委宣传部的小罗。

“那是‘石蛋’。”小罗说。

“石蛋?”我不解地说。

“其实就是石头。看到‘石蛋’，就快到上甲村柯树塘了。”小罗说，“‘石蛋’的成分为花岗岩，它们经过风化后变为土，这就是稀土的来源。目前现存的‘石蛋’有一万个左右，各自有着属于自己的编号，是我们有意保留下来的矿山遗址。一是警示后人，不要再开山挖矿了；二是供以后研究使用。”

接着，小罗又向我介绍起上甲村的前世今生。他说，其实以前这里还是一片片茂密的树林，有着美丽动人的绿色，但因为有着极为丰富的稀土资源，甚至有“稀土王国”之称，到二十世纪七八十年代，这里一时间成为争相开采的对象。一车车装有稀土的卡车从颠簸的小路上相继离开，带走了资源，同时也留下了植被破坏、水质氨氮超标、水土流失严重、土地沙化等生态问题。从1975年至2008年，在经历过度开采的重创之后，这里又拥有了一个新的名字——南方沙漠。2008年，文峰乡上甲村柯树塘正式封山，停止稀土开采。即便如此，仍然无法改变生态被破坏的现状……

汽车在一处山坡停了下来。这里便是上甲村柯树塘，但已不是一处简单的山坡了，准确地说，应该是一座公园的入口处。这里有停车场，有带图文的项目介绍，小山最高处修了一个漂亮的亭子，可以远眺。

我们拾级而上，走上亭子。放眼望去，一排排油茶树舒展绿叶迎风摇摆，混合草长得郁郁葱葱，蜜蜂在花丛中采蜜；不远处，有个微波粼粼的湖，湖的四周铺设了醒目的红色自行车道……一派生机盎然的景象。我无法将这里与寸草不生、满目疮痍的废弃稀土矿山联想起来。

小罗告诉我，上甲村的命运转机出现在2016年。这年12月，我国提出第一批山水林田湖试点，赣州市作为唯一一个地级市进行申报，寻乌县作为全国重点生态功能区、全省生态文明示范县，也由此正式开始废弃矿山环境综合治理与生态修复工程，大力实施“生态立县，绿色崛起”战略，以废弃矿区为切入点开展综合治理与资源循环利用等改造工程，统筹推进山水林田湖草生态保护修复，努力打造治理样板。山水林田湖草是一个生命共同体，寻乌已经决定不再开山挖矿，要把珍贵的矿产资源和绿水青山一起留给后世子孙，真正做到不搞大开发，共抓大保护。

2017年6月开始，在“科学化”的治理模式下，经过一年零两个月的努力，废弃矿山的面貌逐渐消失，青草绿树逐渐覆盖了贫瘠的土地。以前的矿区内多为裸地，植物分布零散，植被种类较少，主要为芒萁、芒草、黑莎草，植被覆盖率为10.2%，生态植被严重退化，而在试点项目启动后，为确保植被数量有“增多”、面积有“增加”、质量有“提升”，一方面加强土壤改良、土地复垦力度，使土壤质地基本满足绝大多数植物生长条件；另一方面对每个平面、坡面采取种子撒播、苗木移栽的方式进行植被复种。通过对不同植被进行调查，可知治理范围内总体植被覆盖率已由10.2%提升至80%，植物品种由原来的三至六种增加到一百余种，复绿效果较显著。

解决了植被覆盖率问题，柯树塘又马上投身水域的治理。针对传统惯有的治山、造林、净水、护田各域分治的矿山治理模式，柯树塘废弃矿山综合治理与生态修复工程项目统筹考虑生态系统的完整性，形成山上山下同治、地上地下同治、流域上下游同治的“三同治”新模式，通过采取矿山地形整治、建挡土墙、截排水沟、修复边坡、植被恢复等措施……入河水质大大改善。

“原来可以靠稀土生活，封山停止稀土开采，那他们靠什么生活？他们能同意吗？”我知道，美的背后，肯定是蝶变之苦。

“纪作家，你问得太对了。”小罗说，“俗话说得好，靠山吃山，靠水吃水。封山后，当地老百姓和矿区老板当然不愿意啦，特别是当地老百姓，他们一时无所适从，不知道靠什么生存了。”

“外出打工？”我问。

“封山后，确实有不少外出打工的。”小罗说，“党和政府高度重视，生态环境逐渐向好的方向发展，民生问题也不能落下呀。比如我们通过开展土地平整和改造，增加工业用地七千亩，寻乌石排工业园区已吸引洛锡实业、埃尔集团、莫可铸造等三十余家通用设备企业落户，总投资近一百三十亿元，为社会提供了四千个以上的就业岗位，矿区附近乃至县城居民实现家门口就业，实现变‘矿区’为‘园区’。又比如，我们通过引进光伏企业，在石排村荒漠区引进诺通光伏电站，装机容量10兆瓦、年发电量0.1007亿千瓦时，在上甲村荒漠区引进爱康光伏电站，装机容量30兆瓦、年发电量0.2868亿千瓦时，实现变‘荒漠’为‘财富’。此外，综合开发治理矿区周边土地2824亩，发展油茶种植1236亩，实现变‘沙’为‘油’，探索出一种宜居、宜业、宜游的发展模式。在上甲村建人工湖，并在湖四周建自行车道，既方便当地村民娱乐锻炼，也想把这里打造成一个乡村旅游点，增加当地村民的收入。”

“我们进行山水林田湖草项目建设，更是为了保证东江源头的水质。”小罗说。

哦，东江！

此东江为珠江流域水系支流，也是珠江四大水系之一，发源于寻乌三标乡。东江水是广东省河源、惠州、东莞、深圳、广州等城市四千多万居民的主要饮水资源，同时供应着香港超过70%的饮用水，关系着东江流域和珠三角区域的经济发展和香港的繁荣稳定。

“寻乌全县森林覆盖率81.5%，其中源头东江源山的森林覆盖率达到了95%。”小罗说。

在上甲村，我还听说了一个故事。一个从上甲走出的事业有成的企业家，最终选择回到山村居住，并感慨地说了一句令人既心酸又欣慰的话："四十年前上甲一片绿海，四十年中上甲满目疮痍，四十年后上甲又回绿海。"

…………

这天下午，我们来到三标乡富寨村寨塘坑自然村，这里的绿，同样令人心动。

寨塘坑距县城十三公里，离三标乡政府八公里。这里水质清澈，四周青山环绕，有五百多年历史的大榕树、清澈见底的寨塘坑社区古井、连绵不断的寨塘坑瀑布，还有与大山和谐搭配的白墙黑瓦土坯房。

"山坡很少见到脐橙树。"我问钟慧平。年轻的他，是富寨村第一书记，2012年他以大学生村官的身份开始参加这个村的工作，2016年当上了三标乡乡干部，并下派该村任第一书记。

"二十世纪九十年代，寻乌掀起了一股种植脐橙的热潮，富寨村也开始在山上陆续种植脐橙树。但现在，原来山上成片的果树已经被水杉、樟树取代。"钟慧平说。

"为什么？"我问。

"种脐橙要用农药化肥，会污染水质，已经全部砍了。"钟慧平说，"因为发源于三标乡桠髻钵山的寻乌水，由北向南贯穿全县，流经九个乡镇，汇入东江后，穿越珠三角最发达的地区，进入香港的千家万户。保证水质在Ⅱ类标准以上，是三标人、也是寻乌人的责任与使命。富寨村、三标乡，也只是寻乌县的一个缩影。为了保证东江源水质，寻乌不仅对稀土钼矿、河道砂石实行禁采、控制，甚至禁止种植脐橙树，还对森林资源实行全面禁伐、对东江源头河道实行禁渔。"

我知道，赣州这个纬度非常适合种植脐橙，气候、湿度、温度、光照都非常适合脐橙生长，关键是当地含有丰富的稀土微量元素，所以这里产的橙子很甜，很清气。不让他们种植脐橙，这不等于要了他们的“饭碗”吗。”

“他们如何生活?”我问。

“必须寻找新的经济来源。”钟慧平说，“这几年，寻乌一直大力发展生态旅游、生态农业、林下经济等，着力推广生态养殖，发展绿色无公害农产品，建设现代农业园区，努力把生态优势转化为发展优势。”

…………

看着满山翠绿，我似乎听到了珠三角城市匆忙的脚步声，看到了香港同胞脸上那甜蜜幸福的微笑。

三

第二天上午，我们驱车前往项山乡卢屋村。

项山乡地处寻乌县东部，距县城二十三公里，位于赣粤闽三省交界处，素有“一脚踏三省”之称。境内山峦重叠，武夷山脉横亘其中，项山甑海拔1529.8米，是赣南第二高峰。

一路上，小罗告诉我，卢屋村位于项山乡偏北部，主要有“高山牛羊、山腰柑橘、田间瓜豆、花中蜜蜂、林下种菌、屋顶光伏”等六大富民产业，主导产业为柑橘脐橙，现已发展到近五万株规模。虽然这个村曾经是贫困村，但文化氛围浓厚，有书画传统，还走出过著名的书画家。

但更令我好奇的是，山沟里、山坡上，绿海中点缀的那一片片白色。

“那是什么?”我问小罗。

小罗说：“防虫网罩。”

“防什么虫?”我问。

小罗说：“黄龙病。”

小罗说，柑橘脐橙黄龙病有柑橘“艾滋病”之称，被感染的柑橘脐橙树无药可救。具体地说，就是木虱虫在作怪。木虱成虫多停靠在柑橘脐橙叶片背面或茎上取食为害，此时，它的尾部翘起，虫体与叶片成优雅的45°角，这是它的典型特征。木虱口针刺入树体后，在未受惊扰的情况下一般不移动，终日取食，使嫩芽、嫩叶扭曲、畸形。木虱若虫常聚集在嫩梢上取食危害，且不断地向嫩梢下部移动，导致被取食嫩梢枯萎。木虱若虫的尾部还会排出大量的白色蜡状蜜露，可供蚂蚁和蚜虫取食，加大了对嫩梢的危害。在荫蔽潮湿、管理不善的果园，木虱的蜜露还容易引发煤烟病。

黄龙病以前并不多见，但在2013年左右，开始在寻乌以及附近地方大面积暴发。“刚开始村民哪知道什么黄龙病呀，看到几只小虫子四处飞，柑橘脐橙叶片黄化，也没当回事，以为慢慢会好起来，他们哪里知道，情况越来越严重。到后来，木虱满天飞，柑橘脐橙大面积地死亡。”小罗说。

“那可怎么办呀?”我说。

“还能怎么办！只有流着泪把柑橘脐橙砍掉呀!”小罗说，“柑橘可是寻乌人的命根呀，黄龙病来势汹汹，寻乌经济、寻乌人民的生活水平都受到严重影响呀。更要命的是，寻乌那时还是国家扶贫开发重点县，产业结构单一，县级财力薄弱，农村贫困面积依然较广，贫困程度较深。即便现在，寻乌虽然已经退出国家扶贫开发重点县行列，但也还在巩固与提升阶段。”

小罗的话，让我陷入深深沉思。

不久后，我们来到卢屋村，见到了项山乡干练的女党委书记凌兰妹。

凌书记向我们介绍完项山乡和卢屋村的基本情况后，我便迫不及待地追问起来：“项山乡是如何在主要产业柑橘脐橙遭受黄龙病袭击后摆脱贫困的？”

听到我提出的问题，凌书记的脸色略显沉重。

“那是寻乌人心中的痛，但再痛，我们也得面对这个残酷的现实。”凌书记说，“寻乌是果业大县，果业也是我们的经济支柱，主要是柑橘脐橙。那年黄龙病来袭，对于贫困之中的寻乌来说，无疑是雪上加霜。寻乌是个典型的农业县，要摆脱贫困，首先就是保果业，更不可能放弃种植柑橘脐橙，当时县委、县政府提出‘南改北保’的策略；其次就是充分利用山地资源优势发展生态种养，规划种养区域，让生态农业产业有序发展。”

“那又如何让柑橘脐橙摆脱黄龙病困扰呢？”我问。

“用防虫网罩，让木虱无法接近柑橘脐橙树。防虫网罩有成片的，也有单株的，由村民自己决定。”凌书记说，“但并不是村民想种植多少就让他们种植多少，有数量的控制。即便经济发展慢点，也必须这样坚持。”

“为什么？”我问。

“为了保护环境和东江源。”凌书记说。

又是东江源！

“地处东江源头的不光有寻乌，还有赣州的安远和定南，他们一个曾经是国家扶贫开发工作重点县，一个曾经是省级贫困县。为了保护东江源，过去数十年，这三个县一直面临着保护和发展的尴尬。”凌书记说，“我们必须这样做，没有选择，既是为了给自己的子孙后代留下‘金山银山’，也是为了让珠三角城市和香港同胞兄弟姐妹过上真正有品质的生活。”

随后的卢屋村走访，我碰到了一个五十岁左右的妇女。妇女姓胡，戴着草帽，正在自家菜园里搭建防虫网。网罩下面栽的脐橙，二三十株，还是幼苗。可能由于面积小，她是用竹子搭的框架。

说到脐橙，胡大姐立刻停下了手中的活儿，似乎有说不完的话。她告诉我说，她家五口人，她、老公、儿子、儿媳和孙子，老公、儿子、儿媳带着孙子在深圳打工。原来，老公并没有到深圳打工，而是与她一起在家种脐橙。那些年，不光寻乌，就是整个赣南，脐橙果业发展迅猛，村民纷纷大面积种植。她家也种植了十来亩脐橙，碰上丰收年，一年收入有近二十万。由于脐橙的丰收，她家不仅走出了贫困，而且盖了小洋楼，甚至买了辆皮卡。让胡大姐没想到的是，前几年，“黄龙病”席卷了她和老公辛苦经营几年的果园，断了主要收入来源，一家人再次陷入困境。她说，也赖自己，当时由于种植脐橙挣钱，村民一窝蜂上来大面积种植，不懂技术，还盲目投机种植，必然招致黄龙病灭园。

“靠什么生活呢？”我问。

“当时村里想把我家纳入建档立卡贫困户，帮扶干部为了让我家走出困境，还鼓励我们申请产业发展资金，养羊、养猪、养鸡，在荒废果山上再出发，开养殖场。但我们拒绝了，既拒绝了当贫困户，也拒绝了干部给我们想的办法。当时老公就说，我们有健康的身体，饿不死。于是，老公带着儿子到深圳打工，我留在家里慢慢再重新种植脐橙树。”胡大姐说。

“种植了多少亩？”我问。

“我家后山上有五亩脐橙树，四年多了，去年就挂果了。”胡大姐说，“这个菜园不到一亩，今年刚种植的。”

“还打算种植吗？”我问。

“不了，不了。”胡大姐摆了摆手说，“两个原因，一个是我们这里是东江源，为了保护水质，对种植果树有控制，不能像过去漫山遍野地种植；二个是我们是家庭种植，必须遵循市场规律和果树种植规律，不是种植得越多越好，而是要种好种精。后山上的脐橙树已经挂果了，我一个人忙不过来了，今年秋天，我老公就会回寻乌，不再去深圳打工了，我们一起种植脐橙。”

…………

从项山回寻乌县城途中，我仰视着满山绿色，以及点缀在绿色之中的白色防虫网。那成片的白色防虫网，远远望去，像白云一样洁白，与青山蓝天交相辉映；也有单独的白色防虫网，一株一网，它们就像一个个勇敢的卫士，挺立在山间，守卫着这片圣洁的土地。

此刻，我心中蹦出两个字：底色。

这是寻乌永久的希望。

脱贫路上

江子

熟悉江西赣南寻乌县三标乡副乡长陈粤芳的人们都知道，陈粤芳可是一名爱花的姑娘。看到田野里的花开，她都要忍不住走过去闻一闻。在村头巷尾，看到花儿在风中摇晃，她都忍不住要去打个招呼。春天油菜花、桃花盛开的时候，她会采摘一把带回家养着。她会沿途跟熟悉的人介绍她手中的花：哎呀这花怎么开得这么好，香气这么浓！沿途的人就会回答说，哎呀，陈乡长，你本身就是一朵好看的花呀。

陈粤芳还真是一朵美丽的花。她才到而立之年，正是怒放的花季。她个子并不高，可爱穿运动款浅色短袖，梳着马尾辫，戴着细框眼镜，爱笑，笑声是极其爽朗的那种，一笑就露出俩酒窝。她热情，阳光，一点架子也没有，跟谁都聊得来，跟谁都是自来熟，三标乡的男女老少，个个都爱亲近她，都说，这十里八乡，到哪里去找长这么俊性格又这么好的人呢。

这么俊又性格这么好的人，怎么就扎根在了这故乡的乡野之间？熟悉陈粤芳的人们都知道，陈粤芳到这乡村工作，也就是近几年的事儿。而在此之前，她可是在广东大地方上着班的。她怎么就从那大老远的异乡的城里，拐弯抹角回到故乡的？

没有哪个年轻人会拒绝远方的诱惑。早年的陈粤芳也是如此。而且，她认为自己最有资格奔向远方。首先，她名粤芳，那是她打工的父母在广东生下她的标记，可她认为那是远方给她留下的接头的暗语。她大学时学的是地理专业。地理，可不就是关于远方的学问？还有，没有与远方拥抱过的青春怎么好意思叫作青春？没有梦想的少年叫什么少年？

大学毕业后陈粤芳离开了家乡，义无反顾地奔向了远方的城市。她考入广东肇庆市广宁第一中学，成为高三的一名地理老师。

陈粤芳这朵花开放在异乡城市的苗圃之中了——在肇庆广宁第一中学这一苗圃里，陈粤芳让自己开放得无比肆意。她与孩子们打成一片，与老师们相处甚笃。她活泼，热情，富有朝气，几乎所有人都会被她感染。她会组织老师们跳舞、练瑜伽、打球。她爱好广泛，有时跟美术老师学画国画，有时自己写写毛笔字，没事时候，就在网上看网络小说。假期，她就满世界去旅行，她大学学的是地理，就是当一名专业的旅行家都没问题！

陈粤芳就这么轻而易举地拥有了远方。她的血管里每一滴血都在奔跑、歌唱。她有时会产生远方才是自己故乡的错觉——传说有一种鹰，爱把巢筑在天空，因为只有天空才配得上是它的故乡；有一种花，爱把根扎在绝壁上，因为只有在绝壁上，它才会因危险而快意。

这样的日子过了五年。有一天陈粤芳忽然感到莫名神伤。她开始想家了。——她想念父母、亲人，更想念生她养她的寻乌。

寻乌，那是一块有着光荣历史的土地，毛泽东、朱德、邓小平等曾在这里进行过革命斗争，毛泽东曾经在这里写过《寻乌调查》与《反对本本主义》。寻乌，也是一块自然资源无比丰厚的土地，是“中国蜜橘之乡”“中国脐橙之乡”“中国脐橙出口基地县”“绿色生态果品生产县”，七百多万香港同胞的水源地东江发源地，就是这里的三标乡东江源村。寻乌也是国家级贫困县，因交通不便，经济欠发达，有很多人长期生活在贫困线以下。为了摘去贫困帽，无数的寻乌儿女，正在响应国家的号召，打一场异乎寻常的脱贫攻坚战。

陈粤芳是寻乌的女儿。她怎么可以仅仅满足于自己在异乡的舒适和快慰，而撇下这生养她的故乡于不顾呢?

脱贫攻坚被誉为一场没有硝烟的战斗。而真正的青春，就应该奔向战场。战地黄花，才是开得最为娇艳的花朵。1929年春，中国工农红军第四军主力从井冈山向赣南进军经过寻乌，有多少寻乌的年轻人，为了故乡的自由与解放，为了民族的独立与人民的幸福，跟着红四军主力奔赴战场，陈粤芳从小就熟悉的江西寻乌革命烈士陵园，就记载了三千多名寻乌烈士的姓名——他们大多数都是年轻的后生。其中的寻乌县委书记、毛泽东以挚友相称的古柏，在赣粤边游击战争中壮烈牺牲，年仅二十九岁。陈粤芳也快到了古柏当年的年纪，眼看着改变故乡贫困面貌的战役打响，她怎么可以袖手旁观呢?

她要加入到这战斗中来，要做一朵骄人的战地黄花。

她是学地理的，最是知道坐标的重要性。她要建立自己新的坐标，寻找青春新的可能。

陈粤芳二话没说调回了寻乌。她开始在一个叫罗塘中学的乡村中学教书。后来，她因参加县委办选调事业单位人员考试进入寻乌县委办工作，并且成为吉潭镇上车村的一名挂点帮扶干部。2017年9月，她参加公务员领导岗位考试，成为寻乌县一名副科级干部，成为香港水源所在地的三标乡的一名副乡长。

陈粤芳一步步地实施自己的计划，一步步地校准自己在这场战役中的坐标。经过努力，她终于如愿以偿地有了一个新的平台。——那是与她以前在广东肇庆工作时完全不一样的乡村，是人口已经日渐稀少的乡村。那也是这场战役的核心地带，是最靠近前线的地方，或者说，那就是前线本身。

陈粤芳与同事们精心制订着三标乡的发展规划，以及贫困人口的脱贫计划。三标乡是香港水源地，保护水源生态环境就成了寻乌发展乃至关系国家战略的重大事情，三标乡就必须从源头上杜绝工业污染，对河流环境有可能造成污染的项目那是一个也不能引进。实施封山和加大造林育林力度是完全必要的，严格执行取消外销商品木材采伐指标政策也刻不容缓。经济上，以前的脐橙、柑橘需要施肥打药的果类不能种了，必须改种猕猴桃、鹰嘴桃这类少施肥打药的果类。打东江源品牌，把三标乡的旅游做大做强，也应该是一条发展之路……

陈粤芳与同事们精心排查全乡的贫困人口，给所有贫困人口建立档案，一对一地制定精准扶贫办法。丧失了劳动能力的，给予政府兜底扶贫；有劳动能力但因病返贫的，给予产业扶贫路；没有技术能力的，安排他们进行种植养殖技术培训；可以外出务工的，帮助他们找到外出务工的新路子……

他们把全乡的贫困人口、帮扶干部姓名与脱贫计划、任务都写在乡党委、政府的墙上，配上“扎实推进精准扶贫打好脱贫攻坚战”一类的标语。他们笑称这就是他们的作战地图。他们经常组织各种会议，让每个干部都熟悉自己的责任、帮扶对象的基本情况。他们一再地走访全乡的每一户贫困户，直到熟悉每一户贫困户的家庭情况乃至生活习惯，直到每一户贫困户都把他们视若亲人……

陈粤芳走在三标乡的各个村头巷尾。熟悉她的人都知道，她最喜欢的事情是下乡。她喜欢走在乡间的小路上，欣赏着远方的青山、近处的绿叶，感受着那种无比盛大的绿意，聆听着沿途小溪的流水潺潺，想象着它们浩浩荡荡地一路流向香港。——那可是她在城市生活里感受不到的野蛮的、葱茏的绿意。如今，她被这盛大的绿意簇拥着，感觉自己就像是童话里森林中的白雪公主。她喜欢看粉蝶纷飞，听夏季里蝉的欢鸣、四季的鸟雀歌唱。每次欣赏着乡间美好的生态形成的美景，她就感觉自己的青春得到了滋养。她把自己最近的照片发给以前的同事看，他们都说她变得更加漂亮了。

她最喜欢的还是这里的花开。一到春天，数不清的野花争奇斗艳，连空气都是醉人的！陈粤芳经常会暂时丢开自己手中的工作，瞧瞧这朵，闻闻那朵。那是城市的苗圃里感受不到的自由烂漫，是人工无法抄袭的旷野的意志与精神！她有理由认为，那些美好的花朵，与那些盛大的绿意以及粉蝶鸟雀一起，都是这脱贫攻坚战中的战友，与他们有着同样的扶贫目标。

……经过同事们的辛勤劳动，三标乡的脱贫工作越来越见成效了。陈粤芳认领的五户贫困户，生活条件得到了明显改善。王秀秀是个苦命的女人，丈夫病逝，公公婆婆年迈，儿子女儿年幼。2017年，女儿又因车祸导致了癫痫。过去天天哀叹自己命运不济的王秀秀，因为有了低保的资助、社会爱心人士的捐助以及政府的救助，紧皱的眉心已经有了很大程度的舒展，言语间对未来已经有了巨大的信心。六十二岁的黄朝荣是个智障，无儿无女，孤身一人。过去，他会把自己和家都搞得脏兮兮的，可是现在，他总是把自己收拾得很干净，喜欢每天都打扫卫生，让自己的家整洁干净。前不久，陈粤芳去走访黄朝荣，发现黄朝荣从野外采来花朵，分别插在几个装了水的矿泉水瓶子里。那花朵在黄朝荣老人的家中无比灿烂，仿佛乡村人家的堂前供奉的慈眉善目的菩萨。

看着呵呵笑着的黄朝荣，陈粤芳不免眼湿。她看到了她的价值所在。是的，她何尝不就是黄朝荣瓶中的花朵，她的初心与责任，何尝不是在执着地给每一户贫困户送去花一般的救济与抚慰，让他们有着舒心微笑的美好时刻？

陈粤芳至今还没有爱情。可她并不着急。她相信在这场没有硝烟的战斗中肯定有与她志同道合的人在。她等着他的出现。她理想中的白马王子，应该是手捧着灿烂开放的花朵，满含着春风般的笑意，从青山那边，从三江源头，从乡路的另一头，被无比葱茏的绿意簇拥着，慢慢向她走来。

虽然都是乡镇干部，而且都是80后，可罗禄红与陈粤芳是不一样的人。因为，陈粤芳是地地道道的寻乌人，罗禄红却是一名“进口老表”——他来自对于寻乌人来说极其遥远的陕西，是陕西扶风县一名农家子弟。

罗禄红是怎么从一名陕西扶风人，变成一名寻乌的“进口老表”的？说来话长。因为出生于与江西一样有着丰厚的革命历史的陕西，因为从小在革命英雄的故事中长大，早在高中时代，罗禄红就有了对革命的向往。他觉得好男儿志在四方，好男儿当建功立业。好男儿应该国家兴亡匹夫有责。出生于革命老区的原因，罗禄红对同样是革命老区的江西就有了天然的好感。填写高考志愿，罗禄红毫不犹豫地填了“江西”。

他终于如愿以偿，考上了江西师大，成为汉语言文学专业的一名学生。

大学期间，罗禄红跑遍了江西有关革命历史的山山水水。他发现自己爱上了这个省份。——这是一个充满了革命激情的省份。在过去的历史里，这里的人们，坚定信仰，心怀梦想，个个心里装着主义，以及为主义献身的决心。

大学毕业后罗禄红并没有回到陕西老家。正逢赣州市委组织部招考选拔生，冲着赣州是中央苏区历史的发生地，罗禄红二话没说就报了名。他想，青春报国，不一定要回到故乡，只要国家需要的地方，都是自己可以扎根的所在。他的名字里有个“红”字，曾经为中央苏维埃政府所在地的赣州又应该是江西最红的区域之一，那就让自己名字中的“红”，找到属于它的故乡，续上它的精神谱系吧。

罗禄红一考即中，成了当年赣州组织部选拔的二百多名大学生之一。

来到了赣州市的罗禄红被分配到寻乌县罗珊乡。——寻乌县，那可是中国共产党人重要的精神源头之一，毛泽东在这里写下了八万多字的《寻乌调查》，“没有调查，没有发言权”以及“反对本本主义”的光辉论断的原址，就是在这与广东挨边的寻乌县。

罗禄红记得自己到寻乌报到的那一天是2008年8月8日。那是北京奥运会隆重开幕的日子。走在通往寻乌县罗珊乡的路上的罗禄红，听着四处传来的奥运会开幕的声音，感觉寻乌县就是他的人生的重要竞技场，而他就是在命运的导引下缓缓进场的那个人。

罗禄红在罗珊乡属于自己的办公桌上奋笔书写。他要迅速了解罗珊乡的方方面面，了解寻乌县乃至赣州市的历史与现实。他要了解南方与生养他的北方的不同，研究这里的风土人情。他要迅速让自己对这个地方的一切了如指掌。

说老实话，刚刚到寻乌的罗禄红是羞怯的。他给人的印象是有些沉默寡言。除了他天性有几分腼腆，更重要的原因是，他满口西北口音，他怕自己一开口，在这个到处是寻乌本地人的地方显得突兀刺耳，然后会被人们笑话。

罗禄红决心让自己学会说寻乌话。听着同事们说话，他暗暗地练习着发音。他发现自己很快地学会了寻乌话。他再开口，许多人压根儿听不出他是西北人，还以为是本地哪位好人家的公子呢。

从革命老区到革命老区的罗禄红成了一名“革命者”。他不断地革自己的命——让自己从一名陕西人变成了一名江西人，让自己的西北口音变成了地道的寻乌口音。

然后他索性让自己成为一名彻头彻尾的寻乌人：他做了寻乌人的女婿，有了两个在寻乌出生的孩子。他的妻子，是一个叫项山乡的乡镇的干部，跟他算得上是志同道合的战友。

实现了自己的彻底革命的罗禄红在寻乌乡间如鱼得水。他从罗珊乡调到了三标乡。不管在何处，他都能和当地农民打成一片。他学农民说话，与农民对饮，让农民把心窝子里的话掏给他听。——他本来自农村，对农村一点也不陌生。他是学中文出身的，他当然知道要真正了解中国，就必须了解农村与农民。

脱贫攻坚战打响了。乡政府的墙上，到处是“对标对表目标倒逼挂图作战坚决打赢脱贫攻坚战”“立下愚公移山志，打赢脱贫攻坚战”“谁在脱贫攻坚玩猫腻组织查你不客气”之类的标语。这些标语，模拟了战场，让他顿时有了当年穿着灰色军装的红军的感觉。

他知道这是一场真正的革命。这场革命，与当年的工农武装夺取政权的革命一脉相承。因为国家贫弱、人民贫困而奋起闹革命的中国共产党，这次要彻底地甩掉戴在中国人头上很多年的贫困帽子。

而寻乌的贫困，与其他地方的贫困多有不同。这里是香港水源地，这偏僻山乡，联系的是国家命脉，关系的是香港同胞的福祉。因为这一原因，寻乌就失去了许多发展机会，比如有污染可能的工业企业，不管会提供多少就业机会，给财政创造多少税收，都不能引进；比如种植养殖业的发展，就要考虑对水源的影响。制订寻乌县的脱贫攻坚计划，比起其他地方来，就要谨慎细致得多。

罗禄红全力投入脱贫攻坚的工作中。他要和同事们一起填表，一起督促检查各种政策的落实情况，一起向贫困户嘘寒问暖。他其实只是个普通干部，他知道自己能起到的作用并不会很大，但是，有同样年轻的同事们一起，他们的力量，就会滴水成河，聚沙成塔，汇成脱贫攻坚战役中的汪洋大海。

乡村的年轻人越来越少了。他们都离开家乡去城里打工了。可是，乡村还有满怀着信仰和梦想的年轻人在。他们是通过了考试的村官，有着一定工作经验的乡镇干部、备受留守孩子们爱戴的乡村教师，等等。他们是有着红色基因的后来者，他们是脱贫攻坚战役中的中坚力量，是守卫着乡村的最后一道防线。只要他们在，这防线就一定固若金汤，乡村的伦理秩序，就一定能得到完整的维系，并葆有永世流传的可能。

这是罗禄红们的信仰，也是我国脱贫攻坚取得最后胜利的重要保证。

梦开始的地方

张锐强

在此之前，我根本不知道中国还有个寻乌县。带乌字的县名，印象中只有两个：项羽自刎的乌江县，今安徽和县；我为之作传的杜牧知湖州时每天生活的乌程县，后来改为吴兴县。但这两个县的乌字都在前面，因而起初接到通知，我脑海中本能地浮现的是京剧《法门寺》的那个名段，杨派唱腔：

眉邬县在马上心神不定，这几天为人犯死里逃生。

劝世人休为官商农为本，可怜我七品县令不如黎民。

难道是眉邬？当然不可能。中国从来未曾有过眉邬县的建制，只有郿县。境内的五丈原和嵋邬堡都是三国时期的历史故地。前者为诸葛亮的殒身之所，后者是董卓发迹之前的老窝。董卓发动士卒奴隶筑起与长安城等高的嵋邬堡，志得意满地表示：事成，雄霸天下；不成，守此足以毕老。

去年以来，中国平安集团斥资百亿开展“三村工程”，分别面向“村官、村医、村教”，从产业、健康和教育三个方向实施定点扶贫，搞得有声有色。这是中国作协“村暖花开·三村采风行”活动的根由。中央苏区全红县寻乌，是其中具有历史与现实双重代表性的重要节点地，蕴藏着巨大的历史能量：毛泽东在此完成了影响深远的《寻乌调查》。

想来也真是不可思议。我走向写作之路，跟《毛泽东选集》其实颇有渊源。当年刚从军校建筑系毕业，分配到一所驻军医院做行政。因专业无法发挥，内心无比苦闷，乃至孤愤。为了精神自救，便开始学习电脑打字。机关正好有台新买的486电脑，是当时的最新款式，我有空就在上面狂敲。内容从哪里来呢？微机室里有几套《毛泽东选集》。《敦促杜聿明等投降书》《目前的形势和我们的任务》《中原我军占领南阳》，这些文章因而熟悉得真切。天天噼里啪啦地录入这些，并无实用，负责管理电脑的同事颇为不解：你整天打这些干吗？你一个大学生，自己写不好吗？

我天天跨部门使用新电脑，有人心里是不情愿的。同事肩上多少有点压力。

一语点醒苦闷人。营房助理员从此转向写作之路。

可是，虽然二十多年前敲过那么久的《毛泽东选集》，竟然没看过《寻乌调查》，不知道有《寻乌调查》。

这也难怪。毛泽东对《寻乌调查》用功颇深，五章，八万多字。这样的大部头不适合练习打字，因不易见到成绩；而持续地完成一篇又一篇，就像漫长旅途中一个又一个旅店，可以打尖休息，缓解疲惫。因而我总是选择短小精悍的文章。这种文章在毛选中还是占多数。

这样也好，正好到寻乌，现场补课。

正如遵义会议在军阀柏辉章的公馆内举行，《寻乌调查》

也完成于美国传教士的住宅。毛泽东当年的卧房之内，一切均按照原样摆放，我们注意到那张床并未靠墙，四面皆有距离。这种摆设并不寻常。靠山靠山，国人总是习惯于床靠着一面墙的，这样才有足够的心理安全感。然而这是典型的和平思维，不适于战时。那个年代，随时可能遭遇偷袭，危急时刻他可以就势滚到床后躲避。而且卧房两面都有门。这也是为了方便逃生。

革命的窄门啊。

毛泽东就是在这样的环境中，通过一个多月的细致走访谈话，写成了《寻乌调查》。

以一介书生而得天下，进而领导东方大国影响世界历史进程，的确令人叹服。然而后人的赞叹再由衷，依旧失于苍白，像事后诸葛。在《寻乌调查》的时代，毛泽东眼前和内心恐怕都还没有光明大道，他也在迷惘之中，所以他才要搞彻底的调查，为中国把脉，为革命寻路。

二十世纪三十年代的中国，内忧外患，问题丛生。在毛泽东离开寻乌，重新在西北建立根据地的数年之后，蒋经国也来到了赣南。那是1939年，第二次国共合作的蜜月期虽已淡去，但尚未撕破脸皮。此时江西省主席熊式辉请示蒋介石，将在他手下任省保安处少将副处长、新兵督练处处长的蒋经国，调任江西省第四行政区（辖赣南十一县）专员兼保安司令。对于熊式辉而言，这当然是招一子多效的妙棋，蒋介石自然也乐得顺水推舟。此时此刻，蒋介石让长子前往赣南独立施政，观察培养的长线意图，即便瞎子也能看得出来。

蒋经国心里当然也很明白。他在赣南主政六年，打着新生活运动的旗帜，干得可谓有声有色：文化扫盲、取缔娼妓、禁烟禁赌、清剿匪患……对于这些活动，毁誉不一。毁者认为不切实际，劳民伤财，流于政绩；誉者认为治安好转，风气净化，生活改善。但无论如何，赣南经验对此后他在台湾的执政，无疑有极大的借鉴意义。

蒋经国的赣南新政无论真新还是作新，都是在为中国找路。那个年代，国共双方其实都承受着巨大的压力，都在焦虑中寻找出路。双方的找路努力在赣南交集，是历史的神奇一笔。

董卓之类的历史丑角不必再提。国民党与蒋经国在赣南试图找路的努力，已被历史宣告为失败。政权鼎革、历史转向这样宏大的事件，肯定是多种因素交织作用的结果，不可能是单一向度的。但无论如何，决定成败的众多关键因素中，有《寻乌调查》的一席之地。这当然并非单指八万多字的调查报告本身，而是其背后凝结的思想观念与思维模式：

没有调查，没有发言权。

此来寻乌，我最大的收获其实还不是第一次知道《寻乌调查》，而是发现人人耳熟能详的“没有调查，就没有发言权”，严格意义上是错误的，或曰不是经典原装。经典原装中并没有“就”字。流传经年，为什么会多出这个字来？我想，这肯定不是古书传抄之中的衍字，而是个刻意强调的字眼。这足以说明，后来领导干部拍脑袋上马、拍胸脯保证、拍屁股走人的现象，远比当年毛泽东在寻乌做调查时严重。当年毕竟还在局部闹革命，不像后来革命成功，执政全国。

任重道远，路途遥遥。很多人走着走着，便忘了来时的路。这种现象引起警觉与痛感，于是便凭空多出个“就”字。可作温和的提醒，或者愤怒的批评。好在在今日的寻乌，人人都在回望来路，正本清源：地方政府配合落实中央政府的总体部署，从根子上扶贫脱困。稀土这样的资源不再从短期效应考量，停止滥采并恢复生态；各级政府的工作人员纷纷包村到户，结对工作；中国平安的“三村工程”至少有一点胜过当年的“赣南新政”：绝不扰民，纯粹付出，绝无索取。

在寻乌县的偏远乡镇，最漂亮最现代的建筑总是学校，水源乡也不例外。中国平安的医疗检测车停在乡卫生院，就诊的百姓排成长队。这辆医疗车上装备有X光机、彩超、心电图仪等先进的检测设备，就是所流动医院。人群为背景，我站在车前留下了一张照片。这辆车来去的路，正是当年毛泽东在寻乌做调查的路。前辈的梦，后辈来圆。

寻乌的屋

傅逸尘

寻乌县的县名，一看就是有来历的，毕竟从字面上不太容易理解嘛。因为要来寻乌采风，便在网上搜索了一番，这才得知：寻乌县旧称长宁县，设于明万历四年（1576年）。1914年，为了解决数县同名、容易混淆的弊端，民国政府将江西省长宁县改为寻邬县。至此，长宁这一县名使用了三百三十七年。1957年1月7日，由江西省人民委员会报请国务院批准，将“寻邬县”改作寻乌县。至此，寻邬这一县名使用了四十二年。由于“乌”与邬是两个含义完全不同的文字，所以1957年改称寻乌，其实是启用了一个全新的县名，迄今六十二年余。当年，将“邬”改为“乌”或许是为了记忆和书写便利，但无论从文化还是地理的角度看，都有割裂历史记忆之嫌。想当年，寻邬之所以会成为长宁县的别称，原因是寻邬河系长宁县境内最大的河流，旧时寻邬河航运对于交通不便的长宁县干系甚大，县内重要的集市如澄江、吉潭、南桥、留车等都分布在寻邬河两岸。

寻邬河之名则源于寻邬保之名。远在长宁建县之前，寻邬就已经是安远县所辖的一个保。寻邬等安远县东南十五保，官方文献可上溯至明嘉靖十五年（1536年）。而根据元泰定二年（1325年）三标保界石刻，寻邬等十五保距今最少已有六百九十余年的历史。其实，无须更多信息，查寻至此，已知寻乌一地作为历史文化名城，实乃当之无愧了。

先是飞机，再转汽车，赶到寻乌，入住宾馆，已近午夜时分。一觉醒来，天已大亮，窗外传来淅淅沥沥的雨声。六月初夏，还没到最热的时候，走到院子里，一股饱蘸水汽且自带花香的湿润气息扑面而来。采风的第一站就是寻乌调查纪念馆。1930年5月，红四军攻克寻乌县城，毛泽东利用红军在安远、寻乌、平远分兵发动群众的机会，在中共寻乌县委书记古柏协助下，在寻乌开展了二十多天的社会调查，对寻乌的政治区划、地理交通、商业活动、土地关系、土地斗争的状况，进行了全面而详尽的考察分析，这是毛泽东当时最大规模的一次调查，后来整理成《寻乌调查》，共五章三十九节，八万多字。《寻乌调查》是毛泽东农村调查的经典之作，其中蕴含的调查研究思想与方法，对于新时代领导干部开展调查研究具有重要指导意义。

毛泽东同志当年所做的"寻乌调查"，在我党我军的历史上，都留下了光辉的一笔。七十多年过去了，"没有调查，没有发言权"的经典论断依然闪耀着穿越时空的精神光芒。因而，我对寻乌调查的过程和最终文本是如何出炉的，抱有浓厚的兴趣。尤其是，那间毛泽东和当地各阶层、各行业的城市居民代表谈话讨论、开座谈会的屋子，究竟什么样？想来，会场的条件肯定与大革命时期毛泽东做农村调查时有所不同才对。毕竟是研究城市问题，所请的谈话对象中有不少是地主、工商业主，谈话的氛围也一定与以往不同。

怀着好奇的心理，我走进了位于县城西南马蹄岗上的寻乌调查纪念馆。该馆1968年建馆，2003年重修，占地面积八千平方米，完好地保存了历史原貌。馆内收藏文物二百多件，主要建筑有毛泽东同志旧居、寻乌调查陈列室、红军医院、红四军干部会议旧址等旧居旧址。2004年9月经中共江西省委、江西省人民政府批准公布为江西省爱国主义教育基地，2013年被公布为国家级文物保护单位。

这个始建于1917年的院落，给人的第一印象就是宽敞、明亮。院子当中是大片的草坪，建筑物周遭有高大茂盛的树木掩映着，那粗壮斑驳的枝干、翠绿绵密的树冠，无不透露着久远时光的信息。旧址的主体建筑为河石、三合土砌成的二层结构楼房，四面坡小青瓦顶，坐北朝南，颇具中国南方特色，又兼有西方风格，堪称客家建筑中的精品。这里原为耶稣教会美国牧师雪莱·鲍斯费尔德的住房，虽经一百多年岁月的磨洗，依然保存完好，青砖灰瓦间封存着一股典雅、端庄、大气的味道。踏着青石台阶，走上二楼。二楼厅堂的门楣上悬挂着郭沫若手书的“毛泽东同志旧居”匾额，除了厚重的历史感，还向参观者传递出浓郁的文化气息。我注意到，头顶的屋檐向外伸出了很长的距离，这使得二楼的檐廊格外宽阔，既可以遮风避雨，又能阻断午后暴晒的阳光。我想，正是这样的设计，天然地延长了整栋建筑的寿命吧。

1930年4月10日，红四军打下信丰城以后，不明白农村的地主和城市中的资本家的分别，把信丰县城的十几家商号全部没收了，但是你这么一没收呢，城市贫民买不到东西，带来不便，引起了城市贫民群众的不满。这一次的经历，让毛泽东开始反思红军的相关政策措施。后来他在《寻乌调查》中写道："这不是由于不了解城市是什么东西才弄成这种现象吗？对于商业的内幕始终是门外汉的人，要决定对待商业资产阶级和争取城市贫民群众的策略，即是非错不可的。"应该用什么样的政策指导规范红四军，如何正确处理细分城市资产阶级和农村地主之间的区别。既有利革命的发展壮大，又不至于引起一般贫民群众的不满，所以他迫切需要进行一次有关城市商业状况的调查。正因为形势急迫、目的明确，毛泽东先后邀请郭友梅、范大明、赵镜清、刘亮凡等十一人开调查会。他们大部分是本地人，就身份来说，有苏维埃干部、教师、商人、农民、工人和士兵等，对寻乌的历史和现状比较熟悉。将近八十年前，想必毛泽东和他请来的那些"客人"，也曾站在这宽阔的廊檐下边吃烟边聊天吧。当年的"客人们"，面对着毛泽东巨细靡遗、针对性极强的发问时，大概不会有人想到此时正在经历的是一桩改写历史的大事件，而自己已经成为这段辉煌历史的组成部分。

走进堂屋，屋内的陈设据说是按照当事人的回忆布置的，基本保持着当年谈话开会时的原貌。硬木的桌椅还有长条板凳，向后来者诉说着当年这间堂屋里曾有过的热闹场面。毛泽东同志和调研对象之间的谈话，其针对性、具体性和详细的程度，远远超出了我的想象。调查开始之前，毛泽东在对寻乌基本情况进行摸底了解的基础上，亲自准备和拟定调查纲目，既有大纲，也有细目。共列出五个大目，每个大目之下又列出几个至十几个细目，在细目之下再列出作讨论式调查的具体问题。比如在细目“寻乌城”之下就列出多达二十五个具体问题。寻乌调查的形式多样，开调查会是掌握情况、获取信息的主要方法。调查会开了十多天，由毛泽东本人按照纲目发问。

关于寻乌的交通，毛泽东具体分析了水路、陆路、电报、邮政、陆路交通器具的情况。关于寻乌的商业，毛泽东具体调查了从门岭到梅县、从安远到梅县、从梅县到门岭、从梅县到安远与信丰经寻乌的生意情况，以及惠州来货、寻乌的出口货、寻乌的重要市场等情况，详细调查了寻乌城市场各种货物的种类、店铺分布、经营品种、专卖经营、商品成色、货物来源、市场价格、销售方向、年度贸额、荣枯演变、店员制度等情况。关于寻乌的旧有土地关系，毛泽东从农村人口成分、旧有田地分配、公共地主、个人地主、富农、贫农、山林制度、剥削状况、寻乌文化等九个方面做了详细调查。其中，对寻乌八个头等大地主、十二个二等大地主、一百一十三个中地主的具体情况一一进行了分析。关于寻乌的土地斗争，毛泽东从分配土地的方法、山林分配、池塘分配、房屋分配、分配土地的区域标准、城郊游民要求分田、留公田、分配快慢、抵抗平田的人、非农民是否分田、废债、土地税、土地斗争中的妇女等十七个方面进行了深入调查。因此，寻乌调查细致入微，获取的资料十分翔实。一次次热烈务实的对话和讨论，在这间堂屋里轮番上演，从清晨延续到黄昏，那些当年与会的代表，或许也会对如此马拉松式的务实调研感到新奇和振奋。事实上，这次调研的成果，的确切实地改变了中国共产党做城市工作的整体理念和具体举措，进而在更为阔大的层面影响着此后中国革命、战争的历史进程。

从堂屋里穿过，继续往里走就是毛泽东的寝室，一张硬板床突兀地横亘在屋子中央，四面不靠墙。据说，这样做，是为了夜里遇有紧急情况时，睡梦中的人惊醒后能够快速采取下一步行动。之所以选择这间有两扇房门的屋子做寝室，也是为了应对当年危急险恶的斗争形势。从寝室穿出来，回到宽阔的檐廊，会发现山墙下，摆放着一张竹制的躺椅，这是当年毛泽东同志读书的地方。倚卧在竹椅上，周遭可见满眼的青翠。紧张的调查间隙，毛泽东依然不忘读书，手不释卷，在那种随时可能会出危险和突发情况的境遇里，毛泽东能保持这种定力和平和的心境，着实令人钦佩。

长达二十天的调查研究，并不完全是在屋子里开会。毛泽东还到中共寻乌县委、县苏维埃政府、木工店、商会等地进行实地调查，并同农民一起参加劳动，利用休息时间进行访问式调查，广泛收集信息，了解了不少真实情况，形成了几十万字的调查笔录，掌握了丰富的第一手资料。

听完工作人员的介绍，我从楼里走出来。一阵蒙蒙细雨飘来，将整个院子浸湿。我身后的毛泽东旧居，整栋建筑在细雨中，越发清丽生动起来。寻乌调查，将这栋大屋留存在光辉的历史深处；而这栋美丽、清雅的大屋，也向后来者诉说着宏阔历史进程中那些具体而微的细节和故事。

村暖花开·甘肃篇

目极千年事

——“三村采风行”临洮行记

戈舟

一

临洮我并不陌生——久居兰州，临洮如今已被称作了“兰州的后花园”，两地之间的确近在咫尺，车子行在高速公路上，往来甚至快过在拥挤的城市上下班所用的时间。

平安保险我并不陌生——儿子刚出生，就被平安敬业的业务员说服办理了保险业务，从此交往近二十年，年年都要和这家大名鼎鼎的保险公司打交道。

中华文学基金会我并不陌生——我的第一本书，便是被纳入了“21世纪文学之星”的一本小说集，而这个书系，便是由中华文学基金会具体负责的；2016年，中华文学基金会主办的首届“茅盾文学新人奖”也颁给了我，颁奖典礼上，我还代表获奖作家发了言。

《民族文学》副主编陈亚军老师我并不陌生——数年前，彼时她还在《中国作家》供职，就曾带领着我们去过新疆的油田采风，同行十多天，彼此结下了可以信赖的友谊。

于是，当陈亚军老师在电话里说明了情况，邀约一同前往临洮，采访中国平安集团“三村工程”的扶贫情况，我便立刻欣然应命了。人是熟悉的人，地是熟悉的地，事是善莫大焉的事，我没有理由不欣然应命。

二

本来以为不陌生的，结果行程刚刚展开，就发现其实自己尚有许多课要补。我是从西安出发的，凭着自以为是的常识，我选择了乘坐高铁到定西。临洮县隶属于定西市，我认为自己选择了正确的路线。下车见到接站的同志，才知道，如今从兰州到临洮，远比从定西过来方便、快捷得多。这就是书本知识还要靠具体实践来检验的活例子，今天的中国，翻天覆地，区域与区域之间连接的方式，早已不能仅仅凭着书本知识来简单判断了。

于是，此行就在“熟悉的陌生”中开始了。

心目中那个“不陌生”的临洮，一旦在眼中徐徐展开，我才发现，她竟然有着如此之多我并不熟悉的面孔。

我不熟悉，这“苦甲天下”，自古以干涸著称的陇中之地，竟有临洮这样一块气候条件良好的县域。这当然要拜穿城而过的洮河水所赐，让我不曾想到的是，临洮县会将这得天独厚的自然条件利用得这么好，整个县城竟颇有一些江南水乡的气韵。

我不熟悉，在甘肃，竟然有一个县被国家林业局和中国花卉协会命名为“中国花卉之乡”“中国花木之乡”。要知道，在经验里，这些桂冠似乎应该被草木扶疏的南方垄断才对。而事实则是，黄土高原与青藏高原衔接处的临洮，从唐代便开始栽培紫斑牡丹，迄今已经有一千六百多年的历史。如今，因紫斑牡丹集观赏、苗木、食用、药用以及保健等优势于一身，已经是临洮县培育、发展的重点产业，近年来，临洮县紫斑牡丹种植面积不断扩大、研究成果频出，牡丹种植面积五千多亩，产值竟达到三千多万元。

自己并不陌生的马家窑彩陶文化，经过临洮县的重新打造，竟焕发出夺目的现代性光芒。我们到达时，“第三届马家窑文化节”刚刚闭幕，十多位国际著名的艺术家在文化节期间来到了临洮，他们所带来的现代气象，眼下依然遍布在临洮县的大街小巷，让这座祖国西北腹地的小县城，平添出一番“国际范儿”。

诸多“熟悉的陌生”令人兴奋。这就是在大地上行走的意义。所谓“深入生活”，我想，就是在补足我们坐在书房里所欠缺的这些生动的现实图景，就是给我们从书本里来、到书本里去的苍白经验输血。

三

坐在书房里，我也会对我们的现实进行思考。在理性上，我也能够认识到今天在中国广袤大地上展开的“脱贫”行动是一件多么重大的历史性工程。但是，只有走进这场浩大工程的现场，我才有可能真正认识到它的重大价值，才能找到那种自己“正在经历着伟大史实”的庄重心情。

十多天来，随着采风的深入，我由衷地感到，此行于我而言的确是触发了许多深刻的思考。而我想得最多的是——当脱贫攻坚在临洮这块土地上展开时，意味着什么？

临洮自古为西北名邑、陇右重镇，地处古丝绸之路要道，是黄河古文化的重要发祥地之一。自周安王十八年（公元前384年）建置狄道县，秦昭王二十七年（公元前280年）始设陇西郡以来，一直为郡、州、道、府、县治所在地。

——这是教科书上关于临洮的知识。

作为“黄河文化的重要发祥地之一”，临洮堪称我们这个民族的根系所在：马家窑遗址，新石器时代至青铜时代；寺洼遗址，新石器时代至青铜时代；辛店遗址，商周；东二十里铺墓群，汉代；灰咀坬遗址，青铜时代；冯家坪遗址，新石器时代至青铜时代；格致坪遗址，新石器时代至青铜时代……其境内密布的这些遗迹，就是一部中华民族书写在大地上的早期演进史。

那么，今天在这样一块土地上的“脱贫攻坚”之战，便不啻为民族数千年奋斗史中最富有象征性意义的华彩乐章，其价值，甚至大于物质生活的基本满足，那是一个民族对于自己历史的自尊书写，在精神层面上，是向整个人类交出中华民族自强不息的答卷。

在这个意义上，我感佩中国作协与中国平安集团的“选点”之准，这两家冠以了“中国”之名的机构，将我们此次采风的地点选在了临洮，的确是富有历史眼光与深邃洞见的。

中国作协的钱小芊书记来了。中华文学基金会的鲍坚秘书长来了。中国金融工会的张亮副主席来了。中国平安集团首席人力资源执行官蔡方方、中国平安集团品牌部总经理陈遥来了。

陈亚军、李战吉、云舒、敏洮舟，我们一起来了。我庆幸自己“应命”而来，此行，于我而言便是见证着震古烁今的历史。

四

中国平安集团，这家完全意义上的现代金融企业，将自己的目光投注在了这里。

所谓“三村工程”，是指面向“村官、村医、村教”三个方向，以“智慧扶贫”为核心，以“精准帮扶，创新举措”为原则，全方位、多层次地开展产业扶贫、健康扶贫、教育扶贫的精准扶贫工程。2018年起，中国平安集团积极响应号召，本着优秀现代企业的社会责任感，充分利用自身资源优势和科技优势，在全国九个省区逐步落地“三村工程”，发放扶贫资金超过了五十亿元，援建挂牌或升级村卫生所超过四百个，培训村医超五千人，援建或升级乡村学校近四百所，培训近五千名乡村教师，互联网“空中课堂”惠及二十余万师生。

这一个个数据的背后，正是整个中国大地正在涌动着的伟大实践，而一家现代性金融企业，也正是这样践行着自己的使命，将自己与国运紧紧系在了一起，将自己与民族的伟大复兴牢牢地相连。

2018年，甘肃省人民政府与中国平安集团举行战略合作协议签约仪式，成为平安集团“三村工程”第五个落地的省份。

海拔两千米左右的临洮，迎来了中国平安集团的人。

此前，一种来自陕西的植物，比平安集团人早来了一百六十多年。百合，一种多年生草本植物，因其地下块茎有许多肉质鳞叶，叶片紧紧地抱在一起，故得名。它不仅仅有一个美好的名字，还是一种药食同源养生保健食蔬，素有“蔬菜人参”的美誉。

当平安集团人与百合在临洮相遇，一个扶贫的大产业便催生而出。临洮百合因其高山生态种植的优势，品质优良，著名植物分类学专家孔宪武教授称其“品质味极甜美、纤维很少、毫无苦味，不但闻名全国，亦可称世界第一”，但就是这样的“世界第一”，却受制于诸多的原因，长期以来，并没有从根本上有效地改善临洮人民的生活。如今，中国平安集团为临洮百合插上了腾飞的翅膀，生产基地建起来了，从地头到深加工车间，当地农民走上了一条产业化的生产之路。并且，依托自己的平台优势，中国平安集团更是给临洮百合找到了宽阔的销售渠道。

就在此次采风期间，中国平安集团与临洮县签订了“三村工程”扶贫协议，中国平安集团将向临洮百合产业，向恒德源农业发展有限公司发放三百万元的“免息免担保”扶贫贷款，用于支持当地的百合种植、加工、销售的产业发展。我们一行采风团的成员，共同见证了这样的时刻。

五

有了外部力量的助力，还需要临洮人自身的不懈努力。

采风期间，临洮的干部群众所展现出的精神面貌也给我留下了难忘的记忆。临洮县委县政府的领导成员们个个都是一副实干家的样子，即便是外来的挂职干部，也是个个都以“临洮人”的主人翁态度为当地的脱贫攻坚重任工作着。

中国银监会信科部调研员张顺尧，一位讷于言而敏于行的中年干部，挂职临洮县，任中共临洮县委常委、临洮县人民政府副县长，他一次次赶赴全国各地推销临洮百合，引入银行、保险到临洮县融资及开展扶贫工作。他到北京参加产销对接会之后，又带领龙头企业逐家到北京的超市推荐临洮百合，为了减少企业的差旅成本，他让企业先行返回，自己独身一人又前往联系中石油等大型国有企业食堂，推荐临洮百合。

王海妮，这位受过汪洋副总理表扬的女干部，是我认识多年的朋友。她是甘肃省文联派来临洮挂职副县长的。见面后，海妮完全就是一个“临洮人”的样子了，她热情地给我介绍着临洮的一切，那架势，似乎已经忘记了自己从前的身份，如今已经把临洮当成了自己的家。交流中，她时时刻刻都围绕着临洮如何发展、临洮如何在脱贫攻坚中找到新的思路这样的主题。

聚八方之力，所有踏上临洮这块土地的人，如今都在热情地倾注着自己的力量。也许，大家的心中都被一种壮阔的情感所笼罩，都有着一种身在壮阔的历史进程之中的内在自觉。在这样一块我们文明发端的土地上，人们所付出的每一分努力，洒落的每一滴汗水，都与浩荡的历史融为一体。

于是，此次采风中，常有人民作家柳青的一句诗句在我耳畔萦绕——目极千年事。是的，此刻中国人便身在历史之中，中国人正在创造着历史。

为了百姓脱贫

李战吉

题记：给大地留下一串平凡而伟大的足迹，给历史留下一段平淡而动人的故事，给后代留下一份平常而珍贵的财富。

引 子

临洮？临洮县？不少人一听到这个名字，都会觉得似乎熟悉，却又很陌生。在他们的心目中，那只是一个模糊的存在。中国不愧是一片底蕴丰厚的大地，就在这个偏远的西北小县，也留下了不少历史的印记，流传着许多动人的故事。

这里是史前的马家窑文化的故里，这里是三国时期第一美女貂蝉的故乡，这里有战国秦长城的故墙。在这片古老的土地上，孕育了这样粗犷浑厚的诗歌——北斗七星高，哥舒夜带刀。至今窥牧马，不敢过临洮……

盛夏六月，走进临洮大地，望不断的绿色扑面而来。平展展的公路蜿蜒在青山绿水之间，路边的柳树摇曳生姿，汽车、摩托车往来欢歌。一片片马铃薯擎起了粉嘟嘟的小花，一坡坡百合铺开了水灵灵的嫩叶。蓝天上阳光泻下来，染亮了蜿蜒起伏的山峦。一座座红砖灰瓦的农舍，一幢幢傲然挺立的高楼，一群群春风满面的男女老幼，尽情地渲染着洮河两岸的安宁和欢乐。驻足在绿树红花之中，仿佛会闻到农家饭菜的清香。

临洮变了。临洮人富足了。谁会想到就在几十年前，临洮还在贫困落后中苦苦挣扎呢。

抚今追昔，临洮的干部群众都会情不自禁地念叨一个人。这就是临洮脱贫攻坚的好领导柴生芳，这就是永远活在百姓心中的柴县长，这就是感动了中国的“时代楷模”“全国优秀共产党员”柴博士。

柴生芳离世已经五年了，他的足迹却延伸在临洮的大地上，他的事业却活跃在百姓的生活中，他的那些感人的故事也一直流传在山山水水间，他的那种崇高的精神更是激励着临洮的干部群众，续写出一串串滚烫的新故事。

精心绘出脱贫图

黄河的上游有一条大支流，叫作洮河。河水流淌在泰山一样高的大地上，两岸2851平方公里的土地，耸立着连绵不断的山岭。这块黄土高地簇拥着洮河，因此，这里就被称作临洮，这个县就被称作临洮县。

当地流传着这样一句话——“天下黄河富宁夏，自古洮河富临洮”。话虽这么说，但也只是流露了临洮人的美好愿望。

实际上，就是在世纪之交的2000年，临洮县的年财政收入才六千五百万元，连吃饭财政都不够，更谈不上公共设施建设和社会事业发展了；农民人均纯收入才一千三百元，五十四万临洮人还在贫困线上徘徊。

2011年，柴生芳到临洮县任职，从县委常委直到县长。此时，临洮县的扶贫已经进入了精准攻坚的新阶段。

柴生芳是一位普通的农家子弟，毕业于北京大学，二十世纪末东渡日本。学成归来，戴上了博士的桂冠，他却告别了北上广深的呼唤，义无反顾地回到了热恋的故土。在甘肃省委大院砥砺了几年之后，他选择了下基层，奔赴定西市工作。

定西是个很有名的地方。很多地方名闻天下，要么是像桂林一样，叫作“桂林山水甲天下”；要么是像四川一样，叫作“天府之国”；而定西的出名却是因为贫穷。晚清名臣左宗棠坐镇西北，他给光绪皇帝上书称——定西苦瘠甲于天下，请求其他富裕的地方予以周济。

一百多年过去了，定西依然贫困如故。二十世纪八十年代，国家成立了以甘肃的定西、河西和宁夏的西海固（西吉、海原、固原等县）命名的“‘三西’指挥部”，拉开了全中国扶贫的序幕。2006年，柴生芳来到了定西市，先后在陇西县、安定区担任领导职务，最终来到了临洮县。

富足和幸福是世世代代中国人的梦想。从《大同书》到《桃花源记》，激发了多少普通百姓的憧憬和追求；从土地革命到改革开放，浸润着多少共产党人的理想和奋斗。从“等贵贱，均贫富”到“耕者有其田”，从“打土豪，分田地”到“土地承包”，人们一直勠力探索着，试图平衡农民和土地的关系，满足农民对土地的那份宗教般的眷恋。然而，自给自足的自然经济把农民箍在土地上，那些暂时有了耕地的人，继续面朝黄土背朝天，一年年、一代代，收割着落后与贫困。

近三十年来，生产方式的改革、生态环境的改善、生活状态的改进，成了全社会关注的焦点；“三生”问题第一次集中地走上了政府议事日程，真的可以说是“三生”有幸了。

生存在当代的人们是幸运的，赶上了一个人类历史上前所未有的大时代。当今的时代，是信息大爆炸的时代，是科技大飞跃的时代，是生产大发展的时代。这是中华民族伟大复兴的新契机，是人民大众，尤其是广大农民真正摆脱贫困的新机遇，是共产党干部建功立业的新战场。

千百年来，临洮人也在寻求一条通向梦想的大道。脱贫攻坚的全面铺开，点燃了他们的希望。意气风发的柴生芳和他的同事们、他的乡亲们踏着新时代的鼓点，坚定不移地走上了圆梦之路，走上了建功立业之路。

一踏上临洮大地，柴生芳就开始用双脚丈量这方贫瘠的热土，“出门招商、回家下乡”，成了他的两大日常工作。每逢做规划、定方案的时候，柴生芳一定要带着问题走村串户，进行计划性的决策调研；每逢从外边返回县里的时候，只要时间允许，他也要进村下田，进行随机性的民情考察。曾经随同他一起调研的干部们至今还记着他那风尘仆仆的身影，尽管他离开大家已经五年了。

2014年，刚刚过完“五一”劳动节，柴生芳就赶到最边远的北部山沟去调研。走访了几个村之后，汽车爬上了一座海拔两千六百多米的山头。柴生芳下了车，向同行的镇党委书记张保忠问道："你们镇准备搬迁的王家沟村在哪儿？"张书记指了指远处的深沟说："就在兀达达（那里）。"柴生芳扶了扶眼镜，笑着说："借问王沟在何处？保忠遥指兀达达。走！咱们就去兀达达。"镇里的干部说，王家沟村路途远、道路差，这次就不去了吧。柴生芳摆摆手说："越是艰苦的地方越是要去，那里的群众更需要我们啊！"

汽车晃晃悠悠，走了半个多小时，柴生芳一行来到村口下了车。沿着崎岖的小道，他走东家，串西家，探访了五六家最困难的"五保"户、低保户。每进一家，他都里里外外转一转，看房看人看牲畜，问吃问花问生产。他把群众反映的问题一条条记在本子上，还嘱咐随行的工作人员多拍些农家的照片。

这个村离县城九十多公里，离镇子四十多公里。有一条已经"路破山梁在"的国道，班车只能通到半山腰。剩下的山路又窄又陡，村民们出山回村，只能上上下下地再走二十来里；遇到下雨，泥泞的道路更是举步维艰。每年十一月下雪，到来年四月，一直是大雪封山，人们只好憋在山里"猫冬"。全村吃水靠的是沟里的一眼山泉。泉水一干涸，就只能开着"三马子"（一种农用小三轮机车）到十几里外的地方去拉水。这里没有电话，也没有手机信号。村民们形容自己的生活是"坐井观天"。

察看了村里的情况之后，柴生芳的心里有底了。他边走边和身旁的随行干部讨论起来。这个山村的生产生活条件太差，的确应该整体搬迁。临别时，柴生芳一再叮嘱镇里领导："一定要把扶贫搬迁的大事做细做实，一定要让乡亲们搬得出、稳得住、能致富……"

不久，交通方便的中铺镇旁，一排排砖混结构的新屋应声而起，山民们陆陆续续告别了远、偏、差、苦，在新家里开始了崭新的生活。搬进新居的农民乐了。从此，一年只需要几次上山挖百合、种百合，剩下的时间可以外出打工了。更让他们得意的是，永远离开了孤寂的深山，住进了热闹的镇子，融入了现代社会。他们再也不用“猫冬”，不用“坐井观天”了。

市场经济的大潮冲刷着岸边的泥沙，也冲昏了一些干部的头脑，那些忙着争脸、争功、争位的人成了群众耻笑的“四拍”干部。事先拍脑袋——“好，就这么干！”事中拍胸脯——“行，没问题！”事后拍大腿——“嗨，又错了！”事败拍屁股——“得，咱走人！”换个地方又去接着“拍”。

柴生芳却清醒地知道，“种瓜得瓜，种豆得豆”，一切结论都产生于调查研究的结尾，一切规划都发源于实地考察的过程。他和他的同事们也许没有“四拍”干部那么慷慨激昂，信誓旦旦；但是他们把自己焊在了临洮，一竿子插到底地走着，想着，干着……柴生芳三年中走了282个行政村，他和干部群众一道绘起了临洮大翻身的宏伟蓝图。

2013年，甘肃省召开了全省扶贫攻坚推进大会，各县也开始制订自己的方案。按照那种“以会议落实会议、以文件落实文件”的懒办法，县里的方案照葫芦画瓢，套到乡镇一级就可以了。只要坐在办公室里，敲敲电脑、按按计算器，轻轻松松做出文件，再开个县、乡、村三级干部会，文件一发，就让下边去忙活吧。

柴生芳却不这么看。他说，家底不清，方向不明；数字不准，道路不稳；只有心中有数，才会脚下有路；扶贫攻坚承载着全县人民的未来和希望，一定要先摸清家底，一定要把规划、方案落实到每一个行政村。在他的提议下，县里从各部门抽调了三十多名干部，分成三个调查组，奔赴全县18个乡镇、323个行政村走访调研。

柴生芳还指导设计了一份调查表格，分列出农村基础设施、农业产业、公共服务几大类，每大类里再分几大项，每大项里细分几小项。在基础设施里有路、水、电、房几项。水里再分列小项——自来水入户、集雨水窖、人饮工程、山泉水。在农业产业里分列种植业、养殖业。种植业里再分列马铃薯、中药材、蔬菜、花木，中药材里还要分列黄芪、党参、当归、柴胡……拿到这份调查统计表的时候，大家都惊诧了，纷纷说，柴县长把工作做到家了，我们只要进村入户，把这些数字搞清楚，脱贫攻坚的家底就明明白白了！

一个多月后，入村调研结束了。柴生芳又指导相关部门仔细分析全县的自然地理特征、资源优势和产业基础，围绕基础设施建设、富民产业培育、易地扶贫搬迁、金融资金支撑、公共服务保障、能力素质提升等方面，科学谋划产业布局，合理确定建设项目。

经过几个月的努力，2014年2月13日，饱含着柴生芳心血和同志们汗水的方案出台了。这个《全县深入推进扶贫攻坚行动实施方案》（以下简称《方案》）总共一百四十页，其中细化到村的表格就有七十八页。这些表格详细地罗列了从2014年到2020年每个村要达到的目标，真的是“方案到乡镇，项目到村，扶贫到户”了。

《方案》确定了一百二十五个产业示范村和一百三十个产

业潜力村，明确了“强村抓提升、弱村抓培育”，根据各个村的实际情况和群众意愿，制定了建设标准和指标，提出了任务目标、产业培育、基础建设、帮扶措施、责任考核“五个到村到户”，细化了范围、对象、目标、任务、措施、责任“六个精准”的工作目标，绘制了一幅扶贫攻坚的宏伟蓝图。

这份鲜活的文件发到乡镇和县直单位的时候，不少人惊喜地欢呼：这下子扶贫攻坚有干头了，农民脱贫有盼头了！

柴生芳又请人把这些经济发展的任务绘制成了大地图，地图上画着牛、羊、猪、鸡、马铃薯、中药材、蔬菜、瓜果、花卉、苗木、农民工……柴生芳把这幅地图称作他扶贫攻坚的“作战图”。他把“作战图”挂在了办公室最显眼的墙上。天天看，念着精准扶贫的目标；月月填写进度，记录着临洮前进的步伐。

在临洮，扎根基层、心系农民、调查研究、解决问题已经蔚然成风。像柴生芳一样，临洮干部反感那种花架子式的调研。那些“政治景点”和“扰民调研”不仅不能解决任何问题，还会降低党和干部的颜值。

现实中，有些领导干部的调研，成了一成不变的套路。事先打个招呼、发个文件，由下边去布点，安排走的路线，布置几个人各说些什么话。以至于产生了“考察专业点”“视察专业村”“调研专业户”。

甘肃某地成为扶贫点以后，领导曾去视察。一位能说会道的老农被当地相中，安排他向领导汇报。他家里穷，怕不好看，那就缺什么搬什么。没电视，搬一台，没家具，搬一套……领导走进家门一看，好！听老汉一白话，好！农民真的富裕了，农民的觉悟真的提高了！听了领导的夸奖，老汉飘飘然了。

领导走了，当地想搬走屋里摆着的东西，没门儿！领导都看过了，那就是我的了。以后每逢遇到问题的时候，老汉都会理直气壮地找当地——领导都夸我了，你们为啥不帮我？老汉成了村里的一大怪。

无独有偶。甘肃某市还发生过一个更离奇的故事。那一回，一位领导要到这个市里的一个县视察工作。上边来布点的人找来找去，找不到一个适合汇报情况的农民。正在抓耳挠腮的时候，一看不远的地里有一个汉子——脸庞黝黑、穿着朴素，合适；问了几句之后，大喜。于是就把草帽往他头上一扣——好！就是你了。领导来了，走到田头视察。问什么，那位汉子答什么，说得有板有眼、头头是道。领导笑了——不愧是扶贫扶出来的好农民！然而县里的人都知道，那个黑脸汉子可是他们的县长啊！

临洮的干部可不这么干！临洮县的干部明白，党不允许这么干！长期的基层工作实践使他们认识到，脱贫攻坚是一场历史性的大决战，容不得半点虚假和浮夸。脱贫攻坚战涉及社会的各个方面，要求全社会形成合力，而整合各种力量投入战斗的，正是基层的各级领导干部。像柴生芳一样，临洮的干部把发展农业生产力作为脱贫攻坚战的主攻方向；始终从实际出发，认真地探索一条农业的现代化之路、农民的脱贫致富之路。

临洮干部扎扎实实地调研、实事求是地谋划，近五年来，临洮县的这幅“作战图”又有了新的推进和发展。县里制定了《打赢脱贫攻坚战实施意见》《打赢脱贫攻坚战三年行动实施方案》，首先着力打造农业产业和其他增收产业。他们还为实践

“作战图”规定了时间表和任务书。县乡干部不断地研究政策，解剖麻雀，每个人都在心中画下了自己的“作战图”，在战场上立下了“军令状”，在脱贫攻坚的前沿阵地上冲锋陷阵。

脱贫攻坚战精细入微，面临这场空前规模的战斗，临洮县各级干部开始了“绣花”式扶贫，在家家穿针，为户户引线，把每一个人都织进了脱贫致富的锦绣之中。他们一户不落，一人不落，为贫困户建档立卡，确定了精准脱贫计划户和巩固提高计划户；制订了“一户一策”的精准脱贫计划；出台了产业精准扶贫到户的奖励、验收办法。

县委、县政府领导深入前线，指挥作战。近年来，县委书记石琳走访了一百三十多个贫困村，近百次现场指挥调度，协调各部门就地解决问题；县长许树德走访了近百个贫困村；乡镇党委书记、村支部书记累计走访农户超过了两万家。

天知道他们走过了多少山路，地知道他们洒下了多少汗水，人知道他们付出了多少心血。

正是通过深入调研、精心谋划、靠前指挥，临洮县的脱贫攻坚战才打得有声有色，遍地开花。

如今，全县确立、发展了马铃薯、百合、畜草、蔬菜、中药材、花木、劳务“七大”特色优势产业，培育了34家龙头企业、1025个农民专业合作社、66个家庭农场；这些新型经营主体带起了全县所有的贫困户。县里整合了扶贫资金2.93亿元，扶持引导一万多个贫困户发展特色产业，带动贫困户人均增收三千多元。全县通过产业实现脱贫的人，已经超过了脱贫总人口的一半。

农业的产业化经营发展了生产力，也解放了劳动力。临洮县的领导干部知道，农村人均土地少，农业经济实力薄弱，仅仅靠几亩地还不足以支撑脱贫，在市场经济的大潮中，他们瞄上了劳务输转这个“铁杆庄稼”。几年来，他们积极发挥政府的引导协调作用，主动和外省市联系，为贫困户沟通务工信息，帮助三千五百户、一万多人通过劳务产业稳定脱贫。

如今，“作战图”矛头所向，一路凯歌。攻坚战犹如活水浇田，处处生机盎然；犹如芝麻开花，节节高擎苞蕾。2018年，全县完成生产总值68.2亿元、固定资产投资46.8亿元，城乡居民人均可支配收入分别达到了24359元和7868元。这些统计项目中，增幅最少的同比也达到了6%，最多的达到了16.8%。全县贫困人口从2013年的10.62万人减少到2.83万人，距离整体脱贫的目标越来越近了。

看到这些枯燥的数字，局外人也许会一扫而过，柴生芳们就不同了。他们会露出欣慰的一笑，会心的一笑。因为他们知道这张成绩单中记录着多少个漫长的白天和黑夜，印下了多少处梁峁和深山……

热心疏通资金流

改革开放以来，“三农”问题越来越多地吸引了社会的目光；随着城乡差距的不断拉大，更是成了全社会的焦点。“三农”的出路在哪里？贫困地区的出路在哪里？送温暖、西部大开发、精准扶贫、脱贫攻坚战……全社会都在寻找救治“三农”、救治贫困的良方。临洮也不例外。

临洮县属于国家级扶贫开发重点县。全县有187个贫困村，占行政村的58%；有近11万贫困人口，占总人口的20%。帮助贫困群众拔掉穷根，一直是县委、县政府的重点工作。

临洮是个典型的农业县，传承了历史遗留下来的农耕文明。我国的农村经历了五千年的演变，农业更是经历了一万年的发展。自从有了种植和养殖，就有了农业生产。这种初始的农业形成了以血缘关系为纽带的自然村。血缘村既是一种农业生产的经济组织形式，又是一种农村的生活形态。所谓“亚细亚生产方式”，就是对血缘式经济村的理论概括；而“普天之下莫非王土，率土之滨莫非王臣”“千耦其耘，徂隰徂畛”，就是这种经济村生产的鲜活写照。

“六国毕，四海一。”秦始皇统一中国之后，建立了郡县制，血缘村、经济村演化出行政村。经历了两千年的时间，血缘村、经济村、行政村一直延续到了今天。

脱贫攻坚无疑是农村的一场大变革，是农业生产方式的一场大革命。它正在把农村的血缘、经济、行政各要素整合起来，建设新时代的新型文化村。

这种文化村的方向和标志就是“农业工业化，农村城镇化，农民市民化，管理民主化”——以工业的生产经营方式发展农业生产，以城镇的文明标准建设农村，以市民的生活范式养育农民，以民主的管理途径管好“三农”。在“三农”向“四化”迈进的过程中，“工业化”是前提，“城镇化”是基础，“市民化”是核心，“民主化”是保障。

“三农”变“四化”不是天桥的把式，光说不练；不是变戏法，无中生有，自娱娱人。然而要是真的干起来，也会困难重重。“四个化”，“化化”要投钱。对于临洮这样的贫困县来说，资金首先就是一个大难题。

脱贫攻坚是市场经济条件下的大动作，市场经济要以资金的流动为基础和核心。市场经济犹如河床和两岸的田园，资金则是流动在河床、浇灌田园的流水。流水活则田园活。资金能不能有效地聚拢起来，顺畅地流动起来，就成了能不能让田园生长出庄稼和绿林的关键。

柴生芳带领干部们制定的六年扶贫《规划》出台了，下发了。然而如何去落实，还是让柴生芳们大费周章。农村脱贫的出路在于农业的产业化，产业化生产需要资金，贫困村的底子薄，就连生活都困难，哪里有钱搞产业？资金问题成了农村、农民绕不出去的怪圈。

就在此时，甘肃银行准备在临洮成立分支机构。筹备处的负责人找到了柴生芳商量实施方案，柴生芳听了，眼睛一亮，这可是雪中送炭的大好事呀！当即就跟他商量合作的方向说，甘肃银行是甘肃人民自己的银行，就要服务好甘肃人民；临洮是个农业大县，就要把农业和农村作为工作的重点。两人的想法不谋而合。县委书记石琳也支持甘肃银行与临洮建立战略合作伙伴关系，希望他们探索出一种新模式。

2014年2月中旬，柴生芳约请负责人一起到甘肃银行总部，找董事长汇报，请他们把临洮作为全省金融扶贫试点县，建议加强在临洮的工作力量。不到一周的时间，总部就派来了三名业务人员，大家马上深入乡镇、合作社进行调研和金融知识培训。

3月初，负责人给柴生芳汇报工作进展情况，说他们发现全县的四百多家合作社良莠不齐，发挥作用最好的是玉井镇中营村金福养殖合作社。柴生芳随即拨通了玉井镇党委书记和县畜牧局局长的电话，核实了情况。他乐呵呵地说："看来你们的调研还是蛮认真的，以后你每周都把情况给我说一下吧，有困难就直接找我。"之后，柴生芳又三次前往这个合作社实地调研，推广他们的经验，规范了合作社的贷款运作程序。

两个多月的调研、培训结束了，负责人又找到了柴生芳，说临洮分支机构的权限与农民的要求不配套。总部给他们的贷款权限只有一年，而农户发展养殖业的周期怎么也得两三年。农民想要获得时限更长的信贷产品，只能到总行去申请。那样一来，不仅手续麻烦，也很费时间。柴生芳一听有理，随即给甘肃银行业务部的领导打电话，汇报了这一情况。经过几次协调，总部同意将临洮分支机构的贷款权限放宽到三年。

3月8日，柴生芳代表县政府和甘肃银行签订了《金融扶贫战略合作协议》。协议约定，甘肃银行在五年内向临洮投放贷款十五亿元，其中金融扶贫专项资金六亿元。柴生芳借机跟甘肃银行的领导建议说，咱们都准备把临洮作为金融扶贫的试点了，但临洮连一个"行"都不是，工作起来多不方便呀，还是尽快在临洮设立一个"支行"为好。

经过认真细致的调研，筹备处摸索出了"合作社担保、农户使用、合作社统借统还"的贷款新模式，为临洮县精准扶贫提供了金融支持，得到了总部的赞许，也得到了农民的好评。

他们的"金融扶贫计划"发力了。玉井镇中营村的金福养殖专业合作社贷款一百五十万元，给农户发放良种奶山羊五百只；八里铺镇王家磨村的华山苗木种植专业合作社贷款一千万元，带动一百零八户社员发展苗木生产……6月，人行兰州中心支行、甘肃省财政厅、省扶贫办等七个部门联合发文，将临洮县确定为全省十四个金融扶贫试点县之一。7月16日，甘肃银行临洮县支行正式挂牌成立。

临洮县有七家商业银行的分支机构——工行、农行、建行、合作银行、邮政银行、金城村镇银行和甘肃银行。银行在城乡设立了各自的营业网点。然而，临洮也面临着和其他地方一样的窘境——贷款难、难贷款。一方面是急需资金支持的企业，尤其是农民贷不到款，有时候即使找熟人、寻路子也贷不出来；一方面是握有资金的银行找不到适宜的贷款对象，贷不出去。

怎么能让资金活起来，成了临洮县委、县政府关注的一个大问题。从前，县里没有专门的金融办事机构，只是在政府办公室安排了一个人兼管金融工作。柴生芳深知金融工作举足轻重的地位，感到必须设立一个专门的机构，架起借和贷之间的桥梁，让资金流真正地流动起来。2014年初，县里设立了专门的金融办公室，配备了专职主任。与此同时，还为各乡镇选送了一位副职到银行挂职学习，分管金融工作。

当时，新设的金融办还只是个空架子，没人没车。主任就向柴生芳反映了这个情况。这时候，两个月的金融培训即将结束，柴生芳就跟他说，人可以从大学生中选拔。他马上打电话安排人社局配合金融办选调人员，又打电话安排国资局给金融办划拨汽车。当天下午，车辆就到位了；一周后，七名大学生也到岗了。

机构有了，人员有了，条件有了，大家的工作积极性也就被调动起来了。

金融要搞活，信息先对称，借贷必对接。于是，全县的借贷信息采集和调查的制度设立了，企业、农户的贷款需求信息库建起了，信息沟通和传递的网络完善了，一月一次的银企对接会活动开展了。县金融办打造成了一根“金扁担”，挑起商业银行和用户两个“聚宝盆”，把金融服务和服务金融连成了一个整体，活的服务让死的资金变成了活的河流，催动了顺势而发的产业之船。

人人都盼着过上好日子，临洮县的农民也不例外，尤其是那些贫困农民，更盼着快点挖掉穷根子。发展产业，脱贫致富，需要大量的资金投入。靠国家、靠银行，那自然是主渠道，可是能不能发挥一点主观能动性呢？县里开始调动农民的积极性，指导他们构筑一个能够让资金聚起来、流起来的民间河床。

临洮县的一些贫困村，有一个特别的组织，叫作扶贫互助资金协会，专门帮助贫困农民发展生产。这个协会由村里牵头，政府注入资金，农户自愿入会。一户农民可以入股一百元到一千元；入股农民可以从协会贷款。一开始，贷款的最高额度是入股本金的五倍，第一年贷，第二年还。

八里铺镇的菜子庙村，是一个远山村，也是县里的重点扶贫村。2008年，村里就成立了扶贫互助资金协会，几年来，不断发展壮大。到2014年，协会已经有了三十七万多元的资金；八十三户会员在协会的帮助下，家庭状况都有所好转，有的甚至发生了意想不到的大变化。

何维安家是全村最贫困的家庭之一。住的是三间土坯房，已经东倒西歪；靠的是十二亩山地，种些小麦养家糊口。想发展，去借钱，人家说，你那是做梦哩！2008年，何维安入了扶贫互助资金协会，从协会一下子贷了五千元，当年就种上了两亩药材。几年下来，他盖起了七间大瓦房，还添置了三轮车、摩托车。

陈建平是又一个做梦的人。父亲早逝，老奶奶年事已高，母亲常年有病。他独力难撑，家里生活很困难。2008年，他也入了会，贷了五千元，种了四亩药材，转过年就卖了四万多元，很快就翻了身。陈建平有了些积蓄，想发展养猪，协会又贷给他一笔款。不久，他的圈里就有了二十多头存栏猪。别说房子了，连客货两用小汽车也开进了家门。

2013年4月，柴生芳到菜子庙村调研，听了协会会长的汇报，感慨地说，这个模式很好，别看协会钱少，还真的解决了农民贷款难的大问题。协会就是入会农民的管家，你们要替他们管好钱、用好钱。

会长又说，当这个协会的会长，事说多不多，说少也不少，一年到头，一分钱的补助都没有，会影响协会的工作和发展。

扶贫互助资金协会的事，柴生芳看在眼里，记在心里。调研回来后，就安排扶贫办下去搞个摸底核算。他提出，一要提高入会农民的贷款比例，让他们有大钱办大事；二要根据会长的业绩给予一定的补贴，让他们有积极性办好事。当年，各个协会会长都得到了相应的误工补助，会员的贷款比例也提高到了1：10。

2014年5月，柴生芳再次来到菜子庙村。仔细地了解了协会一年来的情况后，他给随行的扶贫办主任安排了两件事：积极创造条件，把贷款比例提高到1：20，让入会农民能办更大的事；加大政府专项资金投入，先给这个村协调二十万元，让协会能办更好的事。

长期以来，人们一直为“政府大还是市场大”而争论不休。其实，这是一个人为设置的伪命题。看不见的手和看得见的手是市场经济的两只手，缺一不可。资金总是朝着能够带来高额利润的方向流动，这种无节制流动的结果就是生产过剩，经济危机。

社会主义市场经济是政府为引导、市场为主导的经济形态。脱贫攻坚战是一场国内的经济大战，对于基层来说，县委、县政府的引导作用、整合作用尤其重要。

脱贫攻坚中有多种资金来源。除了银行贷款之外，国家的专项资金，社会的捐助资金，地方和农民的自筹资金就是最主要的组成部分。如何把这些资金用在刀刃上，就是脱贫攻坚的重大课题。

临洮县在银企对接和发挥企业、金融业、农户农民三个积极性上探索出了一条新路，形成了“政府＋银行＋企业＋协会＋贫困户＋保险”的“六位一体”的产业扶贫模式。

临洮县玉米秸秆资源丰富，为山区养牛提供了条件。县里引进了一家国家级的农业产业化龙头企业，组建了甘肃康和良种肉牛繁育有限公司。康和公司是一家现代畜牧企业，经营着肉牛养殖繁育、胚胎移植、科研推广、技术咨询服务等业务。2003年前，这里还是一个砖瓦厂停产后的破败弃地，如今成了临洮县的良种肉牛调配基地和牛产业联合会的工作地点。

现代农业讲究的是农业的工业化，那就是用工业的生产经营模式去从事农业生产，也就是规模化、标准化、市场化的大生产。康和公司建起了标准化的饲养棚，饲养着西门塔尔良种肉牛，成了临洮县的养牛龙头企业，这些并不新鲜。

新鲜的是，在这八十九亩的废墟上，还建起了两千多平方米的“牛超市”。每到交易时节，“牛超市”就忙碌起来了。养牛企业、养牛合作社和养牛户成了主角。他们到超市里选好了中意的牛之后，就到交易室签订相关合同。康和公司和他们签订提供幼畜和基础母牛以及保底回收育肥牛的合同，银行与他们签订贷款合同，保险公司与他们签订保险合同。

看着这番热闹景象，人们自然会想到县里领导所做的积极探索。政府精心统筹整合了涉农资金，安排了资产收益扶贫试点的资金五百万元，全部量化到二百五十个建档立卡贫困户，每股两万元，入股到康和公司，扩大公司生产规模，提高经营效益。康和公司按照每年8%的比例给入股农民保底分红，入股的贫困户每户可以稳定地收入一千六百元。

县里还创新推出了多种金融扶贫模式，指导各村成立了具有金融职能的富民产业合作社。产业合作社把农村的生产合作社和农户联系起来，成了疏通资金流的新河床。依托这种新机制，县里整合资金累计八千五百万元，为一百八十七个村的六千六百六十五个贫困户和四十五个合作社投放良种基础母牛八千九百多头，可保证户均增收四千元以上。

这种“六位一体”的养殖产业发展模式，不仅为农户提供了方便快捷的供销渠道；更重要的是，在政府的引导下，其他五方结成了一个积极互动的利益共同体。企业负责牛的卖和买，提供技术指导和培训；协会、合作社负责农户和企业的信息沟通，供销对接；银行负责金融服务；保险公司负责化解农民的养牛风险，在养殖过程中，因病或意外造成牛的死亡，保险公司为每头牛赔付七千元；农户负责养牛，给企业提供育肥牛成品。

从前，农户无资金、无技术、无购销渠道、无托底保障，贷款难、养牛难、卖牛难；银行风险大，放贷难；保险公司渠道不通，拓展业务难……

如今，政府疏通了河床，协会、合作社架起了桥梁，贫困农民成了企业不拿工资的工人，一户、一社成了企业的生产车间，零散的养殖竟然演化出了规模化的大生产。对于未来，或许它还只是个过渡，但是对于习惯了单干的农民来说，它确实是一个有效的产业化生产好模式。

企业不用加大投入，就扩大了生产规模，增加了企业收入；银行和保险公司有了政府的依托，有效地避免了金融风险；合作社和养牛人选牛有良种，买牛有资金，养牛有保障，卖牛有通道。那些曾经拧成疙瘩、压在人们心头的各种“难”，都被“六位一体”驱赶得无影无踪了。

一心念好百姓经

自给自足的自然经济已经延续了千百代，“三十亩地一头牛，老婆孩子热炕头”似乎成了世代农民的普遍理想。历史和现实告诉人们，这种传统的生产方式已经无法畅游于市场经济的大海，一旦遇到风霜雨雪，更难逃灭顶之灾。对于临洮这样的慢了不止一拍的地方来说，一家一户小农经济的提升和发展，已经迫在眉睫了。

临洮的干部们敏锐地认识到，脱贫攻坚关乎民族的振兴、社会的进步、国家的强盛、人民的福祉。它不是点上开花，而是立体作战；不是面子工程，而是“民心大战”；不是一地脱贫，而是整体脱贫；不是一时脱贫，而是世代脱贫。只有一张蓝图绘到村，一个规划送到家，才会真正地实现村村走上好路子，家家住上好房子，人人过上好日子。

临洮县北部有座马衔山，海拔三千六百多米；辛店镇的苟家山村就挂在半山腰上。镇里到县城有三十多公里，到村里还有二十多公里。地理位置偏远，自然条件恶劣，苟家山村成了临洮县有名的贫困村。柴生芳就把这个村定为自己的联系帮扶村。

苟家山有二百零一户人家，九百零七口人。2011年，村里一千九百七十一亩贫瘠的山地，种了小麦七百亩、马铃薯八百亩、中药材二百亩，剩下的种了些豌豆等杂粮；农民人均纯收入仅有一千五百元。

2012年2月29日，柴生芳任常务副县长刚刚半年，第一次来到苟家山。从那时起，他在两年零五个月的人生历程中，十一次深入苟家山，指导村里发展生产，帮助农民脱贫致富。

经过调查研究，柴生芳感到，要想改变这个山村的贫困面貌，就得扬长避短，变劣势为优势，因地制宜，发展农业生产。他帮助村干部分析认识山村特点，引导村党支部和村委会指导农民调整农业生产结构。

村里的经济支柱是种植和养殖。地里有二百亩中药材，说明这里的自然条件适合种植中药材；圈里有五百只羊，说明这里的地理环境适宜养羊。为什么经济却没有大发展呢？关键在于结构不合理，没有形成规模化生产。

他引导大家算了一笔账：种小麦一亩毛收入四百元，马铃薯一千元，而中药材能达到四千元。他们决定，扩大中药材种植面积，形成以中药材为主体的种植结构。

他引导大家算了第二笔账：现在农民养的是土羊，一只羊只能长到四十多斤，卖到四百多元；而优良品种的小尾寒羊，一只却能长到七八十斤，卖到八百元上下。他们决定：改良饲养品种，发展设施养羊，扩大养殖规模。

在柴生芳的启发引导下，村干部理清了苟家山的发展思路，帮助群众选择党参、黄芪、柴胡等适宜的中药材品种，发展规模化种植；建设标准化养殖暖棚，促进良种引进，发展规模化养殖；邀请农业专家和技术人员进村入户培训指导，手把手传授科学种植和养殖技术。

2014年8月，村里已经有了麻天贵自己建成的临衔养殖场，场里饲养的全部是小尾寒羊，存栏一百一十多只。在柴生芳的协调下，村里帮助养殖户建起了三十二座标准化养殖暖棚，全村肉羊存栏量达到九百多只，其中一半是小尾寒羊。全村种了一千二百多亩党参、黄芪等中药材，小麦和马铃薯各种了三百多亩。2013年，村支书美滋滋地向柴生芳报告：全村农民人均纯收入已经达到了两千五百元。

2013年3月的一个早晨，初春的苟家山乍暖还寒。当人们还沉浸在睡梦之中的时候，村委会里却已经热火朝天地讨论开了。

“当前苟家山最急迫的是修路、建桥、打拦水坝，最重要的是把学校、卫生室和文化室建好。”柴生芳总结道，“这六件大事都是关系群众切身利益的好事，也是急事，作为苟家山村的联系领导，我一定想办法落实到位，让乡亲们满意。”柴生芳坚定的话语给焦急的干部群众吃了颗定心丸。

以前这个村的路全是土路，有些地方的路面还不到三米宽，坎坷不平，晴天一身土，雨天两脚泥。作为要办的“第一件大事”，柴生芳积极协调衔接，帮助村里硬化路面。2013年6月，伴随着轰隆隆的机器声，苟家山通村道路硬化工程正式动工了。两个月后，这条2.3公里长的水泥路通行了。一年后，四条通到村民小组的道路也开工了。

里头沟桥是苟家山的村民与外界联系的主要通道。2012年7月，一场突如其来的山洪冲毁了这座桥和另外三处路面。临时修建的简易便道只能供村民日常出行，车辆根本无法通过。下雨了，村民只好蹚水往来；下雪了，结冰了，连人都不敢走了。外面的车进不来，里面的农产品出不去，成了人人头痛的糟心事。在柴生芳的关心协调下，2013年7月，麻家窑、周家湾村民小组的三座漫水桥相继动工，9月就建成投入使用。2014年6月中旬，里头沟涵洞桥也开始动工，9月1日正式恢复通行。班车进来了，村民们再也不用步行半小时到外边去赶车了；汽车出去了，农畜产品和农用物资及时地流动起来，苟家山比以往更热闹、更活跃了。

马衔山的一道大沟把苟家山分成了东西两半，人在西，地在东，青壮年下地不方便，老人孩子送饭有危险。柴生芳和村干部、群众代表共同商议，决定“一坝横连东西”。柴生芳积极协调，把拦水坝建设列入了“临洮县2013年村级公益事业‘一事一议’奖补项目”，县财政补了十九万元，群众自筹和投劳折资也有十九万元。

柴生芳帮村里忙完了修路、建桥、打坝的事，又忙起了建设学校、卫生室和文化室的事。如今，那间投资五万元、建筑面积四十平方米的文化室连同“农家书屋”成了村民的活动点；那座投资八万元、建筑面积六十平方米的村卫生室成了男女老幼的“保护伞”；那所投资一百零二万元、校舍建筑面积三百七十平方米的村小学成了苟家山的“育花圃”。

至今，一提起往事，村民们都会异口同声地说：“柴县长是咱苟家山村的知心人啊！”

是啊！柴生芳的心里装着老百姓，他把扶贫攻坚做到了家。罗文华是临洮县八里铺镇火石沟村的农民，五十多岁，家里五口人，种着二十亩山地，还养着十来只当地的土羊，家境并不富裕。

2012年，村里成立了养殖合作社，吸收本村农民入社，带领大家发展养殖业。罗文华听到这个消息，觉得是个好事，赶紧申请加入了合作社。

临洮县有个惠农政策——对那些按照规定建了养殖暖棚的农民，验收合格后，给予两千元的资金补助。这年年底，罗文华和其他六十一户社员一样，建了三十平方米的养殖暖棚。合作社为他先垫付了两千元的建设资金，还免费给了他六只良种基础母羊。

罗文华静下心来一想，自己以前也养过羊，那个利润可好着哩。但是要过上好日子，光靠这几只羊肯定不行，必须扩大规模。

2013年，他拿出了家里的所有积蓄，从银行贷了五万元，买来二十只基础母羊。他和老伴自己动手，盖了两排标准化的养殖暖棚，建成了一个二百平方米的小型养殖场。当年，他饲养的基础母羊就产下了二十只小羊羔。后来，他又东拼西凑借了十万元，买来二十只基础母羊，成了当地小有名气的养殖大户。

2014年3月14日上午，柴生芳到火石沟村调研，镇干部把他领到了罗文华家里。罗文华一听是县长来了，激动得不知道说什么好了。

柴生芳走进羊圈，看到他养了这么多的羊，个个活蹦乱跳，拉起他的手说，老哥，你的羊养得真不错呀！仔细一看，罗文华的羊圈又与众不同。柴生芳就问："这么大的羊圈，你为啥隔成了小格子，里面只养了五六只羊呢，有什么诀窍吗？来，快给咱说说。"

罗文华一见县长这么随和，刚才的那股紧张劲儿全跑了，渐渐地打开了话匣子："县长，我养的全是小尾寒羊，一只母羊要下两三只羊羔哩。一个格子里最多就养两只母羊，还要找脾气相投的呢；不然，它们就会打架哩。"他还说，这些圈已经不够用了，正准备再扩大一下规模，可是没地方了，只能在院子里再盖个二层楼了。好让羊去住。

柴生芳一听，笑了："那可好得很呀，你的羊也要住上小洋楼了！等盖好了，我再来看看。"还说要再给他协调解决两万元的补助款，帮助他建"羊楼"。

罗文华简直不敢相信自己的耳朵，自个儿养羊政府还给钱，真是天上掉馅饼了！

罗文华又兴冲冲地领着柴生芳看了看他的饲料储藏室。柴生芳问他为啥没用青贮饲料。他说，青贮饲料是给育肥羊吃的，吃了长膘快；母羊吃了会流产；现在他种了十亩苜蓿、六亩玉米，都是给羊准备的饲草。

从火石沟出来，柴生芳在镇里召开了座谈会。他说："看了罗文华的养殖，我很震撼。两年的时间，就养了那么多的羊。他还自己总结了那么好的经验，值得推广。"

4月，罗文华就马不停蹄地张罗起了自己的"羊楼"。他和老伴自己砌墙，自己焊大门，自己做屋顶，两人忙活了三个月，盖起了一百多平方米的二层楼。

2014年9月，罗文华的羊上了楼。这两年，他的基础母羊产了一百二十多只小羊羔，卖了八十多只，收入六万来元，已经还清了银行的贷款。老棚、新楼里圈满了母羊和羊羔，也装满了他一家的希望。

那一刻，望着楼上咩咩欢叫的待产母羊，罗文华多么想让柴县长能够再来趟家里，亲眼看看他的小羊住进了"小洋楼"啊……

是啊，脱贫攻坚是一场历史性的大变革。它牵动着亿万百姓的心，牵动着千家万户的命运，牵动着农村的脉搏和希望。它推动着全社会进行一次彻底解决"三农"问题的新探索，推动着脱贫攻坚走上扶志、扶智的新路子，推动着贫困地区掀开了建设"四化"农村的新篇章。

陕甘宁老区曾经流传出一个四十多年前的扶贫老故事。某村是一个远近闻名的贫困村，村民们连吃饭都成了大问题。一年冬天，上级派人开着汽车给村里送来了救济粮。一排老少爷们儿抄着手、蹲在墙根下晒太阳，听到干部们喊大家去场院领救济粮，爷们儿们懒洋洋地说，你们给我送到家里吧！一些人领到了种羊，杀了吃肉；领到了救济款，花了喝酒。吃完喝完，就会打问，为什么救济还不来呀？

当下的脱贫攻坚不再是送吃送穿送救济，而是兴农富民创大业；不再是一项工作，而是一番事业。在临洮，各级领导、各类干部都接过了柴生芳的接力棒，谋划起“三农”变“四化”的千秋大计、万代大计。“三农”需要什么，领导就引导关注什么；“四化”需要什么，干部就领导发展什么，临洮县走上了良性循环的金光大道。

“四化”建设中，“农业工业化”是前提。工业化的农业需要规模化、标准化、车间化、市场化的大生产，县里就组建了临洮县农商会，成立了混合所有制的临洮现代农业投资发展公司；引进农业龙头企业三十九家；培育农业专业合作社二千四百五十一家，发展会员近六万户；建立了标准化的种植基地八十一个，辐射近四十三万亩农田和近七万个农户，户均增收一千六百八十元以上。

工业化的农业需要与之相匹配的基层组织，县里就在各村建立了富民产业合作社，负责立项和资金调配；强化了生产合作社，及时沟通信息，引导生产；恢复了供销社，连起供需双方，组织生产资料进村入户。当前县里又在着力实施“三社合一”，以便村里的经济组织适应农业产业发展的需要，为企业和农民提供更方便、更快捷、更有效的服务。

工业化的农业需要机械化大生产，临洮面临的窘境却是，一方面“无人种地，种不好地”，一方面农业机械小而散、利用率低而造成资源浪费。县里就支持组建了六十五个农机合作社，大力推行农机耕种服务、农机技术培训和废旧农机具回收。全县的适宜地区都由农机担当起了“耕种收”的大任，农机合作社已经为1.25万个农户提供了服务，把两万多个农村劳动力从土地上解放出来。

工业化的农业需要市场渠道畅通无阻，县里就组建了临洮供销联盟，以县供销物流有限公司为依托，整合了各种涉农供销组织，建立了现代化的农业经营体系，不但降低了农资产品的采购成本和质量风险，而且保障了农产品的出口通畅。

县里指导农民培育出了自己的区域特色农产品品牌“临洮珍好”，扶持农村建立了十三个产地农产品批发市场，还帮助骨干市场建成了恒温气调库，形成了交易批发、产品贮存和购销服务的网络，开通了临洮农特产品销往大中城市的“直通车”。2018年，临洮供销联盟为八百多户农民外销农特产品七百多吨，实现净利润153万元。全县累计销售蔬菜、百合、马铃薯11.6万吨，销售收入8500多万元，2180个农户户均增收3500元以上。

新农村的“四化”建设是一个同步发展的有机体。农业产业的发展呼唤着农村面貌的改变。农村城镇化的基本要求就是农民有安心房子住，有安全水喝。临洮县累计投资11.5亿元，下力量帮助农民集中搬迁建房、进城购房、村社内插花改造建房，让6036户、2.62万个贫困农民住上了新房。在集中安置区，建设了硬化村路和公厕，种上了绿树和花花草草。县里还通过提供公益就业岗位、安排便民服务市场分配摊位、建设一批养殖暖棚和蔬菜气调库，让贫困农民有业可事、有工可做；保证了搬迁户中每户有一人稳定就业、户户都有增收产业。

临洮县的“就地插花建房屋”很有创意。他们没有一刀切，只是对那些失去维修价值、非拆不可的D级危房就地拆除重建；而对那些经过技术加固还能安全居住的C级危房，则创造出了采用钢筋砂浆或者钢结构进行加固的好办法。近年来，全县累计完成加固改造房屋1085户；拆除重建2.7万户，11.6万人住上了新房。加固的房屋按照统一标准进行风貌改造，重建的房屋按照统一图纸进行设计施工，一举就让贫困农民既住上了好房子，也住上了好环境。

县里也更加关注那些住在特别危险的区域、家庭特别困难的农户。他们采取了政府兜底的办法为这些“双特户”建新房。几年来，县里按照户均四万元的补助资金、户均四十平方米的建房标准，完成了5201户“双特户”的危房改造，12108位贫困农民住进了政府给他们盖起的“扶贫连心房”。

临洮县还积极探索城乡水务一体化的发展新路子。县里组建了甘肃水务临洮供水有限公司来经营水务。几年来，县里多方筹资、投资七亿多元，建设引洮（河）供水系统，延伸村级供水管网，完成东部人饮供水工程，一举解决了东部十七万农民“吃水难”“吃水不安全”的“老大难”问题，也使城区居民免除了停水之苦。全县92%的农户用上了自来水，百分之百的农民喝上了“安全水”。

如今，临洮农民的收入逐步提高了；他们不愁吃、不愁穿；住房、医疗和义务教育都得到了长期有效的保障；曾经让柴生芳梦魂牵绕的“百般难”已经不再那么难了，一直挂在柴生芳们嘴边的“百姓经”也越念越响亮，越念越舒心了。

倾心铺平子孙路

经过三十多年的历程，中国走上了社会主义市场经济的轨道。市场经济的最大特点，就是“流”。人流，物流，资金流，信息流……社会生产的各种要素要想流动起来，必须建设现代的交通、通信、能源；没有这些，要想带领百姓脱贫致富奔小康，无异于画饼充饥、望梅止渴。

柴生芳常年走山路、钻山沟、翻山岭下乡调研。每走过一条难走的土路，他都会画在本上，记在心上。他说：“当县长，我一定要让老百姓有好路走，有好水喝，有好房住。”

有一次，柴生芳去定西市的岷县开会。会议结束后，就往县里赶。途中有一段缓坡路，路面还没有硬化。太阳偏西的时候，他们走到了这段土路。十几个小学生迎面走来，三五成群，说说笑笑，就像是一群报喜的小鸟。一辆小轿车从孩子们身后呼啸而过，一片烟尘冲天而起，“小鸟”们顿时淹没在灰土之中，只有嘻嘻哈哈的说笑声依旧随风飘来。

柴生芳叫司机停下车，开门下去，站在了路边。他直愣愣地看着孩子们一个一个地钻出烟尘，渐渐地走向远处的岔路。望着孩子们活泼的背影，柴生芳的脸上露出了几分柔情，几分怅惘。“什么时候才能让孩子们走上好路呀?”他的心里泛起了涟漪。

道路确实是临洮县的大难题。县境内有各类道路229条、1850公里。其中2条国道、4条省道、1条专用道是硬化路；5

条县道和11条乡道只硬化了一半；206条、1250公里的村道中，硬化的连一半都不到。撤乡并镇时，临洮县冷不丁地撤掉了16个乡，这些地方的道路无法列入国家“十一五”通乡油路建设项目，全县141个村还是坑坑洼洼的土沙路，硬化率远远低于甘肃省平均水平。

这还仅仅是一些呆板的数字。城里人奔驰在宽阔平坦的马路上，一定没有想到那些胼手胝足的乡亲们翻山越岭的艰难。弯弯曲曲的山路坑坑洼洼，宽的地方开过车去，就像小船在浪间颠簸；窄的地方只能靠“11路（两条腿）”艰难地跋涉。

山间的路还格外遥远，看着很近的山村，绕着绕着，反倒越走越远了。真是望山跑死马！临洮县西南部有一个非常偏远的小山村，原来名字叫“山庄”，只住着十来户人家。民国时期，税务人员到这里来收税；只见山高路远，农民穷困，哪里还能收得到一文税款？只觉得费力无效，真是“划不着”，索性以后再也不去了。小山庄的外号成了本名，从此，外界就管它叫“划不着”。

柴生芳却偏要去看一看。那一年开春，他沿着崎岖的山路，左一转、右一弯地坐车到了山间。前边再也没有车道了，下了车，走上不知尽头的羊肠小道，扶着两旁结冰的小树，踏着枯枝败叶，满头大汗地来到了山庄。这一趟，光小道就走了几十里，柴生芳认为“划得着”，因为他又一次体味到了山民的艰辛，又一次觉察到了修通乡村道路的必要和迫切。

山民贫穷，穷不在山而在路。山里的物产很丰富，有中药材采，有山果树栽，有山坡地种。定西市培育出的马铃薯别有滋味，独特的自然地理环境使这里成了全国有名的“马铃薯之乡”，临洮当然也不例外。可是，道路的落后却阻断了人流、物流、资金流，使山民成了离群索居的世外人。不少农民一辈子困在山中，不要说北京、兰州，就连县城也没有去过一趟。

要想富，先修路。然而，修路却是个烧钱的大项目，一个吃饭尚且不足的县财政显然无力承担。精准扶贫以来，国家加大了西部投入，扶持项目、扶持资金越来越多了。国家的项目资金如何才能争取到手呢？坐等“自然降雨”吗？全国三千个县，你不去汇报，谁会主动注意到你呢？柴生芳在“人工增雨”上动了心劲。他走出临洮，走进国家部委去反映县里情况、表达百姓意愿。他要争资，就像他关心引资和筹资一样。

2013年12月20日，柴生芳在兰州开会时得知了一个好消息——交通部要开展“六盘山片区交通扶贫示范试点县”建设，在陕甘宁青四省区中选择五个县作为试点，甘肃就有两个。他立即安排县交通局连夜准备项目资料，第二天就领上交通局局长，逐级给市交通局、省交通厅汇报临洮县的情况，争取能够榜上有名。经过一番紧锣密鼓的工作，得到了上级的支持，省厅决定把临洮县作为候选县上报给交通部。

但是，究竟能不能如愿以偿，还是心里没底。12月30日，柴生芳安排县交通局邀请市交通局领导，第二天一同去交通部汇报。

交通局长说：“明天就是31号了，大家都要忙着过节，是不是元旦以后再去会更好？”

柴生芳说：“这个事你就不懂了。正因为过元旦，外出的领导肯定都回到部里了。元旦一过，领导就会忙起来，反倒不好找人了。”

第二天中午到达北京后，他们就和交通部规划司常务副司长联系。副司长告诉他们，他要去财政部衔接工作，四点钟才能回来；让他们提前到部里的扶贫办，在那里等他。随行的县交通局长说，时间还早，吃完饭歇歇再去吧。柴生芳说，咱们来一趟北京不容易，趁这个机会，给部里的其他领导汇报一下，不是也很好吗？

下午一上班，他们就到了交通部扶贫工作办公室。办公室工作人员热情地接待了他们。一落座，柴生芳就述说起了临洮的交通现状。

几位工作人员听了，很受感动地说，没想到你一位县长，竟然对交通方面的情况这么熟悉，对交通工作这么重视。明天就是元旦了，别人都准备回家和亲人团聚，你却大老远跑来衔接项目，真是不容易啊！

工作人员端上了茶。柴生芳顾不上喝水，忙不迭地跟接待他们的处长念起了“临洮经”。临洮是个农业大县，工业基础薄弱，全县一百八十万亩耕地，80%是山地，种了五十万亩马铃薯。山区道路差，马铃薯运不出来，老百姓需要的生产生活物资运不进去。要是路修好了，说不定北京都能吃上临洮的马铃薯呢。那可是上好品种的绿色产品呀！听着柴生芳这番又真心又风趣的介绍，屋里的人都笑了。

副司长准时回来了。一进办公室，他就一边倒水一边说，过元旦了，人家都往家里跑，没想到你一个县长反倒往北京跑。柴生芳又竹筒倒豆子似的述说起临洮交通的现状和未来。

副司长听完汇报，便说，全国各县都很重视交通建设，但是一个县长这么重视交通，对交通工作这么熟悉，还真的不多见。他请工作人员拿来了上报材料，认真地看完了说，你讲的情况很清楚，我们可以初步考虑把你们县列进去。

当晚，他们就住在了甘肃省驻京办。北京的同学给柴生芳介绍了一位企业家，他又准备着第二天去进行洽谈。柴生芳兴奋地对同伴说，咱们仨就在北京过元旦啦，庆祝开门红！

2月10日，省交通厅通知临洮县，2月17日到交通部参加项目实施方案编制培训会，要求县里的分管领导、交通局长和业务人员参加。柴生芳对交通局长说："这事重大，我必须亲自去。我也不带人，你也别带人，就咱俩上，人多了只会白白加大费用。"

临行前，交通局长托他在北京的朋友订了宾馆。为了工作方便，订在了交通部附近，标准间一天七百多元。上飞机前，柴生芳问住在哪儿，局长说了他的安排。柴生芳一听这话，马上说，这个地方太贵了，让你的朋友把房间退了吧，咱们还是住在办事处。交通局长解释说，驻京办太远，北京堵车，赶到部里怕时间来不及。柴生芳便说，来不及就早点起床嘛！

第二天早上六点半，他们就从驻京办出发赶往交通部。参加完培训，他又到规划司去汇报。司长很纳闷，说人家来的都是主管副县长，你怎么又来了？柴生芳嘿嘿一笑说，这事太重大了，不来不放心啊！这时，交通部已经初步决定，项目县两年拨给四亿元。

临洮县的规划方案终于通过了甘肃省交通厅的审核。3月24日，柴生芳拿着县里的规划方案和省里的申报文件，再一次来到了北京。规划司司长见到柴生芳，说，项目已经定了，你怎么还要来？柴生芳回答说，有不清楚的地方可以直接向领导们解释啊。司长看完了方案，含笑点头。他赞赏的不仅仅是这个缜密的方案，还有柴生芳一心一意为百姓圆梦的那股子韧劲儿。

那天，快要到交通部的时候，柴生芳的手机响了，妻子带着哭腔说，孩子生病了，发高烧，赶紧回家帮帮忙吧。柴生芳结婚晚，独生女儿刚三岁。他安慰妻子说：“小孩子发个烧也难免，千万别着急。你还是先让朋友帮帮忙，送孩子去医院吧。修路的事可是大事，耽误不起呀！不办妥，我这心里不踏实啊！”

26日回到兰州，第二天还要向省交通厅汇报。县交通局长建议他先在家里照顾一下孩子，晚一点再去汇报。柴生芳说，这事你就别放在心上了，咱们还是先去忙修路的大事吧。第二天早上八点半，他们又如约会合，走进了交通厅的办公楼……

而后，柴生芳又先后三次到交通部去衔接汇报。

8月初，临洮“六盘山片区交通扶贫示范试点县”项目正式下达，总投资9.1亿元，通村道路全部硬化，两年完成的硬化道路将超过前六十多年的总和。

2016年后半年，临洮的“交通扶贫示范试点县”项目竣工，验收合格投入使用。项目实施的两年中，修建了124条、860公里的道路，全县公路里程达到1850.6公里，323个行政村全部通了水泥（沥青）路。

路通了，事通了，车通了。全县行政村差不多村村通上了客车，农村客运网络体系建设完成，乡亲们做梦也没有想到，现在会“乡有客运站、村有简易站、路有停靠点”。通村道路形成了辐射城乡的物流货运网络，带动了农村商贸繁荣和民生改善。乡亲们看到了农资送到地头、客商进入园区、产品直达市场；更令人惊喜的是，农村道路在农民增收中的贡献率达到了40%左右。

临洮并没有停工，仍然继续组织财力、人力、物力砂化通社（村民小组）道路。随着村村通了硬化路，全县的五百多条、一千五百公里的通社道路也全部变成了砂化路。

畅通工程促进了临洮经济、社会的发展，也为广大群众带来了生产、生活的便利，农民们称它为“民心路”“贴心路”。那一条条大道平坦宽阔、四通八达，延展了临洮人的活动空间和思想空间，催动着临洮展开翅膀，飞向更大的梦想。

如果说公路是农村有形的脱贫之路，那么产业就是农民无形的致富之路。这两条路紧密相连，一直通向“三农”“四化”的绿水青山、金山银山。过去，柴生芳为农村脱贫的硬化公路呕心沥血；现在，临洮县的其他领导同样为农民致富的产业大路奔波操劳。

电力是现代化的动力之源。很多靠河的地方建起了水力发电站，有煤的地方建起了火力发电站，有风的地方建起了风力发电站。不少的小电站阻塞了河道，污染了环境，留下了后患，为社会和大众所诟病。

现在，临洮竟然大力发展了村电站。

村里能建电站吗？能！

建什么电站？光伏发电站！

说起光伏发电，人们陌生又熟悉。那是先用电池组成方阵，吸收太阳能，转化成电能；再由蓄电池组贮存和释放电能；最后由技术设备将直流电转化为交流电，并入电网。

这种新型的发电方式最大的特点就是资源不会枯竭，不需要消耗燃料、不需要架设输电线路即可就地发电供电，干净而无公害，能源质量高，建设周期短，获取能源花费的时间短；而它的缺点就包括需要占用巨大的面积，需要提供充足的光照。

光伏发电的缺点恰好是临洮的优势。临洮属于光照二类地区，光照时间充足，光能资源丰富；除了村里的公共场所空地之外，县境内还分布着大量的寸草不生的闲置荒坡地。当前，国家已经把光伏发电列为重大发展战略，确定从2025年开始，光伏发电将逐步成为我国的主力能源。

2015年，临洮县在光伏发电产业上动了脑筋，下了功夫。光伏发电是一个前景广阔的朝阳产业，可是，这样的项目太大了，靠各家各户、靠一个村是无法完成的；怎样才能让农民尤其是让贫困农民从光伏发电中获益呢？县委书记石琳如同当年和柴生芳搭班子的时候一样，与现任的县委、县政府领导一起调查研究，积极向国家主管部门争取，探索出了一条“资产收益式光伏扶贫”的新路子。

临洮县发展光伏发电产业的大模式就是“政府融资、村级供地、企业建设、共同管护、互利共赢”。他们规划了光伏电站的三种建设形式——户用联建分布式电站、村级电站、集中式电站。从产权和效益的归属上来看，户用联建的归农户所有，可以叫作“户电站”；村级的归村集体，可以叫作“村电站”；集中式的归投资的企业，可以叫作“企业电站”。

中国银保监会是临洮县的定点帮扶单位，临洮县利用银保监会提供的四百六十万元扶贫资金，进行了实地勘测。而后在十个村试点建设了村级分布式光伏电站，按照每村60千瓦的装机容量，利用村级组织的活动场所和农村学校的屋顶、村里的空闲地安置设备，2017年建成并网发电，每村实现年收益两万元以上。

县里在最早建设光伏电站的三益村进行了“资产收益式光伏扶贫”试点，结合脱贫攻坚来发展光伏发电产业。贫困户的房屋院落一般都比较狭小，不便于设备安置；县里就安排在荒山荒坡上集中建设了1.2兆瓦的“户电站”，按照“联户集中建设，资产归群众所有”的办法，交由四百个贫困户运营。

试点成功了，县里领导就像柴生芳六上交通部争取交通扶贫项目一样，积极与相关部门联系沟通，终于争取到了国家“十三五”第一批光伏扶贫项目。

随之，县里把省级补助、东西部协作、招商引资、农户自筹的多种资金整合起来，以贫困村为重点，分两批建设了十一个村级的分布式联村光伏电站，总装机容量达到65兆瓦。至今，已经有六个“村电站”并网发电。

临洮县把光伏发电和开发土地资源、农业的产业化布局结合起来。他们充分利用了荒山荒坡、村内空地，使那些闲地、废地变成了发电生钱的聚宝盆。临洮县还实行了“贫困户和村集体利益优先，投资企业利益兼顾”的原则，把光伏发电的入股各方联结成一个利益共同体；不但发展了光伏发电产业，还将光伏发电的产业建设与精准扶贫挂上了钩。光伏发电成了脱贫攻坚战又一杆快枪。

目前，已经并网的400个贫困户的“户电站”，累计发电490多万度，实现售电收益430多万元，户年均收益3000元，收益可以持续二十年以上。“村电站”不仅会带动贫困村稳定地增加集体经济收入，还会带动9500多个贫困户，每户每年增加收入3000多元。“企业电站”已经累计发电5500万度，实现售电收益4860万元，每年可以扶持1000个贫困户增收3000元以上。

柴生芳牵挂的交通之路畅通了，柴生芳们着力的致富之路成形了。两条大路拧成了一股绳，连起了临洮的领导和百姓，连起了临洮的农民和大地，连起了临洮的今天和明天。两条大路就像两只强有力的大脚，支撑起脱贫攻坚战的“圣斗士”，引领着临洮人民大步流星地奔向2020年——那个更加明媚的春天。

匠心勾画大名片

市场经济需要形象的打造和宣传。一些地方开始挖空心思，寻找自己和历史的连接点。于是乎，七仙女下凡的地方找到了，徐福东渡的码头落实了，曹操的坟墓引发了争论，诸葛亮的归属引起了争夺……而一些真实的历史文化，却“远在深山无人问”“养在深闺人未识”；不仅没有被当成文化资源去开发，甚至连文化自身的开掘也没有深入下去。

临洮古称狄道，自古为西北名邑、陇右重镇，是古丝绸之路的要道。这里有战国秦长城的遗迹，是马家窑文化的发现地；这里流传着深邃的老子文化，是汉末三国时期第一美女貂蝉的家乡。作为海归学者，柴生芳对这里丰厚的文化底蕴产生了浓厚的兴趣。

柴生芳经常下乡，走的时候有准点，回来就没谱了。回到单位，常常错过了机关食堂的饭时，就只好到街上的小饭馆对付一顿。

临洮县的大众面食很有名。除了广受关注的兰州牛肉拉面、羊肉泡馍之外，还有土产的炒面片、烩面片、热凉面……大家都知道柴生芳吃得很简单，可是在下饭馆的时候，他却常常是边走边看，挑挑没去过的小馆，尝尝没吃过的小吃。同行的司机朱师傅一开始感到很奇怪——县长怎么还好这口，专门品尝土特产呢？朱师傅家在当地，下小饭馆的次数多了，也就主动地给他带路，去挑些本地的特色餐馆、特色小吃。柴生芳吃了，往往会高兴地夸赞，咱们临洮的小吃还真的有特色、有味道！

2013年10月，县文广局和电视台的负责人向柴生芳汇报工作。柴生芳提出，摄制一套电视专题片，以临洮特色小吃打头阵，全面宣传推介临洮的旅游文化，要把吃、住、行、游、购、娱等多种要素囊括进去，打造临洮的文化名片。他提议把这套专题片的名字定为《味道临洮》。

经过一个多月的忙碌，《味道临洮》第一集《石子馍馍》在县电视台开播了。紧接着，第二集《风味凉面》、第三集《头套沥醋》相继播出……节目一开播，便获得了观众的好评。不少人说，咱临洮还真的很有味道啊！不久，县政府信息中心又根据柴生芳的安排，把《味道临洮》发上了互联网，临洮的味道又在网民中悄悄地传播起来。

这时候，朱师傅才恍然大悟，原来县长下小饭馆是为了宣传咱临洮，给咱临洮人提气长精神啊！

《味道临洮》成功后，柴生芳又让电视台送来了近五年制作的历史文化专题片。他利用休息时间全部看完了，觉得其中不少片子拍得还不错。他再次把电视台负责人约来，商量如何进一步扩大专题片的宣传效益。他提出，把这些专题片中的优秀部分集纳起来，再汇入《味道临洮》，总编成一套《临洮故事》，刻成光盘，作为宣传临洮的音像资料赠送给客商和友人，让更多的人去品味更多的临洮文化的味道。不久，一套三十六集的《临洮故事》专题片开始编辑了。大家都说，柴县长给咱推出了一个“文化大雪球”。

马家窑是临洮的一宝。凡是学考古的，没有不知道马家窑的；凡是研究史前文化的，没有不对马家窑文化感兴趣的。1924年，瑞典地质学家、考古学家安特生来到临洮县，在洮阳镇的马家窑村发现了一些陶器和彩陶碎片，带回了瑞典。1946年，中国著名的考古学家夏鼐先生在临洮的寺洼考古之后，正式把这一时期的文化命名为“马家窑文化”。1988年，马家窑遗址被国务院公布为全国重点文物保护单位。2001年，马家窑遗址被评为“20世纪中国百项考古重大发现”之一。

柴生芳是学习考古和人类文化专业的，自然更知道马家窑文化 的分量和地位，更重视马家窑遗址的开发、保护和利用。2012年1月，在临洮县人代会上，柴生芳说：“文化识别过去，临洮文化需要觉醒。临洮的文化底蕴非常深厚，马家窑文化就是因为首先发现于临洮而闻名世界的。不保护、开发和利用好这些文化资源，不甘心哪！”

他建议县政府拟订、上报了《临洮县马家窑遗址保护规划计划》。2012年4月，国家文物局批复了计划，下达了规划编制经费。随后，临洮县文广局就着手规划编制工作。这种规划的专业性很强，一般单位做不了。文广局的同志们忙活了两三个月，联系了北京、河南的四五个有名的规划编制单位，都被人家拒绝了。县文广局的领导实在没办法，想到了柴生芳是这方面的专家，就去找他求助。

柴生芳听了汇报，二话没说，马上给他的大学同学王学荣打电话，请他帮帮忙。王学荣是中国社科院考古研究所大遗址保护中心主任，工作排得比较紧。电话里听到老同学答复得有些不爽快，柴生芳就将了人家一军——马家窑遗址不光是临洮的，也是国家的；你是管大遗址的，这么大个遗址你好意思不管吗？不管怎么说，你都得帮我这个忙吧。王学荣拗不过老同学的固执和真诚，就答应他先过来了解一下情况。

不久，王学荣如约来到临洮。实地了解了马家窑遗址的情况后，他跟柴生芳说，马家窑遗址保存得非常完整，在马家窑文化的研究中举足轻重，应该下力量保护。但是眼下只有1983年甘肃省文物普查的简单数据，只知道遗址面积是9.8万平方米，资料太少了；要编制规划，就必须首先进行勘探，取得更多的数据资料。柴生芳接过话头，果断地说："那咱们就抓紧勘探。"

当年，临洮县委托甘肃省考古研究所对马家窑遗址进行了勘探，初步探明遗址面积有四十多万平方米。但是对于编制规划而言，仍然显得粗略，还必须进行一次更系统、更细致的科学考古勘探。

2013年6月，临洮县又上报了考古工作计划。不久，国家文物局批复，下达了一百五十万元经费，用于马家窑遗址的调查、勘探和研究。于是，临洮县又委托省考古所进行勘探，经过半年多的悉心工作，马家窑终于有了第一张1∶2000的遗址地形图，遗址保护规划的编制和落实，终于有了科学可靠的依据。

马家窑文化名气很大，但是不少人却不知道马家窑在临洮；马家窑文化的研究很广泛，但是却从来没有外国人步安特生之后尘来临洮。柴生芳动了心思，开始和他的同事们打造、运用这张宝贵的历史文化名片。

柴生芳向县委、县政府建议，2014年是马家窑遗址发现九十周年，应该搞一个纪念活动，来扩大马家窑的知名度，加强临洮的宣传力度。县里的领导们对他的设想高度赞许，确定由他来主抓这项工作。

2014年4月，会议的框架确定了——由中国社科院考古所、甘肃省考古所、临洮县政府共同主办；不仅要纪念马家窑发现九十周年，还要召开一个国际学术研讨会。

国际学术研讨会需要邀请国内外的专家学者。柴生芳开始整合自己的人脉资源，为大会铺路。他毕业于北大，在甘肃省考古所工作过，就自己负责邀请他的老师、北大教授严文明、李水城和省里的专家。他联系了老同学李新伟。李新伟是社科院考古所研究员，由他去邀请瑞典方面的专家和北京的其他专家。他们俩还商议，作为会议的一个重要内容，要对马家窑遗址进行一次科学的考古发掘，使国内外的专家学者对马家窑有一个直观的了解。

不几天的工夫，李新伟就帮助完成了考古发掘计划报告。县里立即报到了省考古所。所长王辉接过报告一看，说考古发掘计划一般都是在当年十月左右上报，国家在第二年的十月左右批复；你们要当年报当年批，肯定办不到。

王辉也是柴生芳的老校友。柴生芳得知这一情况后，马上拨通了这位所长的电话，说国家文物局有王学荣跑呢，那边的事我俩去协调，来个特事特办；这边你就抓紧帮着把省里的这一关给过了吧，越早上报越主动。

6月，发掘计划报告报到了国家文物局。9月8日，国家文物局批复了考古发掘面积一百五十平方米。9月18日，由社科院考古所、甘肃省考古所、临洮县博物馆共同组成的考古发掘队进场发掘。

9月26日，“2014年中国临洮·马家窑文化国际论坛暨马家窑遗址发现九十周年大会”在临洮顺利召开。来自国内外的二十多位专家学者会聚临洮，深入探讨了马家窑文化的源流和影响、遗址的保护和利用。安特生曾任瑞典远东古物博物馆的第一任馆长，按照柴生芳的提议，特别邀请了这个博物馆的专家詹恩出席大会。这位博士后感叹道：“马家窑文化太博大了，在它面前，我还是个小学生！”

这是自1924年马家窑遗址发现以来，第一次科学性考古发掘，第一次国际性学术会议，第一次纪念马家窑遗址发现的历史。

与会的专家学者深深地怀念着柴生芳，追忆着他为这三个“第一”所付出的辛勤和努力。他们说，多么希望能够在现场看到柴生芳挖下马家窑科学考古发掘的第一铲，多么希望能够在会场听到柴生芳鼓吹马家窑文化的动人声音啊！

不少临洮人都异口同声地说：“柴县长是为临洮人而生的，学是为临洮而上的，专业是为马家窑而学的……”

或许柴生芳应该欣慰了，应该放心了。因为他所关注的马家窑正在坚实地走出临洮，走出甘肃，走向世界；他所倾心的文化名片正在大笔浓墨地增光添彩。

临洮县城中心。人民广场南侧。一座高楼拔地而起。这就是承载着临洮历史文化的博物馆、文化馆和图书馆。其中最引人注目的要数临洮县博物馆了。两千平方米的展厅内，一千二百多件（套）件展品，林林总总，串联起临洮的远古和现在。石器、陶器、青铜器、瓷器，琳琅满目；樽、鼎、盘、瓶、秦砖汉瓦，美不胜收。

当然，最打眼的还是马家窑的出土彩陶。束口的、敞口的，平足的、尖足的，展示着先民们的生活情景；网纹、波纹、蛙纹，黑点、黄圈、红线，闪耀着渔猎文化的印记。2018年10月15日，博物馆正式开馆。刚刚半年多，就已经有十几万观众赶过来，欣赏四五千年前的艺术创造，感受先民的憧憬和追求，惊叹马家窑文化的博大和精深。

2019年5月16日，第三届马家窑文化节开幕了。景德镇的专家来了。北京大学的教授来了。罗马尼亚的陶艺家来了。北欧的文化学者来了。嘉宾贵客和数万游客会聚临洮，临洮沉浸在文化盛宴的欢乐中。

十位北欧陶艺家走进马家窑遗址，走进马家窑村，与村民欢聚一堂，一边看陇舞秦腔，一边举杯伸箸，品尝马家窑村宴，品味马家窑文化。

高校艺术系的学生走进创作工坊，捏泥、塑形、调色、挥笔，在一片赞叹声中，酣畅地创作出他们心中的马家窑，他们心中的马家窑人，他们心中的马家窑文化。

马家窑彩陶展走到了北京，走到了福建，在史前文化与现代文明的撞击中，“世界的马家窑，马家窑的世界”在越来越广阔的空间里得到研究和传颂，“世界马家窑命名在临洮”在越来越众多的人群中获得认知和传扬。

博物馆成了临洮的一张固定名片，马家窑文化节成了临洮的一张流动名片。文化名片的打造不但向着精神文明领域延伸，而且正在向着物质生产领域拓展。

临洮县正在打造一张更大的名片——建设一个马家窑文化研究展示中心。不久的将来，人们就会看到这个大中心火了！这里有马家窑文化展示中心、彩陶考古修复体验中心、马家窑彩陶研究中心、马家窑文化产业孵化园、马家窑彩陶文化广场。这个中心就是马家窑文化的宏大橱窗，就是联结过去和现在、历史和文化、中国和外国的纽带和桥梁。

这里还有一个诱人的多功能休闲体验旅游中心。游人可以沉醉于民俗文化村落的美景，忘情于马家窑洮砚特色小镇的风情。看看大师工作室，看看青少年陶艺体验中心、亲子陶艺制作坊……动手吧！无论什么人，都可以纵情发挥想象，塑造出自己的彩陶，传递出自己对马家窑文化的理解和追求。

人就是广告的传播器，文化就是经济的催化剂。灿烂的文化之花必将结出丰硕的物质之果。马家窑文化吸引了越来越多的人的眼球，马家窑文化节扯起了越来越长的产业链条，马家窑越来越广泛地造福于临洮百姓。

在马家窑文化节上，引起赞叹的，不只是彩陶，还有牡丹。牡丹是国花，寓意着富贵平安。说起牡丹，人们都会想到洛阳牡丹、菏泽牡丹。谁会想到还有珍贵的临洮牡丹呢？

临洮牡丹又叫紫斑牡丹。无论是红花、粉花，还是白花，都有一簇黄蕊。它的珍贵之处在于中心的花瓣上都有紫色的斑点。两米多高的树上，挂满了盛开的鲜花，鲜花抖擞着各自的斑点。斑点有条形的，团形的；浓浓的，茸茸的；有的像多角星，有的像紫羽毛。最奇的要数白花了。白亮亮的花瓣，一片片交相掩映，到了花心儿处，一簇簇紫色印在洁白的瓣片上，特别醒目。有的像白玉杯滴进了紫色的“冰红”，有的像红酒洒到了白净的裙裾。随风摇曳的繁花中，送出了一缕缕淡淡的清香。这就是牡丹极品——临洮牡丹了。

紫斑牡丹本来生长在深山中，它的根可以入药，就是有名的丹皮。现在野生的紫斑牡丹几乎绝迹了，人们开始家养。

临洮种植牡丹的历史悠久，大概最早可以追溯到唐代，也许就是武则天执政的年代，就是她让牡丹在雪天开花的时候了。不过从前临洮人养牡丹，也就是零零星星，一家一户种几株自己看看罢了。现在临洮人种紫斑牡丹却成了气候。

临洮有个山川交接处的村庄，叫车刘家村，地理气候条件适合紫斑牡丹的生长，村民们也有种花的传统。渐渐地这里种出了成片的临洮牡丹，还形成了一个名叫曹家坪原野牡丹园的风景区。

脱贫攻坚战打响了，县、镇、村开始打起了紫斑牡丹的主意。按照县里实行的“资源变资产，资金变资本，农民变股民”的脱贫工作思路，车刘家村把公司、村集体和农户结成了一个经济共同体。

景区的经营者是兴望紫斑牡丹产业有限公司。从前公司是公司，农民是农民，很少联系；公司发不起来，农民富不起来。后来，县里整合了项目资金三百万元给村里，折股投到兴望公司；公司每年给村集体分红，壮大了集体经济。

县、镇、村引导农民盘活资源，入股公司。全村有一百五十多户农民拿出自己种植的牡丹地、宅基地和闲置房屋折资入股到兴望公司，景区里的十二个农家乐也全部折资入股。现在，全村有五分之一的土地种植了紫斑牡丹和芍药，有三分之一的农户变成了股民。曹家坪原野牡丹园也迅速地发展起来了。全园有观赏紫斑牡丹八百多亩、二百三十多个品种。紫斑牡丹不仅成了临洮的名特产品，也成了农民脱贫致富的产业，入股农民每户每年分红至少过万元。

2018年，曹家坪原野牡丹园接待游客十多万人次，门票收入三十多万元。车刘家村还借牡丹产业和牡丹观光旅游发展的好机会，在旅游区建设了停车场和牡丹广场，2018年的停车费收入就超过了十万元。

紫斑牡丹成了临洮的又一张文化名片。它走出了临洮，走到了北京，走进了圆明园遗址公园。徜徉在残石碎瓦中，来到镂月开云，在这个幽静的院落中，紫斑牡丹正与各色牡丹竞相开放、争奇斗艳，恣意地展露着大西北的丰厚文化，展露着临洮的迷人风采，展露着临洮人粗壮的手臂和美丽的笑脸……

诚心呼应外来凤

市场经济不同于自然经济，它是一种充满张力的流动经济。工人要流动打工，企业家要流动办厂，商人要流动购销。任何一个地方要融入现代经济的版图，都不可能关起门来搞建设，招商引资是市场经济的必由之路。

临洮县是国家重点扶贫县。它是“农业大县、工业弱县、人口大县、财政穷县”。面对这样的困难境地，不能只是靠自己单干、苦干、闷头干；因地制宜，招商引资，实现向工业强县的转变，这就成了县委、县政府的重要战略任务。

越是需要吸引外部力量的地方越落后，越是落后的地方吸引力越低下。俗话说，只要栽下了梧桐树，不愁引不来凤凰鸟。然而，只是栽下了梧桐树还远远不够。路通了、电通了、水通了，可是精神不通、思想不通、观念不通，还是引不来凤凰鸟。即使一时引来了，人家也会飞走，留下的只会是一地鸟粪。

一段时间里，甘肃的一些地方流行“关门打狗”。好说歹说，把外边的人拉进来了。可是人家前脚刚进门，他后脚就把门关死了。引进的企业成了“唐僧肉”，你来宰一刀，他来咬一口。企业家烦都烦死了，何谈企业发展，何谈利润税收，何谈实力增强？所以二十一世纪初的那几年，甘肃曾经举全省之力，大抓软环境的治理和整顿。

兰州有一个县，县委牵头去招商引资，要合办一个厂。一位女企业家兴冲冲地拎着一百万元现款，加入了前景诱人的创业队伍。不幸，纸上工厂胎死腹中，女企业家只好败兴而归。人走了，钱却没有跟着走。她三番五次地找县里要钱，都被三言两语地打发了。无奈，最后找到了那位县委书记，说了几次还是没有结果。挨到那年春节，女企业家打电话拜年，借机又提起了这件事。不料书记大人竟然大发雷霆，张口说道：“要钱没有，要命一条！”

实在无法可施，女企业家找到了一家大报社，报社派记者前去调查。书记若无其事地说："这种小事，你们报社就不要管了吧！"在报纸的公开批评下，县委书记不得不还了钱。后来，这个"法盲书记"却被提拔到了更高的领导岗位上。终究是天网恢恢，疏而不漏，高升后的"法盲"到底还是锒铛入狱了。那是因为他高升后，继续"关门打狗"，徇私舞弊。正反两方面的典型都在无声地展示着自己的苦乐和酸甜。

临洮县也在招商引资，也在借助于外力来壮大自己的经济实力。2009年，临洮县设立了省级的临洮经济开发区。它下设四个园区，其中中铺工业园规模最大、发展最快、效益最好，成了开发区的龙头。

中铺园区是前届政府规划建设的重大项目。柴生芳接任县长后，坚定地提出，按照前届政府的思路走，一届一届抓落实，继续把一片真心倾注到这片发展产业的大地上。用园区负责人的话来说："以前石琳书记当县长的时候，就是园区主任；现在柴县长当了县长，也是园区主任。"

2012年，定西市的领导积极协调，与上市公司山东招金集团达成了协议——在定西市投资建设一个贵金属冶炼公司。招金集团经过慎重选择，来到临洮中铺工业园考察。他们感到园区的基础条件比较好，区位优势明显，临洮县的软环境也比较好，决定在这里投资建厂。

县委书记石琳带队去山东招远考察，看到集团采用的是新的贵金属冶炼技术和设备，并不是人们所想象的那样排出废水、废气、废渣，污染环境。更让人欣喜的是，招金人实践了这样的理念和口号——"先要绿水青山，后要金山银山"。工厂把生产过程中产生的二氧化硫回收起来制造硫酸，把冶炼冷却用水变成了蒸气后排出，整个生产流程形成了一个封闭的循环系统。集团方面还保证新公司的技术和设备会比招远的更好。临洮县也很愿意引进这个大项目。

8月，山东招金集团与临洮县政府正式签订协议，由集团投资，在中铺工业园建设甘肃招金贵金属冶炼有限公司。这个项目总投资20亿元，其中一期投资7.3亿元，项目全部完成后，每年可以实现税收近亿元，这也是临洮县引进的体量最大的单个项目。

2013年3月，项目正式动工。建设之初，招金公司就提出，这个项目的需水量很大，每天一定要保证一千立方米的生产用水。当时园区的日供水能力仅有两千立方米，其中还包括镇里的生活用水。供水成了企业建设和试生产的关键。临洮县委、县政府决定由县里配套建设供水扩容工程。

扩容工程需要敷设十三公里的输水管线。原计划管线是从山底下的平地走。这样做，投资比较小，施工也容易。然而在实施过程中，由于占用土地比较多，所以群众工作很难做。后来，县里分管领导和工业园办公室就提出了“绕山走”的方案。尽管新方案可以少占耕地，但却要多付出一百万元工程费。费用不落实，工程也就停顿下来。

2014年5月初，项目方把情况反映给了柴生芳。柴生芳果断地说，新方案两全其美，增加一百万元没问题，我们县里解决。一周后，一百万元追加款就打到了施工企业的账户上。在这之前，他还积极联系，协调电力部门为招金公司拉上了150千伏的高压电线。

5月上旬，招金公司的建设基本完成，要筹备单车试产。恰巧招金集团的路董事长也来到兰州，参加一个全国性的行业会议。路董事长抽空到了临洮，想实地了解公司的建设情况。柴生芳闻讯后，立刻赶到公司，陪同路董事长参观了各个车间，召开了座谈会。

座谈会上，甘肃招金公司提出，“万事俱备，只欠供水”；目前供水扩容工程进度不理想，将会影响公司的试生产。柴生芳听后，干脆地说：“我已经让办公室联系了各个有关单位，本来想让他们到厂里来谈，现在就让他们直接去现场，马上解决这个问题。”

座谈会结束后，已经是十一点半了，公司的职工食堂准备好了工作午餐。柴生芳哪里还顾得上吃饭，和路董事长道别后，上了车，直奔距离公司六公里的施工现场。

十二点半左右，人员都到齐了。柴生芳询问了工程进展缓慢的原因。乡镇的同志说，做通了一段土地承包户的工作，施工企业就应该马上开挖一段，免得工作反复。施工企业说，这样做，施工机械拉来拉去，会增加费用，加大工程成本；并且近期县里一直没给拨款，正常施工受到影响。柴生芳一听，明白了进度缓慢的症结就在于责任不明确，工作欠配合。他当即做出安排：乡镇负责组织开挖和回填管道沟，按照预算给乡镇拨付费用；施工企业负责敷设和焊接输水管；水务部门负责采购材料。他还答应，给施工企业再拨付一百万元，满足工程急需。第三天，这一百万元就打到了企业的账上。

责任明确了，配合默契了，进度也加快了。原来每天只能推进一百多米，后来每天能推进一千多米。

7月底，中铺工业园供水扩容工程全部完成；8月5日，招金公司开始试车，而后全面投入生产。

甘肃招金公司的负责人兴奋地说："真是没想到，柴县长办事这么干脆利索！我们来临洮投资真是选对地方了！"

这个园区从2009年开工建设，到2014年8月，已经引进了三十五家企业。

2018年，临洮的经济开发区实现总产值14.88亿元，销售收入14.34亿元；实现工业增加值3.31亿元，上缴税收3013万元。

以经济建设为中心让人们变得现实了。有些人现实得眼里只有赚钱的商人，而忽略了经济建设中的物质生产者，忽视了挣钱谋生的打工人。柴生芳不仅为外来的企业和企业家热情服务，对外来的打工群众更是格外关心。

2013年7月15日，晚上十点多，柴生芳下乡归来回到办公楼，一出电梯，就听见乱哄哄的一片。一看，楼道里挤着二十来人，有男有女，还有两个妇女抱着孩子，一看装束，还是少数民族，几个工作人员正在手忙脚乱地维持秩序。柴生芳拨开工作人员走进人群，拍了拍一位领头的小伙子的胳膊，说："大家不要急，来，有什么事到屋里说。"

进了办公室，柴生芳请他们坐下，一边给他们沏茶一边询问情况。看到县长和蔼亲切地招呼他们，大家的情绪慢慢地平稳了，口气也就缓和了许多。原来，他们是四川西昌的彝族农民，在临洮的一家砖厂打工；六七月份一直下雨，砖厂停了产；老板打发他们离开了砖厂，还扣了他们的工资。这些人在临洮举目无亲，无法生活，又没有路费，回不了家，晚上只好露宿街头。万般无奈，他们只有来找政府寻求帮助了。

听完了彝族同胞这番辛酸的陈述，柴生芳拨通了分管副县长的电话，请他立即通知公安、信访、人社、安监等部门的负责人，一起来开个协调会，解决农民工们面临的困难。

他又对身旁的彝族群众说："你们来找我们，说明你们对政府的信任，我谢谢你们！你们看这样好不好？我先让人给你们找个住处安顿下来。你们留下一个代表就行了，其他人先回去休息。我们马上就开会，解决你们的问题。请放心，我们一定会帮你们讨个公道！"听完柴生芳这番暖心窝子的话，一帮人安安静静地走出了柴生芳的办公室。

开会的人到齐了。农民工代表介绍了情况，很少发火的柴生芳板起了脸，声色俱厉地说："这些人背井离乡，跑到千里之外的临洮来打工。咱们也不说这是支援临洮建设的大道理了。人家挣的就是个养家糊口的辛苦钱，太不容易了！就是这个钱，还被恶意拖欠。这样的人，我们不帮助，谁帮助？这样的钱，我们不帮着讨，谁帮着讨？"他安排人社局牵头，组成工作组严查工资克扣等问题。

第二天，工作组进驻砖厂。第三天，砖厂发还了六万六千元工资和返乡路费。彝族同胞拿到了辛辛苦苦得来的工钱，感慨万分地说："早就听说柴县长对老百姓好，真没想到他对我们这些外地的老百姓也这么好！"

关心外来凤凰，为远客服务，就是为当地的脱贫致富添砖加瓦，就是为整个脱贫攻坚战披坚执锐，攻城拔寨。中国的脱贫攻坚战是一场人类历史上从来没有过的大战。它关系到中国的命运，也关系到全地球的命运。它关系到中国人的未来，也关系到全人类的未来。全世界都在看，全世界都在忙。看什么？看看在这个竞争激烈、贫富悬殊的星球上，中国的脱贫攻坚战能够给人类带来什么样的启示，提供什么样的经验。忙什么？

美国前总统吉米·卡特2019年6月9日惊呼：美国忙战争，中国忙发展。中国预计将在不久的将来宣布中国不再有严重的贫困，中国已经将其财富从东海岸向其他地方一路扩展，他们取得了快速的进步！

远在地球另一边的美国人都看到了这一事实——中国的脱贫攻坚战是国家之战、民族之战、人民之战。脱贫攻坚战牵动着全社会的神经，凝聚起全中国的力量。国家空前地加大了攻坚战的扶持力度，把脱贫攻坚战下成了一盘大棋。在临洮，中国银保监会的对口帮扶，平安保险的“村官、村医、村教”的“‘三村’智慧扶贫”行动……这些都为脱贫攻坚战增添了活力和火力。

西部的脱贫攻坚战也深深地牵起了东部的心，东西部对口扶贫协作成了脱贫攻坚的补给管道和重要作战途径。2017年，福州市仓山区和临洮县结成了对口帮扶对子。7月，仓山区领导带领一批企业家来到了临洮。

一走进临洮大地，企业家们就被临洮的脱贫攻坚的热潮打动了。他们纷纷慷慨解囊，你几百万，他几百万，资助临洮百姓解决产业发展难、看病难、求学难等生产生活的大问题。

捐款结束了，人们认为此行也就画上了圆满的句号。不久，临洮的领导到仓山区回访，除了答谢，还提出了新的意向——邀请企业家们到临洮创业发展。

捐款，企业家不眨眼；可是一提到建厂，不少人还是嘬起了牙花子。捐款虽然拿出的也是真金白银，可是只要一出手，心也就放下了。建厂就不同了。要盖厂房，要买设备，虽然行业熟悉，但是地方陌生，人员陌生。投下钱去，多长时间能赚回来暂且不说；万一搞砸了，就连公司的名声也会受到影响。临洮县的领导去了仓山区几次，不少企业家还是东张西望，顾虑重重。

不过，也有人敢第一个吃螃蟹。福建的华威集团出手了。华威是一家实力雄厚的公司，旗下有规模很大的交易中心。公司无偿为临洮开辟了一块场地，由临洮县福定商贸物流公司经营，销售牛羊肉、马铃薯、中药材，效益归临洮。他们还在交易中心开辟了一个临洮农特馆，作为展示、体验临洮特色农产品的窗口。集团派出经营管理团队，义务帮助临洮经营商品，“一对一”地为临洮培养各个环节的人才。他们设计了百合宴、马铃薯宴、牛肉拉面等体验项目，由临洮的师傅掌勺，推广临洮的饮食和农特产品。公司还派人带领临洮的经销人员去开辟集团消费市场，去年销售了四万多吨临洮百合。今年他们准备闯过销售收入一千万元的大关。

这样一来，仓山和临洮走出了一条“以消费促扶贫”的路子。临洮县委、县政府的领导还不满足，还是想借东风。东部市场经济发达，东部人思想活跃；临洮亟须借鉴他们先进的经营理念、管理经验和生产模式。县里领导迫切地希望仓山人到临洮建厂，便于在引进“硬件”的同时，也引进“软件”。

县委书记石琳盯上了福建春晖服装科技有限公司。他找到了公司董事长潘丽金。公司的主营业务是设计、生产加工和销售各类服装、鞋帽、手套、特种劳动防护用品等。能不能引它进临洮呢？石琳找了潘董几次，潘董却犹豫不决。她主要担心的还是对临洮不了解，不放心，不知道投下钱去会不会打水漂儿。

2019年4月18日，石琳又一次与潘董面商。潘董提出了厂房和设备的问题。石琳干脆地答复：厂房不用新建，就租用县里的一处棚户区改造房，那里有现成铺面房和地下车库；铺面房做生产车间，车库做仓库；租金前两年全免，第三年开始收取年租金三十万元。生产设备不用愁，县里投资三百万元去购置。

潘董笑了，建厂生产可能带来的风险由县里承担了；她可以进退自如，小步快走、摸索前进了。

石琳笑了。厂里招收三百名农民当生产工人，每人的月保底工资两千六百元，年工资三万元；一年下来，三百名工人的工资就达到九百万元，收益是投资的三倍。如果把三百万元交给农户，还得分散管理，效益参差不齐；而投资建厂子，如果合作五年，可就是四千五百万元。那时，设备还在，技术工人还在，三百位贫困农民还能够依靠工资收入而稳定地摆脱贫困。

经过县里和公司的一番忙活，甘肃榕发服装智造有限公司成立了，厂里招聘的员工已经开始培训，机器设备正在调试；春晖服装科技有限公司还和县里签订了意向性协议，决定投资三千万元，以后逐步扩大服装厂的生产规模。

柴生芳用汗水浇灌的梧桐树越来越粗壮了，柴生芳们用诚心营造的软环境越来越贴心了。越来越多的凤凰鸟栖息在临洮，为临洮的脱贫攻坚大业流汗、用心。真可谓——君问归期未有期，临洮自有梧桐枝。脱贫攻坚创大业，凤凰齐舞正当时。

悉心关怀学生娃

要脱贫，先育人。给冲在一线的青壮年灌注知识和志气，关系到改变穷困的现在；给嗷嗷待哺的孩子们创造一个良好的求学环境，关系到持续富裕的未来。“再苦不能苦孩子，再穷不能穷教育”，成了临洮干部群众的共识和行动准则。

2014年4月23日一大早，柴生芳带着县扶贫办的干部，去连儿湾乡调研。途经一个小山村，他看见一对中年夫妇正在地里管护党参，就下了车，上前了解他们种植药材的情况。得知来人是县长，夫妻俩就像遇到了救星，满肚子的话一股脑儿地倒了出来。

这家男人姓张，夫妇俩有一个十四岁的儿子，在邻乡的初级中学上七年级。几天前回家后，原本开朗的孩子突然间少言寡语，闷闷不乐，把自个儿关在屋子里，怎么喊都不出来。夫妻俩感到事情不妙，好说歹说，才知道孩子在学校淘气，被老师当众啐了一口，孩子觉得很丢人，跑回家后，再也不想去上学了。说着说着，女人的脸上淌下了两行泪水。

“孩子不读书那可绝对不行！你们两口子看看，把孩子转到其他学校怎么样？”柴生芳一边安慰着他们，一边给他们出主意。

“别的学校太远，孩子上学不方便；帮孩子转个班能不能行？”

“这个能帮你办！但是得先做通孩子的工作，让他愿意去上学才行。”

随行的县扶贫办主任接过话头说，他认识临洮中学的一位老师，心理辅导做得很好，可以请她帮助孩子调整一下心态。

柴生芳听了后，高兴地说：“这好呀，你赶快联系一下这位老师，让孩子下午就去找她。”听完县长的安排，夫妻俩一直阴沉沉的脸终于转晴了。

当天下午，孩子在父亲的陪伴下到了临洮中学，心理辅导老师了解了孩子的情况，耐心地启发诱导，孩子终于答应重返学校了。

调研结束回到单位后，县政府办公室主任按照柴生芳的布置，拨通了县教体局的电话，请他们落实孩子调班的问题。

第二天，这个初中生又背起书包，蹦蹦跳跳地回到学校，走进了一个全校最好的新班级。从此，他的脸上又恢复了往日的笑容。后来，学校对那位简单粗暴的老师进行了心平气和的批评教育，让全校老师都实打实地明白了善待学生的重要性。重返课堂的孩子学习更加努力了，慢慢地，成绩也上升到了班里的前列。

农村的孩子是农民的希望，求学是孩子们的成长之路、成才之路、成功之路，柴生芳从眼前的这些农村学生娃的身上看到了自己的影子。

柴生芳的老家在甘肃省宁县南义乡北庄村，兄弟六人，他排行老五。全家的主要经济来源是父亲经营的一个果园，家境并不宽裕。他家离小学三里路，离初中六里路，每天上学、放学都是来回跑。上小学的时候，柴生芳和他的哥哥除了书包外，还比别的孩子多了两件东西——一个木桶、一根扁担。他俩先把这些“家当”拿到学校，中午放学了，再到沟里去抬水回家。那条沟很深，一条羊肠小道蜿蜒在陡坡上。那时候，柴生芳个子小，从沟里抬上水后，他走在前面，哥哥走在后面。他们两步一颤，三步一抖，走走歇歇，歇歇走走。好不容易走到大路上，兄弟俩才算松了一口气。把水抬到家里，匆匆忙忙吃完午饭，他们又马不停蹄地往学校里赶。

下午课外活动，是孩子们一天里最快乐的时光。同学们纷纷冲出教室，撒欢儿去了。柴生芳静静地蹲在地上，捡起一根木棍，在这个大“练习本”上，聚精会神地写语文生字，做数学演算，不知不觉就到了放学时间。他背起书包往家赶。他还要帮父母做一大堆家务事——拉土垫圈、推磨拾柴，这都是他的“家庭作业”。干完活，吃完饭，点上煤油灯，柴生芳又认真地学了起来。

有一次，柴生芳的大哥回到家，带来了一些钱和粮票，还给弟兄几个买了一些书。见到书，柴生芳兴奋得手舞足蹈。一天下午，柴生芳放学回家，提着筐去打猪草，还顺手拿上了一本书。到了地方，他一看时间还早，就打开书，坐在山坡上读了起来。夜幕悄悄地降临了，书上的字看不清楚了，他这才意识到时候不早了。合上书，他才想起打草的事。山坡上已经辨不清什么是猪草，只能看到那条朦朦胧胧的小路伸向了一团漆黑之中。他忐忑不安地抓起空筐，一溜小跑回到了家。

母亲问他：“你打的猪草呢?”

“我，我只顾看书，忘了打草。”他怯怯地答道，惹得兄弟们哈哈大笑起来。

柴生芳的高中是在宁县二中读的，学校离家有四十里，走的还是崎岖的山路。星期天上午，母亲用平日里省出来的白面，为他和哥哥各烙上六个大锅盔。这就是他们在学校一周的吃食。下午，兄弟俩背起锅盔，带上咸菜，哥哥骑着自行车带上他，沿着长长的山路，吃力地跋涉着……

在学校，他吃得很简单。一碗开水，泡上一块锅盔，撒上盐；吃几口，再就一口咸菜。夏天，到了星期四五，馍馍就有点馊了，面皮上长了毛，吃起来味道怪怪的。柴生芳拿起小刀，小心地刮掉那些毛毛，再拿开水泡泡，又香甜地吃了起来。他知道，家里的父母还吃不上白馍呢！

1986年，柴生芳高中毕业了，十七岁的帅小伙儿以庆阳地区文科状元的成绩，考入了北京大学考古系，成了乡亲们心目中的“天之骄子”……

终生难忘的求学经历让柴生芳格外关注农家子弟的上学大事，格外关心边远山区的教育发展。

临洮县委、县政府2013年就制定了“实施教育追赶战略”，提出了“一年有突破，三年上台阶，五年争上游，十年创名县”的目标。全县教育系统正在积极落实。为了培育脱贫致富的接班人，柴生芳这位博士又走进了小学、中学，坐在教室里倾听老师讲课，坐在教研组倾听教职员工的诉求，帮助他们解决教学和生活中的问题。

这位从偏远农村走出来的博士，深知农村学校的重要，深知农村娃求学的不易。到农村调研，走访学校是柴生芳的必修课。他要身体力行，为农村学校、农村教师、农村娃解决一些实际困难。

临洮县共有41所学校设有初中部，其中38所在农村；195所小学，185所在农村。偏远的农村学校教学条件差，生活艰苦，不少农村教师想方设法流向城镇。教育部门提出，要给农村学校的教师发放一些补贴，以利于稳定教师队伍。

2014年8月14日晚上，柴生芳召开了他生前的最后一次县政府常务会，会上提出了这个议题。柴生芳当场拍板：按照学校偏远程度分为每月二十元、六十元、一百元三个档次，给农村教师发放补助。9月1日，补助拿到手了。不少的山村教师痛惜地说，柴县长啊柴县长，您怎么就会再也听不到我们讲课了呢……

或许让柴生芳感到欣慰的是，2014年1月，在定西市组织的六年级教学检测中，临洮县的合格率达到90%、优良率60%，名列全市第一；2014年，临洮的高考上线人数达到2300名，是五年前的三倍。2015年，农村学校的教学装备会得到更新，多媒体教学设备将覆盖所有农村学校……柴生芳一定会知道，这一切在后来都变得越来越好了。

脱贫先脱愚，扶贫先扶智。这是全社会的共识。可是人们也知道“十年树木，百年树人”，育人是一个漫长的过程，教育是一个周期长、见效慢的苦任务。基层领导虽说长期在地方工作，但他们是“飞鸽牌”，不是“永久牌”。一些人热衷于短平快，钟情于“面子过程”“形象工程”；又有多少人愿意扑下身子，脚踏实地地抓教育呢？

临洮县委、县政府领导就是一批犟人。或许是像柴生芳一样，个人的艰苦求学经历深深地烙在了他们的心中，为了千百个像他们一样的孩子不再重复过去的故事，他们在全县的教育上下了苦功夫、笨功夫、真功夫。

临洮县山大沟深，不少学校连像样一点的校舍和设备也没有。县里领导借助于国家的脱贫攻坚和“全面改薄”（全面改善贫困地区义务教育薄弱学校基本办学条件）的政策，积极争取、整合资金，大力改善全县义务教育的办学条件。2015年以来，累计投入三亿元，新建或维修改造了202所中小学的校舍，装备了78个计算机教室、1125个多媒体教室，临洮中小学也进入了建设现代化“智慧学校”的新阶段。

太石镇小学是一所建立于二十世纪初的小学校。在脱贫攻坚的战场上，这所老态龙钟的小学焕发了青春，建起了微机室、多媒体教室、实验仪器室、音美教室、图书阅览室、心理咨询室、卫生室，成了临洮县的“示范学校”。

校园里，绿树掩映、红花怒放。教室里，学生们聚精会神地聆听远方名师的教导。仪器室里，孩子们欢快地做起了智慧门铃、电孵化器……临洮人做梦也没想到，农村娃和城市娃一样，一步跨进了“智慧学校”，享受着现代教育的乐趣，开始了他们崭新的求学生涯。

临洮还建成了六十二所义务教育阶段的寄宿制学校，学校配备了浴室、校园监控系统和专职保安员，还进行了绿化、净化、美化、亮化，各校都积极设置板报橱窗，创造室舍文化，创建形象标志，给在校生提供了优美、高雅、安全的学习和生活环境。

临洮县总共投资5480万元，在八百人以上的行政村建成了146个幼儿园，花费近千万元，为幼儿园配备了学乐设备和室外大型玩具。

临洮县下力量建设师资队伍，不断地提高教师的整体水平和个人素质。县里制定了优惠政策，大力引进优秀的教育人才。近五年来引进了知名高校毕业的十四名优秀本科生、研究生；通过公开招考，补充了近三百名新教师。全县中小学、幼儿园教师的学历合格率大幅度提高。其中，高中教师合格率最低，但是也达到了96.51%；幼儿园教师合格率最高，达到了100%。

为了提高教师的素质和能力，县里通过外出学习、基地培训、网络研修等形式，培训了中小学校长、教师六千多人次，全部在职教师都受过了继续教育。

为了稳定教师队伍，尤其是乡村教师队伍，县里全面提高了中小学、幼儿园班主任的津贴。依据偏远程度，给乡村教师每人每月发放六十五元、一百九十元、三百四十元、五百八十元的生活补贴；在乡村学校修建了食堂和教师周转宿舍；为乡村教师设立了“全能教师奖”，想方设法保障他们能够“下得去，留得住，教得好”。

为了激发教师的自豪感和积极性，县里加大了优秀教师的表彰力度。县委、县政府每年表彰优秀个人360名，教学质量进步奖获奖教师600名，还启动了“临洮名师”的评选工作，两次评选出临洮名师12名。2015年以来，先后有95个学校党组织被评为教育系统“先进党组织”，485人被评为“优秀共产党员”。

临洮县全面落实各项资助政策，着力保障贫困家庭的子女正常入学。2015年以来，全县累计发放政策性资助资金三亿多元，学前免除了保教费；农村义务教育阶段免除了教科书费、免杂费，给寄宿生发放生活补助费；高中免学杂费；中职免学费……这些好政策使十二万名临洮学生受益，确保了每个家庭不因孩子上学而致贫，每个学生不因家庭贫困而辍学。

现在，临洮县已经有了268所幼儿园，学前三年入园率95%，达到了甘肃省领先水平。全县义务教育阶段的216所中小学全部建为标准化学校；小学适龄儿童入学率100%，九年义务教育巩固率98.29%，都高于甘肃省的平均水平。2016年，全县义务教育均衡发展在全定西市中率先通过国家评估认定，县政府被定西市委、市政府授予“教育质量振兴奖”。2018年，中考成绩连续三年位居全市第一，高考二本以上上线2095人，上线率45.69%；应届生文化课二本上线率跃居全市第一。临洮县委、县政府2013年提出的“五年争上游，十年创名县”目标正在不断落实——“五年争上游”已经实现；正在继续朝着“十年创名县”的高峰奋勇攀登。

对于教育，临洮的领导有着自己的看法和做法。在他们看来，临洮这样一个国家级贫困县要想整体脱贫奔小康，教育当然是重中之重。然而，要完成这个伟大的历史使命，不能只是看一看有多少学生迈进了大学校门，更不能只是比一比有几个学生考进了清华、北大。一个孩子考上大学，几年以后，就会拯救一个家庭；然而，那些没有考上大学的孩子该怎么办呢？

理想是丰满的，现实是骨感的。临洮县的领导看重的更是普遍性的教育。他们要使教育成为脱贫攻坚的依托和路径。临洮的目光投向了更多的没有考上大学的孩子，临洮的力量用在了那些更需要救助的孩子和家庭。

初中毕业没考上高中的学生和高中毕业没考上大学的学生是两个令人头痛的群体。让这些“两后生”去工作吧，他们却有文化没技术，有知识没能力；随他们放任自流吧，他们却可能无所事事，成为家庭和社会的负担。

对于“两后生”，临洮县并没有弃之不顾；而是推行了学校、驻村帮扶队、学生家长“三位一体”的工作组。三方共同签订了《临洮县“两后生”零流失协议书》，一起动员“两后生”继续学习——要么去职业学校接受职业学历教育，要么去职业技能培训班接受技术技能培训。全县建立了乡镇长包乡镇、驻村干部包社、校长包学校、班主任包班级、教师包学生的“五包”工作机制，有效地保证了“两后生”零流失。2018年，全县有“两后生”2488名，入学2380名。全县职业中学毕业学生539名，其中271名直接就业，251名继续升学深造。

临洮县十分注重职业教育的针对性和实用性。县里依托临洮农业学校成立了甘肃农业大学应用技术学院，已经正式招生。学院成了临洮乃至定西市的第一所高等本科院校，正在为临洮和其他地方培养脱贫致富的农业人才。2018年，全县已有县职业教育中心、洮河高级职业中学、洮河农校三所职业学校，总共招生1195名。

临洮县下力量为发展职业教育办实事。职教中心的建筑工程施工专业急需实训设备，2018年县里就为他们筹资两百万元，采购了实训基地设备。中心着力打造“一校一品”，县里就从人财物上积极支持。现在，中心以培养建筑施工人才为核心，建立了建筑工程施工、给排水、建筑电工等实训室，设立了工程测量、建筑设备与安装、市政工程、工程预算等专业。职教中心不仅为“两后生”提供了继续就学的机会，也成了他们学习技术、顺利就业的强大支撑。

临洮还下力量解决那些特殊群体的就学难题。他们以留守儿童、残疾儿童、单亲儿童、寄宿儿童为重点，开展了“结对助学，关爱成长”活动。全县1.34万名“四类儿童”与3073名乡镇干部、学校教师、驻村帮扶队员建立了帮扶关系。大人们对孩子进行学业辅导、心理疏导、生活救助，帮助这些特殊儿童走出不利环境的阴影，走进阳光明媚的春天。

如花的笑脸，如舞的脚步，如歌的声音……

看着那些归巢的燕儿般飞进幼儿园的儿童，看着那些寻水的鱼儿般重新跳进学校的少年，看着那些唱歌的莺儿般争论问题的小技工……大地笑了——它看到了遍地盛开的花朵；大人笑了——他看到了阳光灿烂的未来……

呕心求解医病难

人吃五谷杂粮，谁人不会生病？去医院、看医生也就成了每个人必须经过的人生历程。不少人因为看病难、看病贵，小病拖成了大病，急病拖成了慢病。一场大病下来，多少刚刚摆脱贫困的家庭又重新落进了贫穷的黑洞！

母亲的因病早逝，成了柴生芳心头的伤痛，也成了他为百姓解决病痛的原动力。在他的调研视野中，自然少不了广为关注的医院。柴生芳下基层从来不打招呼、不发通知，无论是检查工作还是了解情况，都是直奔目标。

这一次是他直接去医院检查工作。走进生化室，柴生芳仔细地看了看生化室工作台和各种仪器，拿起台上的生化检验试剂，看看瓶子上的标签，检查有效期；随后又在工作室里转了起来。他看见地上的一角放着几个纸箱子，便问：“那是什么？”工作人员回答是清洗液，清洗检测仪器用的。

柴生芳走过去一看，箱子上标注着“有效期至2012年5月26日”，已经过期两年了。他马上问：“这是怎么回事？”

工作人员连忙解释说，以前清洗液一直没有按照“有效期”管理，也没出过什么问题。

柴生芳问道：“你说说这些仪器都是多少钱？”

工作人员说是从十几万元到上百万元。

柴生芳脸上由晴转阴：“这么贵、这么精密的仪器，怎么能用过期的清洗液来清洗呢？再说了，清洗剂过期，是不是也会影响检验结果呀？病人大老远跑一趟医院不容易，我们总不能这里对付一下、那里对付一下吧？”

看到一贯和蔼可亲的县长变了脸，院长赶快过来承认错误。第二天，医院召开了专题会议，开展了医药安全问题的自查自纠。同时，安排了一位责任心强的医生任生化室主任。

2014年5月的一天，一大早，一位五十多岁的妇女进了办公室。柴生芳抬头一看，见她蜷缩着左手，马上起身迎上去，跟她握手，问她有什么事，问她的手怎么了。这位妇女满脸愁容地说，她是洮阳镇人，几年前得了这个怪病，家里困难，没钱治，手伸不直，干不了活儿。实在没办法，听说普通人也能找着县长，就来看看能不能求点儿补助，好去治治病。

听完她的话，柴生芳马上安慰她：“老姐姐，别着急。你先坐下，我这就给你想办法。”说着，就给洮阳镇镇长打电话，问她能不能为这位妇女争取些补助。放下电话，他告诉这位妇女，明天去镇政府找杜镇长，她会帮助办理补助的事。

妇女听了这话，不由得夸赞："没想到县长办事这么干散（方言，干脆利落）!"

柴生芳接过话茬，说："这没啥。能一次解决的问题，就不会让你再跑第二回!"

不久，妇女高高兴兴拿到了两千元的补助，去医院看了病。每逢乡亲们说起这件事，她都会说："咱们柴县长是个干散人!"

一个病人的救济就医解决了，可是因为"看病难、看病贵"，还有更多的病人仍然徘徊在医院的大门外。化解这个难题就成了柴生芳的心病。

2014年5月初，柴生芳去北京办事，在飞机上碰到了一位同乡。这位同乡姓王，是北京一家大医院的眼科主任，也是国内知名的眼科专家，刚在兰州办完事返回北京。两人一见如故，聊了起来。

一路上，柴生芳聊的全是临洮的事。他谈起了临洮经济发展比较落后，群众看病难的问题还没有得到解决，特别是一些疑难杂症，在县里无法得到及时诊治；到北京的大医院去看吧，早早地跑去排队，却连个号也挂不上。他想学习外地的经验，和北京的医院合作，建立"医联体"，帮助县里的百姓，尤其是帮助贫困农民解决看大病难、看怪病难的大问题。

王主任得知柴生芳在定西市工作了八年，深深地为他的谈吐和热诚所打动，说："你是三句话不离临洮，对临洮的感情实在是太深了。可你一个大博士，总不能在临洮干一辈子吧？”

“干一年就干好一年，干一天就干好一天。博士也得为百姓干好事，要不然，这个博士还有什么用！”

王主任觉得这个博士县长太可爱了，便主动说，“医联体”这个想法对老百姓有利，可以帮忙牵线。

说着，他仔细端详了一会儿柴生芳：“你也得关心一下自己的身体，我看你气色不太好，身体可能有问题，还是赶紧去大医院检查一下吧！”

“我身体棒着呢！经常锻炼，吃得饱，睡得香。我们下乡，小伙子还跑不过我呢。晚上累了，一着床，呼噜一打，马上就睡着了。”

“睡觉打呼噜也是病，不能大意。你得去查查，严重的打呼噜必须得治。”

“……”

柴生芳记住了“医联体”的事，却没把这话放在心上。

5月26日，柴生芳又到了北京，他和王主任相约见了面。他们商量了组建“医联体”的具体思路。初步决定由临洮县卫生局牵头，协调两家县级医院，与北京的一家知名医院共同组建“医联体”；通过“医联体”，提高县医院的医疗水平，为临洮患者得到大医院、大专家的诊治提供方便。

谈完了“医联体”的事，王主任又问柴生芳检查身体的结果怎么样了，柴生芳说还没来得及查。王主任热情地建议柴生芳在他们医院做个检查。柴生芳嘿嘿一笑，说得赶快回临洮，还有不少紧急工作要落实，下次来了再说吧。

回到临洮后，柴生芳请来县卫生局和两家县级医院的负责人，向他们说明了“医联体”的构建思路，要求他们抓紧工作。县卫生局很快和王主任他们取得了联系，商量起运作的具体问题。

8月3日，柴生芳带领县里干部到北京衔接项目，他感到身体有些不舒服。4日下午，参加了一个招商推介活动，结束时已经五点多了。他匆匆忙忙赶到医院，王主任替他联系好了到睡眠中心检查身体。

睡眠中心的医生告诉他，眼下医院没有病床，但是检查仪器很简单，可以拿回去自己戴上。去了仪器室，护士又说检查仪器不能拿走，只能在医院戴。柴生芳原本打算晚上去河北涿州，了解临洮的电视剧《狄道传奇》的拍摄情况，商议解决拍摄中的一些具体问题。现在一看戴这个仪器还比较麻烦，就对陪同的同志说，算了，不检查了，别误了去涿州。陪同的人劝他说，已经交了费不能退了，还是先戴上再说吧。

护士给他安装上了睡眠监测仪器，鼻孔里又插上了管子。他发现自己竟像个“太空人”了。得！这个形象可就不能出门了。尽管他从来不爽约，这回不得不向对方道歉，改变了原来的行程计划。

5日，柴生芳又到了医院，护士取下监测仪器，告诉他一两个小时以后就可以拿到检查结果了。但是，他下午还要去拜访一位领导，谋划2015年公祭老子的活动，于是就没在医院等结果。拜访结束后，晚上他又赶班机飞回了兰州。

6日，柴生芳回到临洮，医院发来了检查结果，说他患有睡眠重度呼吸暂停综合征，病情比较严重。医生建议他到北京住院治疗；但是他说不要紧，等忙完了眼下的大事再说。王主任又给他联系到甘肃省人民医院治疗；但是他说不着急，等忙完了手头的工作再说。柴生芳就像一个上紧了发条的时钟，不停地转着，转着，一直转到了8月15日，那个永驻人间的黎明……

健康愉快地生活，是每一个人的渴望，也是生活幸福指数的基本指标。然而，生老病死却会如影随形，伴随人们的一生。

在大城市的那些三甲医院，尤其是在北京的名医院，每天都会看到熙熙攘攘，人来人往，嘈杂的声音闹得人的脑袋都大了。置身于菜市场一般的环境中，别说看病了，就是没病的人也得折腾出病来。

现代科技的进步，尤其是电子科技的发展，赐给人们无限遐想的空间。随着人机国际象棋大战和围棋大战，世人震惊了。人类冠军输给了计算机。会学习的阿尔法狗声名鹊起，无人驾驶的智能汽车已经筹备上路了。人们在幻想，机器人医生会不会横空出世？老百姓会不会因此而彻底摆脱“看病难”“看病贵”的困境？

想归想，实归实。世界上每一代人的生存环境都是已经规定好了的。人们必须接受前代人留下来的物质和精神的空间，也必须受制于当代产出的物质文明和精神文明，还必须为后代留下自己这代人生产的文化果实。人类生存的这种文化环境就形成了“文化迫力”。

文化迫力确实给人类的生存状态造成了差异，它会使不同时代、不同地域的人过着迥然不同的生活。不要说秦始皇坐不上飞机了，就是临洮山沟的农民，不是也有不少人一辈子没见过火车吗？

在那些偏远落后的山区，有多少人因病致贫，有多少人因贫致病？一人生病，全家受累。一场大病，一个大手术，一个慢性病人，会让多少人痛苦不堪，会让多少家庭一蹶不振？

九层之台，起于累土；千里之行，始于足下。面对贫困县的文化迫力，临洮人没有怨、愁、叫，没有等、靠、要；在脱贫攻坚战的大环境中，他们实事求是、想方设法，一步一个脚印地构建服务百姓的医疗保健体系。

脱贫攻坚的主战场在农村，主攻目标之一就是医疗有保障。临洮县始终把贫困农民放在主位。贫困户在哪里，领导的眼光就投向哪里；贫苦病人在哪里，干部的工作就做到哪里。

太和镇豁岘村有个贫困户，男主人达如孝做了手术正在卧床休息，女主人苟国兰也患腰腿病丧失了劳动力，儿子离异在家务农，照顾有病的父母和上学的女儿。家里土房简陋破旧，屋里异味扑鼻。镇党委书记张鹏程第一次走进他家，就把这家作为自己的联系户。他联系村医定期上门为达如孝免费体检，指导术后恢复；安排镇民政站按政策及时为他们报销费用，还把自己的一台洗衣机送到他家。慢慢地，男主人能够下地劳作了，女主人洗洗涮涮轻松了，房子加固改造了，地里改种效益好的百合了，屋里有了香气和笑声。

"送医上门"，送医疗政策上门，已经成为临洮干部下乡走访的寻常事。健康扶贫不仅要关注每一个因病贫困户，还要构建一个先进的医疗体系，培育一种长效机制，切实为群众提供方便。临洮县着眼基层，首先在村这一级布局。他们为每个行政村都建好了一个卫生室，配备了一名专职的农村医生。村医扎根农村，负责全村人的医疗卫生，成了村民医疗健康的“守护神”。

县里组织了323个团队，奔赴各个行政村，与建档立卡贫困户签约，实行了“一人一策”的精准健康扶贫。县里设计了三个“服务包”——给一般签约者一年进行一次体检；给高血压、糖尿病等慢性病患者建立门诊慢病卡，一季度进行一次体检；给大病患者开通知单转大医院就诊。参加签约的县、乡、村三级医生，都名副其实地成了贫困户的家庭签约医生。

县里组织农民参加了新农合；对贫困户降低了报销门槛，提高了报销比例，还能够“先看病后付费”。贫困农民在县乡医院就医或者到省市医院诊治规定的五十种大病，可以不交押金。患者出院时，通过“一站式”即时结报，只交个人负担的那部分就可以回家了。

有了家庭医生，有了“一站式”服务，贫困农民就有了保健和就医的直通车。

如今，柴生芳关注的“医联体”有了新的进展。临洮县的两个县级医院已经与甘肃省人民医院、兰州大学第一医院、甘肃省妇幼保健中心、甘肃省中医院、东南眼科医院等十家大医院签订了医疗服务联合体合作协议；成立了专科联盟、医学影像中心、医学检验中心和远程会诊中心；开展了双向转诊、进修培训、手术指导等一系列医疗业务。临洮人可以分享更多、更好的医疗资源了。患者甚至可以不离开临洮，就能得到大医院、大专家的及时救治了。

有了医联体，有了专科联盟，有了远程会诊平台，临洮人就有了健康和治病的保险柜。

临洮有一个奇正藏医院。那是有名的“奇正藏药”创办的民营医院。说起奇正藏药，人们必然会想到女企业家雷菊芳——那个扔下了“铁饭碗”、打造了“金饭碗”的传奇人物。雷菊芳的老家就在临洮，县里的领导对她自然就会分外关注。五六年前，县委书记石琳、县长柴生芳就找到了雷菊芳，商议请她为家乡的发展做些贡献。几经磋商，雷菊芳决定在临洮建一所藏医院。

西藏地处高原，寒冷阴湿，藏族同胞罹患腰腿痛、风湿病的人很多，藏医在治疗这些病症方面独具特色。临洮也属于高寒阴湿地区，常见病与西藏差不多，引进藏医实在是临洮人的福音。

2014年，临洮奇正藏医院开业了。当时没有地方，还是县里帮助他们协调，租用了别家的楼房。如今，医院有了七十三名医护人员，一百四十九张床位，每年诊治的患者超过了四千人。

石琳和柴生芳经常到医院探访，与院里的一些医生成了朋友。他们在规划建设马家窑文化产业园的时候，还专门为藏医院协调了一块地皮。如今，临洮奇正藏医院的医疗大楼已经建好，马上就要搬到新址了。新医院共有四百张床位，可以为更多的患者解除病痛了。

医院有一个活泼伶俐的藏族青年，名叫索南旺杰。他十六年前从青海医学院毕业后，就加入了奇正团队，2014年来临洮参与建院，是奇正藏医院的副院长，也是主要的藏医医师。

索南旺杰每天都要为一二十位病人治病。诊治的主要病症是风湿、类风湿性关节炎、皮肤病、椎间盘突出、骨质增生、高血压等。诊治的主要方法是藏药“五味甘露”蒸气浴、藏医外治疗法放血、火灸、温针、热油、铜罐、藏药缚敷等。

他是医院的“真诚、亲切、方便、人道”这一服务宗旨的代表。从前临洮县没有藏医院，临洮人要看藏医，必须去青海。看一次风湿或类风湿病，一个疗程十五天，医药费就要花掉七八千元，加上交通食宿和陪同人员的费用，非得过万才行。可是在临洮藏医院治疗同样的病，却省钱、省事多了。按规定报销之后，一个患者个人只需要支付三百来元就好了。

他们这样的民营医院本来没有硬性的扶贫任务，但是索南旺杰和他的同事们却主动地把自己推上了扶贫攻坚的战场。医院的一次治疗费从前只定价四十二元；只是2019年以来，才根据国家的政策调整到九十二元。

县里为了减轻贫困病人的医疗负担，提高了建档立卡户的医药费报销比例，但对于不少贫困患者来说，担子依然很重。一些特困患者来到藏医院，病看好了，缴费的钱却不够了，怎么办？索南旺杰他们就做了一个“医疗费减免单”，只要是建档立卡的贫困户，病人在单子上签个字，就可以出院回家了。四年来，医院为贫困患者免除了治疗费二十多万元。

数字看起来不大，可那不是开大药单子收的容易钱，而是一次只收四十二元的治疗费。这就意味着，索南旺杰们为临洮患者做了四千七百多次的免费治疗。四年里，连节假日都算在内，平均每天就要做三次的免费治疗。

后悔吗？索南旺杰操着流利的汉话说，看看石书记、柴县长为临洮做了那么多的事，咱还有什么好说的呢？他们帮我们把这个没有名分的医院建成了二乙医院；搬迁后，又可以升为县级的二甲医院了。我们谢还谢不过来呢！怎么能不为临洮的扶贫出把力呢？

清心连起万人情

脱贫攻坚既是党的大业，也是人民的大业，实现这一大业，需要干部群众拧成一股绳。干部群众维系一种什么关系，决定着扶贫的得失和成败。

几十年来，基层的干群关系不断地演化。有些地方还继承了过去的那种鱼水关系，有些地方则变成了油水关系，有的甚至成了火水关系。

旁人的教训、自己的经历让柴生芳深深地记住了这样简单的原则——要想和老百姓建立鱼水关系，一是关心群众，一是管住自己。柴生芳常说："咱们下乡，要给老百姓帮忙，不要给老百姓添乱啊！"他先后去过十一趟苟家山村，从来没有让村里招待吃过饭。

有一次，柴生芳一大早就到了村里，走家串户访谈，田间地头交谈，村委会里座谈，一直忙活到快下午两点了。村支书要安排家里做饭，柴生芳婉言谢绝了。在村委会办公室里，他和同行的干部拿来了车上备下的午饭，招呼村干部一块儿吃起来。吃的就是自带的小馒头、鸡蛋、苹果"老三样"，喝的是自带的瓶装水。边吃边和大家聊天："今天这顿饭没超过八块钱的标准吧？"大家算了算，一个人最多吃了不到六块钱。

吃完午饭，接着走访，该吃晚饭了，村支书说，这么晚了，还是到家里随便吃个饭吧。柴生芳笑着说："等村里的经济上去了，乡亲们的日子过好了，我再吃咱苟家山的饭！"

苟家山村有一家智障户。男主人麻天雄快六十岁了，大脑反应迟钝；三十多岁的儿子智力低下，就连儿媳妇也有点呆愣愣的；只有老伴和不懂事的小孙子还比较正常。2012年，这家就成了柴生芳的联系帮扶户。

麻天雄家有十亩地，以前只种小麦和马铃薯，柴生芳就引导帮助他种植中药材。麻天雄一家挤在二十多年前盖的土房子里，墙角裂开了大口子，墙面塌下了土皮子。柴生芳给他家协调安排了一个"双特户"（住在特别危险的区域、家庭特别困难的农户）建房指标，麻天雄家没出一分钱、没投一个工、没管一顿饭就盖起了三间四十平方米的砖瓦房。

2014年，麻天雄种了三亩黄芪、两亩党参、三亩柴胡，搬进了崭新的砖瓦房。4月17日，柴生芳又一次来到麻天雄家。麻天雄的岳父刚去世，按照当地的风俗要炸"麻叶"（一种油炸的民间小吃，北京叫排叉）上供。当天麻天雄家炸完了"麻叶"，正在用锅里剩下的油炸油饼子，趁机给家里人改善改善。

看见县长来了，老伴拿起一个油饼子，急忙迎上去，递给柴生芳，硬要他尝尝。柴生芳推辞说，我们有规矩，不能随便吃乡亲们的东西呢！正在这当口，麻天雄从老伴手里抢过油饼子，死乞白赖地往柴生芳嘴里塞，一边硬塞一边念叨着，我住上了新房子，你吃个油饼子还不该吗？柴生芳见怎么推也推不掉，只好接过油饼子，咬了一大口说，你的油饼子炸得好，真香！好吃！真好吃！

麻天雄又给大家发油饼子。随行的五六个人也接过来吃着。柴生芳掏出十元钱，递给麻天雄，说算是油饼子钱。麻天雄推着不肯收，大家也不让柴生芳付账，争着掏钱。柴生芳回过头去，笑着说，你们别争了，这油饼子就算我请大伙了；转过身来，把钱递给麻天雄，又紧紧地攥住了他的手。

麻天雄呆呆地笑了，老伴笑了，院子里的人都笑了。

村里还有一位普通的农家妇女，叫龚彩琴。她中等身材，黝黑的皮肤，粗糙的双手，坚定的目光炯炯有神，朴素的衣服干净整洁。就是这位不起眼的妇女，用她瘦弱的肩膀扛起了一个贫穷而不幸的家庭。

1996年，二十二岁的龚彩琴从邻村嫁到了苟家山村周家湾。丈夫的姐姐十八岁时因病早逝，本来贫困的家庭又陷入了悲痛。龚彩琴来了，第二年，有了儿子，家里渐渐传出了笑声。但是，天公不作美。1998年，儿子刚满一岁的时候，丈夫突发肝病，渐渐失去劳动能力，全家的担子落在了木匠手艺很好的公公身上。然而，以后的几年中，先是丈夫去世了，后是公公患上胃癌也去世了，婆婆又患上了肝腹水，一病不起。接踵而来的晴天霹雳，几乎炸晕了这个瘦弱的女人。面对六十二岁的婆婆和一对十岁出头的儿女，龚彩琴挑起了这个家庭的全部不幸和期冀。

在这个四口之家里，她既是男人，又是女人。出门，除了忙活着种那十亩山地，就是带着婆婆去看病；进门，除了忙活着小儿女和病婆婆的吃喝拉撒睡，就是给婆婆端水、熬药。孩子在她的坚强支撑下渐渐长大，婆婆在她的悉心照料下知足地延续着生命。2011年，在娘家的帮助下，她在社里率先试种了半亩党参、半亩黄芪和一些柴胡，收入远远超过了马铃薯和小麦。

2013年9月，龚彩琴家被确定为柴生芳的联系帮扶户。10月的一天，代县长柴生芳来到她家，看到龚彩琴艰难奋争的生活状况，被这个平凡而坚强的女人深深地感动了。他走进屋里，紧紧握住老婆婆的手，嘘寒问暖，询问病情，说道："您还是命好啊，有这样一个贤惠孝顺的好儿媳妇啊！"老婆婆含着泪说："是啊。要不是儿媳妇，我这把老骨头早就不知道扔到哪儿去了！"

柴生芳转过头，对大家说，咱们一定要帮帮龚彩琴这一家，一定要宣传弘扬她这种敬老爱幼的传统美德。回到县里，他立即和县委书记石琳说道龚彩琴的事迹，两人商议在适当的时候对这样的人物进行表彰。2014年3月，县委、县政府授予她"孝老爱亲模范"的光荣称号。

在柴生芳的鼓励和帮助下，龚彩琴把快要倒塌的院墙整修一新，盖了四间砖木结构的新房子。这一年，她又把中药材种植面积扩大到了六亩，常年堆下的三万多元外债也还清了。

每当有人问起她与柴生芳联系的这段往事的时候，她都会动情地说："柴县长就像我的亲人一样，他一走进我们家，我就觉得有了靠山，有了希望。"

柴生芳在笔记本的扉页，写下了"父爱如山"四个大字。他用粗笔浓墨表达了对女儿的深爱，也表达了对父亲的感恩。

老父亲八十多了，一个人在老家不方便。柴生芳和妻子一商量，就把父亲接到了兰州。柴生芳每逢回到家中，只要上街，总要给老人买回来他爱吃的干果和葡萄干；每到晚上，总要给老人端上一盆热水，让他泡泡脚。

有些时候，柴生芳也会让人觉得不近人情。妻子怀孕，让他托人调个岗位，他不办；妻子上班让县里的小车捎一程，他不让。到基层当领导的八年里，他没给家里办过一件私事。刚从日本留学回来的侄儿想请他帮忙联系个工程，他说，临洮县政府负责的工程全都上了网站了，你可以自己去找找，自己去投标。

老父亲想回老家看看。家里人跟柴生芳说，你也两年没回老家了，索性就陪老人走一趟；一来老人可以坐坐你的小车，方便些。二来你也可以看看哥哥和嫂子。柴生芳摇摇头，还是搀扶着老父亲，把他送上了长途公共汽车，回首告别的一刹那，他的心里忽地涌出了一股说不出来的滋味。

柴生芳的心里早就树起了一道防线。他时常对妻子说："钱财是身外之物，人只要健康快乐就好。不能随便接受别人送来的东西，这要成为咱们家的一条规矩。你如果做不到这一点的话，咱们可就要离婚哩。"

临洮人都知道，柴生芳有一个习惯——"开门办公、马上就办"。他说"开门办公"有两大好处——大门敞开，想送礼的人就不好意思送了；来上访的群众就不怕进不了门、找不着人了。

2014年春节前，下面的一位干部到柴生芳办公室汇报工作。两人谈完后，他掏出一个信封，一边往办公桌上的一个文件夹下塞，一边说，您对我们这么帮助，一点小意思，就算是给您拜个早年吧。柴生芳立刻板起面孔，说："咱们党的纪律你还不清楚吗？你这是爱我呀还是害我呀！"一边说着，一边把他的手推了回去，"咱们有工作谈工作，有事情办事情，就是不能搞这一套！"看看柴生芳严厉的神色，看看敞开的办公室大门，这位干部不好意思地收回了手。

柴生芳身上穿的是破了袖口、裤脚的旧衣服，办公室用的是十几年前的旧沙发，下乡坐的是跑了十几万公里的旧汽车……他在工作笔记中写下了“宁可清贫自乐，不可浊富多忧”“当干部要先有德才有威”……他用这样的话来告诫自己。

榜样的力量是无穷的，一支蜡烛可以照亮一大片。在二十世纪六十年代，中华大地上涌现了社会主义建设时代的县委书记的好榜样焦裕禄。他迎着沙尘探风口，带领群众除“三害”，让多少人心潮澎湃；他迎风踏雪访贫问苦，舞起铁锨种植泡桐，让多少人激情满怀；他的那身破了袖子断了线的旧毛衣、那张拽着扶手顶肝区的破藤椅，让多少人泪花滚滚？学习焦裕禄，有多少干部脚踏实地，为人民服务——干好一辈子；跟着焦裕禄，有多少群众下定决心，跟着共产党——走好一辈子！焦裕禄成了那个时代的风向标、试金石，成了那个时代的党的基层领导干部的杰出代表。

时代呼唤英雄，英雄顺应时代。在我们中华民族伟大复兴的新时代，涌现了柴生芳这位共产党员的杰出代表，党的基层领导干部的杰出代表，知识分子的杰出代表。他和焦裕禄一起，成了连接过去和现在的两座高峰。双峰并峙的两个人，连接起了未来，成为精神文明建设和物质文明建设的光辉灯塔。

是的，柴生芳就是榜样，就是蜡烛，就是灯塔。他首先感染了临洮的干部，照亮了临洮的路和干部的心。

临洮的干部都以有了柴县长这样的榜样而自豪，都以能够继承柴生芳的事业而骄傲。

临洮的干部没有跑官要官的，没有懒政、怠政的，没有瞎干、蛮干、胡乱干的。县委、县政府注意把那些想干事、能干事、会干事、干成事、干好事的人培养成共产党员，提拔到领导岗位；注重发挥基层党组织的战斗堡垒作用和致富党员的先进模范作用，带起了一支不忘初心、力行初心、弘扬初心的党员干部队伍。

在临洮大地上，村村班子有能人，事事谋划有领导，业业引领有党员。几年来，临洮涌现出了一大批平凡而闪亮的模范人物。

双联村党支部书记祁建楠带领全村打造地方民俗特色文化，把美丽乡村建设和“狄道乡韵”融合起来，绘出了一幅乡村旅游带动产业扶贫的新画卷。沿川子村党支部书记谢志英努力拼搏，探索出了“乡村振兴”的“临洮模式”。王家大庄村致富能人曹贵林担任党支部书记后，带头树立服务群众的标杆，有效地推动了党员和村干部思想工作作风的转变。王家磨村致富能人苟永胜进了村委会班子后，带领村民共同发展，促进了全村的和谐稳定……

临洮县太石镇有一个村子叫三益村，名字的由来已经不可考了。村委会主任名叫龚志荣。他就是一位学习柴生芳的农村好干部。

龚志荣在1989年十四岁上就跑到兰州去打工。从扫马路开始，接着卖菜。从一堆一堆地卖香菜，到一车一车地卖蔬菜，再到1992年开了一家蔬菜配送公司。坐骑也由自行车到三轮摩托车，再到汽车。后来，有钱了，龚志荣又开了一家餐馆，经营起十二个连锁菜店。

前后干了二十多年，龚志荣似乎可以松口气了。可是他每次回到村里，看着寸草不生的荒山，看着长满杂草的荒地，心口就像堵了一把草。土地是农民的命根子。有地不种，有地不种好，那可是给先人丢脸哩！再看看窄不拉叽、坑坑洼洼的小道，看看浑不拉叽、渣渣沫沫的饮水，心里就像烧开了一锅油。不修好路，不弄好水，那可是给子孙攒骂哩！

2012年年底，带着改变家乡面貌的理想，带着攒下的一千二百多万元存款，龚志荣回到村里，开始了新的人生。他流转承包了1.29万亩荒山和土地，一下子给村民支付了三年的土地流转金82.5万元。他成立了甘肃跃雅森农业综合开发公司，委托兰州大学城市规划院编制了村级整体规划；公司集中资金，连片开发，开始打造现代农业示范园区，吸纳一百多名村民来公司务工；还把种好了的一百亩杏林，分配给三十四个建档立卡贫困户经营受益。

不久，龚志荣被村民选为村委会主任。上任后，他出资引水，改造水源地，给家家户户都通上了自来水，村民们再也不用跑出一二十里路去拉水了。他给村里修筑了二十八公里的硬化路，为三益村打开了三条通道，将闭塞的山区与热闹的外界连接起来。问他修路花了多少钱，他只是嘿嘿一乐说，修路要用推土机，光是推土机烧的油钱，就掏了八十多万元哩。

道路通了，规划有了；还缺见识，缺人才。龚志荣就自掏腰包，拿出十万元，组织八十名村民到西安去考察现代农业，学习先进的经营模式和生产技术。紧接着，他建大棚，种蔬菜；平荒山，种果树；注册“洮沙三益牌”商标，把净蔬菜对口销售到了兰州。

村民有依靠了，有工作了，增收了。2018年农民人均可支配收入超过了七千元。龚志荣入了党，当上了三益村联合党总支书记，获得了“2017年全国脱贫攻坚奖奋进奖”。

不过，问题也来了。投资大、见效慢的农业改造，让龚志荣的资金捉襟见肘。贷了款，要还利息，手头太紧了。怎么办？龚志荣陷入了沉思……只有跑死的骆驼没有倒架的马。箭在弦上，不能不发。二十年的打工创业经历所积累的经验和人脉发挥作用了。

龚志荣想到了兰州熟识的企业家。找到了一帮老哥们儿，三动员两动员，闷着头、敞开心，招进了八家企业，引资五千万元。他把土地转让给这些企业，让这些有志者到三益村发展种植业、养殖业，和自己一起打造一个田园综合体。这个综合体整合了种植、养殖、养老、观光、蔬菜采摘等涉农项目，要绘制一幅集现代农林业、观光旅游、休闲运动为一体的现代文化村的大图画。

目前，综合体还在起步阶段。六家养殖企业种了三千多亩苜蓿，养牛一百多头、羊两千多只、猪四千多头、鸡三万多只，禽畜粪便用来种植有机蔬菜。草、畜、菜形成了三益村的小循环农业。

从前的荒山荒地上，长起了核桃一千亩、苹果四百亩、早酥梨五百亩、大枣三百亩、葡萄二百八十亩，挺起了云杉、海棠等景观树四百九十亩，铺开了一百多座全钢架蔬菜大棚。昔日的穷山沟变成了绿山坡、金山坡，既建设了生态，又发展了农业。

他们还投资两千二百多万元，在镇里建设了一个净菜加工和运销企业。收购自产蔬菜和其他村的蔬菜，通过初加工，做成净菜出售。现在，每天都有三万多斤莲花菜、西红柿、辣椒从这里配送给兰州的大专院校。

…………

大地乐了。村子乐了。村民乐了。

龚志荣不知不觉地由“富翁”变成了“负翁”，心里掂量着那九百万元的银行贷款，盘算着不小的银行利息，黑红的圆脸上掠过了一丝乌云，一忽儿就泛起了笑容。那笑容，淡淡的，甜甜的，或许有一丝苦涩，但更多的还是自豪。

“人不能只为自己活着，要为村里留点念想哩。我就是要和乡亲们一起，把咱们村建成真正的‘三益村’，那就是益党、益国、益民！”望着眼前的一大片绿色和远山的一大片电池板，龚志荣平静地说。

顺心方得见初心

人民群众很现实，他判断人和事，并不在于给不给他送东西，而在于能不能打动他们的心。为人民服务不是一句口号，而是实实在在的行动；为人民服务，就是要做到百姓的心里去。现实中有一些干部，台上说得眉飞色舞、天花乱坠，仿佛他就是“初心”的大神，台下却露出了“人不为己、天诛地灭”的尾巴。衡量一个干部长的是什么心，其实很简单。那就是干部说的话，群众走心不走心；干部做的事，群众顺心不顺心。柴生芳就是一位让百姓走心、顺心的好县长。

苟家山村有个青年农民，名叫苟胜利，2012年刚过而立之年。他取名胜利，生活却很失败。十三岁就没了母亲，五年前又没了父亲。已经瘫痪了十多年的老奶奶，长期蜷曲在炕上；一个身高不到一米五的哥哥，根本就没有力气干农活，更谈不上娶媳妇了；他自己有两个孩子，女儿十一岁，儿子八岁。苟胜利精明能干，妻子吃苦耐劳；但是上要照顾奶奶，中要养活哥哥，下要拉扯孩子，日子过得很艰难。这样的困难户自然就成了柴生芳的第一批联系帮扶户。

2012年3月26日，柴生芳第一次来到苟胜利家。一进门，就坐在了屋里的破沙发上，和他交谈起来。苟胜利第一次见到这么大的“官”，本来利利落落的嘴巴好像不听使唤了，他结结巴巴地向柴生芳抖搂起家底。家里共有十八亩山地，十来亩种了马铃薯，其他的种了小麦。一年毛收入也就万把元，奶奶吃药、哥哥吃饭、孩子上学，到头来，只够粗茶淡饭糊住嘴；每年只有过春节的时候，才能买上一些肉，全家老小美美地吃上几顿。

柴生芳认真地听他诉说着，不时轻轻地点点头。

“你家里的困难是不是这三条——老奶奶要看病，哥哥没事做，种地收入少?”听完了苟胜利的话，柴生芳替他做了总结。

“就是，就是！这些正是我的闹心事，还真让您给说准了！可是该怎么办呢?”苟胜利来了精神，嘴皮子也利落了。

“你看这样行不行？老奶奶的病该治还得治，有什么事可以找新农合尽量解决，但是不管怎么着，一定要把老奶奶照顾好，给她养老送终。”

苟胜利深深地点点头。

“你哥哥，我帮着找个工作，让他能够自己养活自己。”

“真的吗?”

柴生芳深深地点点头。

“你那些地能不能多种些黄芪、党参？种药材收入高。”

苟胜利不断地点着头，倾听着县长为自己这个小农民料理家务，心里不由得涌上了一股股暖流。

临别时，柴生芳给他留下了手机号码，再三叮嘱：“有事就给我打电话。”

不久，苟胜利的哥哥被安排到一个建筑公司当上了保管员，一年收入两万多元。当年苟胜利就种了四亩黄芪、党参，收入两万来元；2014年，中药材的种植面积扩大到了八亩。

就在柴生芳第一次到苟胜利家之后不久，苟胜利收到了一条手机短信，原来是柴生芳提醒他清明节到了，祝福他全家安好。苟胜利激动地回了短信。当年5月，苟胜利听说镇里有一批为“双特户”建房的指标，村里也有两户。他自己是成手的瓦工，特别想揽下村里的这两个活儿。可是怎么才能揽到手呢？思来想去，他决定索性壮着胆儿，撞撞大运再说。他试着给柴生芳发了条短信，没承想柴生芳还真的给他回了短信——可以。你去镇上找刘书记说说，看看行不行。苟胜利找到了刘书记，通过镇里的考核，拿来了活儿。一个多月的时间就盖好了本村的两套房，自己挣了一万来元。

打那儿以后，每逢端午、中秋、元旦、春节，苟胜利都会给柴生芳发个短信；柴生芳每次都会及时回复。柴生芳十一次走访苟家山，回回都没落下苟胜利。

柴生芳有个记工作笔记的好习惯。在基层工作的八年里，他记下了三十本工作笔记，总共一百七十多万字。在一个笔记本里，他记着，2014年5月4日，“苟胜利，养了四只母羊，种了八亩洋芋、八亩药材。贷款两万元。希望药材卖个好价钱，找销路，将合作社的作用发挥好……”

荀胜利也有个笔记本，上面记着：“2012年5月5日，柴县长为我们送来洋芋种子……2013年3月，柴县长为我们送来了一只小尾寒羊，让我们加快经济收入……2014年2月，柴生芳县长来我家指导开春种植，并给我们带来化肥……”

这些年，每当有人跟他谈起柴生芳，荀胜利总会无限深情地说：“柴县长是个干实事的好领导。他就是我们农民的连心人。每次他一踏进家门，我都觉得是在外边打工的哥哥回来了！”

县里的领导干部生活在基层，工作在一线。他们深入农村，接触百姓，直接面对的不仅有日常工作，还有突发事件；不仅有笑脸，还有怒气。有的干部一遇到群体事件就惊慌失措，赶紧绕开；柴生芳却把它看作是送上门来的群众工作，是化解矛盾、赢得民心的有利契机。

临洮县漫洼乡三岘村，是全县东部最偏远的山村。2014年4月29日，柴生芳带着县扶贫办主任到三岘村调研。他们先去看了看村委会，走访了学校，随后坐上车，准备下去走访农户。

柴生芳调研一向轻车简从，这次他们几个人坐了一辆车，就是他的那辆旧越野。没走出多远，只见对面一辆摩托车疾驰而来，“吱”的一声停在了路中间。一个三十来岁的青年妇女跳下来，双手叉着腰，拦住了汽车。司机见状，一脚刹车下去，汽车停了下来。车上的扶贫办主任还没来得及想出该怎么办，柴生芳已经开门下车，朝青年妇女走去了。

见她横眉立目、怒气冲冲的样子，柴生芳慢声细语地问她有啥事情。还没等问清楚，又看见不少村民纷纷涌过来。有的骑着摩托车往这儿奔，有的从山坡上往这儿跑。一时间，男男女女，呼呼啦啦集聚了二三十人。

一看来者不善，同行的干部急了。有的跑到前面挡住，有的叫他赶快回村委会。

“咱们共产党的干部，不能怕群众！”柴生芳拨开他们，走到乱哄哄的人群中，询问大家有什么问题。

村民们七嘴八舌地嚷了起来，根本听不清楚他们说的是什么。柴生芳放大嗓门说：“乡亲们，不要急！你们不是想让我听明白吗？我就站在这儿听。大家不要乱，一个一个地说。”

“村上的低保不公平，有的低保户生活条件比我们还好。”

“修铁路拉沙子的补助款分配不公开。”

“村支书连任十几年了，办事不公道，以权谋私。”

村支书慌忙赶上前来争辩：“你们这是胡搅蛮缠……”

柴生芳厉声喝道：“让大伙儿说话，你别插嘴！”

村支书讪讪地退到后边。村民们一个个地诉说着心中的不满。柴生芳托着笔记本，认真地做着记录。气氛慢慢地缓和下来了。

“走，你领着我们到家里看看。”柴生芳拍了拍一位火气最大的农民的肩膀，村民们前呼后拥地向山村走去。大家你一言我一语地议论着，支书这回耷拉脑袋了：这个县长真行，不怕咱堵他；他还真的没有官架子！

走访了七八户农民后，在一家的院子里，村民们又围住了柴生芳："怎么样，我们没说假话吧！"

柴生芳止住脚步，转过身，掷地有声地说："乡亲们，今天你们反映的是实情，说的是实话，我都记下了。村上低保不公的问题，我马上安排调查组来，按照政策规定合理地解决；其他的问题我们会按照程序依法解决。乡亲们，请相信，请放心，咱们共产党的干部就是为老百姓办实事、办好事的！"

离村后，柴生芳立即打电话给县民政局负责人，谈了三岘村低保存在的问题，说："马上就是'五一'，你们就别休息了，马上组成调查组，明天就进村；原有结果作废，推倒重来；一定要按照规定的程序召开村民小组会议、民主评议、三榜公示，一定要让群众满意。"第二天，调查组进村，按照规定重新做了低保确定工作，村民们没有怒气了。

回到县里，柴生芳又立即和县委书记石琳商议，由县纪委成立调查组，调查村支书工作中存在的问题。不久，调查组查清了问题；根据调查的结果，漫洼乡党委按照程序调整了村支书。村民们没有怨气了。

人们至今还记得那个难忘的场面。柴生芳离开村庄的那一刻，村民们又呼呼啦啦地聚过来，簇拥着县长上了车。汽车发动了，村民们围在路两边。柴生芳探出头，向大家挥手告别，村民们也纷纷扬起了手。汽车走啊走，手臂摇啊摇。车渐渐走远了，那些高高扬起的手臂还在举啊举，摇啊摇，久久不肯放下。汽车里，柴生芳的眼睛湿润了——那不是普通的手臂，那是村民们投给共产党的选票……

是啊！人在做，天在看。历代的封建皇帝都自称"天子"，他发布命令的时候，第一句话就是“奉天承运”。可是在共产党人看来，天是百姓，运是人民的前途。古今中外，只有共产党才旗帜鲜明地写下了“为人民服务”五个大字。只有仰望百姓，服务人民，才会顶天立地。

“水能载舟，亦能覆舟”，这是封建社会里，统治者所能达到的思想顶峰。他们把人民大众当作水，把自己当作压在水上的船，最终仍然水是水、船是船。共产党人却把自己融入了大众，把自己视为“人民的儿子”。不错的，只要是分割了自己和百姓，违背了人民的意旨，别说是“天子”，就是“天王”“天主”，也不会获得人民的掌声。

思想木不木，关键看干部；工作好不好，关键在领导。物以类聚，人以群分。临洮的干部，无论是领导，还是下属，都是和人民、和农民血肉相连的人。柴生芳是这样，“班长”石琳是这样，一般干部也是这样。临洮的县领导没有把自己当成官，他们在生命中是农民的儿子，在工作中也是农民的儿子。

临洮的干部们至今还清晰地记得这个场景。那次去王家沟村调研，走到村口的半坡上，柴生芳看见几个老人蹲在土台子上晒太阳，就远远地跟他们打招呼问好。老人们站起身来，疑惑地打量着眼前的这位中年男子——中等身材、微微发胖、稍稍谢顶、戴个大眼镜。一位八十多岁的老人慢慢地抬起身子，柴生芳连忙赶了几步迎上前去，握住老人干瘪的双手，嘘寒问暖，聊起了家常。老人憨笑着，应答着。

别人告诉他，这就是县长。老人紧紧地攥住柴生芳的手，说：“你就是县长啊？和我拉手谝传（聊天）的是县长吗？哎呀，你可是我这辈子见过的最大的官了！”他的眼眶里迸出了泪花。

柴生芳连连摆手说：“老人家，别这么说。我是县长，我也是农民的儿子啊！您老岁数大了，可得多保重啊！”聊了一会儿，柴生芳跟老人握手道别，继续带领大家朝着高高的山坡上走去。

共产党的干部，不是要做官，而是要为百姓干事。干部干部，先干一步；领导领导，领着群众往前跑。临洮的干部就是这样的一批人。县委书记石琳的联系帮扶村本来是毗邻县城的一个贫困村，脱贫攻坚战打响时，他把自己的帮扶村移到了偏远的豁岘村。

豁岘村虽然地处山区，却是种植百合的好地方。我国的百合有三种。一种是药用百合，一种是观赏百合，一种是食用百合。人们所说的兰州百合就是百合中的上品，也是全国唯一可供食用的甜百合。临洮靠近兰州，也是兰州百合的主要产地之一。这里产的百合洁白如玉，瓣大肉厚，甜脆糯软，也有药用百合所具有的养阴润肺、清心安神的功效。

临洮很早以前就有人种植百合，虽然百合价钱好，但是，它要长三年才能成熟，也需要一些种植技术，所以一直没有发展起来。石琳要帮助豁岘村下一盘大棋，要把这个村帮扶成百合产业村。

现在不少人都知道——“上有政策，下有对策”，似乎对策就该是被鄙视的行为。殊不知对策有优劣之分。劣者是对付、应付、对抗，优者则是对答、应对、对位。政策下来，激发对策；对策实施，形成政策。不断地有政策，不断地有对策，从“对付、应付、对抗”中看出漏洞，从“对答、应对、对位”中找出经验，这也许就是工作的一种常态。

国家为脱贫攻坚制定了一系列的优惠政策，石琳开始为豁岘人想对策，引导县里“一班人”把党的扶贫政策用活、用足、用好。村里以前主产马铃薯，要调整产业结构，就必须有激励机制去引导。经过调研，石琳提议推行了“一村一策”的工作方法，对全县最落后的四个村实行了特殊政策。

县里决定，豁岘村农民只要种百合，就给奖补。根据综合情况，一般农户种一亩奖补两千元到六千元；建档立卡贫困户种一亩奖补三千元到九千元。石琳还积极与保险公司沟通，给不在册的百合也上了保险。保险公司每亩百合收费315元；临洮规定，一般户个人承担63元，贫困户只承担15.75元。临洮的这些对答之策、应对之策、对位之策，才是“真扶贫，扶真贫”，才是真的把工作做到农民的心坎儿里了。

农民乐了。249户人家，户户种百合；去年出售180吨，收入250万元。

百合乐了。全村2554亩耕地，2030亩种上了百合。

村子乐了。125个贫困户、497个贫困人口变成了50户、195人。

百合多了，一股脑全卖出去，价钱会降低，农民需要贮存百合。县里就出资建起了一个贮存能力三百吨的气调库，帮助村里搞起了初加工，制成真空袋装百合销售。

一个村民小组到村里，有6.4公里的土路。路基狭窄、路面不平，运输百合困难。村民亟须通上好路。县里就筹资为他们修建硬化通社道路。

…………

县长许树德则引导他联系帮扶的墩子村发展了蔬菜产业。种菜需要水，他就协调帮助村里建起了一座能够蓄水一千立方米的蓄水池；蔬菜要贮存，他就协调建起了一座贮量六十吨的贮菜库；卖菜要市场，他就协调资金四十万元，支持村里建设了一个批发市场，不仅保障了本村蔬菜的生产和经销，还辐射带动了周边的四个蔬菜村。

石琳正值壮年，却已是满头白发。他戏谑地自称为“007”。“007”是一个无所不能的外国大侦探、大间谍。他和他的“007”美女们在银幕上创造了一个又一个惊天动地的故事。石琳却没有那么浪漫，也没有那么幸运。他每天一睁眼要干到中午12：00才吃饭，这是一个“0”；匆匆吃罢饭接着干到夜里，这是第二个“0”；这样的工作节奏一个星期要干7天，这就是一个“7”。临洮有不少这样的“007”。临洮的“007”，是群众的“007”，农民的“007”，人民的“007”。

人们都知道，干部要想群众之所想，急群众之所急，关键还是要忙群众之所忙。想着群众盼的，急着群众唤的，忙着群众干的；这样的干部怎么会得不到人民大众的拥护呢？难怪豁岘村的脱贫农民达如泽会笑逐颜开地说，党把政策送到了咱家里，领导把工作做到了咱心里，风清气也顺，咱想说个“不”字都难哩！

尾声

2014年8月15日凌晨，柴生芳开完了县政府常务会议，疲惫地走进宿舍，和衣躺到床上，再也没有醒过来。四十五岁，一个活力四射的美好年华；四十五年，一个奋斗不止的壮丽人生。

8月18日。悲痛不已的临洮人从四面八方涌上街头，举起用旧纸板做成的挽标，上面写着他们的心声——“柴县长，您辛苦了!”“献身心为人民，还正气给天地”“柴县长，一路走好!”

苟胜利来了。龚彩琴来了。罗文华来了……

苟家山来了。三岘村来了。王家沟来了……

学校的师生员工来了。医院的医生护士来了。企业的老总职工来了……

人们都要为敬爱的柴县长送上最后一程。

柴生芳的汗水洒遍了临洮大地，临洮大地传颂着他的动人故事。柴生芳的生命终止了，他热恋的临洮却没有终止脱贫攻坚的鏖战。柴生芳的脚步停下了，他的同事和后继人却没有停下服务人民的大业。短暂而又漫长的五年中，临洮县的各级干部都满怀着柴生芳般的豪情壮志，继续书写交给人民和时代的答卷。

五年前，面对柴生芳离世的消息和群众为他送行的画面，互联网上跳出了不少问号——假的吧？人造的吧？现在还会有这样的领导干部吗……

而今，沿着柴生芳的足迹，沿着临洮的领导和干部的足迹，倾听大地的诉说……望着漫山遍野的一片绿色，望着男女老幼的满面春风，品味百姓的欣喜……谁会不为之神飞气扬，谁会不为之血脉偾张？

桃李无言，下自成蹊。历史选择了这代人，这代人注定了要在脱贫攻坚战中建功立业；临洮选择了这代人，这代人注定了要在临洮大地上挥洒汗水；人民选择了这代人，这代人注定了要在民族复兴中奉献初心。

柴生芳感动了临洮，感动了人民；柴生芳们感动了天地，感动了群众；因为他们所做的一切都是为了百姓脱贫。

岁月冲刷了网上的杂音，成就矫正了耳边的疑虑。随着历史的进步，随着脱贫攻坚战的胜利，柴生芳用生命和汗水写成的故事必将传向广袤大地，传向永远；柴生芳们用丹心和手脚创造的业绩必将刻入历史的丰碑，流进子孙的血液；临洮的舞步、洮河的歌声必将伴随着神州大地的鼓点飞向高山，飞向大海，飞向蓝天。

土房的骨骼

敏洮舟

已经习惯了钢筋水泥墙的冰冷，骤然见到这么一片，或者一个完全用黄土和木材搭建的村庄时，内心是有波澜的。当然不是普遍见到的那种家在城市里长在楼群间的小傲娇，而是暖暖的，在心里升腾着一股亲近。我品咂辨别着。对一个少年离家、故乡成追忆的漂泊者来说，面对一院土木结构的平房，很可能叩开门扉，就能闯进一个童年。

我的童年就在这样的院落里度过了。当然，眼前的村庄院落，并非故乡。虽然相隔遥远，却因汲取着同一条河的滋养，在心里莫名地拉近了距离。

这条河从青海海南州西倾山脉发端，流入甘肃后途经碌曲、临潭、卓尼、岷县，再淌过眼前这座县城，最后流经永靖，汇入黄河。这条河叫洮河，而我脚下站立的这座濒临洮河边的县城，也因地理而得名，叫临洮。

2019年5月底，我借一次采风之行的便利，来到了临洮。面对发展日益城市化的繁华县城，我更想走走乡村，去农家院落、田间地头转转，那里不光有熟悉的味道，更有着某种阔别已久却又深植于心的归属感。

出了临洮县城南，在近郊的一个叫曹家坪的乡村口，我举目四望。与印象中的大多数乡村面貌一样，这里也同样保持着独门独院、土墙土屋的民居风格。离家多年，住惯了悬在半空的水泥匣子，双脚沾着泥土踩着大地的感觉，让人踏实安稳。村间小路横竖划分，路边门挨着门，房连着房。门前三三两两，站着双手负后抬头望着天色的老人，和低头躬身侍弄一堆花卉的妇女。看见村里来了陌生面孔，上下打量一眼，接着继续各自的事。巷子里多是大开或虚掩的木门，透过门缝向里张望，红花青菜，正在四方的土院里生长。

一门独院，对城市人来说，这样的居住空间堪称“豪华”。但相比城市里的多彩和嘈杂，乡村就寂寞多了，它留给人的，只有一望无尽的黄土山梁，对乡村人来说，这又是生活空间的逼仄。相反，住在狭小楼层中的城市人，他们可以选择的就业空间，是一座城市的各种行业。而在乡村人面前摆放的，可能就是一头耕牛几亩薄田。当然也有例外，农村里也会有走出大山，外出务工或创业成功的异数，但终究，寥寥新绿，遮不住黄土地的大荒凉。

临洮地处甘肃定西地区，毗邻临夏靠近青藏高原，贫瘠的地理和高寒的气候制约了它的发展。与富庶无缘的先天性症候，只有靠人的勤劳去补救。因此，临洮人种药种花种庄稼，突围在真实的生存褶皱和漫长的岁月光阴里。

我敲门走进了一家院子。正值夏季，院子里花香弥漫。一方用红砖围住的花园里，正开着牡丹、玫瑰和芍药，花园后面，院子正北，盖着五间平房，房檐下坐着两个人，都有六十岁左右，看样子是两口子。见生人进门，俩人丢下手中正在打理的花枝，愕然起身望着。我表明来意，只是串门看看。三两句交谈中，得知男的姓曹。

老曹搬来身前的一个小板凳，客气让座。又转头看看老伴儿。老伴儿会意，转身走进堂屋，不一会儿一手拿着杯子，一手提着水瓶，沏上茶递到我面前。我伸手接过，连连致谢。这样的待客方式，已久违了。在森严的水泥楼上，见惯了嘴热心冷的面孔和漠然转身的背影。一杯滚烫的茶水里，隐藏着西北乡村农民的敦厚人性和原始道德。

老曹修剪的是芍药花。在芍药还未盛开、刚刚结出花苞的时候，连枝剪下，然后装箱卖给花商，再由花商销往外地，以此在初夏时节，为一年的生计打下一个基础。我拿起一枝芍药问老曹，剪下来的花会不会就枯萎了。他说不会，能开好一阵子。我说肯定没有长在树枝上开的时间长吧？老曹看了我一眼，讷讷不再言语。看着他的表情，我暗暗后悔自己的莽撞，这样的问题，对于依靠土地吃饭的人来说，显然是轻佻的。

我转移话题，请求老曹带我看看他家的房屋。他拈着花枝，轻轻捋顺了花苞下的一片绿叶，小心翼翼把花放在一旁，起身说，农民家里脏乱。说完走在前面带路。

这是五间土木结构的地根儿房。所谓地根儿房，就是除了房屋主体骨架是木材搭建之外，所有隔间用的围墙都是用土坯砌成的，土坯墙根直接连接在地面上，与现在普遍见到的垒砌在石头地基上的砖墙或者水泥钢筋墙，在功能和牢固程度上，都有很大差别。土墙唯一的好处在于保暖。拿冬天来说，土坯房的温度明显要高于砖瓦房和水泥房。这是农村生活的经验总结。当然，眼前这院房，乃至这片乡村里的土木房们，不是为了保暖才使用土坯修建，而是历史的限制。

这院房已经三十多年了，那时谁家也用不起砖头，也很少有砖瓦厂。老曹说，那个年代能用土坯砌墙已经不错了，当时更多人盖房，墙体都是用土夯起来的。

土夯的墙，我是有记忆的。小时候同一条巷子里的邻居盖房，记得先是在平地上用厚木板箍起一道墙模，然后把潮湿的黄土用铁锨丢进墙模里，等有足量的湿土之后，左邻右居十几个壮汉跳进墙模，排队用杵头杵，来回数十遍之后，湿土变得瓷实如同石头，这时所有人又跳出墙模，再往里面丢土，等湿土足量后，又跳进去拿杵头杵。随着土墙慢慢增高，墙模也不断向上增添木板。一天下来，一堵丈高的土墙就能矗立在巷子中。

老曹说，其实他家的大北墙也是土夯起来的，大北墙是土房的重要部位，要厚要结实，这样一来，需要的土坯也就多了，为了节约，就直接用土夯，不光他家，这村子里几乎都一样。打北墙，上大梁，上了大梁住新房。小时候遇到谁家盖新房，一帮小家伙就扯着嗓子喊这句。此时一对照，便能大致清楚，北墙是土木房的承重墙，房屋的木架主体搭起来后，一头就担在北墙上，北墙牢固，就意味着房屋牢固，因此在乡村里，打北墙一般都是左邻右居一起来帮忙，谁家的北墙砌得厚，杵得瓷，谁家必然就是当地人缘好、有名望的人家。

老曹家的北墙后面是条巷子。我们出了大门绕到后巷里，站在了大北墙下。可面前的这堵北墙看不出是用土夯起来的，墙面上已经用细泥抹光，掩盖了土夯墙的凹凸斑驳。这在农村十分常见，抹光墙面，一来美观，二来可以抵挡风雨侵蚀。可奇怪的是，墙体的东西两个转角，竖立着两根结实的砖柱，土墙的根部，也显露着砖石垒砌的墙根，这与常见的乡村地根儿墙完全不同。

我问老曹，这是土夯的墙吗？以前没见过这种砌法。老曹说其实他也才见不久。

我在墙下细细观察。可以看出，墙的主体确是土夯的，后期却在墙根、转角两个重要部位，很巧妙地添加了材料。也就是说，给老墙做了翻新加固。老曹告知，近两年临洮县落实“农村危房加固维修项目”，他的老屋被鉴定为危房，县上启动项目，动土维修后，才变成了眼前这个样子。之所以被鉴定成危房，主要是因为房屋主体的大北墙无砖石根基，墙体和地面土土相接，在长年累月雨淋水冲之下，容易下沉塌陷。北墙不稳，则房屋危殆。这就是维修的重点。在原有的墙体底部，动土挖出沟渠，再在沟渠中垒砌砖石，以做大北墙底座，如此一来，便可避免墙体的沉陷。而在北墙的东西两个转角挖出二尺左右的豁口，替换砌上砖柱，则是给北墙加了两根结实的骨架，北墙就不会因为老旧而出现裂缝空隙，甚至墙体走位的现象。

老曹的房屋以前纯用土夯，只有肉，现在加上砖柱地基，等于有了骨头。有了骨头的肉，才能坚挺矗立。房屋经过维修加固之后，在结构上便更加稳固了。老曹说，以前北墙和西墙之间，有条细细的缝子，一到冬天，贼风吹进来，屋里像冰窖，炉火烧得再旺也热不起来，这一维修，风没了，房子也热了。主要还是防一些天灾，比如地震什么的，地根儿房没骨架，一摇就倒了，现在有了砖柱地基，主体就稳健多了，一点半点摇晃基本不会有什么问题。

看完大北墙，老曹带我重回院子，逐一介绍被维修的“亮点”。房屋的门面以前是土坯墙，维修的时候贴着墙面砌了一层砖，既美观又牢靠。进入堂屋，里面的墙体都粉刷得洁白发亮，地下也铺了瓷砖，被擦得隐隐发光。沙发、柜子、电视、烤箱井然有序地摆放在合理的位置，俨然一副美好生活的模样。老曹介绍的时候，掩藏不住从心底发出的笑意。

应该有笑容。对靠土吃山的乡村农民来说，日耕夕归的漫漫岁月，都是以家为中心的。而家的物质概念就是一个院子几间房屋。钻风漏雨的房屋，还是遮风挡雨的房屋，则是农村生活质量的最基本界限。放置在更大的范围里，可谓之民生质量。

无疑，临洮的生活里有笑声。

慢慢熟悉后，老曹的话也多了。刚开始大家还有疑惑，不愿意做危房加固，觉得这个维修方法不靠谱，因为以前没见过这样的改造法，全村人也都在观望。尽管县上的干部说，这是内地的大专家们实地考察后才出的维修方案。全村人就这么耗着，谁家也不愿开头做这个试验品。干部们就天天跑到村子里，做工作，讲原理，慢慢地，大家也有些动摇了，可还是不放心，在互相看动静，毕竟，这房子是老人小孩一辈子的事，是身家性命，谁也不敢马虎。后来不知谁传出来的，说邻村已经有人修完了，觉得很不错，可以做，主要修完后房子也亮堂好看了。就这样，胆大的一两家开始动工，一动工，接二连三全村都跟上了。最关键的是，维修的钱不用我们掏一分。

我笑着问老曹，你是前面动工的还是后面的？老曹有些尴尬，不自然地挠挠头说，中间吧，说完咧嘴一笑，那笑里还带着一丝自嘲的意味。我能理解老曹的忧虑。对世代的农民家庭来说，房屋和土地基本就是赖以生活的全部，任何一面出了问题，生活都会遭受很大的影响。历来农民都是安于现状的，对于经验之外的改变，都会表现出拒绝甚至抵触，即便那是善意的。然而时间会安抚他们的心情。这不，老曹的房屋改造已经完成好几年了，对于改造结果满意与否，都已满满写在他的脸上。

老曹手里侍弄花枝，嘴里不断劝我喝茶。看着他娴熟的手法，可见与花为伴的时日也不短了。在以往的印象里，临洮农田多以种植土豆玉米、青稞小麦等农作物为主，但限于干旱偏冷的自然条件，产量也不会太高，一年下来的收成，基本也只够维持生活而已。对于种花销售这一门路，还是第一次见。老曹说，这些都是县上的扶贫开发项目，除了芍药，大家还种牡丹、玫瑰、百合等品种，相比土豆玉米，花可是娇贵货，运到城市里，价格高很多。老农民也找不到啥路子，都是县上找的门路，我们只管种出来，销路不用操心。这些年，大家都尝到了甜头。村里脑子活的人还借着种花的便利，搞起了农家乐、花期的旅游，只要是有些前景的，基本都得到了支持。

坐得久了，老曹站起身来，长长伸了下腰，说带我去牡丹园转转。

牡丹园就在曹家坪背后的一座山脚下。站在一个高坡上望去，紫斑牡丹像晶莹的白雪一样，覆盖着大片大片的田野。田间地头，无数个老曹们低头专注地劳动着，躬耕在花田之间。偶尔有人站起身，挥挥胳膊，伸一伸腰，挺直骨骼立于土地之上，抬头看看天色，转头眺一眼家里的老房。

我也眺望着远处，层层大山的尽头，也有我的故乡。我暗想着，那同样旱渴贫瘠的土地上，一定也同样发生了变化，长出了新模样。这一副生生不息的景象，甚至已经长在了每一个农民的故乡。在日日更新的城市化进程中，每一个行走在水泥路楼群间的身影，其实都有一个原始的故乡，那就是农村；每一个匆忙行走的面孔，也都有一个共同的古老身份，那就是农民。因为沧桑中国，就是从一春一秋、朝出暮归、耕牛木车中走进了现代，走进了城市文明。在历史的开掘中，那条深深的车辙证明着，农民是国家的矿藏，是广厦万千的根基，也是现代中国的故乡。中国尚有八亿农民，相比城市的高速发展，农村就像一院老旧的房屋，需时时看顾照应，才能跟上时代的车轮。当中国的乡村骨骼硬朗，农民腰板挺直，与城市手牵手肩并肩，一同行走在中国大地上时，中国便能抬头挺胸，昂然立于世界之林。

远处传来呼喊，一转头，老曹站在一株百年牡丹树前正向我招手。

洮河女人

云舒

洮河是黄河上游第一大支流。她诞生在黄土高原和青藏高原交汇的地方，依着窄长地形，自南向北激情澎湃、奔腾不息。涓涓洮水偏爱临洮，有着“千里洮河，唯富临洮”的美誉。接到“村暖花开”作家助力精准扶贫项目活动通知时，我有个小小的纳闷，那个古丝绸之路要道的西北名邑、陇中重镇狄道的“贫从何来?”再认真核对了几遍，没错，就是那个枕着洮河入梦的临洮。

从兰州中川机场出来，明亮的太阳仿佛就在头顶，蓝天碧澈，白云婀娜，陇中黄土高原的千沟万壑、梁峁交错如水墨画般徐徐展开。在去往临洮的路上，文联的张同志向我们介绍：“临洮，古称狄道，是黄河古文化的重要发祥地之一，是彩陶之都、长城起首、貂蝉故里，更是陇上水乡……”从他那浓浓的西北官话里，我感受着他对临洮历史文化的那份自豪，虽然半信半疑，但还是礼貌地频频点头。这时张同志笑着看了看我和同行的陈主编，忽然又用方言冒出一句：“洮河也出美女。”我和陈主编哇的一声睁大了眼睛。其实我们听不懂方言的，但那句话我俩却听得真真的。一抹红云飞上那个敦厚西北汉子的脸颊，他说：“不说了，你们到了自己看吧。”

洮河就是在那一刻出现在我眼前的，如仙女的飘带自天边缓缓飘来。白色的浪花在浅绿色的河面上跳跃，亲吻着河床，流水用哗哗的掌声欢迎着我们。“来了，就是临洮人”醒目地矗立在高速路口，向我们张开双臂。一瞬间我脸热辣起来，心儿也咚咚跳了起来，不由得就被临洮那双温暖有力的手牵引了。我和陈主编相视一笑，我们岂不是立刻就变成了临洮人，变成了刚才还羡慕嫉妒的那个洮河女人？但是我又错了。洮河女人哪是一朝一夕仓促就成的，她是千年黄土高原浸染的，是洮河之水洗礼的，是奔流到海不复回的信念支撑的，更是与土地、山水相依相偎的浑然天成。

一、金豆豆之洋芋西施

黄莹莹的蒸土豆端上餐桌时，还冒着热气。

“尝尝俺们本地的洋芋，好吃着呢。”这种吃法和健康专家推荐的吃法不谋而合。我笑着拿起一个掰开、剥皮，放一小块入口，清醇、细糯、绵软，食物自然的香气便在舌尖回荡，我们的第一餐就这样被临洮的洋芋俘获了。

一方水土养一方人，叫了半辈子的土豆变成了洋芋，也让我们逢着了洋芋西施般的洮河女人。

第一眼见到刘彩琴时，她就像我见过的普通再普通的农村妇女一样。瘦高的个子，略微前倾的身躯，齐肩短发随意地垂在脸庞，一切自然而又自然，除了眼睛闪着亮光外，没有丝毫的可圈可点之处。倒是她黝黑脸庞上怡然自得的几颗雀斑吸引了我的注意力，我脑子里忽然就蹦出一个不礼貌的念头，眼前的她就像刚从土里刨出来的洋芋，浑身上下散发着泥土的气息。她热情地招呼着我们，先是端出一盘金灿灿的油馍，再是给我们倒水沏茶。

我是循着她的身影、想着洋芋进屋的，落座后才想起竟然没有留心院落。我收回思绪，抬眼打量屋内设施。八仙桌西侧是整齐的双人床，东侧是一大两小围成半圈的沙发、茶几。八仙桌上方是一副署名洮波的隶书楹联："春风放胆来梳柳，夜雨瞒人去润花。"那字体的收笔有些浓，给我一种把春风、夜雨拽到土里的感觉。我暗自笑了笑，这是西北书法家的特点，还是另有意义?

再打量眼前的女人，憨憨的微笑，浓浓的乡音。我笑着说："你这房子很敞亮很漂亮呢。"她也受了感染似的四下欣喜地看看自家的房子，再看我们时眼睛便有些雾气，一口浓重的陇中方言开始了叽里咕噜的述说，她一边说，一边比画。我便费劲地捕捉她的意思，还原着当时的情景。

2013年阴历六月初九，陇中上一轮强降雨过了没几天，暴雨就再次来袭。每年七、八、九月是陇中的雨季，是干旱少雨的陇中人最欣喜、最幸福的时间。那些混着泥土的雨水在他们心中，不啻琼浆甘露。刘彩琴也和大家一样，盼着这雨水，盼着这雨水锁住她一家人的生活。此时屋外大雨倾盆，屋内小雨哗哗。屋顶的塑料布在几场雨后严重风化，推波助澜地在屋内造出一处处水帘。刘彩琴拿着锅碗瓢盆接雨水，刚倒掉盆里的，锅里的就又满了。她抹了一把额头的汗水，像往常一样在衣襟上擦擦手，才发现浑身已经湿透。这时只听"垮塌"一声，一大块墙皮脱落下来，软成丈夫脚边的一摊烂泥。坐在屋角的丈夫大叫一声，身子瑟瑟往墙角蜷缩着。刘彩琴赶忙上前抱住丈夫，一边用手抹去他头上的泥点，一边轻轻说："多好的雨水呀！洋芋吃饱了，咱就吃饱了。"丈夫拧成疙瘩的眉毛慢慢舒展开来，像个孩子般伸出手去接从屋顶漏下的雨水，一边接一边捧给刘彩琴。可丈夫哪里知道，他接到手里的不只是雨水，还有刘彩琴的汗水，有刘彩琴的泪水。

这间土坯房子是1995年结婚时的新房，她清楚地记得当时丈夫许诺十年后给她盖青砖大瓦房。

十八年前春风梳柳的时候，二十二岁的刘彩琴在新添镇一家裁缝铺学手艺，师傅很喜欢这个聪明勤快、活泼开朗的姑娘，就把她介绍给自己的弟弟师成德。两个年轻人一见倾心，年根底便喜结连理。婚后日子虽不富裕，但公婆慈祥，夫妻恩爱，两个儿子的到来更是给这个家庭带来欢声笑语。然而正当他们像燕子衔泥忙活着青砖大瓦房的一砖一瓦时，寒流突袭了这个家庭，家里顶天的两个男人相继倒下了。在刘彩琴的记忆里，2003年的冬天格外寒冷，公公突发脑血栓瘫痪了。刘彩琴忙里忙外支撑着这个家，好不容易盼回在新疆打工的丈夫。可是刘彩琴心里的这口气还没缓过来，她的掌柜子（丈夫）却猝然倒塌。丈夫在新疆辛苦打工，却没能要回工钱，想想家中过年的开销、看病的花销、两个嗷嗷待哺的儿子，还有那个十年新房的约定，突然间就崩溃了。除夕的下午，他对妻子说我去寻（借）点钱，就离开了家。大年初一当家家户户沉浸在节日喜庆中时，老天爷跟她开了个天大的玩笑，得了精神分裂症的丈夫被乡亲们五花大绑送回家来。

丈夫没有了往日的温存，大喊大叫、乱砸乱打，吓得年仅六岁和八岁的两个娃子躲在刘彩琴身后哇哇大哭，瘫痪在床的公公趴在床沿捶胸摇头，不知所措的婆婆在一旁唉声叹气。刘彩琴想和以往一样抱住丈夫，跟他说那个美好的十年之约，哪知丈夫卡住她的脖子、揪着她的头便往墙上撞，仿佛每撞击一下就能换回一分工钱。丈夫沉浸在打工的亢奋里，刘彩琴跌落在痛苦的深渊。等刘彩琴被邻居解救送到卫生院后，头上缝了九针，右眼皮上缝了七针。

“这日子还怎么过下去？这样的日子什么时候是个头？”“你还年轻，为了两个孩子，为了你自己还是走吧。”刘彩琴躺在病床上听着亲戚和邻居们的议论和劝慰，她何尝不想就这样躺下去，抑或一走了之。她说起这一段时，红云在脸颊上晚霞般炸裂着。她低下头，盯着踉动的脚尖，仿佛做了多少见不得人的事一样。

“那你是怎么挺过来的？”我循声望去，看到陈主编那双大眼睛水汪汪地闪着泪花，她手中的笔记本已经洇湿了一片。这时听到轻微的擦拭声，一侧头，两行晶莹的泪珠突兀地挂在同行的娜娜和沫沫的脸上。还未等我回过味来，凉凉的液体再次滚落在我的唇边，有点凉也有点咸。我不知道是久居都市的我们泪点太低，还是洮河的水流太急，那一刻洮河就翻飞着白浪横亘在我眼前，我在河边洗手洗脸。

“我走了，这老的老、病的病，谁来管他们呀？进了一家门，就是一家人，我扔不下我的亲人们呀。”从没有拿过大主意的刘彩琴一咬牙做主把家里的耕牛卖了，带着丈夫去治病。从县医院到兰州精神病医院，钱花光了，丈夫却不见好转。无奈中，刘彩琴只能遵医嘱带丈夫回家慢慢调理。

曾经憧憬的幸福生活是那么遥不可及，她顾不上想这些，她想的是疯癫的丈夫、瘫痪的公公、体弱的婆婆、年幼的娃娃。她是这个家里唯一的劳力，她那柔弱的肩膀能顶起这个风雨飘摇的家吗？

“我也没有别的本事，就想土里刨食，让一家人别饿肚子。”“洋芋蛋蛋可当菜、可当粮，耐寒，耐贫瘠，正常年份能收千余斤，就是旱年也能有六七百斤的收成。”刘彩琴选择了当地人最喜爱的洋芋。十几亩的洋芋，帮衬着刘彩琴度过了那段辛酸的日子，也给刘彩琴一家带来了好运。

听着她如数家珍地讲洋芋，我的心轻松起来，我笑着插嘴说：“没想到种洋芋种出了青砖大瓦房。”

她先是“哦、哦”地点点头，又是笑着摇摇头，纠结地说：“也是也不是吧。”她望着大家疑惑的神情，眼睛一亮，好像突然找到了一个解惑的方法，寻到了一个合适的话语：“是政府圆了俺的青砖大瓦房的梦哩。”

2013年的春风梳柳的早春，刘彩琴给公公擦洗身子后，把公公背到院里晒太阳。收拾完这一切后，她把从褥子底下摸出的一沓钱揣在怀里，这是她攒下的买种薯的钱。她要到镇上寻新的洋芋改良品种。

“老人家，你好啊！”院子里传来像广播里的声音，刘彩琴才想到自己有近十年没看过电视了。“您别动，别动。”那带有磁性温暖的声音再次响起。刘彩琴急忙走出屋门，她看到一个高大的男子俯下身子轻轻拍抚着公公的肩膀。

“彩琴，这是咱们石琳书记，来看你们来了。”镇上前些天那个来摸底调查的人说道。

石书记不仅查看了她的房屋，还给她带来了洋芋良籽。刘彩琴印象最深的是那天石书记鼓励她当“活猫”。那些话让她兴奋不已，洋芋芽和青砖大瓦房再次在她心里萌动。

早晨启明星还在头顶，她就蹿出被窝，给家人做好早餐，然后匆匆跳上黄土高坡，定苗、除草、打杈。晚上她迎着夕阳回家，给丈夫喂药，帮公公翻身，给全家人洗衣做饭。

有了良种，有了希望，就格外盼着雨水，可她那土坯房却禁不住连绵阴雨。看着发霉的玉米，潮湿的被褥，满地的水洼，傻呵呵的丈夫，无助再次袭来。她靠着门框，任凭泪水和雨水交织在一起哗哗奔流。恍惚间有几个身影在雨中晃动，她赶忙揉揉眼睛，不错，正是那个她熟悉的身影，石琳书记踩着灌满泥浆的雨鞋，正指挥同行的人往屋顶上铺油毡。风裹挟着雨点打到书记的身上，暖在刘彩琴的心里。

“书记来了，就建了。”看着大家惊奇的眼神，刘彩琴补充说，“就是大雨过后的两个月，农历的八月初一，俺家的青砖大瓦房就建好了。”刘彩琴的眼里闪着激动的泪光。新添镇的同志笑着解释道：“刘彩琴一家是精准扶贫的受益者。在‘一户一策’精细、精确、精微‘绣花’摸底调查中，建了绿档户，针对刘彩琴家的情况，提出了改良洋芋品种、提高洋芋产量的产业扶贫；同时通过危房改造项目资金扶持、银行贷款支持和农户自筹，就地翻建房屋，完成危房改造。”

“是呀，书记不仅给了俺洋芋良籽，还派技术人员到田间地头手把手教俺呢，别看俺们种了这么多年洋芋，还真不知道这里头有那么多的门道哩。”刘彩琴抢过了镇里同志的话题。

来前就听说每个县级领导都结对了贫困村、贫困户。书记三番五次地一对一帮扶，刘彩琴应该就是书记的帮扶对象。我笑着说：“你好有福气，是书记的帮扶对象。”

刘彩琴先是点头，接着补充说：“不光俺，还有俺们村的好些人家哩。俺大儿子说俺们整个村都沐浴了精准扶贫的阳光哩。”

一瞬间，我再次被刘彩琴的话惊呆了，如果不是耳闻目睹，我真不相信这句话出自一个陇中女人之口。我更为自己的狭隘汗颜，书记关心的岂止是刘彩琴一家，他心系的是临洮五十五万人呢。

我们跟着刘彩琴在阳光里移挪，看她养的三头西门塔尔基础母牛，看她养的十几只湖羊，看她那亩产四千斤的红洋芋……

出门前，和刘彩琴告别，一回头，目光再次被那副对联吸引。虽然已是傍晚，但西北的大太阳依然明艳艳从门缝里照耀进来，落在轻灵曼妙的楹联上，隶书收笔处的浓墨沐浴在金色阳光里，变成一个个金豆豆跳入我的心扉，舞之、蹈之。我分不清那是洋芋还是刘彩琴的脸庞。但我看见憨态可掬的刘彩琴和黄灿灿的洋芋，在沸腾的黄土上闪着金光，温暖着家人，温暖着我们，温暖着洮河。

二、九世修成的“百合花”

百合早已经是健康餐桌上不可或缺的食材。尤其是在雾霾天，百合的清咽利肺功效备受推崇，各家药店和超市的热卖区到处都是百合的身影，因此她又有了“蔬菜人参”的美誉。我也常常在百合货架前驻足，在醒目的兰州百合标签后东扒拉，西扒拉，挑选一包百合干煮粥、煲汤。但心里有时就会忍不住想，这百合也未必是兰州的吧，但兰州那个地方盛产百合应该是无疑的。在来临洮前，我对百合的认知仅此而已，可以煲女士喜爱的银耳百合莲子羹，还有家喻户晓的名菜西芹百合。来到临洮，才知道这“白富甜”的百合是国家地理标志产品。植物分类学家孔宪武教授在《兰州植物通志》中评价说：“兰州百合味极甜美，纤维很少，又毫无苦味，不单闻名全国，亦可称世界第一。”

这里是临洮县上营乡包家山村，也是国家扶贫开发工作重点县和六盘山片区特困地区之一，自古就是陇中苦瘠、甲于天下的地方。在这山大沟深、高寒干旱、靠天吃饭的陇中最偏远地方，千年的风沙黄土肆虐、百年的贫瘠苍凉，让山少了绿色，让沟缺了灵动，也让这块土地背上了深度贫困村的包袱。九年前的春天，一个包着蓝色头巾的女人在这片海拔一千八百米到两千米的山坡上，挖坑、栽苗。十年间，一株株幼苗在晨曦里列队，一畦又一畦，在她手下不断壮大。她把它们镶嵌在四十五度角的山坡上，春秋如翠，夏日似翡。九年后，她用手一棵一棵把百合挖出，一朵朵白莲在她满是泥土的手上绽放着。

听临洮的同志们介绍产业扶贫的情况，提及百合的特色种养：“百合始栽于明万历三十三年（1605年），至今已有四百多年历史。百合产量低、种植周期长，堪比人参。一般只知道百合在商品生产地中生长三年就可以挖出来售卖了，其实百合生长过程极其复杂漫长。在种植商品百合时会产生颈生球和子芽，在采挖成品百合的同时，收获附生的百合子芽。子芽挖出来后，要移栽到专门繁育种球的地块。又是三年以后，种球繁育完成，再移栽到成品地里生长三年。所以说从子芽到种球到成熟，一棵百合的一生要经历两次移栽、三段生长期，前后长达九年时间。这还不算中间至少倒种其他农作物的一年……”我才知道我们平常食用的百合竟然要经历九世修炼，别说一株植物，就是一个人的一生又有几个九年呢？

在如今这个速成的时代，百合的修炼让我肃然起敬，那么有这样耐心种植百合的人岂不是要更多一层的修炼呢？带着这样的疑问我见到了那朵贫瘠之地怒放的“百合花”申韦娟。

翻过两个坡梁，眼前出现了披了绿色绒毛的山坡，县里的穆同志指指半山腰那个包着蓝头巾的身影说：“那就是她。”顺着穆同志的指向，只见那个身影在移挪，又像是一个绣女在山坡上穿针引线。如果不是在坡上见过她劳作的样子，你绝对看不出这是一个能种植十八亩百合的女人。

摘下头巾，长发高高盘在头顶，露出一头像从美发店出来的盘头。大眼睛、白皮肤，一身蓝色套装尽管做工不精细，但在她身上整洁得体。一笑露出一口洁白的牙齿。走进她家小院，中间有一个大大的花池，两棵牡丹，两棵芍药，还有一些我叫不上名的花草。依着坡势建起的房屋高大敞亮，窗前的榆树开着紫红的花，轻柔的香气弥漫在屋内院中，犹如眼前这个女人，淡雅、清新、自然。我在心里暗暗赞许，这是一个热爱生活、一个会生活的女人，她的生活和穆同志说的贫困隔着十万八千里呢。

“其实俺原来不是贫困户，俺这房子也是那会儿建好的。”

她好像看出了我的疑问，“俺嫁过来时，俺家掌柜子（丈夫）种植药材党参、黄芪。那会儿俺只是给他打个下手。”说这话时我从她脸上看到了幸福的神情。是呀，若不是丈夫重病，她应该还是那个小鸟依人的女人。

十年前的早春，她家掌柜子和她商量说，他想拿出两亩地试种百合，一是包家山村距马衔山主峰只有几公里，海拔在两千四百米左右，地理、气候都适于优质百合生长；再者因百合鳞茎由数十瓣鳞片相叠抱合，有“百片合成之意，百年好合之喻”。第二天小两口便给新选的地里施了基肥。那天申韦娟靠着丈夫的肩膀，想着满地翠绿，想着洁白脆爽，想着他们和美的生活。但是从坡上回家后，丈夫就开始头疼发烧。他们以为是平常的感冒，喝杯热水，睡一觉就好了。谁知睡了一宿，早晨一骨碌爬起来，丈夫哇哇吐血。丈夫安慰申韦娟别急，说再睡一觉就好了，申韦娟果断地坚持带丈夫去医院检查。她背不动丈夫，只能尽量让丈夫的重心靠在自己身上，搀扶着丈夫深一脚浅一脚从梁上一步步挪下来。平常走四里山路没觉得怎么样，但那天她觉得每一步都是那么吃力、那么揪心，好像前半生没有吃过的苦都在那条路上等着她似的。如今想来那只是一个开端，更多的苦难、更多的磨难还在后面。

丈夫先是到了县医院，住院一个月，吐血状况用药控制住了，病情却不见好。她又转院到兰州医院。看到妻子劳累的身影和巨额的医疗费用，丈夫拒绝治疗。申韦娟含着泪水用坚定的语气说：“家里需要你，你一定要好起来，只要有我在，就永不放弃你。”在来省城大医院的路上，丈夫吐血后昏迷，直接进入了抢救室。“我们再见到他时，他脖子、胳膊等部位总共插了六个管子。”申韦娟一边说一边比画着。大夫说：“必须立即做手术，做还有一丝希望，不做人就没了。”

那一刻申韦娟觉得天就要塌下来了，她说我把他带进医院就是往好处看的，如果人治没了如何向家人交代？但不做手术肯定不行，她恳请大夫给一天时间，让老人和孩子们都来见个面。那天申韦娟跟公公说表弟要来兰州，让他顺路也过来看看；她给女儿的班主任说让孩子过来帮帮忙。不管内心多苦、多难、多痛，在老人、孩子和丈夫面前，她装作没事人一样，不敢掉一滴眼泪。她送丈夫进手术室时，丈夫紧紧拉着她的手，一句话没说，但她从他的眼神里看到了丈夫的不舍、丈夫的嘱托。她带着微笑鼓励丈夫：“放松心情，会成功的，一定会好起来的。”丈夫进去后，她一屁股瘫坐在手术室外，泪水如洮河水一般哗哗流淌。那十几个小时里，她为丈夫祈祷，祈祷他躲过这一劫；她为自己祈祷，祈祷自己与命运抗衡，做一棵百合，尽管生长在贫瘠的土地，但不惧九世寒冷和酷暑，修炼成一朵白莲。

当大夫告诉她手术成功的那一刻，她拉住大夫的手说：“老天开眼了，俺把天叫应了。”

回到家的第一件事就是种百合，从此申韦娟的身影就锁在包家山村的梁上，每月除草，春秋施肥。

每天早晨四点多，申韦娟就开始打扫庭院、喂牛、做早饭，五点多当别人还在睡觉的时候，她已拿起农具、背着农资上梁了。尽管丈夫不能再做体力劳动，但她从不抱怨，她心里就一个念头：老人健在，丈夫陪在身边，孩子培养成才，一家人幸福地生活在一起。为了丈夫术后的恢复，她遍访陇中名医，对丈夫更是悉心照顾。谈及丈夫的用药，申韦娟就像一个娴熟的家庭医生，什么药材，多少克，怎么熬制，如数家珍。

丈夫在她的照料下一天天好起来，家里重又出现了欢声笑语。大家说："没想到一个女人的肩膀也能扛起一片天呢。"申韦娟却感恩地说："是党的精准扶贫政策把跌倒的人扶了起来。"

"2013年，建档立卡贫困户，医疗保险为贫困户报销比例提高；2015年享受精准扶贫带动型专项贷款五万元；大病救助和生源地贷款也减轻了她的医疗和教育负担……"精准扶贫让她看到了希望，脱贫的信心也越来越足。她在几年百合种植中也积累了一些经验，为了早日还清丈夫看病的借款，她想扩大百合种植面积。正在她为发展资金短缺发愁的时候，政府出台了产业奖励扶持办法，及时雨般帮她实现了多种优种百合的梦想。如今她的百合种植面积达十五亩，党参四亩、黄芪十亩、马铃薯四亩，家庭收入达十二万元。

我觉得申韦娟的苦日子熬过来了，她的脚步也该歇歇了，我们的采访也就要结束了。然而让我没想到的是，申韦娟的脚步不仅没有停下来，而是走出小家，带领包家山的妇女走上了更广阔的天地。

"一个人日子过好了不算好，全村人日子都过好了才算好。"她说她之所以脱贫跟自己的努力有关，但更多的是得益于党的扶贫政策。看着那么多的乡亲还在贫困线上，还在对产业扶贫政策观望、等待，她总是现身说法，跟乡亲们掏心窝子。2017年，村妇联换届选举，她全票当选包家山村妇联主席。她便把自己小家和集体大家合为一体，毫无保留地向村里的妇女分享自己种植百合、党参等中药材的经验，动员大家种植百合，并帮助三十四户贫困户申请了小额贴息贷款、精准扶贫贷款一百七十多万元。在她的示范引领下全村产业结构逐步从传统农作物小麦、马铃薯逐渐向百合、中草药转变，特别是百合种植面积从2012年的三十多亩发展到现在的两千多亩。

申韦娟种植百合成功，带领乡亲们种植百合成功，我不奇怪，因为她有种植党参、黄芪的经验。那山、那水、那气候适宜，再加上洮河女人的勤劳和胸怀，种植出百合精品也许并不是一件很难的事情。但在百合的销售上，申韦娟再次让我刮目，我怎么也想不出在瘦弱文静的申韦娟身上蕴藏着百合一样的能量。

申韦娟熟知百合的习性，更深知百合的价值。但因为包家山村交通不便，收购价格不稳定，百合虽好也难卖上好价钱。"一根筷子容易折，一把筷子难折断。"为了让种植户拿到合理的收益，她在政府的支持下，协调村两委引进了临洮县金德百合种植农民专业合作社，争取贫困村发展村集体经济试点项目资金五十万元，贫困地区世行项目资金二百五十万元，在包家山村建成了一座一百五十吨的百合冷库，百合加工车间也正在建设中，建成后，将对全村和周边村统一收购、加工、包装、销售，进一步提高百合产品的附加值，提高种植户的收入。申韦娟用现身说法动员六十一户贫困户入社共同发展，使贫困户年人均收入达五千七百九十八元，先后帮助七十四户摘掉贫困户帽子。

申韦娟从泥土里刨出一棵种苗给我们看，上面如胡萝卜缨子翠绿，根部有一个鸽蛋大的球茎。她说再晚一个月来你们就能看到成片的百合花了，再过三个月，你们就能吃到我家的百合了。

世上最快的是光阴，世上最慢的也是光阴。我等不到一个月，更等不到三个月，但我觉得那百合花就在眼前炽热地绽放着，感觉到百合的甜糯清香就在齿间、心头。眼前的申韦娟不就是在山野幽谷间，经历九世寒冷和酷暑，修炼成的顶级百合吗？

“大女儿学电商帮助全村群众在网上销售百合，让大家种植的百合都有一个好去处……”百合胚芽静藏泥土下，又开启了新的梦想、新的轮回……

三、向美而生的紫斑牡丹

“牡丹真富贵，狄道堪称雄。”狄道就是现在的临洮县，是我国最早建制的文明古邑之一，这里是唐宋丝绸之路的要津，这里有五千年前马家窑文化的印记，这里更有上天恩赐、厚重文化积淀，人们对美好生活追求的紫斑牡丹。

到临洮的第一天的晚饭后，文联的张同志要带我们去品茶。我们笑着说，赶了一天的路，大家都车马劳顿，早点回去休息吧，何况一个陇中县城的茶馆对我们是没有吸引力的。张同志慢慢悠悠补充了一句，就是洮河边不远那家奇石馆，边喝茶边看石头。大家对石头还是有兴趣的，于是就走进了奇石馆。在一块块奇石面前，大家像孩子一样瞪大了眼睛，为大自然的鬼斧神工啧啧称奇，为这种炫目的美而震撼。主人韩经理像个老师一样考我们：“这个像什么？”大家纷纷按着自己的意向说出答案，回答得和韩经理的命名一致，韩经理就说不愧是作家；回答得不一样，韩经理就说角度不同，对石头的理解也不同，没有标准答案呢。笑眯眯的韩经理得意地让我们欣赏主厅的一幅高两米、长五米左右的牡丹图，他说这幅牡丹图是由临洮多少个画家一起创作的，言外之意这幅图是他的镇店之宝。我不知大家怎么想的，但我真是不屑这幅图。洛阳的牡丹、菏泽的牡丹、我老家柏乡的牡丹，甚至西柏坡的牡丹我都赏过，再好还能赛过花开时节动京城的真牡丹？韩经理像是看透了我的心思，他说你们看这个牡丹和你们中原牡丹不同呢，这个是长成树的紫斑牡丹。

再凝神，果然见粗大坚韧的主干螺旋上升，那一根根虬枝错落斜出。紫的、红的、粉的、黄的、白的，热烈而又饱满地绽放枝头，不由得让你眼睛一亮、心儿一颤。落款是宋代诗人梅尧臣的诗“白云堆里紫霞心，不与姚黄色斗深”。韩经理从花瓶里掰下一片牡丹花瓣给我们看，花瓣内面基部有深紫色斑块。这时我才发现花瓶里的花是真花，“咦，好香呀！”未及近前，香郁便扑鼻而来。韩经理自豪地说：“香吧，紫斑牡丹比中原牡丹香很多呢！”说完韩经理便拿出一个陶瓶，笑眯眯给每人倒上一杯白酒。大家别说喝酒，就是茶也没兴趣呢，而且连个下酒菜也没有。大家再次推让感谢，想必和我一样不想喝，更不愿干喝。文联的张同志端起一杯闻了闻说：“老韩，你真够意思，把自己珍藏的紫斑牡丹酒拿出来啦！”说完一口就把酒杯里的酒闷了。然后咂巴咂巴嘴，又把酒杯放到韩经理面前讨酒。他一边伸杯子一边劝我们：“一定要尝尝，这就是紫斑牡丹酒，香甜、绵软。”

在他的鼓动下，我忍不住端起来抿了一口，果然口感香糯，我说："我喝过用鲜桂花泡制的桂花酒，香甜，这个也是用鲜牡丹花泡制的?"

韩经理说："这可不是我用坛子泡制的，这是申报了国家专利，也是我们临洮非物质遗产'真花、真粮、真酿'的紫斑牡丹酒呢。"

大家先是矜持着抿了一下，香气在眼前氤氲，在舌尖、齿间游荡，在肠胃里弥漫，轻柔曼妙。我们觉得喝下去的不是紫斑牡丹酒，而是琼浆玉液，是花团锦簇。

文联的张同志介绍说："韩经理除了这个奇石馆，还有一个牡丹园呢！"我说："韩经理好风雅，但风雅也要有经济基础呀。"韩经理不好意思地说："呦，紫斑牡丹浑身是宝呢。牡丹苗可批发零售、牡丹花可以卖给酒厂、牡丹籽还可以榨油……"

"你们早来两周，就可以赶上牡丹花事。"大家都遗憾与牡丹花擦肩。我想紫斑牡丹如今被移栽到各个城市，只要留心来年并不难以见到，牡丹酒可是独一份呢，我想去酒厂探个究竟。

宣传部的穆同志抱歉地说厂里负责的同志去外地参加商品展销会了，我再次遗憾与紫斑牡丹酒的擦肩。临行前的晚上，我正在整理行装，穆同志说酒厂的同志回来了，只是天色已晚。此时确是晚上九点，到酒厂要半个小时，再加上人家刚出差回来，我心里纠结去还是不去。陈主编和娜娜劝我别留遗憾，于是在夜色里我们三个女人去赴一场紫斑牡丹酒之约。

车出主城区，过高速路口向西，来到洮河之畔，淡淡的酒香、花香便扑面而来。顺着穆同志手势看过去，"真花、真粮、真酿"映入眼帘。从厂区走出一位健壮、干练、脚下生风的中年妇女，她打开大门把我们让了进去。我想洮河女人就是不一般，我们那边看大门的多是男同志呢。“抱歉、抱歉，我刚回来。”她一口标准的陇中普通话向我们解释着。穆同志连忙介绍：“这是酒厂的总经理王建新。”

在我的意识里，酒厂是男人的世界。我错愕地看看她：高高的个子，壮实的身板，小麦色皮肤上镶嵌着一双大眼睛，长发绾在脑后，眉宇间透着姣美。这和我心目中或温文尔雅或洒脱豪爽的酒厂掌门人相差十万八千里。还没等我醒过味来，她拿上一串钥匙，招呼我们跟她走进展厅。

“蓝牡丹”“红牡丹”“黄牡丹”和“原浆酒”等系列紫斑牡丹酒产品让我们眼花缭乱。在柔和的灯光下彩陶牡丹纹的原浆纯净古朴，各色牡丹争奇斗艳。无论是精心设计的瓷瓶，还是传承再造的彩陶，都让你被这美所吸引，所感动。

王经理如数家珍般给我们讲解每个系列的不同，她指着红牡丹说：“这款婚庆系列酒价格适中，寓意好，最受欢迎。”我说：“那效益一定不错了。”谁知王经理苦笑一下：“因为我们的产品知名度小，生产成本高，牡丹酒受原材料影响产量低，效益还真是不太好。”

我给她算了一笔账，一年方圆二百公里内的牡丹花产量也就一千五百公斤，一锅酒要用二十五公斤牡丹花，每年也就只有一个月生产牡丹酒，紫斑牡丹酒确实只能供小众消费。

“那怎么能养住企业，总不会做赔本的买卖吧?”我有些不解地问她。

“我守的是一份文化，是传承，更是希望。”她闪了一下那双笃定而又骄傲的大眼睛。

她给我们面前的品酒器里倒上酒，然后自己也倒上满满一杯。她转动着手中的酒继续说："洮河穿境而过，造就了这块孕育文化、承载历史的灵秀宝地。临洮自古就是酒乡。自秦汉到盛唐，临洮被誉为'边城'。诗人吴镇'轰轰大道碑，湛湛边城酒'就是生动写照。他的'年来青稞贱，到处酒能佘'更是反映出明清时代酒业的盛况。我的父母1958年从甘肃理工大学毕业，父母在校学了四年的酿酒，父亲是酿造师，母亲是勾调师。在父母几十年的酿酒生涯里，始终坚持酿酒一定要与当地文化相结合。生产了'李唐金樽'和老子系列酒。牡丹酒就是在深厚文化底蕴上诞生的。"

"哦，你看俺只顾说了，你们品品这紫斑牡丹酒。"四个女人爽快地晃动了一下酒杯。酒滑过喉咙，一抹红晕飞上脸颊，绽放出一朵朵粉红牡丹，仿佛十年前那场牡丹花事。

十年前王建新的父亲和诗词学会的几个朋友来到牡丹园，几个人一边品酒，一边吟诗。紫斑牡丹浓厚的香气更是惹人陶醉。诗词学会会长历凯腾感慨道，若是酒能留住花的香味该多好。是呀，王建新的父亲正吸吮着花香，想象着如果能让牡丹花入酒，不仅创新了花酒酿造工艺，更重要的是延伸了紫斑牡丹产业链，推动了特色产业发展。于是在边城酒厂，一个酿酒师和一个勾调师带着"紫斑牡丹酒攻关小组"，用青稞和花蕊制曲、高粱和花瓣窖卧酒醅、鲜花蒸酿萃取原浆，历时三年经过上百次的调试，终于酿造出了淡雅绵柔、韵味悠长的紫斑牡丹酒。

王建新从父母手中接过酒厂后的第一件事，就是在厂区建"紫斑牡丹酒文化墙"，从工艺流程到酿造标准，从历史掌故到文化传承，从紫斑牡丹酒的诞生到紫斑牡丹酒的药用价值、历史文化价值、经济价值，时时提醒她不敢偷工减料、不敢疏忽懈怠。

为了保证紫斑牡丹酒的品质，每年五月，紫斑牡丹盛开的时候，她都是亲自到各个牡丹园收购花瓣。她说牡丹花期短，就六七天的盛开期，他们收购的鲜花瓣有着严格的要求。那些花瓣必须是花开第四天或第五天的。采集早了，牡丹花仔受影响，晚了牡丹酒的品质会受影响。如今我们巷子深，酒就更要保证香了。

她带着我们来到发酵车间，指着新建的六个发酵池说："我们刚刚在展销会上接到了好几个定制大单，今年的原浆要翻一倍呢。"

"太厉害了，那牡丹花的需求岂不是也多了一倍。"

她笑着说："哪是我厉害，是借牡丹节的东风，我们赶上了好的机遇！"

是呀，王建新和她的紫斑牡丹酒确实赶上了好的机遇。在临洮，紫斑牡丹不再是单纯赏心悦目的观赏花木，更是发展特色产业、助力精准扶贫、打造名优品牌的好项目。也只有在这个时代，象征着吉祥富贵的牡丹花，才能真正成为临洮老百姓的"富贵花"。

此刻望着酒窖前的王建新，我忽然间产生了错觉，仿佛她也不再是柔美的女人，而是一个顶天立地的汉子。在这个月朗星稀的晚上，她和她的紫斑牡丹酒和着洮河的节拍活色生香。

返程已是子夜。也许是夜幕低垂，也许是酒不醉人人自醉，那一刻我觉得我们也变成了洮河女人了。你看车在洮河边行驶，我们的心就跟着洮河千年不息的波涛舞动，自南向北，流向黄土高原深处的那山、那水、那人。

此心安处是吾乡

——临洮脱贫一页

陈亚军

街巷洁净，花木缤纷，行人的神情多呈现为安详。

是的，风景如画，静谧祥和，甚或颇有江南雅澹之韵，这是临洮留给人的第一印象，与我头脑中的想象似乎有些出入，缘于两点。

小时候，被父亲扛在肩头或卡在自行车后座上时，背过两首著名的边塞诗《奉送封大夫出师西征》《哥舒歌》，之于我堪称具有启蒙意义。前诗中的“轮台九月风夜吼，一川碎石大如斗，随风满地石乱走”；后诗“北斗七星高，哥舒夜带刀。至今窥牧马，不敢过临洮”，印象最深。多大的风能吹起大如斗的石头满地走？不敢过临洮，何故不敢？这激发了我幼年无际的想象。边塞的概念，有神秘雄壮的一面，也有北风凛冽的艰辛寒意，令人神往。

三年前，临洮出了个全国典型人物、时代楷模好县长柴生芳。从他的事迹中，我了解到临洮更丰厚的人文历史。尤其是生活在这片土地的人们，有一种令人深索的内心存在，从而折射了地域文化的底蕴，更加让我对临洮充满期待——我相信那里是一块精神和文化的高地。

一

柴生芳出身贫寒，北大毕业，东渡求学，获博士学位而归。大城市、世俗的种种诱惑都没有留住柴生芳，他主动要求回故乡甘肃贫困地区工作。来到临洮，柴生芳一头扎进工作，感觉这里确是历史文化内涵丰富，可放在时代的大背景下，现实意义却多么苍白。放眼望去，贫瘠的黄土，老旧的街巷，百姓的贫困现状更是让人思虑千重。相比沿海发达地区的飞速发展，这些年，临洮远远地停滞在西北一隅，仿佛置身事外了，并没有和国家一起大踏步成长。

感慨愁肠，万重思量都没有意义。发展临洮，为百姓脱贫致富，过上好日子才是硬道理。为这个目标，他攥紧了拳头。

废寝忘食，殚精竭虑。出门招商、回县里下乡是他的日常工作，大大小小的民事民情中都闪过柴生芳风尘仆仆的身影。他一心为民的作风深受爱戴。

可是，这一天早上，柴生芳没有按常规出现在他前一天安排的行程中。工作人员去敲门，惊恐地看到，他们的县长直挺挺地躺在办公室床上。经确认，已无生命迹象，时间是2014年8月15日凌晨。

柴生芳因为加班工作后诱发心源性猝死，年仅四十五岁。他的履历，他的优秀，这个具备了精英、高尚品质的生命，重重地拨动了《人民日报》记者李战吉先生的灵感，他创作了抒情长诗《柴生芳之歌》。作为这首长诗的责编，我写过一篇评论文字：情怀隽永，意蕴流连盘桓。抒发对柴生芳的感佩之情，言作者审美之志，是该长诗的基本气象。他由点滴延展开去，试图线性呈现的是个体的情感世界，也是现代人的精神世界，揭示精神出路。以大场景讲述精神，以细节刻画呈现主人公高尚的心灵。

今天，因采访中国平安集团三村工程扶贫事迹，我来到临洮，也算夙愿得偿。

在这里，我竟然首先“遇到”了令人崇敬的元朝历史人物：八思巴。不自觉地，就把年轻有为的柴生芳和八思巴联想到一起，因为他们都是英年早逝。

临洮历代是多民族争战、融合的地区，八思巴曾在这里建寺传法，著书译文。

八思巴是西藏历史上继松赞干布之后的又一位具有广阔视野的杰出人物。他奠定了藏传佛教的历史地位，并在加强西藏与中原的连通，促进汉藏文化交流上，对当地习俗、文化及人们的思想观念产生了深远影响。作为藏族著名的佛学家、政治家，在中国历史发展进程中，建立了卓越的功勋。他在元中央政府的支持帮助下，结束了西藏四百年间陷于分裂、割据、战乱的局面，为我国多民族国家的统一事业做出了突出贡献。

我曾到西藏采访过，在西藏诸多宗教流派中，萨迦派是最著名的派别之一，而八思巴十七岁时被指定为该教派法位继承人，是为萨迦派五祖。据《西藏王臣记》记载，八思巴“幼而颖悟，长博闻思，学富五明，淹贯三藏”，有“圣童”之称。以后，八思巴主持萨迦寺，逐步成为西藏地方的显赫人物。1267年，西藏建立萨迦派政教合一地方政权，作为被元朝忽必烈封为国师的八思巴，领总制院事，管理西藏地方政教事务。可以说，在萨迦地区，八思巴是神一样的存在。只可惜，1280年，他英年早逝，享年四十六岁。

诗歌是精神的精华，是时代的礼赞。中国的诗歌有一种历史意识的传统，民族忧患、历史感悟总是或沉郁或洋溢地在诗句中闪现。汉代史学家司马迁所记殷商诸王世系表，其准确性为后来新发现的甲骨文所证实。为此，西方学者大为惊叹，认为“中国人有深刻的历史意识”。我想，正像说德国人是哲学的民族，而中国人则是历史的民族。

在早前编辑《柴生芳之歌》时，了解到柴生芳是北大历史考古系毕业的，后来到日本学习艺术史学专业、文化结构专业，获硕士和博士学位。所以，在临洮期间，柴生芳县长做了一件专业性很强的大事，就是支持马家窑遗址的挖掘，扩大马家窑文化的广泛宣传。

马家窑文化，是仰韶文化向西发展的一种地方类型，其遗址就在洮河西岸的马家窑村的麻峪沟口。它是由一个叫安特生的瑞典地质学家、考古学家发现的，那是1924年的事。新中国成立以后，中国社会科学院考古所西北工作站对马家窑遗址进行了深入考古发掘，陆续拓展探方一千六百多平方米，累计发现四十多万件陶片、陶器、石器等。它因图案多样、题材丰富、花纹精美、构思灵妙，成为华夏彩陶艺术的登峰造极。这是距今五千七百多年的实物，按专业说法属于新石器时代晚期文化。

柴生芳县长为马家窑文化走向世界做出了巨大贡献。2014年9月30日，在柴生芳先进事迹报告会上，临洮县委书记石琳以“我的好搭档柴生芳”为题对相关事迹这样介绍道：

2013年3月，柴生芳带着县文广局的同志到国家文物局，汇报马家窑遗址保护项目。国家文物局还是第一次听到县里汇报这个项目，负责同志被柴生芳的博学和热诚所感动，为临洮安排了七百万元资金，用于保护马家窑遗址。

之后，马家窑文化国际论坛在临洮召开。论坛由中国社科院考古所、甘肃省考古所和临洮县政府共同举办。来自瑞典、美国和国内著名的马家窑文化研究专家会聚临洮，全方位研讨马家窑文化的源流、影响、保护和利用。参加会议的专家都是柴生芳生前亲自联系邀请的，国内的专家有的是他的师长，有的是他的同学和朋友。

在临洮，我见到了石琳书记，他感佩地说：“生芳像临洮经济发展的一部发动机，就是他的专业也是为马家窑遗址而学的。”现在，临洮有一个马家窑文化节，2019年5月已经举办第三届了。推动“一带一路”经济带文化建设，深度挖掘马家窑文化内涵，打造马家窑文化品牌及旅游产业链条，成为临洮的一项事业。

二

抚古问今，从自然和社会风貌打量，临洮皆有颇多可圈可点之处。

上善若水，人类临水而居。洮河，一条古老的河，它是黄河上游最大的支流，一百多公里绵延穿临洮县城而过。唐朝哥舒翰镇边，宋朝王韶拓边，均在洮河流域留下令后人唏嘘不已的英雄赞歌。自周安王十八年（公元前384年）建置狄道县，秦昭王二十七年（公元前280年）始设陇西郡以来，一直为郡、州、道、府、县治所在地。其境内鼎鼎大名的马家窑文化、寺洼文化、辛店文化遗迹，均因在临洮首先发现而命名。战国秦长城西起地即在临洮，境内横亘五十多公里。

声名赫赫的文化遗迹岿然故我，默默地呈示着这一方山水人文画卷，那是一种辞尊居卑的富丽。

临洮果然是个大地方。

这里，也是美女貂蝉的故里。据《三国志平话》说，貂蝉向王允自我介绍，贱妾本姓任，家长是吕布，自临洮关相失……王允得知其身世后心生一计，设家宴款待太师董卓，让貂蝉与董卓见面。谁知王允来了个一女嫁二夫。英勇无比的将军吕布成为另一夫。其结果则是，吕布得知董卓无礼后，勃然大怒，提剑入堂宰了董卓。而《三国演义》的作者罗贯中取材于平话，使貂蝉的故事多了些生动细节，更多了些舍己为国的壮举意味。

我想，作为这样的一个人物，貂蝉无论是史有其人，还是传说人物，她定然是突破封建枷锁的优秀女性，集美丽、智慧、果敢、正义于一身。或是个体的存在，或是集体形象的化身，出产于临洮界域。

尤其在临洮采访后，我更加坚信，她不是一个无来由的存在。

一天傍晚，我们在住地周边散步，街巷的安宁整洁让人心情愉悦，关键是，随处就会遇见一个美女，清纯朴素纯天然，学生、商铺里、路人的美女概率都很高。让我们不时发出感叹，甚而不自觉驻足品评。这应该是临洮确是貂蝉故里的最好佐证，地域基因摆在那里。这是表面印象。

而完成采访后，我更加相信了，临洮出“美女”，名不虚传。

先说洮河岸边的金洋芋刘彩琴。

刘彩琴，一个普通的农村妇女。二十二岁结婚，住在一处土坯房里，那时日子虽不富裕，但公婆慈祥，夫妻恩爱，两个孩子也给家里带来欢乐。特别是丈夫一再宽慰她，十年后给她盖青砖大瓦房。

2003年冬天，公公突发脑血栓瘫痪了。以后，丈夫在外打工，却没有要回工钱。就在那年除夕，丈夫说出去借些钱好过年。可正当大年初一家家户户沉浸喜庆中时，丈夫却被人五花大绑送回家来。钱没借到，巨大的精神负担让丈夫突发了精神分裂症。

“这日子还怎么过下去呀？”刘彩琴万分揪心痛苦。

婆婆体弱、娃娃年幼，公公这样，丈夫那样，她是家里的唯一劳力，事无大小，扛起这个家的只有她一人。

每天起来，先要给家人做好早餐，然后带着农具来到黄土坡干农活；回到家里，她要照顾丈夫吃药，帮公公翻身，给全家人做饭洗衣。日夜劳作，风吹雨淋，生活的贫苦艰辛，没两年让才四十岁的刘彩琴已略有驼背，憔悴老态。

她曾一咬牙，卖掉了家里唯一能换钱的耕牛，跑到兰州精神病医院给丈夫治病，孤注一掷。没多久，回到家的丈夫依旧不是把家人鼻梁打断，就是自己走失。鸡犬不宁。

即便这样，刘彩琴还是咬紧牙关撑着那块天，打理着日子，她相信，总会有好的一天。

她和其他陇中人一样，最欣喜雨季，因为地里有水，农作物就会长势好，日子就有希望。但家里的土坯房此时却带给她绝望，每每到雨季就漏雨，那时锅碗瓢盆要一起上来接雨水。刘彩琴清晰地记得，有一次，屋外下大雨，屋内落小雨。她和丈夫正忙着接水，只听轰的一声，一大块墙皮脱落下来。她笑了，对丈夫说，雨大好，地里的洋芋吃饱了，就长得好，我们就有的吃了。

2013年的一天早晨，刘彩琴家来了几个人。当时，她正把公公背到院里，一边让他晒太阳，一边给他擦洗身子。来人走在前头的正是县委书记石琳，他们是来镇上搞调研的。

在临洮县，县级领导都有专门负责的一对一帮扶的贫困村和贫困户。石琳书记就挑了刘彩琴家这个难啃的帮扶对象。

在临洮精准扶贫的“一户一策”档案中，有摸底调查及对策的记录：实施改良洋芋品种、提高洋芋产量的产业扶贫；通过危房改造项目资金扶持、银行贷款支持和农户自筹，就地翻建房屋，完成危房改造。

洋芋是当地人最喜爱的实物，它可当菜、可当粮，耐寒，耐贫瘠，好的种子下去正常年份能收千余斤，就是旱年也能有六七百斤。

石琳书记了解到刘彩琴家非常贫困，便自掏腰包两千多元，为她送洋芋良籽上门，还派技术人员到田间地头做指导，辅助她种好洋芋，改善生活条件，并带人给她家翻新房子。

“就是大雨过后的两个月，农历八月初一，俺家的青砖大瓦房就建好了。”多么穷困都没有难倒的刘彩琴，说起石书记，却泪光闪闪，无语凝噎。

今天，这个曾一度摇摇欲坠的家庭重拾欢颜，丈夫、公公病情稳定，种洋芋的收益使家境大为改观，牛羊满圈。

刘彩琴笑了。因为她又会笑了。

三

这个男人叫柏东河，是临洮县峡口镇党家墩村宋南社村民，脸型圆润，皮肤白里透红，笑容可掬，善谈。通常，这种表象捎带出的是一个人的生活乃至精神真相：满意，祥和。但是，再看看他的家，一个普通西北农村的小院落，无论是院内散落在墙角的柴垛、小鸡舍、筐篓，还是室内简陋的床铺家具，仿佛都是标签，说明着这个家儿或停滞在农耕文明的水准，与普通的富足也不沾边。更何况，作为一个年富力强的七尺男儿，他的一个袖管竟是空的——原来他是一个不幸的残障人。通常，这样的人，他们的标配多是神情愁苦，沉默寡言。而眼前的他，阳光得让人侧目。世人疲惫了终身，兜兜转转一辈子，也未必能修为到这个境界。

二十年前，他不到三十岁，这里普遍贫穷，他做贩羊买卖，把临洮的羊倒到安庆去卖。那时，土里刨生计是这一方土地人们的主要谋生方式。能贩弄点什么，也大小算个生意人，与那些晒得黑红面朝黄土背朝天的人相比，显出一种意气风发。他在安庆邂逅了小自己七岁的爱人邵存娥，并顺理成章进入成家立业程序，拉开了男商女耕的序幕。

婚后九个月，他拉着几只羊正常行驶在路上，路窄，迎面的车开得急，错车时他的车翻了。侥幸，人还能爬起来，只是左手腕钻心地疼。当地医院诊断，骨折，因炎症严重，建议手术截肢。他们抱有幻想，也许省城的大医院有办法保住这只手臂。翻山越岭颠簸到省城，眼巴巴地等来的结论还是截肢，而要命的是，省城的治疗费用更出不起。又火速赶回县医院，这时，手臂炎症面积已急剧上沿，整条右臂都保不住了。手术截掉，否则后果更不堪设想。

医生不理解在这一番折腾中，他是怎样忍住了那撕心裂肺的疼痛。谁又能明白，他咬紧牙关忍住的疼让他多次失去了意识，但因爱人的手一直紧紧握住他，让他能抵制剧疼，神志清醒：必须把成本和不幸减损到最低。

运转在女耕男商模式中期待美好生活的妻子邵存娥，被这意外的不幸砸晕了。

却哪里有悲伤的时间，结婚、住院举债，孩子又要降生了，家里总得有个顶梁柱扛起生活的重担。她必须擦干眼泪……

之后，这个贫寒的家，添丁到六口人，上有七八十岁的公婆，两个上学的孩子，她除了结结实实撑起这个老弱病残的家，别无选择。

正在采访时，妻子邵存娥扛着锄头回来了。第一眼让我感到震惊的是，本人的外貌形象与墙上照片小鸟依人状完全是两回事，她中等个头，瘦弱中透着一种力感，皮肤黑红，甚至有点男相——与丈夫恰恰相反。

一交谈，言语果断爽利。

在他们家旱厕的一个角落里，戳满了七七八八的农具，我数了数，十九种，铁磙铁叉铁镰等等。我试了试，只有铁锹能顺利拿起来，其他搬动起来很困难。可以想象，这些农具的女主人挥斥在田间地头时得有怎样的力气。前些年，家里六口人基本就靠她使用这些农具土里刨食，勉强维持。

2013年，柏东河家被评为建档立卡贫困户，政府各项惠农政策纷沓而至，先是为解决养殖肉牛成本短缺问题，镇上通过金融机构为他协调了五万元的无息贷款。2017年通过世行贷款项目，政府又扶持了西门塔尔良种母牛一头，并通过畜牧站技术人员，指导制作微贮饲料十袋三十吨，解决了饲草储备难的问题。现在柏东河家养殖肉牛已经达到二十一头。

邵存娥每天的时间表是这样的：凌晨四点起床，喂牛、铲牛粪；六点，给一家人准备早饭；七点送孩子上学，下地干农活；下午一点回来为家人做午饭，下午三点下地；下午六七点回家做晚饭，鸡鸭猪狗一系列家务活；晚九点以喂牛、铲牛粪结束一天，十点就寝。

一个女人一天中的十八个小时日复一日，天天如此。

偌大的牛圈，每头牛都是庞然大物，重量一两千斤，能吃能拉。她每三天需要开着卡车徐徐倒进牛圈内，把牛粪铲上车，清理走。无法想象这个身单力薄的女人是怎么把牛摆弄这么肥壮的。

当然，我却清楚明了丈夫柏东河洋溢的正能量来自哪里。

这个家庭正在摆脱贫困。

四

临洮县是国家扶贫开发工作重点县。上营乡包家山村是这里典型的“山村”。

近年来，人们都说，种植百合产业是临洮人脱贫致富的“新引擎”，而包家山村种植百合的经历离不开有“百合花”之称的申韦娟。

过去，村里以种植传统农作物玉米、小麦、马铃薯为主，在她的示范带动下，种植百合的村民越来越多，从2012年的三十多亩发展到现在的两千多亩。最可喜的是，有三十八家贫困户因此走上了脱贫致富之路。

村里人信得过她。2017年，村妇联换届，她被村民选为包家山村妇联主席。这可是全票当选的呀。实际上，申韦娟早先也是一个贫困户。

百合，是餐桌上的食材，也是中医中的“蔬菜人参”。我国百合种植至今已有四百多年历史。百合种植周期长，从播种到成熟要经历九年的时间，像一场神仙的修炼。所以，没有耐心和肯于吃苦的人，是得不到上好的百合收益的。这一点申韦娟深有体会。

首先，百合成长时会产生颈生球和子芽。在采挖成品百合的同时，收获附生的百合子芽。子芽挖出来后，要移栽到专门繁育种球的地块。又是三年以后，种球繁育完成，再移栽到成品地里生长三年。就是说，从子芽到种球到成熟，一棵百合的一生要经历两次移栽、三段生长期，长达九年的时间就是这样构成。

话题要从头说。

十年前，申韦娟的丈夫跟她商量决定，腾出两亩地试种百合。这是因为距包家山村的高海拔地段只有几公里远，其地理、气候都适于优质百合生长。于是，怀揣着“百片合成之意，百年好合之喻”的关于百合的老话，挖坑、栽苗、施肥……夫妻俩合力开始了梦想之旅。

天有不测风云。一天早晨起来，丈夫吐血了。急送到省城医院抢救室，瞬间，丈夫全身插满了管子，面色灰白，双眼紧闭。那一刻，申韦娟真切地尝到了天塌下来的滋味。

肝病手术后，丈夫无法再做体力活儿了。种植百合的劳作留给了她。每天天还没亮，申韦娟做完家务，五点多天刚蒙蒙亮，她就背上农具上了山梁。

这不是寓言，生活使然。种植百合，似乎就得像百合那样，有一种生长于贫瘠之地而禁得起修炼的意志。

几年过去了，她看着一株株幼苗茁壮碧绿起来。当一棵一棵百合捧在手里，她满眼泪花。她感谢丈夫不仅教过她种植中草药的经验，更是以病弱的身躯给了她无畏的勇气和坚韧。这些都是她能够实现梦想的力量源泉。

当然，还有正当她为了扩大百合种植面积而短缺资金的时候，她又有机会领取政府的产业奖励扶持款，为快一点还清丈夫看病的借款带来希望……

“一个人日子过好了不算好，全村人日子都过好了才算好。”她对村民可是掏了心窝子。作为妇联主席，她毫无保留地向村里的妇女分享自己种植百合的经验，帮助三十四户贫困户申请了小额贴息贷款、精准扶贫贷款一百七十多万元。而在网上销售百合的办法，是她听了女儿的建议，拓宽了百合销售的路子。

申韦娟的事业就这样一点点做起来，成气候，一人富裕又带动全村致富……

临洮，是柴生芳县长工作生活的地方。我时常想，柴生芳是一个课题，可以从多个视角溯源其本。

而刘彩琴、邵存娥、申韦娟三个女性，家境命运类似，都是拖着老弱病残的家庭。丈夫丧失劳动能力，她们抹干眼泪，二话不说，就把自己变成男人，照顾家中老小，扛起生活重担。脱贫靠双手，从自己生活的脚下找出路，因为这里有祖辈的经验和护佑，有关于情愫的太多牵挂，当然更离不开政府的厚待和那双温暖大手的扶掖。

从另外一个角度，我曾问当地官员一个问题：她们若是到大城市打工，就是做家政、保洁，一年也能剩几万元钱，为什么一定守在家里如此辛苦赚生活？

问题或许浅薄。

回答是，对她们而言，照顾家里老小是天经地义，比赚钱更重要，赚钱也是为了更好地守好家。

世界是庞杂的，有时甚至呈现的是紊乱，但它依然有着自身的秩序和密码。我在想，也许，中国的传统文明可能正是在这些所谓的经济贫困地区，被完好保存。

采访匆匆结束了，临洮留给人最深的印象是世风民情敦厚。我莫名地有一种如释重负之感，因为，这里未必真贫穷。

村暖花开·内蒙古篇

阴山下，天似穹庐爱笼四野

王久辛

从内蒙古回来半月有余，脑海里总是浮现出这么一句话：阴山下，天似穹庐爱笼四野，人似骏马情注蹄下。大草原一望无际，足够驷马撒欢天边上，也足够牧人朗笑云端。这词儿四六不靠，既无律亦无韵，却是自恋得舍不下，写出来看看、念念，联想到采访乌兰察布的几个人物，竟然觉得意思还真是没什么词儿能够代替。

第一次深入阴山山脉腹地，草原因为地势接近山脉而有了无际的波浪起伏，晨光与夕照的光芒，在起伏的原野上轻抚着花草的海洋，把个草原骄傲得妖娆妩媚得不得了不得了的。这边亮了，耀眼的绿黄泛金；那边暗了，墨绿的草叶含紫。最多情的是那些各色的花儿，光来了，争宠般地千姿百态、娇艳诱人；光去了，一副寂寞公主的冷艳高贵，低眉垂眼，谁也不搭讪的样子……关键的是四野八荒的，全都是纯天然的花草，无名无分的，却是一律茂盛的葳蕤稠密、蓬蓬勃勃。这世间万物生长的道理，不都是因为内在的需要才按捺不住地向外生长的吗？一如人，没有相爱就没有孕育，大自然也是有爱的吧？所以我说：天似穹庐爱笼四野，人与自然，都是爱物或物爱，正如我又说：人似骏马情注蹄下，人与马融会贯通，一齐奔腾，那才是真正的天人合一啊……

一

爱人，人爱，在草原是很平常的风景。在乌兰察布，我听说了一个“光明行”的故事。据了解，乌兰察布是内蒙古十二个盟市之一，户籍人口二百八十万，常住人口一百八十万，下设十一个旗县区，其中八个国家级贫困县，全市六十岁以上农牧区低保老年人数将近二十二万人，这个数字是够吓人的，毕竟新中国成立七十年了呀，九千多万党员，哪一个不急呢？2015—2017年，第一轮“光明行”活动，为乌兰察布1206名贫困白内障患者免费实施了复明手术，但仍然不能满足贫困患者的需求。2018年，在布小林主席的带领下，第二轮“光明行”活动展开，他们决心在三年内，为一万名贫困患者免费实施白内障手术。其中就有平安集团定向捐助的四百五十万元，将有两千名贫困白内障患者得到救助而重见光明。而这每一位免除失明的患者，都是那位小白院长带着一群白衣天使去干出来的。

当然，所有的数字似乎都不像草原上的花儿草儿那么鲜活，为了牧民的“光明”，中国平安和乌兰察布“朝聚眼科医院”在姑娘院长的精心组织下，集中抽调优秀医护人员，组建了五支白内障医疗队，深入到全市十一个旗县区开展义诊筛查。自2018年项目开始至今，已经筛查45690人，覆盖58个乡镇，806个嘎查村，组织义诊560场次，手术665例，行程

178338公里。不要说这么烦琐的数据了，哪个患者的筛查，不是医务人员亲自上门上手检查的呢？那个姑娘院长叫什么呢？我特意留心了一下，很别致的名字，微信名：白斯斯，芳名：白斯日古楞。嗯，像她穿着的白大褂，纯洁、卫生，且令人赏心悦目。她剪着好看的齐耳短发，加上她的大眼睛，明亮的光一闪，似乎就能把人的心照亮。她给我留下了很明亮很利索的印象。

她告诉我：手术安全第一，为此，专门制定了详细的手术流程、用药规范、应急预案、手术适应症等，每一位做复明手术的医生，都有一千例以上白内障手术经验。通过术前、术中、术后每一个环节的严格把控，确保每一位患者的安全。患者术后出院，除了常规复查外，还要安排专人进行回访，手术患者100%电话回访，30%入户回访，为患者负责到家。她的语速适中，却很清晰。我知道，所有的工作都需要耐心细致、周到平和，光明来不得丁点的瑕疵。

在实施项目的过程中，他们遇到过孤苦无依的五保老人；遇到过听力、视力双重障碍，生活不能自理的无助老人；遇到过家徒四壁、视力日渐下降却无力手术的老人，但因为有了平安的“光明行”，他们都得以重见光明，又可以享受大草原美丽的风景和蓝天白云的抚慰了。作为项目实施医院的院长，小白见证了太多的感动。她对我说：平安集团的善举，不仅是一次次成功的手术，还让患者重新拥有了生活的尊严。《人民文学》主编、评论家施战军对我说：这个白姑娘院长有境界。

小白姑娘院长还马不停蹄地向平安集团申请了“复明8号”

手术车——这是流动手术车第一次来到乌兰察布。所到之处，很多牧民都围着车看，白衣天使在车内车外忙碌的身影，给农牧民们留下了难忘的记忆。爱人与人爱，在这里是白衣飘飘的天使们奔驰向前又忙碌的身影，使所有的受爱者，心里都有了爱的形象。自今年7月8日起，手术车在察哈尔右翼中旗、商都县、卓资县实施手术一百五十人。像大草原上无数的白蝴蝶儿中的一只，翩翩飞舞在碧海连天的花海浪峰之间。“复明一人、温暖一家、影响一方”，平安集团为乌兰察布脱贫攻坚献上了一份爱的心力。

爱人与人爱，政府层面与企业层面和个体医生层面，实现了爱人的大融合。而大融合又为草原的农牧民们，带来了光明。太阳与月亮，是编织日夜的金梭与银梭，疾病夺走的光明，爱人的人们用这两把梭子，又精心地给他们织出了一轮太阳和一个月亮，把光明又送了回来。七十一岁的郝共考老人在7月9日入住“光明行”第26号病床，在此之前，白内障已经困扰了他很多年了。郝共考曾是一名乡村学校的体育老师，常带着学生们一起打篮球。看篮球从空中划过，是他难忘的美好记忆。他的手术很成功，手术过程不到十分钟，经过了三天的恢复，摘下眼罩的一瞬间，“你问我看到了什么？我说我看到了幸福”。不是一块红布，而是一块白纱。施战军为手术后七十一岁的老教师郝共考揭下白纱，他说的第一句话是：“看见了，可清楚了。”这是平安集团“光明行”为一千多白内障患者免费实施手术的其中一例。我有幸见证了这一难忘的时刻。

二

乌兰察布，在我没来之前，我和我的家人不知道喝过多少“蒙牛”牛奶。女儿小时候最爱说的一句话是“我爱喝奶滋滋”。女儿喝完奶后，总会咬着吸管吸几口，她喜欢听吸管发出的嗞嗞声，即奶滋滋。逢年过节，我的家人喜欢到“小肥羊火锅店”去吃好吃的涮羊肉，然而却没有想过有一天，我会与“蒙牛”“小肥羊”的管理者卢文兵成为朋友。这是一个草原上的传奇人物，他总是在创造奇迹，开创新的传说……

据说，常年吃燕麦的人，都活了一百多岁。有历史上的名人为证。宋美龄，活了一百零六岁；陈立夫，活了一百零一；马寅初，活了一百岁。在这里，燕麦有了另一个名字，叫“优麦”，顾名思义，优秀的麦子将为优秀的人提供优质的食粮。7月13日下午，我们采风团一行来到“阴山优麦食品有限公司”采访产业扶贫。这个公司坐落于乌兰察布市察右中旗，依托阴山南北优质的燕麦资源，进行燕麦的多种产品加工、仓储物流、燕麦文化与推广一体的燕麦产业运营，包括中国最大的燕麦片单体生产空间。无尽的草原再不是荒芜的土地了，“平安产险”通过“扶贫保”模式借贷银行资金，为阴山优麦企业提供免息免担保的扶贫贷款，帮助企业发展产业。长寿粮食在这里产出，在这里加工，在这里向全中国乃至世界各地销售。

这个传说已经变成了现实，平安集团创造的奇迹，在内蒙古优秀人才的手里，又创造出了更大的奇迹。他们通过设置保底回收价带动贫困户进行农业生产、为贫困户提供用工岗位、土地流转增收等多种方式进行扶贫助力。截至6月底，阴山优麦产品已累计销售1500万元，为贫困户实现年均增收4670元。而创造奇迹的人，一个是平安人，另一个就是“蒙牛乳业”集团原副总裁、“小肥羊”集团董事长卢文兵，他曾荣获2008年度经济人物，现在，他又把创造奇迹的落脚点，放在了优麦，放在了草原，并且已经造福于草原牧民和内蒙古人民——他是汲取大草原精华成长起来的人，又带领着一个团队开发提取了草原的精华，反哺父母的草原，为祖国母亲提供最优质的粮食。

他总是能够从熟视无睹中发现闻所未闻——这是卢文兵创造奇迹的秘诀。比如，与牛奶不同，马铃薯的上下游产业链特别长，一般没人敢进入，但卢文兵敏锐地看出马铃薯消费潜力大，产业链长，值得终生去做，而且一做就做它个热火朝天……

他生于内蒙古察右中旗，高中在铁沙盖中学读书，毕业于内蒙古财经学院，后留校任教，又读中国人民大学，有深厚的学识修养。先后在自治区发改委与光大证券工作，其实，他本来可以坐地发福起家，却非要选择艰辛的创业路，丢弃安逸工作去创办“小肥羊”并一举成名。

传说一直在延续着。看看正在风头上，他却又开辟新的战场了。卢文兵把市值几个亿的企业，以六十亿的价格卖给国际一流企业，从投资人、职业经理人的角度，这应该是一个完美的收官。然而从生活质量的考量中，我们会发现，他总是选择新天地、创新路，他是一个非常有担当的男人—— 一个草原上的汉子。

传说中的卢文兵一直关注着农业。

土豆，中国北方最熟悉的一种菜食，他却从中发现了一个巨大的产业——薯业。民丰薯业的马铃薯基地——察右中旗是他的家乡。与别人做马铃薯产业的理念不同，卢文兵认为投资马铃薯有三个原因：一是马铃薯在中国当下可谓最安全的食品；二是与国际平均消费水平相比，中国马铃薯消费存在巨大的市场空间；三是马铃薯产业上游可以开发种薯，中端可以供应品牌菜薯，下游可以加工成各种个性化的食品，他瞅准了这三点，坚信马铃薯的产业链很长，足够他做一辈子。

要赚钱，卢文兵是最早进入证券行业的人，像有人喜欢打扑克，卢文兵喜欢投资。当他投资成功时，他会获得比打赢一把牌高明一万倍的喜悦。他以投资闻名全国，人称“草原上的巴菲特”。你还别说，他与巴菲特还真有一些像，他们都从事价值投资，且长期拥有优质公司股权。

2004年年底卢文兵受邀加盟小肥羊，当时一股是五块钱，总股本六千万股，市值四个亿。到2012年2月份出手时，一下子就卖了七十多亿港币，从当时利润两三千万，达到后来的两个亿的净利润。他在传说中仍然创造着奇迹。

“人不能把钱看得太重，很多人做事不成功的原因，就在于对钱想不开，所以当你把钱想开的时候，也是你做事最容易成功的时候。每做一件事情，一定要把你这个钱给想好了，自己少拿点儿，人家多拿点儿，包括合作伙伴，包括你的客户，包括你的上下级，如果这个想开了，以后做事儿肯定容易成功。”卢文兵如是说。

他干一项成功一项，而且像牛一样用心用力用情，对大草原的爱升华为对人的爱，又从爱升华为责任与担当，爱人者人亦爱之，他获得了大草原的爱……

三

阴山下，人似骏马情注蹄下。这句话，我是有所指的。从小白姑娘院长，到优麦大王卢文兵，他们都有着对大草原不同凡响的爱，且都超越了他们自身。在乌兰察布市察右后旗最北端的土牧尔台镇，我们又一次被易地扶贫搬迁的故事感动了。

土牧尔台镇属于国家深度贫困地区，当地居民多为汉族，以农业为主要谋生手段。这里土地贫瘠、水资源缺乏、农村基础设施十分薄弱，村庄居住分散、住房条件很差，90%的常住户居住在高危的土房里。为从根本上解决农村人口的住房保障问题，土牧尔台在脱贫攻坚中全面实施易地搬迁工程。2016年以来，全镇共撤并了五十个自然村，新建集中安置点三十个，分散安置点十个，共新建住房2326户。只有一米六身高的土牧尔台镇党委书记谢文君，向我们介绍了易地扶贫搬迁的基本情况。

我们看到：新建成的土牧尔台镇易地搬迁集中安置点，是适应小村整合、易地搬迁、集镇扩容的需要，兴建的一处全旗规模最大的集中安置点。现已实施通水、通电、排水排污以及道路硬化工程。配备了中心广场、社区服务中心。平安集团为土牧尔台镇易地搬迁集中安置点提供了园区绿化、新能源路灯、配套健身器材和桶装垃圾等基础设施，并协助当地现存小微企业实现产品线上销售，协助扶贫合作企业搭建电商“精准扶贫专区”。

谢文君书记介绍说：完成易地搬迁之后的土牧尔台镇2018年人均收入人民币六千多元，2019年有望达到人均八千元。我们采风团的作家在与土牧尔台镇易地搬迁集中安置点的村民宋佃林、付吉民交流中了解到，村民们对搬迁后的新生活十分满意。从外表看上去，你很难相信付吉民是一个已经做过四次手术的肝癌患者。被问及搬迁后是否住得惯时，他开心地说："娶媳妇时，父母亲都没给盖过这么好的房子。"

村民宋佃林和吴悦都已经年过六旬，子女在外地工作，一年中只有中秋和过年两次团聚机会。我问他们："想不想孩子呀？"他们说：如今都有智能手机，想孩子了，"我们随时可以和孩子们视频嘛"。的确，在内蒙古大草原深处的易地扶贫搬迁工作，是比其他地区更为困难，但土牧尔台镇的村民并没有因搬迁产生不适，反而过上了越发幸福、富足的新生活。与阴山脚下的农牧民零距离地倾心交流，仿佛触摸到了共和国这棵大树的根系。把根留住，这就是中国共产党人完成扶贫攻坚任务最大的动力和目标。

在阴山下的大草原上，我们参观了"巧娘工作室"和在工作室里忙碌着的"巧娘"，欣赏了她们手工制作的作品。有花瓶，有各种小动物，还有用易拉罐做的梅花、菊花、竹子，个个精巧别致，煞是好看。做一个小摆件，可以获得二三十元手工费。做手工的巧娘闫俊林告诉我们，她们的手艺，是北京门头沟的一位大姐教给她们的，第一次是镇党委组织她们七八个妇女去学习，之后，门头沟大姐又来了五六趟，手把手教。现在，只要农闲了，她仅凭这个手艺，一个月就能有五六百七八百手工收入。她家里养了五头猪，加上种燕麦土豆，日子过得比较宽裕。

人人都会有烦心事，四十五岁的李淑清离异后生活寡淡无味，就搬到安置房与父母亲一起生活了。她儿子在呼市当武警，今年二十一岁。说到“巧娘工作室”，她眉飞色舞了起来，她说：过去没事待在家里净胡思乱想，一会儿是儿子什么时候回来，一会儿是儿子冷不冷热不热的，也没什么收入，却净想些不着边际的事。现在好了，和姐妹们一起做手工，说说笑笑，日子一下子过得轻松愉快了。

镇党委书记谢文君，他儿子考上了军校，已经大三了。说起创办“巧娘工作室”，他有一套完整的理论：扶贫开发，关键是把人的潜能挖出来，有了巧娘工作室扶持贫工作一下子就与人心接通了，我们基层党组织要做的事情，就是把党的思想落实到老百姓的生活中，百姓越欢迎，党的工作就越有效。嗯，草原上升起不落的太阳，人人能享受到阳光，就是幸福指数在上升。他说得真形象，好！

离开乌兰察布半个多月了，我的心仍然在阴山下的大草原起伏，过去是纯大自然的，现在则有了人和人家，有了小白姑娘院长，有了卢文兵董事长，有了谢文君书记，有了“巧娘”，他们在蓝天下劳动生活，创造奇迹，不久的将来又会有什么新的传说呢？一定会有的，那是大草原的精华养育出来的精华人物，他们生来就是要创造奇迹与传说的。爱人者人恒爱之，人爱之而受爱者更加倍地爱人，这是大草原真正的良性循环，是人心向善向爱向美好的大循环，草原美如斯，是因为有爱人的平安集团公司的第一份爱的启动，之后就呈现出来了现在的大美……

乌兰察布散记

艾平

留个故事让未来讲

这是我的想象——很多年之后，她站在立体的视频前，举起一个看似粗简的小画框，里面的红色丝绸衬托着一只金属小猴子，银光闪闪，尾巴翘翘，四肢跃动，大大的眼睛好像看见了什么，显得兴致勃勃。

她问，你们知道这是什么吗？

听众的回答懒懒洋洋——小猴子呗。

她又问，你们知道这是用什么材料做的吗？

听众的声音稀稀拉拉，参差不齐——人造白银呗，打印机打出来的呗……

她说，不对。

“你们知道一种叫易拉罐的器皿吗？”

“你们知道一个叫贫困的名词吗？”她接着问道。

惊讶和好奇的询问滚滚而来，在她的四面八方嗡嗡作响。就像二十世纪的年轻人不知道“红米饭南瓜汤”不知道“小米加步枪”一样，未来的青年人若云端之马，他们的记忆往往被遗忘在博物馆里。

于是她开始讲述一个有关扶贫攻坚的中国故事。这个故事是我留给她的，她是我的小外孙女。

2019年的7月，在我的小外孙女三周岁生日即将来临之际，我随《人民文学》杂志社、平安集团“村暖花开·三村采风行”团队，走进乌兰察布市察哈尔右翼后旗土牧尔台镇调研，参观了那里的巧娘工作室。室内陈列着多种手工制作的小工艺品，有绒线编织的玩偶、丝绸缝制的花朵、塑料珠子穿成的挂件、废旧易拉罐镌刻的挂画等，虽然都是低成本投入，一件件却做得拙朴可爱。我看到了一套十二生肖的镜框挂画，眼前更是一亮，当即买下了其中的这款小猴子，因为它委实好看，因为它诞生在遥远贫瘠的草原深处，因为它原本是一块被随手丢掉的废品，因为它由于赶上了一个春风化雨的时代，便和这块曾经万户萧疏的土地上的许多事物一样，一天天苏醒焕然，在村民日夜的梦想里，经由创业妇女们的巧手，它脱颖而出，获得了商品属性。

这个废旧易拉罐制作的小猴子，成为我给小外孙女选中的生日礼物。我想我会在她成长的过程中，慢慢告诉她，在大上海之外，在远离西梅蛋糕和蕾丝公主裙的地方，制作这些小猴子的奶奶们，每天久久地伏案工作，把人们抛弃的易拉罐洗净，压成平面，然后镌刻造型，再细细抛光，直到那十二生肖活灵活现地跳起来，仿佛在冲着你调皮地眨眼睛……她们年纪大了，眼睛有点看不清了，手也没有那么灵巧了，有的时候，手会被易拉罐的刃给割出血；当她们结束工作站起来的时候，身体会显得有些僵硬，那是腰背在疼痛，因为她们工作得太投入了，一连几个小时都舍不得休息。那么，她们为了什么这样不辞辛苦地工作呢？就是为了摆脱身后的贫困两个字。

孩子黑玛瑙般的眼睛这时候会不停闪动，什么是贫困啊？贫困是一片乌云吗？贫困是大怪兽吗？

暂且让奶声奶气的你留在童话的乐园里，你生命中必须要懂得的这种真实，让我来为你保存在文字里。孩子会一天天长大，土牧尔台的扶贫故事会一天天丰满，一条路始于足下，通向远方，我有幸看到了起初那些不平凡的脚印。

察哈尔左翼后旗位于乌兰察布市北部，是著名的国家级贫困旗。这里地处阴山风口，严重缺水，其中土牧尔台镇的九十四个自然村曾像一盘散沙似的，分布在五百六十平方米荒漠化原野上，一座座村舍是用泥沙垒起来的，断壁残垣，柴扉草棚，门前没有路，只有坎坷和尘土。这片多风少雨的土地，只出产裸燕麦和马铃薯，都是低产作物，尽管脸被风沙打成了栗子壳，腰累成了嶙峋弯曲的树，一代代农民还是没有办法从土地里刨出温饱来。近些年，年青的一代纷纷头也不回地奔向了城市，就像梭罗所说的那样，去和几百万个人在一起过孤独的生活，只在春节的时候，匆忙回来拥抱一下亲情。那些留在自然村里的父母，只能以手遮阳，年复一年地向远方张望。

2016年以来，在扶贫攻坚中，为了让贫困人口离开困难的生存环境，政府实施了易地搬迁工程，全镇撤并了五十个自然村，新建了三十个移民新村，有2326户农家搬进新居。在他们离开之后，自然村宅基地复垦，融入原生态田野。土牧尔台镇是一个典型的移民新村，其中的幸福苑小区集中住着几十户留守老人，因为“平安好医生专家义诊”正在广场上举办，当时在家的人不多。我们来到一位老姐姐家，看到不大的房间窗明几净，老姐姐一身城市里常见的家居服，面带微笑。也许因为我是现场的唯一女性，她自然而然地拉起我的手，用山西味儿的当地话告诉我——“有呢，啥也有，啥也有……”说罢，引我去看她家的凉房。凉房就是居家小仓库，农民的柴米油盐都放在那里。幸福苑建设的时候，按当地习惯给每家都配置了凉房，凉房满了，老百姓心里就不会发慌。老姐姐从从容容，平平淡淡，好像面对着每天见面的邻居妹子。我想起岁月静好这个词，便没有按照套路向她询问以往的生活境况。当我离去的时候，她拉拉我的手，无声地笑了一下。这一笑，在我脑子里经久地回放。

作为扶贫攻坚的直接受益者，土牧尔台每一位村民的生活都有了质变，他们的幸福感和获得感都是相同的，但是他们的故事往往是不同的，而对于写作者来说，那些与时代同步的变最是意味深长。

古铜色脸膛的付吉民，五十多岁，是个爱唱歌的人。他坐在我身旁，憨厚地一笑，露出了洁白的牙齿。细看他的眉眼，黑白分明，光泽饱满。他来自三十里地之外的自然村，土地交由集体料理，住在移民新村一栋六十六平方米的新房里，一年有4060元低保补助。他每天的重要任务就是唱歌，在村子里的文化活动中心唱，在自家的小院子里唱，到村外的草原上唱。我没好意思让他给我们唱一段，也忘了问问他是参加了合唱，还是独唱。他告诉我他的一个孩子在北京打工。我说那你去过北京吗，他说他经常去，这不刚回来。我说那你经常旅游呗，他说他就是爱唱歌，从不旅游，只是看了看天安门和长城。我说那还不是旅游嘛。他说不是旅游，是到北京看病去了。他是一个肝癌患者，已经做了四次手术。不仅我，在场的作家、记者们真是一点都没看出来。这事儿，他是笑呵呵地说的，其语气像在讲述北京之行的花絮。我说那你可以在北京常住，便于治疗，他说那不行，村里的房子好，电也有，水也有，娶媳妇时候都没住上这么好的房子，再说，还能唱歌。

在这位愉快的歌者之后，我遇上了个读书人。确切地说，宋佃林应该是一位金庸迷，兼爱天下武侠。原来他也是个病号，患有严重的肾结石和腰椎间盘突出。他的病是积劳成疾，过去住在自然村里，务农养畜，脸朝黄土背朝天，温饱不足，出来一趟很不容易，到城市里看个病，更难，一拖再拖，便到了力不从心的程度。搬到了移民新村，治疗及时，他的病情已经好转。我问他每天都忙些啥，他说不忙，没事儿了就是看手机。

我想起有一天我去洗车，洗车工人打开我的车后备厢，发现了一些刊物和书，便漫不经心地往外丢，我不高兴了，他竟然一脸不屑地说，现在谁看这个，天下人都是看手机。仿佛一个器物可以替代整个世界。

事实的实质是什么呢？你在地铁上巡视一下就知道了——有人捧着手机笑，有人拿着手机哭，有人惊掉下巴，有人气皮眼胀……人的心，貌似都在那几英寸的屏幕上，其实已经被无形之手带走，上云端，回秦汉，坐地日行八万里……

人家老宋整天看手机却有定力，任何搞笑圈粉的抖音、段子、小视频都不能忽悠走他的神儿，结果却是看出了滋味，看出了天高地迥，看出了人生逸志。他心无旁骛，从一而终，非金庸武侠不看，从早到晚，装一脑袋侠肝义胆，魏晋风流，只决胜负，不关生死……你说，还有什么东西能占据他的心，扰了他的智呢？

“村民的物质生活改善了，一定要有充实的文化生活”，陪同我们采访的土牧尔台镇党委书记谢文君，一直默默地和我们一起听村民交谈，这时插了一句话。

有个人给他的快乐生活点赞，老宋感觉好极了。我刚要起身，他赶紧说，我还没说完呢。他说自己并不是整天抱着手机毁眼睛的人，手机上介绍了好书，他就买来看。去西苏旗看孩子，就带着书到赛罕塔拉读，一读一个半天，可好呢……赛罕是蒙语，是好和最好的意思，塔拉也是蒙语，是草原的意思。想想，在最好的草原上，蓝天绿野，白云在湖水里飘，百灵鸟在耳边飞，一个老者，沐浴淡淡的霞光，膝下一壶奶茶，手里的书卷徐徐展开，人家这活法儿，啧啧啧，不是神仙，是胜似神仙。

六十八岁的村民老吴大哥坐在我们旁边，一言不发，直到我问他，为什么眼睛看上去有些红肿，他才带着几分腼腆开了口，他患有白内障加青光眼，不久前在中国平安光明行白内障义诊活动中，做了手术，现在重见光明，还没有完全恢复好。他话极简，问他家里几口人，他说一，问他老伴呢，他说没了，问他几个孩子，他说四，停一下，随后很自豪地又说了个四。原来他不仅有四个女儿，还有四个外孙子。谢书记告诉我们，他的孩子们，都出去打工了，只有他一个人住在移民新村。我想让他多说点什么，便问，大哥，你眼睛好了，咋不找个老伴？他又说了一个字，不。我说那你一个人过多孤单哪，他回答了两个字，利索。我说那谁给你做饭吃啊，他说自己，我又说，那你多寂寞啊，也没个说话的人……他举起手机，声音突然放大好几倍，说了最长的一句话——想她们就视频！说着，他脸上的皱纹笑成了一朵菊花，每条花叶都在颤动。不知道为什么，老吴大哥的这句话，让我心里一热，赶紧把目光转向了窗外。

结束了采访，谢文君书记带领我们一路步行，参观了移民新村的公共设施建设，包括文化广场、卫生院、水泥公路、平安集团援助的太阳能路灯和绿化、健身器材，说实话，尽管一切还在建设中，但比起城市的小区，只是缺了一些繁华，但是从便民利民的角度看，是应有尽有了。谢文君这个人，有点儿性格，从外表的做派，你看不出他是这里最大的官儿，听说话，找不到一个带修饰的字句，没有夸张，也没有渲染，朴素而真实，和他身上廉价的T恤、未加修饰的发型很显一致。他说，我们进行土地流转，搞园区务农，创办扶贫车间，发展庭院经济，就是要户户有产业，人人有事做，把这个宜居小镇搞美搞富，让它有魅力，有发展机会，这样外出的年轻人才能回来，不然的话，十年之后，十五年之后，老人连续减少，我们空落落的新村该如何是好？谢文君2011年从旗里调到土牧尔台当镇长，2017年升职为党委书记，是土牧尔台巨变的创业者。2018年底，土牧尔台镇通过第三方验收，达标脱贫。让我感动的是，谢文君就像永远也不会离开一样，心里依然满满地都是责任。

上车了，我说不出热情洋溢的话，只好远远地向谢书记和乡亲们挥挥手，也不知道他们看见没有。易拉罐小猴子装在我的背包里，它静静地，像是在等待时光的脚步把它唤醒。

美食如书

莜面，土豆，羊肉，是乌兰察布人最家常、最尊贵的食物。无论是居家还是聚宴，这是永远不可替代的老三样。作为一个内蒙古人，我对此三种食物不可谓不熟，这次来到乌兰察布，不论是团队自助，还是私会朋友，尽在这三种食物间流连忘返，一不留神便入了佳境，吃着吃着就吃出了旷世的味道，品着品着，就品出了岁月深远，土地无垠。

莜面是裸燕麦的面粉。裸燕麦独秀于林，北纬43°的大风和干燥，海拔两千米左右的强烈日照，是长生天对这种草本植物的恩赐，它们因此顺应自然，简单顽强地生长，在短短的无霜期里，就像一个貌不惊人的举重运动员，把浑身的能量，蕴聚在身体的上肢，倾注于最后那惊人的一举，裸燕麦孕育出传宗接代的种子，便耗尽了全部能量，所以裸燕麦麦粒没有厚壳，只有一层稀薄的绒毛，这一点和全世界的皮燕麦都不一样。裸燕麦的麦穗犹如摇铃般玲珑稀疏，麦粒远不如皮燕麦那样繁密，但是莜面高蛋白低脂肪，富含β葡萄糖，口感Q弹黏稠，味道醇香，其营养价值，全球各种燕麦皆不能与之媲美。

对于乌兰察布一代代农人来说，关于莜面的记忆苦乐参半。乐，是因为过年过节、春耕秋收要劲儿的时候，可以吃上一顿莜面。到了那天，巧手的女人们老早洗了头脸，挽起袖子开始搓莜面，圆筒的叫窝窝，细条的叫鱼鱼。莜面热腾腾地出了笼屉，没有油水，人们便撒几粒咸盐，几滴醋，切把葱花拌里面，呼噜呼噜吃下去，那叫一个爽爽的香，长长的饱。民谣中唱道："五十里的莜面四十里的糕，三十里的荞面饿断腰"，这沁人肺腑又养人体力的莜面吃食，是饥饿时代中的一丝安稳，是连阴天里一闪而过的阳光；苦的是，一顿莜面吃过了，腿旁的风沙还在刮，土里的种子还没发芽，盼了一春的雨还没有下，腰带紧了一圈又圈，夜里肚子响得闭不上毛眼眼……农人们只好长叹一口气，把莜麦地都种上了相对高产的高粱、玉米，不管咋地，到秋能多背回来几口袋粮食，毕竟活下去更要紧。

只有在温饱之余，人类眼前的食物才能彰显出文化感。我望着一桌子黄澄澄、油汪汪的莜面吃食，立马有了一连串的问号。莜面和土豆是绝配，莜面饼夹土豆丝，切成菱形，为什么叫老鸹含柴？朋友告诉我，有一个饿得皮包骨的孕妇，想吃想得要断肠，恰恰看见乌鸦叼着草木枝飞去垒窝，于是哀求了婆婆，做了一顿莜面皮夹土豆丝，后来慢慢有了老鸹含柴这道莜面饭食；把莜面薄薄地在菜刀面上搓成拇指肚大的片，然后蒸熟，翻卷着很像木匠的刨花，可又为什么不叫刨花叫刨渣子？原来是附近山西人的口语；用土豆泥筛成一个个疙瘩，粘上莜面粉，加油料炒熟，起个名字叫莜面打傀儡，别说还真贴切——一颗颗圆滚滚的，却是银样镴枪头，外筋内糯……莜面打傀儡会不会和木偶戏有关？木偶戏曾经叫傀儡戏，在毗邻中原的阴山内外，从秦汉时候，木头做的帝王将相才子佳人就已粉墨登场，原是和汗滴禾下土的传统农耕相伴了一千多年的。生产力水平决定了文化的命运，一百多年前有了电影电视，现在有了网络，铺天盖地一般封闭了人类许多的过往，傀儡戏大约也进了非物质文化博物馆。想想眼前这顿莜面餐上的精丸丸、栲栳栳、拔鱼子等名目，有谁能钩沉得一清二楚地呢？记忆就这样渐渐远去了，好在土地上长出来的食物还在，那些淳朴的滋味依然活生生地留在人们的舌尖上，食物就这样无声地保留了文化。

我突然想到一个问题，当一款款裸燕麦食品——速溶麦片、麦米粥、麦米炒饭等被推向市场之时，传递出的不仅仅是美味的诱惑，而是古老食物的升级和生机。当代生活，精英占据着生活的前沿，食品在争先恐后地占据精英的饭桌，色味香是必需的，营养丰富是必需的，信手即食也是十分必要的，那种几十个孩子一起手搓莜面的场面，是美食节的盛况，却不可以成为工作者的家常。如今的乌兰察布，平安集团和燕山优麦企业联手支持农民多种裸燕麦，种好裸燕麦，用高于市价20%的价格收购，使得农民脱贫致富，同时将裸燕麦花样翻新，推向都市，推向网络，果然唤来了越来越多喜欢裸燕麦食品的年轻人。或许，年轻的食客们，一天天坐在电脑前，匆匆忙忙地充饥进食，根本来不及细品口中的新鲜味道，来不及发现此时的麦片比起以往的进口麦片有点香，便旋即复入屏幕之上的博弈，但是，当他们一旦有机会坐到传统的莜面宴前，大快朵颐之余，定会被点点滴滴的莜面故事吸引，不由自主地把筷子悬在半空，细细端详来之不易的美食。

乌兰察布处于蒙古高原和阴山山脉的山地丘陵之中，正是“敕勒川，阴山下，天似穹庐，笼盖四野，天苍苍，野茫茫，风吹草低见牛羊”的地域。秦汉以来，游牧文化在这里印记重重，清代雍正颁布“借地养民”政令之后，此地拥入大量的农耕移民。自此，草原文化和农耕文化在这片土地上互相融合，无不你中有我，我中有你，饮食起居，礼仪风俗，谁也离不开谁。就说莜面这宗事儿吧，从耕种到上宴席——老鸹含柴、莜面饺子、山药鱼、窝窝、顿顿、精丸丸，显然都是来自山西方言，的确不是草原风格，但如今你再看，有哪个内蒙古人不爱莜面，莜面不仅做了草原城市乌兰察布所有饭店的看家饭菜，还蔓延到了整个内蒙古，蔓延到了一线大城市，乃至全中国，早就成了内蒙古美食的代表作。

还得说说羊肉。乌兰察布的美食街上，到处都有“焖把炖”

的招牌，意思包括羊肉的三种做法：焖羊肉，手把肉，炖羊肉。纵使羊肉有一万种吃法，作为一个草原居民，我也能从字面上看出来，哪种吃法是来自哪个民族。手把肉不用说，是人人皆知的草原美食的扛鼎之作。焖羊肉的做法，是加了作料和少许水，把羊肉在锅里煮了又焖，直到百香浸透，肉质酥软微干。一个焖字，道出精耕细作的手段。焖羊肉的口感不像手把肉那般生猛鲜脆，食之不可风卷残云，狼吞虎咽，当慢条斯理，小酌微醉。炖羊肉这道菜，对于厨师来说，料理起来自由度最大，羊肉炖烂，时蔬、菌类、豆制品等都可做配料，往奶白色的羊肉汤里一放即可，用不着花椒大料，一撮盐，一把葱花足矣。临上桌，或遇到个东北食客，或遇到汪曾祺那样的美食家，还要洗净一两棵芫荽切碎撒下，保管让他吃得大汗淋漓，荡气回肠则个。越是简单，越能体现厨师的风格，一百个人，可以做出一百种炖羊肉。如若追根溯源，谁家是炖羊肉的正宗呢？炖羊肉又是谁的发明呢？有人说，从成吉思汗时代蒙古人就开始在铁帽子里边炖羊肉了，有人却说不对，炖羊肉讲究的是炖烂，入口即化，不适合行军，只有手把肉和涮羊肉开锅就能吃……总而言之，在内蒙古大草原，这厢争论依旧没完没了，那边说汉话的已经去牧牛放羊，讲蒙语的已在种菜种粮。诸如此类问题，你打破砂锅也问不到底，时光荏苒，吃在当下。

乌兰察布还有一例“冰煮羊”，可谓登峰造极。桌子正中置一铁锅，先填入半锅白格凌凌的冰块，又铺上一层红里透白的羊肉条，开火，羊肉在冰中由冰拔凉缓慢转热，始静而突沸，随即加入白色的酸奶、紫红色的法国葡萄酒、琥珀色的秘制调料（我猜其中有酱油咸盐少许，包含若干蚝油、蜂蜜、果酱)。又煮斯须，夹出一块羊肉尝尝，真乃天下第一鲜，其香，隐隐有山野芬芳，其酥嫩，微微若鲜贝口蘑，细嚼，脂溢满口润而不腻，再续入五色蔬菜等，只见满锅荟萃，古今中外，尽在其中，一时间汤鲜肉香，意境全出，叫人大呼相见恨晚。

席间便有人问，艾平老师来自呼伦贝尔草原，那里是蒙古族祖地，北方少数民族的发祥地，鲜卑民族入主中原的出发点，你难道不知天下有冰煮羊这道美食？我说，还真不知道。记得各种资料每每记载，成吉思汗出兵远征，带着羊群作军需，一路杀羊飨军，无非拢一堆牛粪干草点燃，头上的铁盔翻过来作锅，白水煮带骨羊肉，是为手把肉鼻祖，后来他们发现肉切成薄片，沸水一烫，入口更嫩，这种吃法历久弥新，渐渐演化出了涮羊肉。2015年夏初，我沿着海拉尔河、克鲁伦河考察，见到很多当年鲜卑南迁留下的城墙残垣和旧石板墓，发现当年的迁徙，都是顺着河道迂回而行的。大地平缓，河流像恋家的嫁女，一步三回头地缭绕着草原，鲜卑人就这样沿着河道走走停停，繁衍生息一百余年，终于南去建立了北魏。后来，北魏太武帝拓跋焘派中书侍郎李敞祭祖，迢迢数千里回呼伦贝尔嘎仙洞，在嘎仙洞留下石刻祝文，也佐证了这一里程碑式的远征战的确存在，曾经是多么艰苦卓绝。试想当时迁徙大军中的鲜卑万众，该是终年逐水草而游牧，一辈辈依偎着河道谋生，南迁前程，中原帝业，对于他们远没有河流重要，找到了河，就有了水，就有了冰，就有了乳汁和奶茶，就有了羊肉的诸种吃法，水煮、冰煮自然不在话下。如果说草原森林是北方少数民族的摇篮，那么河流则是他们的母亲。

如今一道冰羊肉，不经意间让我翻开了历史的某一个页面。

美食如书，读不完的大草原。

诗四首

邰筐

草原五行诗

月亮像往事从天空浮现，映照出一张变幻不定的脸
漫天星斗是故交，新知是眼前晃动的几株燕麦
鸣虫模仿着谁的乡音，这是寂静中最要命的喧嚣
两瓶草原白和一壶闷倒驴，勾兑出一醉千里的乡愁
草原犹如一个巨大的黑匣子，据说藏着一万种爱的语言

敬 畏

在阴山下，一匹高大的骆驼
突然对着虚空弯腰跪了下来
它四腿完全着地，匍匐在那里
这是骆驼迎接主人的一种固有方式
它样子是那么的温顺
仿佛在等待你随时跨上去

骆驼慢慢起身，然后甩开蹄子渐渐走远
只剩下一阵过山风鼓荡而来
这一场景让我再一次相信了那些眼睛看不见的事物
譬如这一刻，我坚信骆驼驮走的是一个英雄的灵魂

光明的事物

一个因白内障失明十年的牧民
突然得到了光明，他干的第一件事就是
趴在草原上一棵一棵地去数草
一只一只地去数羊，一头一头地去数牛
到了晚上，他又一颗一颗地去数星星
他说事物各有其所，有些东西揣在心里太久了
要把它们一一送回原来的地方

青草赋

在草原上，你不用担心会张冠李戴
这一棵草和那一棵草，它们的摇摆和起伏
是一样的。这一头羊和那一头羊
它们眼中的温良是一样的。这一头牛和
那一头牛，它们奶的味道是一样的

这一座毡房和那一座毡房，它们升起的
炊烟是一样的。这一片云朵和
那一片云朵，它们的洁白是一样的
这一片草场和那一片草场，它们的辽阔
是一样的。这一位母亲和
那一位母亲，她们的温暖是一样的

在草原上，也有不一样的
譬如，一个牧民和一个诗人对孤独的理解
前者是担心自家的羊落了单
后者是用整个草原裹紧了自己

村暖花开·陕西篇

佛坪行

黄传会

偏远。

县小。

人少。

陕西佛坪县面积一千二百平方公里，人口却只有三万五千人。这个深藏于秦岭南麓崇山皱褶之中的偏远小县，近年来，围绕“古道明珠、静美佛坪”品牌定位，大力实施“生态立县、林药兴县、旅游强县”三大战略，打赢了一场脱贫攻坚战，2017年摘掉了国家级贫困县的帽子。

高铁出西安，第一站便是佛坪。一踏上佛坪的土地，满目葱葱郁郁，一股清新醉人的空气扑鼻而来。在与佛坪人交谈时，我感觉到摆脱了贫困的佛坪人发自内心的喜悦——像是刚解放时翻身农民分到土地的喜悦，像是改革开放之初摆脱精神枷锁的喜悦。不过，今天佛坪人的喜悦之中更充满了一种自信与自豪。

我们来到佛坪县西岔河镇小学。

暑假里，孩子们正在上远程科技课，山村课堂插上“互联网+”的翅膀，圆孩子们的科技梦。

孩子们三五一组，通过平安“双师课堂”，与远在河南郑州的中科院生物物理研究所综合处副处长汪会盛，以远程实时同屏的形式，学习“人工智能”。

四年级的小杨与四位同学一起在做自动浇水系统。小杨说：“我们把这些芯片零件组合起来，通电后，它将指挥整个系统运行，将水槽里的水，经过吸管输送到花坛，达到自动浇水的目的。”

另一组同学在设计、组合水温报警器，水温到了设定度数，报警器便会自动报警，可预防淋浴时被烫伤。

平安科技素养提升计划的支教老师刘营强告诉我们：“我们给一到六年级的学生都设立了科学素养课，内容涉及人工智能、生命科学、智能制造、航空航天科学、农业科学五大主题。大家现在看到的是人工智能课程。”

中国平安于今年正式启动“青少年科技素养提升计划”，计划在全国一千所乡村小学落地。同时，依托“三村晖”远程互动教学平台，以“互联网+教育+公益”模式，聚合优质教育内容，线上招聘名师，为学生提供高质量远程实时教学，实现课堂跨空间、知识零距离，促进优质教育资源的普惠共享。

让乡村孩子和城市孩子在同一个起跑线上。

在科技的海洋里遨游，孩子们兴趣盎然、创意不断。

有人问小杨同学：“你长大了想干什么？”

“当科学家！”小杨同学脱口而出。

“你们几位呢？”

“当杨利伟叔叔那样的宇航员！”

“当音乐家！”

“开航空母舰！”

…………

此情此景，令我的眼前浮现起一件往事：

1990年代初，为了创作反映希望工程的报告文学，我多次深入贫困地区采访。

在沂蒙山深处，有一个名叫石岔的小山村。村小只有十几个孩子、一名姓汤的女老师。小汤老师像个中学生，一问才知道山村偏僻，留不住老师。小汤老师是当地人，初中一毕业便留下来当了老师。

我们走进一间小土屋，孩子们用惊疑的目光打量着我这个远道而来、穿着军装的陌生人。

我问一个男孩子：“你叫什么名字？几岁了？”

“我叫汤勇，”男孩子显得有些紧张，“十三岁了。”

我又问：“汤勇，你长大了准备干什么？”

汤勇想都没想，说：“种地瓜！”

我又问与他同桌的一个男孩：“你呢，长大了准备干什么？”

他想了想，说：“放羊！”

…………

面对孩子们那一双双明净清澈的目光，我不由得有些悲凉，这些山里的孩子，被大山挡住了双眼，种地瓜和放羊成了他们最远大的理想。

三十年后，同样是偏远地区的佛坪这所村小的孩子们，已经享受到了精准扶贫所带来的丰硕成果。

让山村孩子与城市的孩子一样，从小接触前沿科学知识，拓宽知识边界，提升他们的科技素养，培养自主探索的创新精神，这是中国平安扶贫的一项重要内容。

佛坪全境皆山，崇山峻岭，风景秀丽。但在相当长的一个时期，自然风光并无法解决老百姓的温饱问题。佛坪是大熊猫、金丝猴、羚牛和朱鹮的栖息地，而“秦岭四宝”也未能给老百姓带来福音。

是的，连饭都吃不饱，谁还有心思去理会大熊猫？

长角坝镇龙草坪村位于观音山脚下，属于高寒山区。全村一百五十多户人家，散布在几十平方公里的山腰间。土地稀少，种植单一，人均年收入长期在两三千元徘徊。

三十八岁的村支书李宁告诉我，山区交通不便，最远的农户离村部十八公里，全是山路，一天走个来回都紧张。村里没有学校，上学必须去二十公里外的县城。谁家有孩子上学，家长需要去县城租房陪伴，压力特别大。

2007年，入伍八年的李宁退役回乡。先是借凑了十万元，买了一台挖掘机，干点零工。后来，又组织十几位同乡进城承包工程。他自己，或是少数乡亲的温饱问题解决了，但家乡的面貌却依然如旧。

李宁毅然返乡，并于2013年当选为村支书。

李宁赶上了——上任伊始，正是精准扶贫集结号吹响的时候。

政府扶贫力度不断加大，乡村水、电、路、通信设施基本解决。李宁带领乡亲们，利用生态环境得天独厚的条件，发展中草药种植、冷水鱼（土鸡）养殖和养蜂规模化。养蜂业已经占到龙草坪村全部产业的35%。

我们来到龙草坪村中蜂养殖基地、东河五组养蜂专业户李洪喜家。

李洪喜是本地人，父亲曾当过二十几年的村支书。在他的记忆里，小时候能吃饱玉米粥就很满足了。1991年，初中毕业后，由于家庭困难，李洪喜辍学了。当时东河五组和六组有所初小，有二十名一至三年级学生，正缺教师，李洪喜应聘成了一名民办教师。初中生教小学生，这在当时的贫困山区是一种常见的现象。刚开始每月八十元工资，后来慢慢涨到二百多元，年底村里再给点补助。李洪喜乐此不疲，他渴望着能转为公办教师，当一辈子教师。不料，2000年农村小学合并，东河村小被合并到其他小学，李洪喜下岗。

此时他上有老下有小，为了一家生计，李洪喜开始养蜂。由于蜂蜜品质一般，又缺乏销售渠道，李洪喜一家一直在贫困线边缘徘徊着。

精准扶贫的春风将中国平安带到了佛坪。平安“扶贫保”项目通过借助保险、政府、银行的资金风险共担，为佛坪特殊蜂蜜产业提供免息免担保的资金支持，并依托平安内外部电商平台，实现农商互联，提升农产品供需匹配度，拓宽农产品销售渠道，解决农产品产销脱节。

我问李洪喜：“加入佛坪特色蜂蜜养殖基地后，有什么实惠？”

李洪喜掰着手指头，告诉我：“一是拿到了一万五千元无息贷款，我投了二十箱蜂种，规模比先前大了；二是可以经常参加基地举办的养蜂培训班，学习科学养蜂知识，现在靠祖辈传下来的那点东西远远不够了，基地还定期安排专家一对一上门指导，大大提高了蜂蜜的品质；三是基地以高于当地市场价10%～15%的价格收购，解决了农户顾虑最大的销售问题。”

2018年，李洪喜一家年收入四万多元，其中养蜂收入占了六七成。

摆脱贫困的喜悦挂在李洪喜的眉梢，不过，李洪喜又说："养蜂业也有风险，特别是受天气影响很大。乡亲们现在最担心的是脱贫了哪一天又返贫……"

"扶上马，再送一程"。巩固脱贫攻坚成果，不仅要让脱贫人口"站起来"，而且还得"走得远"。今年以来，佛坪以脱贫摘帽为契机，坚持"摘帽不摘责任、摘帽不摘政策、摘帽不摘帮扶、摘帽不摘监管"，突出抓好产业发展、基础设施建设、安全住房、健康扶贫等工作，持续巩固和提升脱贫攻坚成效。

在佛坪，我们共同见证了中国平安与汉中市佛坪县人民政府签订"三村工程"扶贫战略合作协议，平安将为汉中市提供二百万元的产业扶贫贷款，帮助扩大佛坪蜜蜂养殖规模，并将运用创新科技赋能当地教育扶贫和健康扶贫，打造可推广复制的佛坪"智慧扶贫"样板。

佛坪"智慧扶贫"样板将汇集平安在智慧农业、智慧教育、智慧医疗领域积累的成果，并通过人工智能、区块链、云技术等核心技术与"村官、村教、村医"三大工程进行有机融合，实现科技技能精准扶贫，帮助当地识真贫、扶真贫、真扶贫。

离开佛坪那天，清晨我早早起来了，在这个不到一万人口的袖珍小县城里晨跑，和在大都市里早锻炼是完全不同的两种感觉。空气清新得令人陶醉，脚步也变得格外轻松。平日在北京跑个两三千米已是气喘吁吁，在这里五千米下来浑身舒畅。

我忽然冒出了个想法，什么时候抽空再来次佛坪游，悄悄在这里住几天……

佛坪安心

明江

列车在浩瀚林海覆盖的崇山峻岭之间穿行，绵延的秦岭山峦在眼前高低起伏，山谷里时时流淌的溪水清澈见底，飞溅的山间瀑布银光闪烁……虽然对野生大熊猫的故乡——陕西汉中佛坪的美名早有耳闻，亲自面对这秦岭南麓的美景，依然震撼不已。

汉中因汉水而得名，是长江第一大支流汉江的源头，有“汉家发祥地，中华聚宝盆”的美誉。佛坪县地处秦岭南麓腹地，在汉中市的东北部，总人口3.5万人，森林覆盖率达90.3%，是国家“南水北调”工程水源地，这里的两个国家级自然保护区栖息着“秦岭四宝”：大熊猫、金丝猴、羚牛、朱鹮。山清水秀、林海茫茫的保护区遍布奇峰怪石、流泉飞瀑，被称为国家级天然氧吧、天然养生圣地。遗憾的是过去因为交通不便，佛坪美景一直藏在深山人未知，少有游人造访。

从小住在群山之间的高原坝子上，深知这崇山峻岭之间的美景背后，往往是山民们整日劳作却所获甚少的艰辛日子。让人安慰的是，我们乘坐的这趟高铁，今天已经可以直接通往这座群山之间的静美小城。佛坪县2011年被确定为国家扶贫开发工作重点县，2018年9月下旬宣布脱贫。2018年末全县贫困发生率0.7%，脱贫户人均纯收入9533元。而我们此行，正是去见证刚刚脱贫的佛坪如何坚定地巩固它在扶贫路上的成绩，如何与各方携手一步步地走向不断发展的前行之路。

列车穿过了一个又一个的隧道，山峰一座座飞驰到身后，我的思绪却飞到了遥远的过去，想起了我家的第一位育儿嫂，一位性格极其爽朗的陕西阿姨，我们叫她陈姐。

陕西的陈姐来家前，刚刚结束了照顾高龄老人的护理工作，在熙熙攘攘的保姆市场大厅里，其貌不扬的陈姐用她热情灿烂的笑脸立刻赢得了宝宝的好感。还没有想好开始询问哪一位阿姨，热情的陈姐已经抱着一岁的宝宝玩开了。问她为什么想从护理老人换成做育儿嫂，她很坦率地说，相比照顾日渐衰老的老人，她觉得跟小孩玩更有活力更开心。这让我想起之前看上的一位年轻文静的保姆，据说是高中毕业，但那姑娘坚决不愿意带孩子，原话我至今还记得，“我好不容易把自己孩子扔给家里的老人出来了，我可不想再给别人带孩子”。

事实证明，陈姐说她喜欢跟孩子玩确实不假。每一天，她最上心的就是赶紧带着或吃过早饭、或睡过午觉、或吃过晚饭的宝宝出外找人聊天。没几天，感觉偌大的小区已经无人不知宝宝的小名了，偶尔带宝宝出门，就会听到“哦，原来你就是谁谁的妈妈啊，你家那阿姨可真活泼”……

陕西婆姨的大方热情真是名不虚传，没有她不能结交的小区居民，没有她不知道的各家八卦，没有她不能为孩子要来的广告小气球，甚至有一段孩子迷上了大街上四处张挂的朝阳区卡通形象大使——洛宝贝，她也毫不客气地从小区宣传墙上撕下来一张快掉落的，端端正正贴在了宝宝的床头，让人哭笑不得。她那三下两下就做出来的陕西扯面尤其让人瞠目结舌，因为对一个南方人来说，不管在北京多少年，在做面食这件事上终是无能为力。

然而这位活泼热情的陈姐一年多之后终是离开了，因为扔在陕西老家的孩子不听话，早早就不上学了，宣布要结婚，已经住到了男孩子在外地的家里。陈姐只能暂时回去。三个月以后，重回北京找了份老人护理工作的陈姐给我打来电话，祝贺宝宝生日快乐，还让我发张孩子的照片给她看看。她说，太想孩子了。然而，她自己的孩子怎么样，她却闭口不谈。

又过了两月，陈姐终于在一个周末抽空来到家里，说是过来拿两件当时忘记的衣物，其实是想过来看一眼曾经朝夕相处的宝宝。然而，当笑脸如花的陈姐奔向宝宝，宝宝却吓得哇哇大哭。两岁多的孩子，已经把这位带过她一年多的阿姨忘记了……

陈姐的故事，其实跟前前后后因为各种原因离开的几位育儿阿姨一样。这些在城市打工的阿姨，在远方的家乡，在陕西、在安徽、在河南、在东北，都有自己的孩子。无数的夜晚，宝宝入睡之后，我和她们聊起老家的孩子，安慰她们和孩子分离的担忧。最能让一个阿姨情绪不稳定的事情，莫过于家中老人打来的给孩子告状的电话了。记得河南那位阿姨的两个孩子都是带到半岁就出来打工，孩子经常逃课，基本不听老人的话，每次闹得凶了，她打电话哄着吓着，孩子们又好几天。可能她对孩子的最重要的现实意义，就是春节回家买的各种礼物了。特别记得一年春节前她一直念叨要买一双轮滑鞋，查询半天推荐了一款性价比适中的，结果阿姨连声说：不行不行，这种普通的不行，要闪光的，村里孩子都是闪光的，孩子特意交代过的，要是穿不闪光的会丢人。

这些阿姨中，只有安徽月嫂魏姐为自己的孩子感到自豪，因为她家的大儿子已经考上了当地的大学。这位月嫂自有和其他保姆不同的地方，她在老公离家多年打工的情况下，一个人苦苦支撑带大了两个孩子，在孩子们读了高中以后才出来打工的。当年的含辛茹苦让这位月嫂成了不婚族的坚定支持者，“早知道结婚以后这么苦，我这辈子坚决不会结婚”。这位吃苦耐劳的金牌月嫂我们延期留了三个月，后来听说她很快又成了明星月嫂，在当时北京月嫂普遍收入只有五六千的时候，她的月收入早就过万了。遗憾的是大部分阿姨，却都在为自己老家不听话的孩子发愁。

他们这些孩子，和很多孩子一样，都有一个共同的名字，叫留守儿童。

伴随着感慨万千的思绪，列车缓缓停靠，远远望去，车站对面郁郁葱葱的山头上，“静美佛坪”的招牌上，是憨态可掬的大熊猫头像。据说比起四川的野生大熊猫，这里的野生熊猫脸更圆一些，难怪卡通形象如此可爱。

跟随扶贫的一行人来到了佛坪县西岔河镇中心小学，整洁宽敞的小学让我不由得有些吃惊，相比北京寸土寸金的学校，这里算是相当宽敞了，地面整体铺着塑胶，四层的教学楼整洁明亮，穿着校服坐在教室里的学生看起来聪明可爱，跟大城市的孩子相比，只是多了一层羞涩而已。这一切，让我很难把他们和留守儿童联系在一起。因为来的一路上我总是在想，在这些孩子中间，是不是有很多像陈姐的孩子那样叛逆孤独的留守儿童呢？但眼前的孩子却完全没有想象中的样子，他们认真而大方的模样让人安心。随后观摩的网络科技课堂更是让人震撼。比起北京的科技课堂来，这里也毫不逊色。

其中最让人安慰的是这堂“高大上”的科技课之后，一堂充满心理正能量的“积极班会”，课程是通过各种心理小游戏让孩子们认识到自己身上有着无穷的潜能。

实际上，近年来随着社会对留守儿童的关注，留守儿童现象整体已经有所好转。据民政部消息，截至2018年8月底，全国共有农村留守儿童697万人，与2016年首次农村留守儿童摸底排查的数据902万人相比，下降了22.7%。目前四川省农村留守儿童规模最大，为76.5万人，其次为安徽、湖南、河南、江西、湖北和贵州。以上7省农村留守儿童总人数为484.4万人，占全国总数的69.5%。全国农村留守儿童总体数量减少，得益于近年来脱贫攻坚、新型城镇化建设、乡村振兴等措施，各地大力推动返乡创业就业、就业扶贫、随迁子女就地入学等工作，从源头上减少了不少儿童留守现象。2016年，国务院批准成立农村留守儿童关爱保护工作部联席会议至今，已连续召开三次会议，对农村留守儿童的关爱保护更加制度化、人性化。

在平安的“三村工程”中，村教工程是以教育扶贫为核心，其中的“青少年科技素养提升计划”，有研发教材、设计科学试验包、打造科普实验室和师资培训等，重点提升一千个乡村学校孩子们的科技素养。而其中的“寸草安心”项目，则关注孩子们的心理素养，让孩子们的心理素养与科技素养、文学素养同时提升，三种素养共同组成的“村教工程”，正是为了促进乡村儿童心理健康和素质全面发展。

在我们日新月异的城市化进程中，有太多的留守儿童需要这样物质和精神的同步关怀了。

“寸草安心”，这个名字听上去就让人温暖而安心。当我们的农民工为了自己的生活也为城市建设付出自己的时间精力的时候，是应该有更多人去关心这些留在家里的孩子，让父母安心，让孩子安心。

不由得问到相关负责人最早是什么样的缘由开始想做“寸草安心”工程项目，得知平安集团之前一直是通过捐赠书籍、课桌椅、电脑、衣物等各种硬件物资，为贫困儿童送上关爱。三年前的2016年，国务院审议通过《国务院关于加强农村留守儿童关爱保护工作的意见》，平安集团便开始聚焦乡村儿童心理健康，通过课程研发、专家指导、志愿者支教等，为不同发展阶段的乡村儿童带去心理关爱，帮助他们健康、快乐成长。

实际上，关注乡村教育和留守儿童在很多年前就已经有众多的呼吁，也有不少志愿者前往乡村，但其中有收获也有教训。尤其是很多抱着爱心前来的城市青年，在短暂地向孩子们展示外面的精彩后就匆匆离开，留下经常要面对分离不适的孩子。授人以鱼当然不如授人以渔，除了志愿者的努力，最关键是让乡村的老师具备初步的心理学知识。平安集团自2016年起至今，共计捐助深圳市幸福家家庭研究院二十四期师资培训课程，共计一百二十万，培养了两千四百名乡村教师。即以县城为单位，与县教育局合作共招募一百名左右的乡村教师统一进行为期七天的体验式学习。这些学习包括了几个板块：教师自助技能，比如如何保持积极心态；具体的助人技能，比如如何进行个体心理关爱、团体心理护理和幸福班级建设，同时加以考核和后期实践落地奖励，推动这些今后会长期陪伴留守孩子们的老师学以致用。

我非常好奇其中的课程研发以什么为基础，如何做到真正针对留守儿童的心理特点？在看到负责人专程发来的课程项目以后，我感到了安心。比如课程“我是谁”，孩子们可以通过各种游戏勇敢向他人介绍自己，并全面认识和接纳自己；课程“我是阳光少年”，孩子们通过画“压力自画像”和各项小游戏，体会到什么压力，并在感受到压力时知道如何寻找支持圈，可以帮助孩子们积极面对压力；课程“情绪宝盒”，让孩子们正面认识到自己的情绪并找到合适的方式管理情绪；课程“扬起自信风帆”，专门探讨了留守儿童面对家庭的重担时，如何调整心态勇敢地面对困难……

这些心理健康主题班会的形式展开，通过各种互动的小游戏来帮助孩子们看到自己身上诸多的可能性，形成良好的自我认知，帮助他们更勇于表达自我，在一点一滴中让孩子们拥有健康向上的积极心态。比如在课堂上让孩子们猜测一张白纸折41次后有多厚，“439805公里”的答案会让学生们思考坚持的力量，因为地月距离不过38万公里，一张薄薄的白纸折叠41次竟能超过地月距离，说明只要不断突破自我，潜力更将无穷。积极班会上还有“优势树绘制”环节，让乡村儿童们认知到自身所长，学会发挥优势，做最棒的自己。

阅读是儿童成长最强大的翅膀，平安每年还会请专家评选100本适合小学儿童阅读的图书，书籍包含了科幻、文学、艺术、绘本等不同类型。

平安的负责人还告诉我，今年平安拟进一步加大项目投入，在2020年前，在全国范围内建成100个爱心课室，帮助更多乡村儿童。平安联合了中国下一代教育基金会成立了“寸草安心”专项基金，共建乡村儿童心理健康教育体系，通过“师资培训+标准课程+教学设施+志愿服务”公益模式，为乡村儿童提供关爱。专项基金成立后，平安将通过与中国下一代教育基金会共同发布“寸草安心”公益纪录片计划、乡村儿童心理健康指导手册等方式，为关心乡村儿童的公众、企业等提供便捷可行的路径方法，切实帮助乡村儿童健康、快乐成长。

“寸草安心·幸福家园”心理课室包括个体心理护理区、团体心理活动区、图书阅读区、情绪宣泄区等功能区。依托已建成的心理课室，通过组织志愿者在乡村小学开展支教活动，在精神上给予孩子们帮助与支持，陪伴乡村儿童快乐成长。

志愿服务是“寸草安心”工程的重要组成部分，这些志愿者停留的时间也许不长，但点滴成河，总会给孩子带来不一样的生命感受。比如志愿者张滢办了一场美术作品比赛暨展览，给这些没有条件上艺术课的孩子一些奖励和鼓励。邹璐面对的是有些敏感和自卑的留守儿童，进行的是防拐防骗知识的视频教学和现场模拟以及医疗急救知识，针对特别害羞的留守儿童，专门给予了细心的呵护。

这些志愿者，在短短的时间内，开展了各类新奇的课程，其中并不局限于心理课程。因为山村学校老师流动性大，音乐、美术、实验、手工等课程常常因没有老师而无法开展，这些年轻志愿者的到来，让孩子们体验了各种新型的教学模式：数字油画、沙画以及刮画、传统的中国剪纸、音乐、足球比赛、绘画比赛……这些素质课堂的启蒙，总会给山村的孩子心里种下与众不同的小小希望。

回程的火车上，沿途是一样的青山绿水，一座座山峰飞驰而过，我却觉得，山更绿了，水更美了。虽说通往佛坪的高铁2017年底才刚刚开通，虽说这座人口只有三万多的小城只是刚刚摘掉了脱贫的帽子，但有这飞驰的列车、有这些从四面八方奔赴扶贫一线的热忱的心，完全可以想见，他们的日子会越来越富裕，越来越幸福。这种宽慰的心情，让人终可以放松地一路尽情欣赏这青山绿水的美。

旷原乡音

——耀州采风随记

方英文

楔 子

陕西作协创联部主任王晓渭来电，说北京有关机构要组织一个采风活动，邀我参加，主题是精准扶贫。我有点犹豫。不是说我不关注精准扶贫，而是以我过去参加过的采风活动看，这种形式的深入生活，团队出动、陪同导引、媒体发布，所看内容都是预设好的。如此采风，出来的东西难免表面文章，以后整理文稿出书，收还是不收？往往成了鸡肋。于是回话晓渭说我走不脱，因为幼儿园未开学，得在家里帮忙管孙子。晓渭说：这是作协党组的决定，老哥你再考虑考虑！

王晓渭是我的老朋友，不开玩笑不答话，一向没个正经。但他这次如此讲话，到底是玩幽默呢还是严肃通知？任何一个中国人听了这话，脸上表情大概立马就法相庄严了。好吧，于是我说，我争取参加，如果时间不冲突的话。晓渭笑道，不冲突一点儿不冲突，采风时间你孙子开学咧，你个吃瓜群众！然后给我一个号码，让我给北京方面联系。

自办了退休手续后，就只想过一种隐居生活。隐于深山老林不好操作，隐于笔墨纸间，兴来一挥便是了。晓渭又来电催问，这才想起忘了与北京联系。根据号码一个短信发过去，对方立即电话过来。一听声音，便知是位礼仪风雅人物——鲍坚，中华文学基金会秘书长，著名作家；随即与基金会刘娜女士加了微信，后来一见是位清丽淑美的女子，天生了一对酒窝，顿觉此风值得一采。收到相关资料，原来是今年，基金会与中国平安集团合作，开展一个“村暖花开”文学名家下基层扶贫采风活动，另有空军总医院等单位参与，最后一场选在陕西铜川市耀州区。鲍坚带队，中国作协书记处书记邱华栋助阵，团员大名长幼如下：河南作协副主席王剑冰，山西作协副主席葛水平，山东作协副主席王方晨，河北作协副主席刘建东。虽然都带个副字，但作品都是正的，都比我写得好，我正好借机见贤思齐。

朱鹮节操

“村暖花开”又称“三村工程”，即村官、村医、村教工程。具体内容为产业扶贫、健康扶贫、教育扶贫。无论什么工程，口号只能口惠，出钱才算英雄。这一切资金来源，全由以马明哲先生为董事长的中国平安集团提供，理当文字标榜。具体落实，且扶贫确已见效，是经过了一个复杂过程的。许多资料文章已有记载，本文不作细述。

9月3日下午，采风团成员先后抵达耀州区，晚饭安排在区委区政府机关食堂。饭桌上，耀州区委书记杨宏伟的开场白恨不能把耀州的古往今来之美，一股脑儿兜给大家。尤其说到朱鹮时杨书记特别亢奋，说国家要把朱鹮放生秦岭之北，考察了很多地方，最终选了耀州区。“假如不能成活与繁衍呢？这对我们是个重大考验！”结果是经受了考验，国家两次来这里放飞朱鹮六十二只，今年就繁殖了十六只。这说明秦岭之北的黄河流域，尤其耀州这块地方，生态恢复已接近秦岭之南了。朱鹮的生活环境要求极高，一句话：青山绿水无污染。那么山民如何脱贫呢？不能发展养殖业，不能拿化肥种地，不能农产品深加工比如酿酒。只剩下一样：发展食用菌，天然木材，无须化肥与农药。如此一来，朱鹮等生物就与山民和谐共存了。

“朱鹮好看，更有节操！”杨书记继续讲，“朱鹮绝对是一夫一妻制，一方死了，另一方绝不再找伴儿——守贞到死！”

人杰地灵

耀州区位于陕西中部，关中大平原北沿，是个高原与平原交会的去处。河流交汇处，鱼儿大、种类多，陆地亦如此。所以耀州出名人是很正常的事，比如隋唐时的伟大医药学家孙思邈，唐代大书法家柳公权。柳公权性子温吞、命运起伏却能高寿，一因热爱书法可以排解积郁，二是面对激烈的宫廷斗争，他能始终保持谨慎与适当的疏离。唐穆宗曾咨询柳公权怎样才能把字写好，柳答：“用笔在心，心正则笔正。”这话对于初学楷书者，应是没有争议的，但却未必适用于所有书法人的所有作书。问题来自皇帝，至高无上的权力拥有者，柳公权实为借机委婉建言：行使权力当以公正为要也。

耀州另两个历史名人一是西晋思想家傅玄，一是北宋山水画家范宽。不过关于傅玄，因多次来过耀州，只知道他是个历史名人，却不知名在何处。现在为了写文章，这就搬出1979年版《辞海》查阅之。这手段是我从一位杂文高手那里学的。那哥们学历不高，初中毕业，文章却颇有学问，每每引用些闻所未闻的书名及语录，让我佩服得紧。偶然一次下班，见他腋下斜夹、另手兜底着砖头般的《辞海》出门上车，步态如钱锺书——当然我不曾见过默存先生，只是机械推想学问大的人就这么走路。过了几天又见杂文家发表文章，依然博引广识，我就好奇翻开《辞海》查对——果然引自其间。

现在，我慷慨地把这个作文秘诀披露天下，以供写作同好者借鉴参考。

《辞海》里关于傅玄有两条解释，一是西晋哲学家、文学家；一是著有《傅子》一书，原作失传，内容散见于后世文献摘录。傅玄是高级官员，官名好几个，相当于今之什么部长吧？这得查资料，麻烦，从略。其哲学核心表述亦略去。现引录他的两段话，可以呼应当下的最大政治——精准扶贫：

> 民富则安乡重家，敬上而从教。贫则危乡轻家，相聚而犯上。饥寒切身，而不行非者寡矣。
>
> 通有无而一四海之财，其人甚可贱，而其业不可废。

后一段话似乎预见了如今的“一带一路”经济。傅玄强调发展经济之重要，却又同时轻贱商人，不好。警示商人诚信守法，然后而敬重之，甚或重用之，想来没啥坏处。

范宽，北宋初年大画家，存世作品不多，主要藏在台北故宫博物院。

耀州区当代出了两位副部级领导，偏巧我都认识。之于一个县级小区域，这算是大人物了。其中一位叫胡悦，身材高大，政声佳美。十多年前我去省委大楼办公事，办完公事电梯里碰见胡悦，就说您好胡部长我叫方英文，因为过去只在电视里见他。胡部长说知道啊大才子嘛！当下感动，虚荣心陡增。说着话电梯下到一楼，胡部长与我同时出来——忽然又折回了，原来他下早了，他本是要下底层车库、外出开会的。

2007年陕西作家五届作代会召开前夕，都说我要当副主席。听的次数多了，我也就觉得自己该当副主席。结果候选名单（等额选举）一公布，没我。坐前排的高建群回过头来，露着黑牙说：“哎呀，又没方大师！”他的神情既像是遗憾又像是得意于他依然副主席。会后舆论说我不该没上副主席，听的次数多了我就觉得真是不该啊。事实上这世间，原本就没个什么该与不该的，一切都是个看法而已。

胡悦就在这时由汉中市委书记升任省委常委、宣传部长的，应该听到了“该”与“不该”的议论。不久省文联要召开换届会，忽接文联一个领导电话，要我去填个表。心里奇怪，文联怎么会想起我呢？但我还是去填了表。就这么着，我参加了文联换届会，闭幕那天当选为文联委员。

后来问文联朋友，文联委员有什么待遇？能生二胎？回答说不能生二胎，就每年来开一两次会，学习个文件，吃个饭、照个相。我平生不爱开会，所以这么多年来每次接到文联开会通知，我都借故请假未去，没有白吃过一顿文联饭。尽管如此，我仍以感激之情，铭记胡悦部长对我没当上作协副主席所给予的温暖安慰——仅仅只在电梯里认识了几十秒钟。

不朽的套话

在耀州区的资料简介里，免不了八个常用字：物华天宝，人杰地灵。不错，耀州也确实配用这八个字。可是某些地方并没有多久的历史、多特的产品、多大的人物，也依然顺口动用这八个字。不用白不用，虽然用了也毫无广告效应。这么说吧，中国的每一个县长，甚至每一个乡镇长，都用过这八个字来吹嘘其管辖区域，终于将这八个美好的字用成了俗不可耐的套话。

这八个字出自初唐天才诗人王勃的《滕王阁序》，原句是："物华天宝，龙光射牛斗之墟；人杰地灵，徐孺下陈蕃之榻。"说的是南昌及周边的山川形势、风流人物。徐孺，东汉时隐士，高雅脱俗。陈蕃当豫章（南昌）太守时，从不接待宾客，更别说留宿谁了。唯有徐孺来访时，才事先设造一个睡榻；客人一去，便将睡榻立挂起来——十足名士范儿。于是"下榻"一词，意指隆重礼遇，又引申为外出投宿住店之雅称。

物华天宝，人杰地灵，这八个字被引用次数不可统计。如果每引用一次，给作者抽一分钱版税，那么王勃早就是亿万富翁了。从历史长河看，凡被称作伟大诗人作家者，必定因其原创了某些词语为后世永久使用。不过具体到文学创作时，万不得已，一般还是少用成语的好。

旷原乡音

耀州更是革命老区。二十世纪二三十年代，刘志丹、谢子长、习仲勋等老一辈革命家在照金镇创建了西北第一个山区革命根据地，为策应陕北根据地向南发展，为日后红军长征落脚陕北，立下大功。

根据地一般选在贫穷落后地区：统治势力薄弱，群众容易发动。改革开放后，经济建设快速发展了几十年，老、少、边、穷由于客观与主观原因，与国家的整体繁荣很不谐调，所以需要迅速地精准扶贫，以达共同富裕之目的。梨树村就是这么一个去处。

资料上说梨树村位于照金镇西南角，面积36平方公里，总人口222户589人。眼下尚余184人未脱贫。年底必须脱贫，摘帽。

中巴车沿着蜿蜒的山路爬高，窗外是翠绿的山林。没有大树，便知以前是荒山秃岭。启动于世纪之交的山川秀美工程之后，才出现眼前这喜人的繁茂景观。

途中遭遇挖掘机修路，下车登高，拍图一张，发微信曰“山原旷其盈视”，出处仍是《滕王阁序》。我到一个地方发微信朋友圈，从不暴露地点，以免当地朋友知道我来了，见还是不见？两难也。朋友若忙，不见我失礼；若不忙，来宾馆见我，未免冲突我的日程，也累。所以保密省心。

终于上到梨树村，是一个视野开阔的巨大的缓坡：环山与脚等线，海拔当在千米之上。白墙青瓦的房子，排列有序，不无炫耀意味。新农村的住宅模样，看得多了难免整齐划一，不知道该如何点评。同行的记者拍照带访问，座谈时听得村支书怎么一口秦岭之南的楚音——我的家乡话呢？

散场后出来，团员们集体乘车去另一个地方看养牛场。村长陪同，村支书只是送大家上车，我就说，郑支书你家是哪个门？能到你家看看吗？回答说这些新房没有他的，他家在附近不远："我家是旧房子，乱糟糟的，不好意思让客人去噢！"我说没关系，反倒来了好奇。

郑支书六十出头，长我两岁。衣着陈旧，身板瘦削。脸有沟壑，步无病态。我俩并排走在缓坡水泥路上，抽烟拉家常，同时欣赏满眼成熟的玉米地、核桃林。空气清芬，视觉富饶，斜阳如巨大的金色煎饼铺天盖地。

郑支书名叫郑全杰，本是湖北郧西人，毗邻我老家镇安县，所以口音一样，聊起来自然复亲切。他因为老家人稠地稀，遂于1981年翻山越岭跑到这里来。这里土地宽广，能吃饱肚子。我问他当年落户口难吗，回答说没怎么费事。记忆里外乡人到我老家落户口，那是比登天还难的。就是公社调来新干部，家属上户口也总要你推我嫌地折腾好几个月呢。

郑全杰刚到这里时，住进一个废弃的牛棚里。因为勤劳热心、不在乎吃亏，谁家有事他都卖力帮忙，三四年后就被选为村民组长。十年后被选为村长。办事公道，没有架子，不久便自然而然当了村支书。主管一个村子后，首先带领大家修路。村民并不十分积极，不愿出勤啦，占了谁谁门前的地啦，嘲讽支书是为了出名啦。他都忍了假装没听见，就闷头实干权当自己是个苦力，这就感染了大家。家家门口通了车路，人人方便了这才想到多亏了郑支书啊！

下了缓坡一拐弯，就是郑支书家，两层楼确实陈旧。问，何不搬进新农村？“我不是贫困户，不够搬迁条件嘛。大家日子过好了，我自己日子过烂了！”

进了院门，只见院里坐着三个老汉有点痴呆相，凉棚下四个妇女正往纸箱里装香瓜。一问方知，三个老汉子女进城打工了，没事就到支书院子来，把这儿当成了敬老院。四个妇女是合作社成员，装香瓜卖呢。其中一位是支书妻子，赶紧为我沏茶、砸核桃，年龄虽然大，却是一双笑眼很喜悦，年轻时定然是漂亮村姑，碰见乡音分外高兴，张罗要给我做饭。我说早着呢，不饿哦。要我别见笑她家里的破烂，我说吃穿不愁有房住，别的都是多余呢。两口子纷纷点头，同意我的观点。

随后与郑支书一同出门，他说自家地与流转地合计一百来亩，收种两季机械化，每亩地毛收入八百元，除去成本，一亩地收入四百元吧。又说了些扶贫的遗憾处，说那些光景不好的人家托了好政策的福，担心他们不勤劳，养成依赖毛病。而靠自己奔日子没享受扶贫的人，心里难免失衡。我说慢慢来，总有一天大家会明白自立自尊的。

我问郑支书，每天走在你带领大家修的路上，是不是很愉快？他说那是那是，“虽然受了很多劳累、委屈，但是夜里一想也没啥，这都是党员应该做的——关键是当年为了吃饱肚子逃到这里，大家接纳了我们一大家人啊！”不由想起一首名歌所唱：我们共产党人好比种子，人民好比土地……

中国PATH之P

——耀州行散记

王方晨

追着秋天过春天

每年的四季，都让我留恋不舍。今年的夏还没过够，就匆匆有了秋的意思。

坐在桌前，沐浴着后窗吹来的缕缕清风，过的简直是神仙日子。接到电话，说有个活动，要到陕西的耀州去。耀州这名字我喜欢。又说是中国平安和中华文学基金会的活动。中华文学基金会在文学界，至少在我这里，一直是个神一般的存在。从1994年开始，中国作家协会与其发起的“二十一世纪文学之星丛书”评选与出版工程，对中国年青一代作家的成长产生了重要影响，我自然很乐意参加由它组织的活动。而在出发的当天，我才确切得知平安的全称，恕我见闻不广，竟没想到原来是很多人熟悉、与大众密切相关的中国平安！这名头来得大，自己称呼起来却只叫作“平安”，可见有种质朴逊让的品质在里面。

忽然想起，我是写过有关保险题材的小说的。那年我开车出事故，因有保险，所有麻烦得到一一化解，我也由此深刻理解了保险的意义。过后觉得把这个经历写出来，一定会对很多人有帮助，所以，在鲁迅文学院的宿舍里，挥笔写下一篇题为《陪土豪上路》的中篇小说。通过文学的演绎，保险的道理变得通俗易懂。这是没有功利性的写作，因为是从普通人写起，贴近平凡的生活，也更有说服力，更容易被人接受。

我马上决定把小说文本传到微信上，以便参加活动时给平安的朋友瞧瞧。不用问我也知道，保险的观念最初并不像现在一样深入人心，而保险公司一直都在努力做着有关保险的宣传广告。什么事情都有境界高低的分别，宣传广告也应有境界之分。那么，高境界是什么呢？平实自然、水到渠成、大象无形，我认为是这个。羚羊挂角，无迹可寻……这很考验功夫的。

活动主题“村暖花开”，也让我莞尔一笑。原来这个叫作“村暖花开·三村采风行”的活动，在陕西耀州是最后一站。

“三村”不是三个村子

望文生义，我误以为“三村采风行”肯定是去采访陕西耀州的三个典型村子。这三个落后村在平安的帮扶下，面貌发生巨变。一旦知晓它的真实含义，又不免自责。这样不求甚解，是个毛病，得改。

想想不求甚解的时候，太多了。再说这个“三村”，乍一听到，即便不被理解为“三个村子”，也会被认为是跟“三农”

同样的概念。明确地说，平安的“三村工程”是指“村官、村医、村教”这三个方面的扶贫计划。

作为一名作家，所谓采风，也是见证。于是，活动的第一天，我与其他作家朋友一同目睹了平安集团助力耀州脱贫攻坚暨产融一体扶贫启动签约及致富带头人培训开班仪式、“新时代文明志愿者服务中国平安行动计划”首站落地照金镇仪式等活动过程。平安集团方面，来了位常务副总，中宣部、全国工商联也都来了领导，中国作协方面赶来的是著名作家、书记处书记邱华栋，耀州区的主要领导也悉数出场，可见各方面对活动的重视。如果不是有事先传来的活动手册，我根本记不住活动内容，所以，很有必要写在文章里，以求信实的效果。

这第一天，我不光确实地了解了“三村”的真实含义，甚至挑了文字上一个小小的可商榷处，认为“村教”表述中“村小”不如“村校”更为规范，当然我知道“村小”是指乡村小学。这似乎还不大紧要。

紧要的应该是“三村工程”活动的真实性，在施行过程中所做的一切实事。办公室写文件的人熟悉一个词语，叫作“落到实处”。显然，中国平安所开展的产业扶贫、健康扶贫、教育扶贫的精准扶贫工程，正在一样一样地落到实处。就像过去我听到平安，会想到那只是一个名字。见到平安的业务人员，平安才显得真实。而在耀州，参加活动的平安的常务副总，姓名很有特点，他的肤色、个头、衣着，这些都被我看到眼里，并有了自己的判断。下楼的时候，我们一同乘坐电梯，相互点点头。与他的相遇，就像日常中与任何人的相遇没有区别。但他带给我的，是人的真实感，当然也是平安集团的真实感。在我的词典中，“质朴”是对一个人最高的评价。那么，我想说，这位副总给我留下了质朴的印象。如果放在小说里，我会描写他背后起皱的上衣下摆，反正你想象不到的，都会成为我热衷描写的对象。写了就是为了能让人记住。

而我再次发现自己的一个错误，原来我只是想当然地认为平安单纯是一家保险公司，俗称“卖保险的”。事实上，平安不光做保险，还做金融，做投资、科研。

晚上跟平安的朋友聊天时，随口提到我的儿子恰好这几天来西安报到，将在西安的高校学习人工智能，心里却颇有自豪感。于是我得知他们也涉及了人工智能领域。后来了解到，全国有十个国家级人工智能开放创新平台，平安是唯一入围的金融机构。他们的智能灾害管理平台建设，能够通过遥感技术、AI 识别技术、灾害评级和防灾减损方案，为合理规划种植区域和灾害防控提供有力支持，为贫困户和涉农企业提供灾害风控保障。遥感技术、AI 识别技术等等，正是我儿子在西安三年的读研时光中所要学习的内容。

那年我因剐蹭人家停在路边的车辆，中国平安走到了我的跟前。因为“村暖花开”的活动，我与平安很近地站在一起，得以观察、感受它的细部，就像我知道了“三村”其实是很多村子。

在耀州照金镇看兔子

“村官”是“三村工程”里的一项，我得直截了当告诉你，这个“村官”不是你想象中的那个“官”——村支书啦，村主任啦，等等村干部，而是挑选、培训出来的致富带头人！

这天下午，一行人去当地肉兔养殖行业龙头企业——铜川市鸿伟实业股份有限公司看兔子。我对兔子不陌生，小时候就养过兔子，是那种雪白雪白的长毛兔。兔子耳朵长，兔子眼睛发红，但透明，还有个白兔捣药的传说，所以，兔子可爱不是没有来由的，适合被嫦娥那样的美女抱在怀里。

在往兔舍走的路上，曾经熟悉的兔子味儿越来越浓。养兔公司的兔舍可不是家庭兔舍可比。这是规模化养殖，一个兔舍里有成千上万只兔子。你可以想象兔子味儿的强烈。那么多人走进兔舍，至少从表情上看，大家都很专注地倾听着养兔公司董事长——村官——我们的致富带头人的介绍。

不管是长毛兔还是肉食兔，都是兔子。我这个养过兔子的人，暗自希望没有养过的人能够趁此机会多看一眼，当然包括平安公司的那位副总。他看到自己公司的扶贫计划落到实处，落到兔子身上，心里就会有底。在浓烈的兔子味儿中，大家无一不坦然自若。如果他也养过兔子，如今走进兔子窝，相信他心里也会有种亲切感，跟我一样。

爱琢磨是一个作家的习惯，我就这么琢磨兔子，也琢磨人，既从人的视角又从兔子的视角。人见了这么多兔子，兔子见了这么多人。当然，还有平安如何跟养兔子的联系起来……不是该我发问的时机，也许疑问就只是疑问。

一直到参观陈家坡旧址的时候，我还在琢磨平安在陕西铜川耀州照金扶持养兔子的内在联系。小小的兔子，是怎样牵引住了这些可能没见过兔子、没养过兔子，也不吃兔肉的人的目光？偶尔发现了一个跟兔子有关的地名，又引起了我无边的遐想。

第二天上午，竟还是看兔子。这回疑问逃不掉了。

“村官”名叫宋少伟，当地人称“兔子王”。他用了十年时间，从一个个体工商户起步，逐渐做大。宏伟事业股份公司现如今已经发展成一家集肉兔养殖、种兔良种繁育、兔饲料加工于一体的现代化特种畜牧业养殖企业。他滔滔不绝地介绍自己的企业，可见他对自己事业的热爱。我想不到小小的兔子会有这么大的市场。四川人爱吃兔子，对兔子有巨大的需求量。我也没想到兔子这种动物居然没有汗腺，怪不得兔子看上去会那么洁净。这些年，公司累计向社会提供了一百多个就业岗位，扶持带动两千多个养殖户。根据实际情况，公司采取了托管养殖模式，而且已经达到几百户，从而使这些贫困户每年都有了稳定的分红，一些人成为公司的员工，改变了以往的生活模式……

接下来是我的问题，兔子王说出来，其实很简单，兔子和平安之间有一条“平安扶贫保”做纽带。人家叫作“产融一体”。双方合作，贴息贷款，支持企业发展，带动地区脱贫。我这两天两次走进兔子窝，哪里是来看兔子的！

小兔子不起眼，但平安不拒小兔子。平安不拒的多了。猪、牛、羊、鸡、鸭、水果……想一想，应该还有每一个人，每一个平凡的人。是这一切，支撑起了平安庞大的身躯。泰山不让土壤，故能成其大；河海不择细流，故能成其深。这定是平安能够持续发展壮大的道理。

请把牛爹留下

要谈此行总的观感，我用“惊喜”来概括。

我是第一次来耀州，眼前一片青山绿水，跟印象中的黄土高原差异很大。路边看到的农舍我感觉比我老家要好。我老家在山东省金乡县，那里可是一马平川。

去偏远村庄梨树村的时候，听他们的村支书介绍，二十世纪八十年代自己从湖北迁到此地，当时竟然山野无主，很多人都是从外地迁来。这让我几乎惊掉下巴。梨树村由两个村合并组成，面积大到无法想象，而我们赶来的柏油路的确很长。这条路差不多全部高悬在山脊上，是为脱贫攻坚而建，且修建不到两年，这说明过去梨树村交通不便。如今的梨树村可以直通照金镇，风景如画，一派诗意的田园景象。村民住进了统一建设的农舍中，我们随便去一户人家看了一下，房间布局、摆设跟城里不差什么。在支书家里，我们遇上了一群包装南瓜的妇女。我一眼就认出来，她们包装的正是这两年在淘宝上火起来的板栗南瓜。通过网络，这些甘甜的南瓜将会卖到千家万户。梨树村不再闭塞穷困，无疑是耀州的乡村脱贫致富的典范。

上午我们看了养兔场红眼睛、长耳朵的兔子，下午又看梨树村的香猪、牛和羊。塬上的玉米绿油油的，还没有成熟，我知道兔子、猪、牛、羊就是别致的金秋硕果。乡村最基本的组成已经不再只是农田、农舍，还有养猪场、养牛场。借助扶贫资金，这些养猪场、养牛场都逐渐发展为颇具规模的养殖公司，乡村里也有了董事长、场主、经理。

养猪场的场主是个东北人，说起养猪来喜笑颜开。市场经济就是如此，几家欢乐几家愁。非洲猪瘟肆虐，导致猪肉涨价，影响人民生活，对深处大山里的养猪场来说，却是重大商机的到来。网络上调侃吃得起猪肉的是“土豪”，这养猪场场主更是“土豪”。看他一家人住的大院子，阔朗明亮，至少没一个来访者住得起。作为一个一直关注乡村建设、期望农民过上好日子的作家，不由得为他高兴，采访完毕就主动要求跟他合影，一帮人也齐呼要沾沾“土豪”的好运。

但是，我确实是有点儿失落的。

在梨树村兴旺的养牛场里，一头外国良种公牛，只为养牛场服务两年，因为体形过大、体重逾吨，很容易就会压死母牛，场主已决定将它送往屠宰场。这么年轻雄壮的牛爹爹，却要为这个原因早早变成人们饭桌上的肉食。看它浑然不知的眼神，不禁为之不平。

请把牛爹留下！

中国PATH之P

平安的陈遥先生从微信上发来一篇公众号文章，《中国的PATH，能否超越美国的FAMGA?》。PATH？除了道路、路线的意思，据作者解释，是他心目中中国最具创新力、引领性的四家世界级公司名称拼音首字母的合成词，其中的P就是中国平安。FAMGA则是世界上市值最高的五个公司巨头的首字母缩写，分别是Facebook、Apple、Microsoft、Google（或称Alphabet），以及Amazon。他把能与FAMGA抗衡的希望寄托在PATH身上。

在新的全球化竞争格局中，中国要走出自己的一条发展道路来，平安公司作为具有很强创新力、引领性的金融巨头，有责任贡献出它的发展管理经验、模式——它的P，这也是中国向世界贡献的P。而的的确确，它在科技领域的发展应用成果，比如“智能闪赔”“信任赔”服务，在国际上都处于领先的地位。文章透露，目前平安的科技人员有将近十万人，其中光顶尖科学家就有一千多人，科研规模不可谓不强大。他们科技创新的努力一直没有停止，领先成果也会越来越多。这是一个方面。我认为，他们的“三村工程”也是一种体现中国特色的地地道道的创新。从这里看得出来，他们实际上是在以自己的方式关心着人的问题。村官、村医、村教是它的三个方向，通过精准扶贫的种种手段，给人带来福祉。面朝大海，春暖花开，不论是国家，还是像平安集团这样的公司，要发展壮大，实际上是以无数人对美好生活的向往作为根基。

国家的改革开放继续深入，“三村工程”计划也还在中国大地上方兴未艾。在耀州的两天里，我看到村暖花开，平安为改革开放所贡献的P，无疑就是遍地不败的鲜花……

美好的想象没有终止，奋斗的动力也没有终止。可是，我心柔软，我要再想一会儿牛爸爸。

铜川·耀州

王剑冰

一

从郑州一路西去，一路都是起伏的黄土，让人想起那首老歌：我家住在黄土高坡……过不尽的黄土坡，一直连到陕北。

不知道能不能连到铜川，我对那里的地理尚不熟悉。“铜川”气势很大，似是一川都是铜矿。

到了这里知道，铜川是关中盆地和陕北高原的连接地，此地不产铜，但是产山，产黄土高坡。山峡之间，是沟壑和河川。起起伏伏的山和起起伏伏的黄土坡让人敬畏，不只是对地貌的敬畏，还有对人的敬畏，必要适应这些山这些黄土坡，才能生存并且很好地生存。你看遍地绿庄稼，绿庄稼中点缀的黄黄白白的漂亮房屋。

进到市区，先就看到了“平安铜川”四个大字。这四个字有深意呢。

穿过铜川奔耀州，耀州是铜川最富特色的一个区。如果不知道耀州，那么说耀州瓷，你就伸大拇指了。这里是耀州瓷都，还是孙思邈故里，一来就看到了孙思邈的名字，孙思邈曾在这里生活、采药给人医病。耀州有中药材检测研发中心，每年举办孙思邈中医中药文化节，现在正在办第五届，海内的人云集于此，开展药材方面的活动，可以说真正做起了中药材的大文章。当然，耀州也利用了他们的实诚与热情，他们会让你吃耀州三面。老早就有传闻，说遇有客人来，必然给你做面吃：早上咸汤面，中午刀劈面，晚上窝窝面。那时吃面不容易，耀州人却多年间保有着对客人的礼遇。

二

参加中国平安“三村工程”产业扶贫签约，仪式搞得很隆重，平安集团来了多位要人，更有不少员工负责对口衔接。集团副总孙建一在仪式上说得很实在，他强调扶贫要搞持续性。中国平安以“智慧扶贫”为核心，面向“村官、村医、村教”开展产业扶贫、健康扶贫、教育扶贫的精准工程，耀州是他们抓的一个点。会场的气氛很活跃，还有扶贫产业的带头人发言。耀州区的书记全面讲到扶贫给耀州带来的效果和影响，讲到不少乡村的养兔产业时，他笑了，说平安集团支持的，叫“平安兔”也好啊。

我们专门来到一家养兔基地。三十六岁的宋少伟已经干出名堂，他在一面山坡地上建起了养兔场，不仅有了可观的效益，还带动了附近的贫困户。上学学的是管理，没想到毕业后会管理一个养兔场。现在这个兔场有十几位员工，忙的时候，加上零工有四十多人。他刚刚享受了平安的贴息贷款，养殖场正在进行二期扩建。一排排整齐的场房占了好大一片坡地，很是壮观，能够想象将来的景象。少伟说，为了养好兔子，专门去过山东、浙江等地学习。当然是全面学，包括如何养殖，如何管理，如何销售。看少伟精精壮壮信心满满的样子，媳妇是否也同他一道经营？少伟却说媳妇在银行上班，守在城里，自己是一个人在这里操忙。他同媳妇原来是同学，但不太熟，也没想着谈恋爱，后来经别人穿线，接触了一段，双方觉得合适，就走到了一起。

进到这个养殖场的时候，一辆装有铁栏杆的卡车正在装运活兔，活兔挤在长方形的铁丝笼子里，过了磅的笼子一层层摆满了车厢。上前去问，说是要运到四川自贡。四川那边每年差不多要消耗活兔三亿只。耀州这里的名声传出去了，就有了销路，路途再远也有人来。一车装一两千只，几乎每天都有车运。今天的零售价是十一块六一斤，每只兔子八斤左右，稍微一算，就能知道所得。

上到坡上，一间兔舍里，一位瘦瘦高高的老人正在帮着捉兔子，有两人拉着车子，一间兔舍一间兔舍地抓，主要是抓够分量的。抓到哪个兔舍，兔舍的饲养员就跟着帮忙。等车子走了，我问老人是不是这里的饲养员，他说是，问怎么称呼，他说叫李保花，我写这三个字的时候，他认真地看着，我先写了李保华，他说不对，是喇叭花的花，我再写，他就点了点头。他说农村人养孩子讲究，男孩起个女孩名字，为了好养活。他五十九岁，在这里干了两年了，家就在不远的凤凰村。几个孩子呢？三个，都大了，不用怎么操心，就来这个扶贫点干。还可以吧？也有走了的，但是大部分留了下来。老李说，比起以前在地里风雨日月地干，这里的条件还是好的，地里的活计已经干不大动了，养养小兔，还能行。

车子又来了，他接着又去里面忙了。我看到兔舍打扫得干干净净，墙根堆着一袋袋的饲料。兔子全在高高的笼舍里，静静地吃着食物。

我见到了另外一位老婆婆，她长得慈眉善目，她叫张卜绸，今年六十岁。她也识字，说是萝卜的卜，看我写对了，就点头说对。她说我不会说话，我说你说得很好。她笑了。她在这里四年多了，没有换工种，就是做饲养员。她有一儿一女，她说女儿嫁到了杨庄，就是杨树的杨，今年三十了，女婿在家干农活，儿子尚未找到媳妇。她说这话的时候目光有些凄凄的。她的儿子还挺有出息，大学毕业，在城里的学校当代课老师，因是临时的，会经常换学校，哪里需要哪里去。一方面说明她儿子能力不算差，另一方面说明儿子的工作一直不能固定。我说招教的时候考了吗。考了，没考上。问她儿子多大了。说二十七了，村里这么大的都成家了。我说村里的姑娘呢，不能找人介绍介绍？她说村里的要么结婚了，要么出去打工了。看来还真是不好办。我说现在的年轻人结婚都晚，说不定什么时候他就会领一个回来。她就又笑了，她知道我是安慰她，但接受了这种安慰。由于工作忙，儿子一旦代课，还要上晚自习，所以儿子不常回来，其实儿子还是很孝顺的。她一边说一边点头，表达着对儿子的肯定。女儿呢，常回来吗？回来，女儿女婿都好，杨庄离这里也不远，会常来看看，帮忙做做活。

说起女儿，张卜绸脸上的阴影散了，说家里还有五亩半地，平时种的麦子，都是自己种，以前有老伴，两人在家一起忙。后来老伴得病去世了，就只有自己一个人，女儿女婿放心不下，就来搭手。算起来老伴走了六年了，弄得自己什么都顾不上，生活也不行，成了贫困户，吃国家的补贴。种上麦子家里就没啥事了，就坐着光想事，饭也吃不香。正好这里有养兔场照顾贫困户，也没有年龄限制，就来了，那是老伴刚去世不久，正难撑的日子。一晃来了四年了。

常住这里吗？张卜绸说忙的时候就住，离不开，不忙还是要回的，毕竟是家啊。她说村子不算远，就在下边的张郝村，下午六点下班，骑电动车二十分钟就到了。每天早上四点半起来，收拾收拾就出门，五点五十以前到场里。我说一个人骑车上坡下坡的要注意。她点点头说热天还行，冷天亮得晚，出门时还黑着天，一个人要穿过沟塬，穿过乱木棵子，有时会有野兔野獾的什么猛然蹿过，就吓得很，但是时间长了，慢慢就习惯了。

什么是忙的时候呢？张卜绸说就是配种啊，生小兔的时候啊，配种虽然说是技术员的事，可你得搭手帮忙。因为是人工统一配的种，兔子差不多也都是同一个时间段生，那个时候就是最忙的。你要看着小兔崽的情况，不能出现什么问题，不能让它们饿着。有些母兔头一次下崽，一次可能产不多，老兔就可能产十来个，兔妈妈只有八个奶头，剩下一两个小兔就可能吃不上奶，你就得把它们放在生宝宝少的妈妈那里去。还有的兔妈妈奶水不够，也要让奶水多的照顾饿肚子的宝宝。这可是个仔细活，兔崽也就手指头大小，正在危险期，一不小心就会出兔命。那兔妈妈认它们吗？初开始不认，捂住头和脚，不让看见，慢慢也就认了。哦，看来这都属于忙的事，一个棚子里上千只兔子呢。她说平时也还可以，一天喂两次食，晚上不用管了，就可以回家了。

张卜绸聊起兔子的管理，很有经验，她说的时候，像在说着一群小孩子，能够感觉出其中的感情。地里的活儿也要操心吧？嗯，到了麦熟的时候，闺女和女婿会来帮忙收。看来对女儿女婿还是很满意的，尤其是女婿，说起来眼里暖暖的。一个月能有多少收入？一千五六吧，管吃，够花了。主要是给儿子攒着，儿子结婚还得用钱。

我明白了，老人在这里坚持，多半还是为了儿子。看她口齿齐整，眼眉清朗，就说，你身体好啊。她说还行，一年也不害什么病。那就好，有合适的，你也应该找个伴。她说不好找，家庭环境都不怎么样。什么家庭环境？就是啊，不好说，你不知道，哪个没有小的啊？我明白了，就是自己想顾及自己的孩子，人家也要顾及人家的孩子，处起来就有些困难。她这几年这么独自过来，主要是考虑这一点。

我说你现在有经验了，遇到情况都能应对了吧？是呀，比如你看着哪只兔子没精打采的，你就得注意它了，如果还不好好吃喝，那就得叫技术员。你不能让小兔出事，死一只兔子也是心疼得不行，毕竟是你一天天看着养大的。

这是个认真又勤劳的老人，养殖场靠的就是这样的员工。向张卜绸告别的时候，我递给她一瓶水，她推托不要，但还是接住了。平常，她或许连一瓶矿泉水都不舍得喝。

装好的兔子一筐筐从饲养区运出去，电瓶车走到半路，会有兔子从上边跳出来，在场子地里蹦来蹦去地吃草，它们平常吃的是专门的兔料，基本上没有吃过草，也可能是不大想离开这里。工人四处追。被抓住就发出叽叽的叫声。

三

耀州区举办扶贫致富带头人培训班，参加的不少，大家挤挤拥拥在一起谈论着，交流各自的经验体会，有时会爆出响亮的笑声。我看到一个正说得兴奋的女子，就上前搭话。

她叫吕美玲，今年四十岁，她很大方地与我交谈。问她来学什么，说学养驴。我没有听清楚，以为是养鱼，后来明白了。这个年代，一般都是养羊养牛，还真没有听说养驴的。开始养了吗，养了多少头？回答说二百头。二百头？我有点吃惊。好家伙，简直不可想象，那该是多么大一支队伍！她是关庄镇麻子村的，这支队伍不是要漫山遍野地放养，而是集中在大棚子里圈养。

由于吕美玲的成功，可是带动了周围不少农户。驴的营养价值高，需求也大，养好了还真的是一条路子。吕美玲起先也是参加了学习班，看到人家有养驴致富的，便也走上了这条路。她说，你看俺们这里，到处都是黄土，出门就是沟沟坎坎的，寻找个生路也真难，亏得了扶贫学习班，让大家长见识，也有了交流的机会。她说，自己养驴的头数是慢慢增加的，信心自然也在慢慢增长。现在有了学习的机会就参加，有用啊，饲养呀，管理呀，销售呀，防疫呀，都要很好地掌握，越学就越有劲头，越有能力。看这吕美玲，利利落落，大大方方，真个是陕北人的性情，一旦有了机会，她们就能发挥出自己的能量。

我见到柳林果品专业合作社的任曦，小伙子才二十三岁，在里面已经属于小有名气的专业户。他办了一家专门经营果品的微店，看他打开页面，里面全是耀州果品信息，苹果、葡萄、石榴、大枣还有蘑菇，鲜艳水灵得让人喜欢。他准备将更多的耀州特产介绍出去。耀州区书记说耀州有三十五万亩苹果，蘑菇差不多有一千万棒，这可是一个喜人的数字，要知道，这个数字后面跟着的，是广大的脱贫群众和张张欢喜的笑脸。

任曦的手机屏保是他和媳妇的合影，媳妇张皎真的是姣好的一个人儿，才二十二岁，家是渭南的，离耀州不远。本是亲戚介绍的，一见面俩人就对上眼，很快就结婚了，在农村，成家是大事，成了家大家都省心，就一心一意地过日子，想着怎么生活，怎么赚钱。

平安集团组织的致富带头人培训班，任曦是第一批学员，那次到了广东佛山，耀州去了二十五人。当时就开窍了，回来就想开个微店，把山乡卖不出去的果品，通过网络宣传出去。家里也全力支持这个动议，乡民们每年都会因为丰收发愁。任曦的孩子刚两个月，媳妇当着全职妈妈，尚帮不上忙，但是每天都会关心着微店以及收购经营情况，父亲有时候还会帮帮忙。全家都为任曦一点点的成就而高兴，因为他不光是自己有了生活的能力，还帮助了不少乡民脱贫致富。

合影里小两口挤在一起笑着，显得十分亲密，让人看了也就有了一种信任感，觉得这对恩爱的小两口不会作假。

四

我们来到了照金。这里是老区，是扶贫的重点区域。照金卫生院门口，要挂上“高血压精准诊疗中心”和“平安医疗志愿服务中心”两块牌子，揭牌仪式就在阳光明媚的早上举行。

由于缺乏经费，照金医院难以配备精准诊疗设备，高血压和心血管疾病诊疗能力更是欠缺。为帮助老区的医院提升高血压精准诊疗能力，中国平安联合空军总医院“关爱青壮年血压”项目组，在这里建设高血压精准诊疗医学中心，他们为医院配备了有关设备。

院子里响起了礼乐，空军总医院专家参加的仪式开始了，照金医院的医生护士都出来了，站了好几排，那白色的阵容让人心生温暖。周围围了一圈的百姓，喜气洋洋的像过节。

进入一间间检查室，看到山区的百姓正在接受中心动脉血压检测仪、动脉硬化检测仪、超声经颅多普勒血流分析仪的精准检测。北京来的医生一边做检查，一边讲解。躺在诊疗床上的老乡有的鞋子上还沾着黄黄的泥土，看来刚走了不近的山路。

让照金医院医护人员高兴的是，空军特色医学中心和来自解放军总医院、北京天坛医院的专家，还要专门为他们开展培训，让他们真正达到实践能力，切实提升医院心血管疾病医疗水平。

院子里还有一台专门的检查车，是平安集团的巡回医疗车，车上配备有检查设备，就如同一个走行的门诊部。

余燕燕抱着孩子，在检查车下站着，绒绒的阳光洒在她和孩子的身上。她是陪爸妈来检查身体的，这是镇上组织的一次义诊，因为平安集团的医疗巡诊车来了，还有北京的大专家。刚刚是查了脑颈等部位，测了血压血流，现在又来车上检查胸部。余燕燕显得很高兴，平时哪有这么好的机会，能在家门口享受到高级设备和高级专家的服务？

父亲检查完了，带着笑从车上下来，看来没什么问题。余燕燕迎了上去。再上去的是高原村的徐凤娥，她七十岁了，说刚才检查了其他项目，都挺好的，现在再透透视，就都检查完了，这多好，以前想都不敢想，一项项的这么快，专家边检查还给你说着，让你清楚以后注意什么。徐凤娥脸上的皱纹笑成了九月菊。

中国平安的陈遥说，中国平安计划在全国试点建设文明实践基地，助力全国逾一百村（县）的振兴与发展。他们还将联合中国足球名宿开展“足球进课堂”呢。

我们来到了照金北梁红军小学。今天这里要进行“平安智慧小学”启动仪式。

陈遥说，扶贫先扶智，中国平安在教育部、科技部支持下，通过研发科技素养校本教材、设计科学试验包、援建科普实验室、培训师资等，计划将铜川市三十所乡村小学建设为“全国科技素养实践学校”，提高乡村孩子的创造和创新能力。

照金镇北梁小学建得很漂亮，红红的楼，同山里的其他建筑有所不同，古朴又现代。耀州重视教育，我曾经在城里看到耀州中学，那气势，刚看到时以为是座古衙，大门庄严而古朴，一直影响到里面的建筑，就想到里面去看看，到了跟前才知道是学校。

这是二年级的一个教室，大家走过门口，透过门上的窗户往里看。我也凑上去，看到一群孩子在里边，很安静。他们在写作业，写完的就拿着本子到前面排着队，等着一个女教师批改。女教师很年轻，也很漂亮，扎着马尾的长发散在脑后。她并不看窗上的人脸，只是专一地给孩子批讲。人们都往前面去了，我悄悄地留了下来，我知道跟着大部队，总是解决不了细致的问题。等到人们上了二层，我轻轻地敲了敲门，进去了。我冲女教师点了点头，女教师友好地笑笑，算是打了招呼，继续着自己的工作。我也就站在边上看着。我后来知道女教师叫姚楠楠。

杜嘉鹏的作业本上写错了一个数，老师认真地给他指出来，并打了一个小小的×。杜嘉鹏红着脸，很愧疚地回到座位上去了。每一个学生都要当场拿着本子让姚楠楠老师批改，这是一个不小的工作量，可是姚老师做得很认真。我有时会见缝插针地问一些问题，姚楠楠老师一边批讲一边回答。

姚楠楠家是小丘镇的，离这里有一个小时路程。她毕业于宝鸡文理学院，考到这里工作已经一年了。我问她可成家，她说连男朋友都还没有呢。我说那是，年龄还不大嘛。她说怎么不大，三十了。那怎么没有找呢？先是错过了，后来是圈子小了。姚楠楠说，如果在这里服务五年，就可以再考其他工作岗位，但是她已经喜欢上了这里。姚楠楠边说着，边跟一个孩子说作业。她似乎已经被孩子们的气息浸染了，同山里的一切融在了一起，对于个人的事情，倒是不大上心了。她高挑的身材，长着一双清亮的眼睛，对学生很有一种亲和力。

学生来自田峪、秀房沟、栏杆村等周边山村。满堂堂的一教室，我问有多少人，前面一排的安少辉抢着说，三十人。旁边的王紫怡说不对，有四十人。原来条件不好时没有这么满，每个班都有空桌椅。主要一点，是父母打工把孩子带走了，这边条件好了以后，外出的父母带着孩子又回来了，他们人在这里找到了工作，孩子也交给了放心的学校。

孩子们拿着作业还在往前面来，那些写错的孩子改完了也拿着本子再让老师看，姚老师一直在忙，我不好多打搅，就告辞退了出来。姚楠楠还是点头笑笑，算是送别。

院子里阳光正好，刚才下了一点儿雨，还刮起了小风，有些寒冷。这会儿好了，太阳从不远的山头露出脸，让这里明亮而温暖起来。操场里边铺着草坪，外围是塑胶跑道，一切都是现代学校的规格。绿化得也好，到处都是这样那样的树，我认出有桂花树，上边吊着营养袋子。这样的学校就是放在城市，也是一流的，何况还有像姚楠楠这样有着本科学历并且踏实而负责任的老师，我们为此感到欣慰。

从照金回返，车子在山脉中盘旋，两边全是浑厚壮观的山岩，有一面山崖，怎么看都像雄阔壮美的《溪山行旅图》，那是宋代山水画大师范宽的画作。有人就说了，那崖就是张果老崖，范宽画的，就是家乡照金的那片山脉。

五

天上有鸟在飞，起起伏伏的，飞的是朱鹮吗？听说朱鹮也是耀州鸟类中的名贵品种，保护鸟类尤其是像朱鹮这样的鸟，是耀州的重要工作。早晨一起来，就能听到鸟的欢唱。唱得让人觉得鸟和人想的一样，心情也一样。

来到耀州，没有顾上去看耀州瓷。耀州这里有烧瓷的窑土、烧窑的好水，还有好山柴，当然还有祖传的能工巧匠，这样耀州瓷就一代代传下来。尽管是黄土高坡，路途曲折，耀州瓷却是长久地被中国乃至世界喜欢着。现在的耀州窑依然炉火熊熊，可惜我离开得有些仓促，没有顾上带走一件心仪的物件。

说真的，这些天总是见到那些山，它们夹在一条条河一道道沟之间，颜色是那般地深沉，如古铜，似锈铁，不尖锐，却敦实，圆棱凸凸的，一座连着一座，看过去那么有气势。尤其到了跟前，那种昂昂的气势更加明显。在这样的河道与沟壑间，猛然又想到了那个名字——铜川。

是的，铜川。

高原新貌

刘建东

阳光照耀着东经108°，北纬35°。铜川市耀州区，地处黄土高原的南缘。耀州窑是宋代的六大窑系之一，史有盛名。历史名人众多，医学家孙思邈，哲学家傅玄，书法家柳公权，画家范宽……西北第一个革命根据地——陕甘边照金根据地就诞生在这里。但是我们这次来的目的，不是怀古咏史，不是追忆先贤，而是跟随着中国平安扶贫团队的脚步，感受这处高原所承受的阳光雨露。

小白兔大产业

黄土高原上的阳光很烈，照得人睁不开眼。几个工人正在热火朝天地忙碌着，往大卡车上装兔笼，笼子里的白兔毛色鲜亮，看上去健硕活泼。旁边是来自四川自贡的经销商，他说，四川人爱吃兔肉，无兔肉不成宴。所以肉兔在他们那里销路很好。他们和鸿伟兔业已经合作多年，这里生产的肉兔鲜嫩可口，在当地非常受欢迎。

这是陕西铜川步寿塬现代农业科技示范园区鸿伟兔业养殖基地的一幕，对于董事长宋少伟来说，这也是每天都在进行的一个平常工作。他颇有点自豪地说，每天都会有三四千只肉兔被装上卡车，前往四川自贡。宋少伟是铜川耀州区的脱贫带动示范户，2018年被评为陕西省脱贫攻坚致富带头人。宋少伟脸色黝黑，看上去年少老成，自信满满，言谈举止都有一股干劲。三十多岁的年龄却有着远大的理想抱负。他从石油大学毕业后，怀揣着梦想，先后做过很多的创业尝试，虽然也小有收获，却一直与他憧憬的未来有巨大的落差。直到后来经过充分的论证与调研，感觉到兔子养殖的前景光明，便选择了这一产业。实践证明，他的选择是正确的。短短的几年时间里，他经历了所有创业者经历过的一切磨难，失败、沮丧，成功、兴奋，但在起伏不定的经济大潮中，他更加坚定了信念，收获了个人的成熟与果断，同样收获了办企业的经验与信誉。在养殖的道路上阔步前行时，他体会到，一枝独秀不是春，百花齐放春满园。他并没有忘记周围的农户，2013年，他的产业很快就带动了柳林、新区、石柱等周边乡镇的数十户农村养殖户，一起享受着小小兔子给他们带来的丰收的喜悦。他对六十余家养殖户们进行培训，签订合作协议，以保障他们的利益。天有不测风云，正当他们在共同富裕的路上奋力向前时，却遇到了无法逾越的沟坎。2014年，肉兔价格直线下降到谷底，农户们忐忑不安，都在后悔与宋少伟的合作，同时心里也在打着鼓，不知道会亏损多少。就在农户们七上八下茫然失措之时，宋少伟做出的一个至今都令他们感动的选择，让他们对宋少伟肃然起敬，心也彻底安了下来。宋少伟仍然按照当初和农户们签订的协议价格收购农户的兔子，为此自己亏损了三十多万元。虽然他承受了损失，但是却赢得了农户们的信任。而这份信任才是一个真正干大事的企业家所应有的气度，这也是一个良心企业所应具有的品格。也是因为这样的互相信任，才有了之后越来越多农户的加入与对企业未来信心的增强，才有了企业的不断壮大。

在养殖基地门口竖着一块兔业养殖扶贫产业园的牌子。走进基地，绿树成荫，在绿树掩映的小道右边，一排排旧的兔子养殖兔舍，如今已经废弃，但还看得出以前的模样，因为早就放弃，有些荒芜的感觉。宋少伟说，这是最早的养殖长毛兔的兔舍，因为国际市场不好，现在还有许多兔毛压在仓库里，后来就转向了肉兔养殖。他轻描淡写地说着，像是一件平常事，没有任何的沮丧与悲观，颇有些不经历风雨怎么能够看到彩虹的气概。再往前走便是现在正在生产的兔舍，每个笼子里有两只白毛的兔子。我被一排排整齐的兔舍所吸引，每个兔舍上方都有一块蓝色的牌子，写着“铜川市鸿伟实业有限公司耀州区鸿伟兔业养殖专业合作社托管×号兔舍”，还注明饲养员和技术员的名字。同时详细地写着托管带动明细。在9号兔舍上记着有杨家庄六户，张郝村十五户，白家庄一户，总托管带动扶贫户二十二户。据宋少伟介绍，在耀州区的扶持下，公司的产业扶贫项目自2015年启动以来，采用“公司+基地+政府+农户（贫困户）”的新型产业化经营模式，公司负责技术培训、饲料供给、成品兔回收，通过分散养殖的模式，扶持肉兔散养贫困户218户，户年均收入五千余元；通过集中托管的模式，带动318户贫困户，户年均收入两千余元。几年来，通过各种生产合作模式，已经扶持贫困户两千多户。

宋少伟的志向更加远大，现在兔业养殖的规模远远没有达到他设想的程度。绿荫小道的左侧，正在兴建一排排新的兔舍。阳光下那些兔舍看上去熠熠发光，正焕发出勃勃生机。宋少伟指着那些兔舍说，企业要想继续发展，必须要扩大规模，这样才能带动更多的贫困户，让他们早日脱贫。要想扩大规模化养殖，资金是必要的保障。而正是在他展开宏图大志时，中国平安“三村工程”来到了耀州，来到了他们身边。

“三村工程”是面向“村官、村医、村教”三个方向，以“智慧扶贫”为核心，开展产业扶贫、健康扶贫和教育扶贫的精准扶贫工程。截止到2019年7月29日，中国平安“三村工程”已在全国13个省市自治区生根发芽，累计发放扶贫资金112亿元，升级村卫生所827所，培训村医7729人，援建或升级乡村小学707所，培训乡村教师6151名。“三村工程”仍是现在进行时，还会有更多的资金投向扶贫工程，将会有更多小学生沐浴着科技的阳光，也将会有更多的村镇级卫生所得到改善。

好风凭借力，扬帆正当时。中国平安产险通过“平安扶贫保”产融一体扶贫项目，向鸿伟实业有限公司提供贴息贷款一千万，解决了企业长期发展的资金瓶颈，鸿伟兔业二期基地已经开始建设，宋少伟的梦想开始扬帆启航。展望未来，在年轻的宋少伟头脑中，一个更加广阔的蓝图随着“三村工程”开始描绘。

小学校大课堂

照金北梁红军小学名气很大，是因为总书记在2018年六一儿童节前夕，曾经给同学们回了封信，勉励他们要珍惜时光，努力学习，将来做对国家、对人民、对社会有用的人。

2019年9月4日，我们来到红军小学时已经是午后。令我惊讶的是，在我的想象中，北梁红军小学一定是低矮的校舍，简陋的操场，操场中央竖着一个可以升国旗的木头的旗杆。我的想象被囿于固有的观念，固有的对落后地区学校的印象。但一走进学校，我就被震撼了。这哪里是我想象中的高原上的小学，朱红色塑胶的操场，砖红色外墙的四层教学楼，绿色塑胶的球场；正对教学楼，高高耸立着一个不锈钢的旗杆，国旗迎风招展。这五彩缤纷的颜色彻底颠覆了我的印象。如果不是教学楼后面那青翠的山峦作为背景，我还以为身处大城市的一所设施齐全的小学。有意思的是，红军小学的建制不是我们习惯的几年级几班，而是沿用了陕甘边革命根据地创建时的番号二十六军，每个班级按几连几班排序。而西边的红色三层楼上，“弘扬照金精神，传承红色基因”几个醒目的大字，就是他们如此排序的很好的写照和说明。东边的楼顶，“托起明天的太阳”几个大字更加夺目。宽敞明亮的教室里，学生们正在上课，秩序井然。安装了取暖设施的学生宿舍，干净、整洁。电教室数十台电脑排列整齐。学生食堂窗明几净，卫生条件非常好，净水机安放在食堂的一角。所有的一切，设施、面貌、功能，硬件与软件，与大城市的小学校都毫无二致。中宣部挂职耀州区委副书记秦洁宽慰地说，为了让老区的孩子们能有个良好的学习环境，这几年他们加大了扶持的力度，努力改善照金红军小学的教学条件，让孩子们能在一个与时代同步的学习环境中获得知识，健康成长。我看到的一切都足以证明，秦洁的愿望正在实现。

正在进行的是中国平安“三村工程”“平安智慧小学”的揭牌仪式。中国作家协会、中国平安、铜川市耀州区委的领导，为智慧小学揭牌，身着红军服装的二十名小学生代表非常庄重地参加了这一仪式，这也标志着中国平安“三村工程”落户到红军小学。平安的“村教工程”是以教育扶贫为中心，在全国开展平安智慧小学综合建设行动。今年以来，中国平安在教育部、科技部的支持下启动了“青少年科技素养提升计划”，通过研发教材、设立科学试验包、打造科普实验室和师资培训等，重点提升一个乡村学校孩子们的科技素养。让贫困地区的孩子们能和城里的孩子们站在同一个起跑线上，在这里，不再是梦想，而是现实。位于红军小学教学楼四楼的科普馆吸引了众人的目光。一些在大城市科技馆能看到的科普器材竟然出现在这个乡村小学，水滴运动、铁打桥、平面测试、旋转的银蛋等，都是寓教于乐，这些新鲜的科普教具，引得我们情不自禁都要动手去体验一把，去体验一下，看看这些看似神奇的游戏中，是如何蕴藏着奇妙的科学的。这些器材如此吸引着大家的好奇心，都要纷纷动手，更何况孩子们。让孩子们在游戏中获得知识，在动手操作中，让科技从点点滴滴中浸润进他们的心田，平安的科技素养计划能起到事半功倍的效果。做一个有智慧的人，才能做一个有用的人。当这些孩子们长大成人以后，当他们回首这段往事，他们也许不会记得他们考试得了多少分，但他们肯定会忆起，在这小小的科普馆里，他们关于世界的想象，是从一个银蛋的竖立、一个铁球的上下运动开始的。

小医院大诊室

耀州历史上有个名医叫孙思邈，史称药王，写过著名的《千金要方》，被称作中国古代的医学百科全书。他一生悬壶济世，治病救人，有关他的故事一直在耀州大地流传。他亲自采集药物、四处搜集药方，为医学和药物学做出了极大的贡献。如今，孙思邈的这种精神仍旧在耀州大地传播。

照金医院今天显得特别繁忙，人头攒动。从四面八方来就诊的人络绎不绝。这对于一个镇医院来说是不同寻常的。因为今天是中国平安“三村工程”村医义诊活动。医院外停放着中国平安“三村工程”移动健康检测车，由金龙客车改装的检测车看上去就很现代。不断地有人拿着医生开的检测单，进进出出，在检测车上就能做X光检测和心电图。检测车旁边，摆着几张桌子，几块醒目的大牌子，上面写着“权威专家，精准医技”，分别有今天出诊的几位专家教授的介绍。几位来自北京空军总医院的专家正在认真而耐心地给前来就医的病人们诊断。在家门口就能有来自首都大医院的医生看病诊治，这个小小医院，此刻变成了大医院的多门诊的综合性诊室。

中国平安“村医工程”项目以健康扶贫为核心，在全国开展“4+1”智慧综合行动，全面启动“村卫升级”“村医培训”“辅助诊疗”“健康体检”四大服务升级行动，并启动为村民建立“健康管理档案”专项行动，面向村卫、村医、村民三个层面，实施立体化的扶贫工程，切实改善贫困地区基础环境。9月4日，中国平安支持建设的首个“新时代文明实践所”在照金成立，而高血压精准诊疗中心也落户照金医院。来自北京的空军特色医学中心特诊科主任、“关爱青壮年血压”志愿服务项目负责人王新宴说，以往人们更关注老年人的高血压问题，其实当今社会，青壮年的高血压问题日益突出，关注这一群体的健康状况非常必要。所以，作为“新时代文明实践志愿服务中国平安行动计划”之一，照金医院高血压精准诊疗医学中心的成立，就是要在健康扶贫、健康中国这一方面做一有益的尝试。除了为中心配备动脉血压检测仪、动脉硬化检测仪等高精仪器，空军特色医学中心将同解放军总医院、北京天坛医院的专家，定期培训照金医院的医护人员，提高他们的业务素质，提升他们诊治心血管病的整体水平。

不仅仅是祝愿，而是相信，在可以预见的某一天，照金医院能与空军总医院一样，能够成为实实在在的大诊室，能够为更多的患者提供医疗救助。

中国平安“三村工程”，像水，滋润着贫困的想象；像雨，浇灌着饥渴的等待；像春风，吹绿了高原黄土。

送平安

——中国平安耀州扶贫走访

葛水平

一

耀州，最打动历史的是耀州窑，在夜晚，炉火星星点点，彻夜不灭，成为历史上一道壮丽的景观，“漆河不夜”也被誉为耀州七景之一。灯火的耀州更像天堂迫降于人间，蕴藏着未来无限的成长方向和发展可能。

耀州窑的青瓷可追溯到商代以前，习惯上称之为原始青瓷，真正把青瓷釉质和釉色等方面提升到视觉审美的高度，正是从耀州唐代秘色瓷开始。

耀州瓷有一千三百多年的烧造史。据古书记载，在它最辉煌的时候，漆河两岸陶坊密集，史称“十里陶坊”。

2015年我在法门寺地宫看见出土的唐秘色瓷，第一次看见了秘色瓷当中隐含着那个不容忽视的细节，即唐代宫廷对釉色与釉质细致精微的品评与讲究。如两件大漆平脱银扣碗（法门寺地宫物帐碑记载为“内二口银棱”），这两件再装饰秘色瓷银扣碗，其釉色与一般秘色瓷的湖绿或湖绿泛青的色调不同，而是釉色偏黄，且有开片、缩釉等现象。“南有龙泉瓷、北有耀州瓷”是由来已久的民间说法。

在耀州窑博物馆看耀州瓷器，才知道北方青瓷代表的耀州，居然兼烧黑、白、褐、黄、花、酱釉瓷及唐三彩等，竟是古代北方烧制陶瓷品种最为丰富的一处综合性窑场。

最触动人心的是在历史的表象之下，耀州发展到今天，让我这个外来客因中国平安“做媒”，在耀州开启了一段身心柔软的洗涤情感之旅。

耀州区属于铜川市辖。铜川位于陕西省中部，是关中盆地和陕北高原的交接地带。东和东南与渭南市的蒲城、白水、富平接壤，西和西南与咸阳市的旬邑、淳化、三原毗邻，北部同延安市的黄陵、洛川相连，耀州区古称耀县，是关中通向陕北的天然门户，素有“北山锁钥”“关辅襟喉”之美誉。耀州历史悠久，文化底蕴深厚。这里曾是上古阴康氏的治地，置县历史2160多年，是隋唐医药学家孙思邈、西晋哲学家傅玄、唐代书法家柳公权、史学家令狐德棻和北宋山水画家范宽等“一圣四杰”的故里。

耀州区境内文物古迹遗存众多，著名的有药王山、大香山寺、陕甘边照金革命根据地等。二十世纪三十年代初，刘志丹、谢子长、习仲勋等老一辈无产阶级革命家在这里创建了西北第一个山区革命根据地——陕甘边照金革命根据地。陕甘边照金革命纪念馆被确定为全国爱国主义教育基地和国防教育基地、省级党史教育基地，是全国红色旅游经典景区之一。

城市崛起于财富的积累和文明的照耀，在城市与乡村区间的村庄乡镇，中国平安又是怎样运转着经济与文化的齿轮呢？

中国平安实施的“三村智慧扶贫工程”正是通过推进产业扶

贫、健康扶贫、教育扶贫等，持续为农民“造血式”脱贫贡献力量。中国平安的扶贫模式包括四个方面，一是注重扶贫与扶志、扶智相结合，培训乡村致富带头人；二是筛选当地可持续发展的项目，实现产业造血；三是因地制宜，打造“一村一品”；四是搭建产销平台，扩大扶贫成果。在此基础上，“铜川模式”还叠加村医、村教功能，减少因病返贫的概率，提升下一代的整体素质能力。

其实早在1995年，中宣部对耀州的扶贫已经从捐建希望小学、图书馆、文化馆、乡镇文化站，捐图书、赠设备等开始行动了。二十年来，对耀州的关注从未间断过。耀州区现有文化馆（国家一级馆）、图书馆（国家二级馆）以及博物馆等七个文化文博直属事业单位和三个直属文化企业。十一个乡镇（街道）文化站中，有三个国家二级站，一个国家三级站。178个农村文化室，178个农家书屋，16个统筹城乡示范文化社区，114个文化广场，202个共享工程镇、村、社区服务点。

穿梭在乡村的中国平安人，如同一个个普通的农人参与社会化大生产的意义，类同于一个国家对全球化社会格局的参与，在城乡之间，人类在长满万物的土地上劳作，在释放生命力量的行进中，有帮扶人协助他们的种植和手工创造的劳动成果去交易，无私的帮助让这一方土地携手共同富裕来经天纬地。

二

照金，在耀州区西北部，地处桥山山脉南端，北倚子午岭，南俯渭北高原，东临咸榆大道，西通陕甘腹地。早在二十世纪三十年代初，刘志丹、谢子长、习仲勋等老一辈无产阶级革命家点燃了西北革命的火种，形成燎原之势，建立了中国共产党领导的西北地区第一个山区革命根据地——陕甘边照金革命根据地。根据地地处陕西、甘肃交界，以耀州区西北部照金镇为中心，横跨当时耀县、淳化、宜君、同官五县，在鼎盛时期，红色武装割据区域扩展到陕甘两省十四个县，面积数万平方公里。正是照金革命根据地的建立，犹如插入敌人心脏的一把钢刀，点燃了西北民主革命的火种，为后来陕北革命根据地的建立创造了条件，在中国革命史上留下了光辉的一页，当时就流传“南有瑞金，北有照金”之说。

在近三十年城市魔法式发展的快车道上，城市急速膨胀的同时，乡村在凋敝在萎缩。这还不仅仅表现在经济不发达地区，革命老区同样一派寥落景象。人口向城市流动，财富也同时向城市流动，农耕时代和革命战争年代依赖的乡村似乎被城市无情地抛弃了。乡村留守儿童和留守老人已是迫在眉睫需要帮扶。

针对乡村儿童“阅读缺失”的问题，平安人寿依托“平安金管家”客户端推出了“幕天捐书”活动，2017年1月上线后短短三个月，报名“幕天捐书”项目人数超250万，线下捐赠图书近50万册，筹建1100个图书角，160万名乡村少年因此受益。

从1994年在安徽六安捐资修建第一所平安希望小学开始，中国平安启动平安希望公益事业已有二十四年。星星之火可以燎原，自安徽六安起，二十多年来中国平安已在全国范围内援建114所平安希望小学，通过教育精准扶贫，用教育挖掉“贫根”。

考虑到乡村学校师资力量薄弱的问题，从2007年起，中国平安启动了延续至今的平安支教行动，每年组织近千名志愿者去到希望小学进行音乐、绘画、体育、英语、文化、心理等课程的志愿支教活动，提高农村教育质量，帮助学生提升综合素养，开阔视野。连续十二年开展励志计划，已累计为5058名大学生颁发逾1700万奖学金。2016年平安信托成立了国内首个教育慈善信托计划，致力于关爱贫困地区青少年的教育和成长。此外，为了更深入地推进教育精准扶贫，中国平安在今年年初成立了教育公益理事会，除了常规的支教活动，校长、老师培训，平安还设立了校长津贴，以及校长、老师最佳进步奖。

此外，产业扶贫、特色扶贫、循环经济是中国平安扶贫工作的重点，通过村级经济的整体带动和具体到产、供、销、品牌的产业链建设双轮驱动，实现“双精准”脱贫。

在“一村一品”上，精准定位铜川苹果产业，将耀州、宜君、印台三地的苹果联合出品“平安果”品牌。联合国内知名电商，由政府指引买手到贫困村考察、选果，直接采购贫困户或贫困村合作社的苹果，减少中间环节成本；协调地方政府为贫困户提供种植苹果的技术支持，提高产品品质；通过电商平台助力扶贫农产品销售。

中国平安在防控金融风险上也是站在农民的经营上考虑在先。强大的风控系统一方面可以帮助企业规避金融风险，促进行业良性发展；另一方面也为用户提供匹配其还款能力的信贷产品，避免其征信受损，真正给客户带来金融的便利，对企业和客户双方都负责。

三

中国平安“三村工程”主要是面向“村官、村医、村教”三个方向，一是以“智慧扶贫”为主，扶贫同扶志、扶智相结合，培训乡村致富带头人；二是筛选适合当地可持续发展的项目，实现产业造血；三是因地制宜，打造“一村一品”；四是搭建产销平台，扩大扶贫成果。在扶贫闭环的基础上叠加了村医和村教功能，减少因病返贫的概率，提升乡村下一代的整体素质能力。

目前中国平安的“三村工程”已在全国十三个省或自治区逐步落地。平安“村官工程”发放扶贫资金108.95亿元，带动建档立卡贫困户超三万人，惠及贫困人口近五十万，主承销全国首单央企集团发行的专项扶贫债务融资工具，是迄今为止发行的金额最大的扶贫企业债券；“村医工程”升级村卫生所743所，培训村医7550人；“村教工程”已援建或升级乡村小学607所，培训5898名乡村教师，平安智慧小学覆盖学生已超23万人。

在村官工程上先是挑选、培训致富带头人。致富带头人短缺是现今乡村扶贫亟待解决的问题。

庙湾镇柳林村所处地在耀州区北部山区，昼夜温差大，白天光照好，沮河过境，水资源相对丰富，适合香菇种植，在这里我们采访了人称“香菇王子”的崔战峰。

崔战峰，三十九岁，种植香菇已经十多年。高中毕业后没有考上大学，对他来说是人生最大的遗憾。为了生计，他在铜川学习了烹饪技术，在家乡开了小饭店，由于诚信经营，生意红火，挣得了人生的第一桶金。崔战峰对自己的人生走向有点不甘心，相较于大的理想，他更需要认清自己的当下。2008年，他毅然转让了饭馆，开始种植香菇，2009年，实现净利润三万余元，2010年，他多方筹集资金二十万元，扩大种植面积到四万多袋，丰收在望了，不料遭遇了几十年不遇的大洪水，一夜之间洪水冲走了崔战峰所有的菌棒。

这个古老的民族从来不缺少吃苦耐劳的品质，被一个浪头打趴下了的男人不叫男人。崔战峰从失败中走了出来，他重新选址，新建了香菇大棚，最后成立了铜川市耀州区兴柳香菇种植合作社，购置了日烘干八百公斤的小型烘干设备，建起了七十平方米、二百多立方米的保鲜冷库，扩大种植面积十亩，极大地提升了效益，七户农户加入合作社，跟着他一起种植。

中国平安选择他为帮扶对象时，正是看中了他个人的品德和品牌。2016年他取得了食用菌菌种制作技术员合格证书，如今又取得了中级职业农民证书。2017年合作社吸纳了更多的农户加入，以“专业合作社+村集体合作社+农户”的模式，壮大集体经济的同时，带动大家脱贫致富。

2019年4月，平安银行在国务院扶贫办粤桂两省（区）贫困村创业致富带头人培训基地举办铜川市贫困村扶贫创业致富带头人培训班，耀州区选派了崔战峰参加学习，在培训班中，除了传统的种植养殖技术，还学习了合作社财务管理、电商运营、现代物流等课程，不仅从思想上推动他“换脑”，更从技能上帮助他“提智”，同时与实地参观考察示范基地相结合，推动崔战峰返乡后学以致用、举一反三，成为贫困县培育产业发展的种子选手，以星火燎原之势带动当地产业发展。

崔战峰有一个梦想，他希望把种植面积继续扩大，让铜川市周边、北部山区都能发展成为香菇种植基地，使铜川成为秦岭以北最大的种植片区，让更多的人加入到“香菇王国”中来，带领更多贫困户共同发展、共同致富。扩大生产也要同时配套扩充销售渠道，平安银行在培训班结束一个月后到铜川市开展回访活动，召开了陕西省铜川市扶贫农产品产销对接会，为铜川的香菇、小米、核桃等农产品设立专柜，推动铜川农产品登陆广东、走向全国。崔战峰也得益于这个项目，将产品销售到了全国各地。

四

政府挑选、培训致富带头人，将外部帮扶和内生动力有机结合，从源头上变“输血”为“造血”。

梨树村地处耀州区西南方向，全村共有7个村民小组，总人口222户691人，建档立卡贫困户178户589人（一般贫困户141户510人、低保贫困户30户72人、五保贫困户7户7人），贫困发生率85.2%。主要致贫原因缺技术、缺资金分别占全村贫困人口的34.9%、34.4%。经过多方努力，2016年脱贫退出25户91人，2017年脱贫退出16户60人，2018年拟脱贫退出64户243人。剩余贫困人口73户195人，贫困发生率降至28.38%。2019年计划脱贫退出63户184人，贫困发生率将降至1.6%，2019年计划整村脱贫退出。兜底保障10户11人。

我在梨树村采访时碰巧遇见了他们年轻的余副村长，他推介我采访二十八岁的回乡大学生羊倌李晓宁，在等待羊倌到来时，我们绕着梨树村走了一大圈，看到地垄道边有大片的核桃树。

余告诉我："核桃今年不值钱，脱皮后卖两毛钱，去年卖十元，谁也长不下前后眼，今年生猪涨价了，可养猪的农户并不多，农民苦，老天都不照顾，如果不是国家'精准扶贫'，许多农户靠劳动活下去真是很难。"

余不算贫困户，当年因为女儿要上学，他买了车，后来当了村干部，他管移民这一块工作，每天开车去说服山下的移民户往山上搬迁，今年的汽油钱没少花。余种了五十亩玉米地，一亩地到秋天庄稼成了，可产一千三百多斤玉米，刨去施肥、工夫、土地租用等，一亩地一年可落下三百元，五十亩地三万左右，夜晚还要去地里放鞭炮吓唬野猪，山里的野猪都成灾了。

我说：你后悔当这个村干部不?

他说：世上哪有后悔药，当了就要当好，村民选我当干部就是因为信任，信任就是敬你，就算搭进去一切都值。一个敬字，天下人活一辈子不就是为了这个字的重量。不过平安集团能够帮扶梨树村就好了，梨树村也是出带头人的地方。

比如说，梨树村村级光伏扶贫电站，总投资350万元，完成498千瓦光伏设施建设，已并网发电，预计每户每年分红2000元。

比如说，梨树村规模化养殖场。投资880万建成肉牛养殖场已由铜川新区秦发养殖场组织经营，存栏肉牛150头，带动106户贫困户年户均分红1000元。

比如说，标准化设施蔬菜基地。投资23万元新建设施大棚10个，由碧桂园开发有限公司提供南瓜种苗、现场技术指导、负责回收销售。预计9月中旬挂果，预计每个大棚收益4500余元。

还有，社区工厂投资70万元，在梨树村新建330平方米玉米加工厂一处。目前梨树村玉米加工厂设备到位并安装完成，即将正式运营。在就业扶贫方面，全村现有贫困劳动力中在外务工124人，就近打零工36人，特设公益岗位54人，创业10人，护林员25人，基本实现每户至少一人稳定就业的目标。

在兜底保障扶贫方面，对全村现有低保贫困户30户72人、五保贫困户7户7人足额兑付现有政策，做到及时纳入、应保尽保，应兜尽兜。

梨树村地形沟壑纵横，山地面积占耕地面积的70%，属于典型的高原山区地形，交通条件差。缺资金、缺技术，是致贫的主要诱因。全村56户198人因缺资金致贫、55户201人因缺技术致贫，说到这些时，羊倌李晓宁来了，二十八岁的小伙子，一表人才。李晓宁原本是另一个村“麻地村”人，后来和梨树村合并了。麻地村原来有二百多人，七十多户，村子不大。李晓宁当年在西安上大学，学的是计算机软件。毕业后因为懂技术在上海工作四年，一个月六千元工资，吃住下来一个月所剩不多。当时闲下来就想故乡的塬上，一群羊在塬上，白云绿树，人生不离开故乡也许就是幸福。还有他越来越不喜欢大城市了，觉得故乡好，再一个是不想成为城市里永远的打工者，想自己干。

我们说的“扶贫先扶志”在李晓宁身上体现得十分明显。他打破了陈旧的思维模式，别人养肉羊，他养奶羊。2014年回乡，一开始养二十只，到现在发展到八十多只，每年产奶羊有四十多只，早上四点起床挤奶，必须在保证三小时内送到奶厂，说时间就是金钱一点都不为过。

李晓宁说：青草旺盛的时间产奶，冬天干草季奶羊就歇息了。今年的市场不如去年，一年里消耗也大，奶羊产子，死亡率大约有百分之十，小羊的死亡率就高了。

我说：你可以带动更多的村民养奶羊，实现并扩大到公司加农户，做大做强啊？

他说：没有人受得了这个苦。是真苦。

我说：你能受得了的苦，别人都应该受得了。

他说：不一定。有些时候穷就因为懒惰。

二十八岁的大学生羊倌李晓宁现在还没有女朋友。他说：没有人会看得起村里人。

旁边的老支书说："一个萝卜一个坑，好男人总会有人嫁。"说罢又补充一句："好娃是好娃，就是没有好女娃识得。"

我们应该为未来的乡村画一幅最美的图画，除去可以机械化大生产耕作的平原地区，高山地带逐步完成全面移民，过渡地带的丘陵地区依据资源特点发展庄园式有机观光农业。农业人口在政策主导和内生驱动性的合力下，完成城镇化过渡，这是历史自我选择的发展趋势，也是对乡村把农人局限于土地数千年的救赎。

这让我想起一个伟大的民族，必定是一个珍重底层人民的民族。

底层民众之所以重要，是因为人类自身的成长过程及见证，无论是充满伤痛、努力、耻辱或者光荣的凯旋，我们的人民都付出了血的代价。

精准扶贫，需要的是踏实做事，需要的是站在泥土上面对真正的贫穷给他们春天。

山乡，这样巨变着

穆涛

从2002年说起

我第一次到佛坪是2002年。

2002年6月9日，凌晨，一场特大洪灾梦魇般从天而降，佛坪中学老教师、著名作家黄文庆这么描述这场灾难："6月9日凌晨，佛坪境内暴雨如天河决堤，囚禁恶魔的所罗门的瓶子和潘多拉盒子骤然被打开了，千山万岭的泥石流卷着大树、灌木、巨石以万钧之力涌向山谷溪流，千沟万壑巨浪滚滚，吼声震天。椒溪河、蒲河、金水河最大洪峰流量逾五百年纪录。由于降水量特别大，山洪来势突然而凶猛，加之沟深谷狭，洪水暴发在凌晨，因而成灾速度极快，成灾面积极大，损失特别惨重。"

黄文庆先生提供了两组数据，第一组，全县34920人受灾（几乎是全县人口）。21191人成灾，因灾死亡132人，失踪105人，17个家庭绝户，10个孩子成为孤儿。全县倒塌房屋10564间，房屋进水600间，697户3103人无家可归。农作物受灾42000亩，绝收28919亩，昔日的"佛坪粮仓"变成了河床滩涂，乱石杂陈，目不忍睹。部分区域和行业遭受了毁灭性的灾难，冲毁了经济林木29.77万株，经济作物2034亩，天麻57000平方米，食用菌9000架，冲走家畜2200多头，家禽6000余只。这场洪灾使部分刚刚越过温饱线的群众又回到了赤贫的境地。

第二组数据，“基础设施损坏严重，108国道佛坪段53公里严重受损，受损37处，18公里路基荡然无存，单处被毁最长达1公里。全县71公里县乡公路，298公里乡村路基幸存率20%左右，累计损毁239公里。山区百姓赖以通行的170座铁桥无一幸存。冲毁水电站14座，损坏输电线路877杆公里，冲毁通信线路315杆公里（其中光缆100公里），广电传输光缆92公里，损毁水场、护堤291公里，堤防129公里，堰渠1022公里，塘库12座，冲毁县城水厂1座，农村人饮水工程44处，学校17所，乡镇机关23个。全县23户工商企业和35个行政事业单位遭受严重损毁。58辆小车，20辆大货车，7辆装载机等大型机械设备被洪水卷走。灾后一段时间，佛坪水、电、路、通信全部中断，成了一座与世隔绝的‘孤岛’”。

洪灾之后第五天，《美文》杂志一行十五人来到佛坪，由西安到佛坪的路程原本只有两小时，我们六个多小时才到达，多处地段需要步行才能通过，到达县城的时候，街道上仍覆盖着厚厚的泥石。《美文》是小杂志，能力微不足道，捐助的资金也很少(其中贾平凹主编个人捐资2000元)。我们具体做了一件事，在黄文庆先生的指导下，组织佛坪中学师生，撰写了一组“6·9”特大洪灾救助与自救的抗灾散文专辑，在《美文》下半月刊发表后，引起了多方关注，多方面的人士捐助财物，通过《美文》转至佛坪。

“平安模式”：中国山乡扶贫的有价值探索

我第二次到佛坪，是2019年8月4日。时隔十七年，佛坪的变化让人振奋。

这一次，我正好见证了佛坪“整县脱贫退出”的历史性时刻。而佛坪的巨变背后，是一种崭新的扶贫模式。

2012年以来，中国把脱贫攻坚摆到更加突出的位置。困扰中华民族几千年的绝对贫困问题即将历史性地得到解决，这将为全球减贫事业做出重大贡献。能够真正让扶贫精准，实现“村暖花开”，需要的是现代科技与社会主义体制优势的完美融合。在佛坪的几日，我眼中所见、耳中所闻的，都是中国扶贫的全新尝试与成果。心中所思，口中不免感叹的，则是这种中国特色扶贫模式所取得的实实在在的成绩。我不仅看到了十七年后，佛坪的巨大变化，更是对佛坪的未来充满信心，而这信心则是源于我看到的“平安模式”，这一中国山乡扶贫的有价值探索。

村教模式：授人以渔

授人以鱼不如授人以渔。平安模式最让我激动的，就是平安推出的“村教工程”。教育是国家的根基，更是未来。脱贫要有志气，更要有智慧。平安的“AI不孤读——科学素养提升计划”项目，对接佛坪共计十所村办小学，申请了教育资源扶助当地贫困村小学，建设起了全国科技素养实践学校&平安智慧小学。

我来到的佛坪县西岔河镇中心小学为“平安科技素养课堂基地”，通过平安“双师课堂”平台，河南郑州的中科院生物物理研究所汪会盛先生以远程实时同屏的形式，给孩子们讲授“人工智能”。在这里我看到同学们可以远程实时听取名师授课，接受更优质教育资源。其实这种城市与乡村之间教育资源的共享，不仅仅对于同学是一种福音，交流与分享同时也能提升当地老师的授课水准。更为难得的是平安产险还为学校捐建了心理课室，不仅关注孩子们的学业，更关注孩子们身心的健康成长。

这在过去是难以想象的，教育资源通过高科技手段实现最大可能的平等。这样的扶贫正是符合孔子所说的，“德不孤，必有邻”，扶贫是最大的德行，扶贫的路上，同路人只会越来越多。脱贫不仅仅是个人的事，也是全社会有志有识有道的同行者守望相助的德行。

村医模式：赤脚医生时代的终结

赤脚医生，是中国乡村二十世纪六七十年代村医的统称，这个群体在当年的贡献是巨大的，但也因医疗水平的局限和非专业，暴露出太多问题，如今，这个局面正在发生实质性的转变。

在西岔河镇银厂沟村村口，我看到在全数字化医疗设备的“移动健康检测车”上，平安“村医工程”计划的医生们为村民开展义诊活动。过去，很多小病就是因为医治不及时变成了大病。如今村民们足不出村，就能感受到互联网时代的现代医疗服务。有了好的身体，才能有更多的机会摆脱贫困，争取更多更好的工作机会。

除了义诊之外，基层村医的水准也是非常关键的。在过去，赤脚医生曾经是中国二十世纪六十年代与七十年代的乡村医疗的骨干力量。如今乡村医生的水平可以通过线上与线下的综合培训提升专业水平。

平安集团通过医师协会旗下的志愿医生工作委员会，为汉中当地村医开展了中医事宜技术培训活动。而平安自主研发的村医APP为村医提供了丰富的线上医疗课程，使得他们可以继续深造。村医还可以通过APP拜志愿医师为师，可以通过APP请老师为他们答疑解惑。

从2018年开始，平安“村医工程”计划用三年时间，在贫困地区完善或新建一千所标准化的乡村卫生所。对于佛坪来说，有医疗硬件的改造提升，有村医水准的培训提升，又有专家名医的巡诊与特色义诊。国家从赤脚医生时代就在推进的“卫生革命”，又有新的发展路径与新的成绩。

产业扶贫模式：让乡村与外部世界呼应

理想的乡村图景是什么样的？老子说：鸡犬之声相闻，老死不相往来。这种他向往的生活恐怕无法再现了，如今是链接的时代，即便在深山中的佛坪，也要依靠与外部的链接，找到自己的定位，有了定位，才不会迷茫。

我来到了佛坪县长角坝镇龙草坪村中蜂养殖基地。2019

年，通过多次调研及多方努力，“平安扶贫保”的产业扶贫模式在汉中佛坪落地，助力佛坪蜜蜂养殖产业发展。该项目能实现：事前，撬动“免息免担保”产业扶贫资金；事中，运用“保险+科技”的手段，保证项目的安全运行；事后，通过引入互联网电商平台，扩大扶贫农产品市场销路。可以说，这一项目基本上将村民们担心的方方面面都考虑到了。

按照计划，平安将通过“扶贫保”项目为佛坪当地蜜蜂养殖基地提供二百万元的产业扶贫贷款，帮助和支持当地八十余户建档立卡贫困户脱贫，预计户均创收达3.8万元。当地的八十多家贫困户会因此脱贫。

四十五岁的村民李宏喜家就因为养蜂实现了脱贫，挑选、培训致富带头人是因为榜样的力量是无穷的。正是一个个鲜活的脱贫家庭，让更多还在贫困中的人们有了意愿和动力，在党和政府，以及对口企业的引导下，投入他们的时间和精力去改善自己的生活水平。当这些独立的个体因为特色农产品结合到一起，并成为佛坪打造的拳头农产品时，脱贫就成了顺理成章之事。

村暖花开

平安模式，不仅是暖心工程，重要的是智慧脱贫，这样的思路极具价值。佛坪县今天折射出的不仅是“脱贫”，还有“脱贫”之后怎么办，发展之后怎么发展，中国乡村社会新秩序如何形成。乡村秩序在古代社会是中国的基础，在中国社会结构大变革的今天，如何解读好这个问题，如何出新，是全社会都应该高度重视的问题。这次到佛坪，参加中国作家协会和中华文学基金会组织的“村暖花开”采风，让我体会到，文字写作者应该成为社会趋势和社会思潮的思考者，作家们应该用“解剖麻雀”的方法，深入到一个地方，挖掘到并写出自己的真切发现。

平安小蜜蜂

丁一鹤

作为深圳地标建筑，中国平安国际金融中心，通常被称作平安大厦，这座高度592.5米的深圳第一高楼，代表着深圳的高度，也代表着中国改革开放的前沿高度。

很多人用各种美好的象形词汇，来形容这座高楼。在荒漠深山的贫困地区老百姓眼里，他们也许并没有看到过这栋高楼，但他们坚持认为，平安大厦更像一座甜蜜的蜂巢。那些从这里走出来的平安扶贫人员，像这座巨大的蜂巢里放飞的一只只小蜜蜂，带着爱和甜蜜，飞向祖国的广袤大地、河流山川，飞到他们身边，让中国大地村暖花开、大野芳菲。

让生命开满鲜花的，是阳光、空气和水。对平安扶贫人员而言，当然还有爱和甜蜜，还有精神和热血。

没错，平安集团的扶贫人员，带着他们的初心和热血，是为老百姓输送甜蜜和幸福的人。

台江模式，造血神器

“党的十九大报告指出，坚决打赢脱贫攻坚战，要动员全党全国全社会力量，坚持精准扶贫、精准脱贫，确保到2020年我国贫困县全部摘帽。产业扶贫是扶贫核心举措之一，我们平安产险的扶贫工作要因地制宜，把培育产业作为推动脱贫攻坚的根本出路。”在深圳平安产险集团的一间会议室里，一位深圳平安产险的领导郑重地说。

“产业扶贫的确没错，但以往扶贫都是输血送钱，不但扶不了贫，还让贫困农民产生依赖，他们把钱花光了，再伸手要，就变成了越扶越贫，这种难题怎么破解？”曾经多次参与扶贫的一位负责人，提出了质疑。

“扶贫先扶志，输血改造血。农村产业扶贫有三个难点，一是贫困户想搞生产，却搞不到启动资金，脱贫难。二是农民抗自然灾害能力差，收成基本靠天吃饭，以2016年为例，我国种植业自然灾害受灾面积为39331.5万亩，占全国种植面积的16%，其中绝收面积为4353万亩，占受灾面积的11.1%，有些刚刚脱贫的老百姓一下就返贫了。三是农产品价格不稳定、难预测，市场渠道不通畅，尤其偏远贫困山区，农产品丰收了却烂在地里。这三个问题，需要我们在扶贫的时候一一破解。我们平安产业保险作为行业排头兵，要担负起我们应有的社会责任。什么是我们的社会责任？真扶贫、扶真贫就是最大的社会责任。”平安产险的领导在提出问题的同时，命令的口吻也不容置疑。

“与其坐而论道，不如立即深入一线！建议从平安产险的农险部挑选一名强将，担任产业扶贫项目组执行组长，再配上几个精兵，马上赶去我们对接的贵州台江县。看看在台江那里，能不能找到一种适合我们平安产险的扶贫办法。”平安产险的负责人一锤定音。

2017年8月，黄嘉伟作为项目组的一员，和几个同事来到了贵州台江县。台江县位于黔东南州中部，有苗、侗、土家、布依等15个少数民族，其中苗族同胞占台江县总人口的97%，有天下苗族第一县之称。这里经济落后资源贫乏，全县93个贫困村，14401户建档立卡贫困户，全县人口不到17万人，在册的贫困人口58297人，差不多占了三分之一。

农业保险方面的工作人员，下乡镇进村做勘查，是农险部的基本功。可扶贫项目组进驻台江后，项目组调研发现，这里各民族的老百姓居住分散，而且全都是靠土地吃饭，靠天吃饭，一旦遭遇天灾人祸，连基本稳定的收入来源都没有，扶贫怎么下手呢？

台江的扶贫项目，能不能从转移劳动力，集中发展产业入手呢？项目组首先想到的以企业带农户。但在前期调研中发现，这个县没有什么像样的成规模的工业企业。山里的老百姓大多是零散种点玉米、水稻等农作物，勉强维持一家人的温饱。

要脱贫，必须要选定一个产业。可是，如此偏远的山区，选什么产业好呢？

根据台江县自然环境和生物资源条件，在台江项目组的倡议下，平安产险最终选定食用菌产业，作为扶贫重点项目。

发展食用菌，说简单点就是种蘑菇。在当地野生蘑菇倒是不少，每到雨季，漫山遍野都是野生蘑菇，捡来尝尝鲜倒是可以，在农村集市上换点零花钱也是常事，但要变成经济作物，还没有太多人尝试。

按照产险产业扶贫项目组的工作“真扶贫、扶真贫、精准到户、小步快跑”的指导原则，在台江项目初期，从项目规划到团队组建，台江扶贫项目组的团队成员们，就像飞进深山的小蜜蜂一样忙碌着，从无到有快速推进项目试点。

要种蘑菇，当地老百姓面临的最大问题，首先是技术，其次是资金。

技术好办，产险的项目组与台江县扶贫办协调沟通，建议邀请专业食用菌技术人员，来到台江传授食用菌种植技术，与企业合作，选择一系列适合当地养殖的品种。他们的做法是，集中在企业做好菌棒，老百姓把菌棒领回去，就可以进大棚生产食用菌了。

资金也好办，但不能直接将资金交给老百姓，万一挪作他用就失去了扶贫的意义。黄嘉伟建议将扶贫资金变成生产材料的菌棒，变成收购蘑菇的资金。这个办法，叫“见货不见贷”，也就是说，老百姓见到的是实物，见不到现金形式的贷款。

接下来的时间里，扶贫项目组成员在台江走村串寨，一边向农户介绍种植食用菌的优势，一边收集建档立卡贫困户资料信息。

可是，老百姓打死也不信种蘑菇能发财，他们一见扶贫项目组的人员又来做工作，站起来拔腿就跑。项目组工作人员张事继百米冲刺追了上去，边追边喊：“老乡，别跑，我们不是坏人！”

气喘吁吁把老大爷拦了下来，老大爷一句话堵了回来：

"你们外地人让我们种蘑菇，等蘑菇种出来，赔钱了怎么办？"

张事继苦口婆心地解释说："我们是来台江定点扶贫的项目组，来了就不走了，我们平安财产保险公司是和你们台江县委、县政府签了战略合作协议的。我们提倡的是见货不见贷，就是你们不用担心钱的事情，你们可以直接去企业领菌棒，入棚生产，等蘑菇长出来，企业会和你们签订收购合同，再用保底价格回收，还会提供保险服务。"

在连续几个月的不懈努力下，扶贫项目组的推广初见成效。刚开始很多农户不太信任平安产险的扶贫项目，采取观望的态度，但通过项目组连续组织多场台江模式宣导会，当地政府推荐农户到场参会，听取知识普及，大家开始慢慢信任他们了。

平安产险发挥集团综合金融优势，通过科技创新、产品创新及模式创新，在台江开拓建立了一整套造血扶贫模式：事前提供资金，事中提供保险，事后提供销售。平安产险把这个农业全产业链闭环扶贫的模式，叫作"台江模式"。

事前提供资金，就是老百姓拿到的扶贫资金，免息免担保。

事中提供保险，老百姓不用怕天灾人祸，抗风险能力大大增强。

事后提供销售，就是利用平安集团综合金融电商，搭建了互联网订单农业"1+N"销售平台，解决农产品销路问题。

台江模式还引入人工智能等高科技手段提升项目管理水平，通过智能认知、人工智能、区块链、云科技这四大核心科技的引入，优化扶贫项目服务水平，保障产业扶贫精准到户，提升扶贫工作效率。当然，很多老百姓听不懂这些词汇，老百姓只知道，他们种蘑菇的时候，扶贫项目组还送保险，帮着卖产品，农户从种植到销售全程无忧。这下，他们放心了。

平安产险在台江投入近六百万元，用于食用菌产业的发展，这些投入带动当地老百姓脱贫致富。项目启动三个月后，台江的一百万个菌棒已经进入大棚，长出了蘑菇就长出了效益。

台江模式的顺利落地，很快获得贵州省、黔东南州和台江县党委政府的高度认可和大力支持。食用菌项目在台江落地后，经过一年持续帮扶，通过贫困户参与劳动生产建立良性循环机制，已实现食用菌产业增产172.95吨，户均生产9.6吨。完成了四次产菇资金分红共计33.92万元，贫困户每户平均增收1.88万元，人均增收3600元。

一口人用一年时间，比以前多赚3600元，这在大都市里仅仅是个很小的数字，但对贫困地区的老百姓而言，却代表着温饱与富裕，也代表着平安集团对社会的责任。

一腔热血，输送甜蜜

平安产险产业扶贫项目组执行组长黄嘉伟，成了帅气的平安扶贫小蜜蜂之一。像他这样飞来飞去的小蜜蜂，还有很多很多。

为了配合项目的推广，平安集团品牌部的业务经理姚小甜，怀里抱着乳黄色的塑料罐子，像宝贝一样从西安机场过安检，准备飞回深圳。

安检人员笑吟吟地站在她面前："女士，请您把手里抱着的行李进行安检。"

姚小甜连忙打开塑料罐子，伸出舌头舔了一下说："你看，这是蜂蜜，陕西佛坪的土蜂蜜，就是大熊猫那个地方的土蜂蜜，不是违禁物品。”

安检人员收起笑脸：“按照规定，如果携带的蜂蜜没有超过一百毫升的话，是可以随身携带到飞机上的。您这蜂蜜足有四五斤了，不能带上去。”

姚小甜一听，连忙嘟囔着：“我又不是坏人，这是佛坪那边大熊猫才能吃到的蜂蜜，我是扶贫的，是帮贫困老百姓推销蜂蜜的。你看能不能通融一下？”

“对不起女士，根据民航局规定，国内乘客不宜随身携带大量液态物品乘坐飞机，蜂蜜属于液体，那么就不能带上飞机了。”安检人员继续板着脸解释说。

“不行啊，我答应佛坪那边的蜂农，一定把蜂蜜带到深圳，帮他们推销的。我带不回去，别人尝不到这么好的蜂蜜，就没人买了，我言而无信无所谓，可蜂农还要卖了蜂蜜供孩子上学呢，卖不出去蜂蜜，孩子就要辍学，孩子辍学了，就影响了孩子的一生，那不是一个孩子，是好多闭塞山区的孩子啊。”姚小甜的哀求中带着哭腔。

“您说什么都没用，这样吧，您现在返回去办理托运吧。”安检人员继续板着脸，没有一丝通融的意思。

平时舌灿莲花的姚小甜，这下哑火了。她把所有行李往后边同行的田星河身边一推，抱着蜂蜜跑回去办理托运。

等姚小甜满头大汗最后一个冲进即将关闸的登机口，长长地舒了一口气，本以为田星河会安慰她一下，没想到田星河大嘴一撇说：“你这算什么？我们产险出来扶贫的，哪个没吃过这个亏？上次我托运陕北的土豆，光托运的超重费用，都快赶上飞机票了。你来扶贫，不吃几次亏，能长记性吗？”

“你明明知道蜂蜜不让随身携带，为什么不提前告诉我办理托运啊？你不知道我刚参加扶贫不久啊？”姚小甜摸不着头脑，又充满怨气。

田星河笑嘻嘻地说：“那我告诉你吧，扶贫中间的道道多了去了，吃一堑长一智。你年纪小，正是吃亏的时候，慢慢学着，吃亏多了以后，你这个‘神童’，就长大了。”

姚小甜在扶贫项目组中负责协调扶贫项目组与各相关单位的对接工作，因为年龄小，能力强，她有个外号叫“神童”就是田星河起的，田星河总在人前人后说姚小甜四岁上小学，十五岁上大学，是平安集团的超级神童。姚小甜也不解释，任田星河怎么开玩笑都不恼。

田星河这次也带了一大罐蜂蜜回深圳，也是打算帮助当地蜂农在平安集团的销售平台上推销的，他在办理托运的时候，以为绝顶聪明的姚小甜做事滴水不漏，不可能犯这种低级错误。哪知道姚小甜把这罐蜂蜜当成宝贝，一直抱在了怀里。

见严谨的姚小甜也忙中出错，田星河忍不住调侃一下，用一句“关心则乱”把话题岔开了。这次回到深圳之后，他们不但把佛坪的土蜂蜜推广成了抢手货，还经常断货。

其实，这种对贫困地区的关心，在每个扶贫项目组人员身上，都时刻体现着。进入扶贫项目组之后，他们奔波在大江南北、戈壁沙地、漠土荒洲，穿梭在港口、机场、火车站。他们把睡眠交给了蓝天，把岁月交给了沧桑，把热血交给了贫困。

这一切只为着两字的使命：扶贫！

平安产险启动的贵州台江模式只是个开始，2018年1月1日，中国平安集团董事长马明哲元旦致辞，宣布中国平安正式启动“三村建设工程”。马明哲之所以如此信心十足，并非中国平安集团财大气粗，而是平安产险2017年在贵州扶贫试水的“台江模式”，已经获得巨大成功。平安集团要通过打造村官、村医、村教的“三村工程”，担负起中国龙头企业更多的社会责任。

三村工程，村暖花开。

为了得到上级的支持，在全国铺开台江模式，平安财产保险股份有限公司向中国保监会做出汇报。

很快，中国保监会于2018年2月13日发文批复称：你公司《关于在新疆、甘肃、西藏等13个省（自治区）复制推广“免息免担保”的产业扶贫“台江模式”的请示》（平保产发〔2018〕31号）收悉。经研究，我会支持你公司在西藏、甘肃、新疆等三省（自治区）复制推广农业保险产业扶贫模式试点。你公司要认真贯彻落实党中央、国务院关于支持深度贫困地区脱贫攻坚要求精神，加大资源投入，结合地方脱贫攻坚需求，积极推动“台江模式”落地实施。你公司应及时总结评估试点经验成效，并向有条件的地区推广。试点中遇到的新问题、新情况请及时报告我会。

有了中国保监会的批复，台江模式的推广有了新的支持，以台江模式为先导的“三村工程”，开始在中国的西北地区如火如荼地开展起来。

自2017年9月，平安产险推出国内首个全产业链保险深度介入的造血扶贫的台江模式以来，黄嘉伟牵头执行推进平安产险各产业扶贫项目在各地落地。

截至目前，已整体推进在贵州、内蒙古、甘肃、宁夏、重庆、河南、湖北、陕西等十一个省份复制推广，总计带动贷款超过4.3亿元，带动建档立卡贫困户逾2.6万名，直接投入超千万元；产销对接方面，互联网订单农业“1+N”模式试点上线以来，扶贫农产品销售额约3000万元。项目获中保协颁发的“全国保险业助推脱贫攻坚十大典型奖”、《中国保险报》“杰出社会责任传播奖”等多个全国性奖项。

通过贵州台江县、内蒙古乌兰察布、宁夏中宁县等边远地区项目实践，制定并完善了严谨的项目审核、贫困户捆绑及风险管控机制，有效地保障撬动的产业扶贫资金精准投放至带贫企业。

在众多的平安业务中，以大数据扶贫为鲜明特色的“三村工程”，是平安集团的重要业务板块。很多不同的人，就有了很多不同的评价。

一位从事党务工作的高级领导干部说：平安集团的“村官工程”搞得非常出色，扶贫的同志们浑身有那么一股说不出的精气神，年轻、热情、朝气蓬勃，具有很强的思想政治素质和创新意识，迸发着独特的青春活力。

一位偏远地区抱病多年的患者说：平安的“村医工程”，给我们普通老百姓带来了平安，也带来了健康。

一位走南闯北的记者说：“村教工程”就像炉中煤一样发光发热，像闪电一样通体发亮，照亮了孩子们的心灵。

我们很多人听到中国平安集团的时候，都会习惯地想到保险，想到银行，想到金融服务，但很少有人知道，平安集团还是一家科技公司。近十年来，平安在科技领域的投入已经超过500亿元，集团内聚集了9.9万名金融科技与医疗科技业务从业人员及2.9万名研发人员，并在人工智能、区块链、云等方面均取得重大突破，人脸识别、智能读片、区块链、智能音乐、智能环保等多项科研成果获全球大奖。凭借先进的科技优势，结合丰富的应用场景，平安陆续孵化出平安好医生、平安医保科技、智慧城市等多个科技创新平台，向社会输出科技服务。

在产业扶贫上，项目组创新工作方法，把握发展趋势，结合集团“金融+科技”战略发展方向，推进区块链溯源、智能灾害等智慧农业技术在产业扶贫上的应用。扶贫项目组牵头组织落实了宁夏中宁枸杞、宁夏同心牛肉及河南固始小麦等智慧扶贫试点项目，提升扶贫效果，推动了先进的智慧农业技术在边远地区的实践应用，帮助边远地区带贫企业提升市场化竞争力，真正意义上转变“输血”扶贫为“造血”扶贫。

自2017年9月起，“台江模式”已在全国十三个省份复制推广。

在科技应用方面，平安扶贫系统平台采集贫困户个人身份信息，完成人脸识别系统上线，同时结合当地暴雨、台风、冰雹、雪灾、洪水等历史灾害数据，建立了自然灾害分析模型，可支持地方灾害预警分析与播报，并配置无人机，结合卫星遥感及无人机操控管理体系，大幅提升作业效率及风险管理能力。

在灾害风险补偿及防范方面，农业保险为农户提供灾后经济损失补偿，打造农业生产安全网，有效应对自然灾害威胁，并成为农民灾后恢复生产和灾区重建的重要资金来源。

在应对市场风险方面，为主要作物及畜牧产品等主要品种提供保险，化解了市场风险，稳定了农产品价格，保护了农户利益。

未来，平安产险将以振兴农村金融市场为长远目标，结合平安集团的综合金融、科技及互联网平台优势，转变保险为服务乡村振兴战略的金融主力军，打造农村金融生态，提高农村金融市场活力，为贫困地区产业提供金融产品、农险保障、科技增效、电商协销，为振兴农村市场发挥企业使命感与责任感，实现更长远持久的造血。

平安集团的这些扶贫成果很快引起了媒体的关注，《人民日报》走读栏目大篇幅介绍了平安产险“金融扶贫+智慧农业”扶贫模式。

三村工程，村暖花开

平安集团展开的三村工程，就是村医、村教、村官。

平安集团的村医工程，是从为老百姓体检开始的。

“体检”这个词，在贫困地区老百姓的生活中很少出现。2019年8月，当长达9米、宽达2.5米的移动检测车，开进秦岭深处的陕西省佛坪县小山村的时候，这场由平安集团发起的体检活动聚集了当地村民的目光。

提起佛坪，很多人都会想起大熊猫，而大熊猫生活的地方都是人迹罕至的地方。陕西佛坪偌大一个县只有三万多人，这里除了山就是水，连八千多人的县城都夹在两山之间的山沟里，基本找不到一块像样的平地。这样的贫困地区，医疗根本谈不上什么条件，老百姓到县城医院看一次病，都要翻山越岭进行一场长征，更别说体检了。

对于老百姓而言，这台体检车内一切都是陌生的：全数字化DR、彩超、心电图、血细胞分析仪等。尽管体检是完全免费的，但谁都不敢第一个“吃螃蟹”，直到乡村干部们主动上前体检，老百姓才一窝蜂围了上去。

义诊活动现场，平安健康中心移动中心团队的负责人罗肖忙得不可开交。实际上，与佛坪现场同步进行的体检，每天都在中国的贫困地区展开。平安集团共购置了五辆移动检测车，实行了“千村计划”，为贫困地区老百姓免费体检，已经覆盖了十二个省一千个乡村。

与此同时，平安集团还升级了近千家乡村卫生室，为卫生室配备多功能一体化检查检验设备、医视平台一体机等标准化医疗设备，提升乡村卫生室为老百姓看病的能力。

平安集团的上市公司平安好医生公司，更是布局全国性计划。为了村医更智慧、更专业，在线智能帮手的村医版“平安好医生”APP，在全国贫困地区推开，为乡村医生提供人工智能辅助诊疗和名医导师与村医“一对一”结对子帮扶，提升当地村医的问诊水平。

平安好医生除了积极参与三村建设外，平安好医生公司总监韩文升还通过平安质优OEM模式，在平安集团采购平台搭建平安质优品牌专区，精选定制扶贫产品，如灵犀山茶油、阴山优麦、羊绒雪地靴等。

杜绝因病致贫、因病返贫，是平安好医生开展健康扶贫的初衷。韩文升明白一个道理，因病返贫是扶贫的难点，对贫困者施以援手时，首先要给他们一个健康的身体。

在教育方面，平安集团的村教工程充满高科技含量和暖暖的人文情怀。

在陕西佛坪，平安集团捐赠了多套智慧教学一体机设备。智慧教学设备包括高清摄像机、麦克风、音频处理器等成套设备，这套设备拉近了外地名师与山村娃娃的距离。电视屏幕上老师们深入浅出的讲解，以及与山村孩子的问答互动，让这套机器有了温度的传递。

这是平安集团推出的智慧课堂。而网上名师对于教学环节的精心设计，也深深启发了当地的教师。乡村教师在带领孩子们在山沟里学习的时候，也慢慢学会了名师的上课技巧，最后融入自己的教学之中。

乡村的孩子不缺聪明的脑袋，缺的是看世界的眼光，平安集团的村教项目通过现代教育资源的输送，拓宽了孩子们的视野，填补了城镇教育认知的鸿沟。村教计划还要在全国乡村地区升级一千所平安智慧小学，培训一万名平安智慧教师，围绕平安三村公益平台“三村晖”智慧教学平台，为乡村学校提供优质教育资源。

除了村医、村教，平安集团还在着力打造村官工程。

2018年初，平安银行响应集团号召启动“村官工程”，将在五年到八年内为贫困地区提供一千亿元产业扶贫资金，将输血扶贫转变为造血扶贫。平安银行创新开发了养殖贷、种植贷、水电贷、扶贫债等多种金融扶贫产品，累计投放扶贫资金逾百亿元，覆盖广西、云南、贵州、江西、四川等地九十多个贫困县。村官工程聚焦产业扶贫，在水电贷、种植贷、养殖贷、扶贫债等多个领域实现创新突破，打造了云南、广西、江西三个扶贫样板省，并持续向陕西、内蒙古、重庆、四川等地推广复制，取得了良好的社会反响。

平安银行还打造了线上扶贫农产品商城，发挥“互联网+”社会扶贫的优势，搭建起由产地直达餐桌的链接，建立了“金融+科技+产销”的扶贫闭环。目前，已有广西红糖、阴山优麦等全国十省十九个贫困县的八十三种扶贫农产品上线平安银行扶贫商城，帮助贫困地区完成农产品销售的“最后一公里”。

由中国扶贫开发协会、国家信息中心、求是《小康》杂志社联合主办的2018第十三届中国全面小康论坛上，平安银行荣获“2018年度中国精准扶贫突出贡献单位”称号。在此之前，平安银行还在“美丽乡村博鳌国际峰会”上获得“精准扶贫先锋单位”称号。

平安集团的扶贫人员，像蜜蜂一样，在全国各地建设了很多项目，成了平安扶贫的小小蜂巢。这些单位的领导和部分职工，都是深圳总部和各省市派驻的，这个群体成为平安扶贫团队中的“游子军团”。

有趣的是，游子军团们最感谢的不是单位领导，也不是同事手下，而是像家一样的飞机。

拿平安产险的田星河来说吧，他老家在武汉，平时在深圳总部上班。要去扶贫的时候，早上六点他背上行囊离开家门，乘地铁穿越大半个城市，再打车去往飞机场，几个小时后就可以坐在大草原的牧民家里，与他们商议牛肉怎么卖出好价钱了。

这样扶贫路上的奔波，田星河和他的同事们迎着风雨一起走过了三年光阴。飞机对于飞赴各地扶贫的平安集团的员工来说，成了他们第二个流动的家。而从中国最富裕的深圳走出来，去亲近中国最贫困地区的老百姓，走得越远，反差越大，他们内心的悲悯情怀越强烈。

一边是中国经济最前沿城市的最高楼平安大厦，一边是荒漠深山里贫苦的老百姓，他们飞得越远，他们的心里对深圳和贫困地区，两头都有了牵挂。

这种牵挂，是蜜蜂对蜂巢的牵挂，也是对花朵的牵挂，更是他们的甜蜜之源！

金色的独角仙

左昡

一切都是从那只金色的独角仙开始的。

四年级结束的这个暑假，对露露来讲，有些不一样。

“你是怎么发现那只金独角仙的？”猫头樱问露露。猫头樱不但是露露在中心小学的同班同学，也是住在她家斜对面的邻居，还是这个秦岭深处的小县城里最受欢迎的韭菜饼店家的女儿——所以，她成了第一个分享露露秘密的人。

这个秘密当然是韭菜味儿的。她们俩就蹲在猫头樱家的饼店后门，这会儿正是早晨最忙的时候。几条街的街坊邻居陆陆续续地来买韭菜饼做早餐，每天早上，椒溪河边的这家饼店都会排起队来。韭菜饼两元一个，三元两个。猫头樱的爸爸揉面做饼，妈妈煎饼收钱，忙个不停。好在买饼的都是街坊邻居，没有人挤，也没有人催，大家都笑笑呵呵地等着，道个早，说点话。买了饼，上班的溜达着去上班，开出租车的去开出租车，买菜的则沿着吊索桥跨过椒溪河，到对岸的菜市场去，买粉皮，买腊肉，买小菜。一个平静而安稳的早晨，就在喷香喷香的韭菜味儿里开始了。

前几天连着下过几天大雨，椒溪河里的水走得急。如今雨好不容易停了，买饼的街坊邻居便显得格外地多。

暑假里，猫头樱常跟着来店里帮忙，露露和同学们常被家里派来买韭菜饼，韭菜饼店便成了她们的接头地点。

“就是昨天晚上，我跟我爸去学校拿美术书，看到了教室里新装的大屏幕。”露露的爸爸是中心小学的体育老师，个子高高的，同学们都叫他“大武老师”。

“大屏幕?”猫头樱眼睛一亮，“多大?”

露露站起来，展开双臂：“比我家的电视屏幕还大，装在综合教室的。”

一听是在综合教室，猫头樱更来了兴趣。中心小学只有两栋老旧的小楼，全校六个年级十二个班，加起来不到三百个学生，最近大家最关注的，除了去年新铺的塑胶操场，就是顶楼的综合教室。

综合教室是音乐课、美术课和科学课共用的功能教室，露露和同学们都喜欢去综合教室上课，音乐课、美术课、科学课，只要能上，他们都喜欢。

“是不是又要来新老师了?”猫头樱追着问，“男老师还是女老师?音乐老师还是科学老师?”

在综合教室上课的音乐老师、美术老师、科学老师，常常都是年轻的新老师，有的时候一个学期换一个新老师，有的时候一年换一个新老师，有的时候是刚刚大学毕业的新老师，有的时候是来支教的新老师。这些新老师就像是椒溪河边大片黑卵石里的彩石头，和其他的老师都不一样。他们是从西安、从武汉、从上海、从北京这些大城市里来的，来到秦岭深处这个安静美丽的小县城，给这里的中心小学带来不一样的新风景。

露露到现在都记得三年级时的那个美术老师魏老师，她教他们做从来没见过的拼贴画，教他们做陶艺——露露做的陶烧大熊猫被她好一顿表扬，后来还在校园里展出过。

可惜的是，就像彩石头都会被人从黑石头里挑出来捡走，这些新老师一个一个都离开了中心小学，又回西安、回武汉、回上海、回北京去了。留在中心小学不走的，只有这间综合教室。

“新老师倒没听说，”露露蹲下来，“下学期我爸教二年级美术。”

猫头樱一听，忍不住笑出声来：“大武老师教美术？他上学期不是教音乐吗？练合唱就跟练跑步似的。我觉得他还是适合操场。”

露露挖了猫头樱一眼：“我爸说了，他是革命一块砖，哪儿需要哪儿搬。”

“毛小樱，毛小樱！”猫头樱的妈妈在店里大声唤她，“快来，给卫生所赵大夫送饼去！”

“来啦。”猫头樱答应着，对露露说，“那你是在学校看见金独角仙的？”

露露点点头：“就在综合教室外面看见的，一开灯，走廊灯底下照着，全身都是金色的！我想捉来着，刚一凑过去，一闪就不见了。”

“行，那咱们今儿晚上再去，肯定还在附近。”猫头樱一边说一边进去店里，“我先拿上饼，一会儿路上咱们俩再细说。要不要叫上咱们班的大羊子？”

大羊子虽然讨厌，但的确是个抓独角仙的高手。露露仔细地想了想。

要说到秦岭，说到椒溪河边的这个地方，有两样是大羊子特喜欢特骄傲的。一个是秦岭的大熊猫，大家都知道中国四川是熊猫之乡，却很少有人知道秦岭也有熊猫，还是野生的。大羊子的爸爸妈妈就在新建成的熊猫谷工作，听妈妈说，秦岭的大熊猫跟四川的不一样，脸更圆，鼻子更短，而且还有珍贵的棕色大熊猫呢。大羊子虽然没有亲眼见过棕色的野生大熊猫，却跟着爸爸在熊猫谷里用望远镜看到过野生的黑白大熊猫，圆圆的脑袋，胖胖的身体，好像散步一样在林间优哉游哉地走。妈妈在熊猫谷卖门票，虽然现在人不多，但妈妈说以后肯定有好多人来。爸爸本来在南方打工，因为建熊猫谷才回来，现在管着熊猫谷里的观光车。大羊子的文具盒、书包，都是熊猫谷里定制的熊猫图案，好些同学都羡慕他，去熊猫谷就跟回家一样。

除了熊猫，大羊子还有一样得意的，就是秦岭的独角仙。独角仙是一种大金龟子，公的独角仙头顶有一根长长的、弯弯的角，角尖上还带着叉角，整个身体黑漆漆的，带着光泽，看上去好像是黑铁做的。大羊子可是抓独角仙的好手，要是抓到两只公的独角仙，就可以让它们对打。独角仙的长角是它们独特的武器，就好像是将军的长剑，打起来你来我往，精彩着呢。独角仙喜欢生活在森林里，而且喜欢原生态的大森林，一般在城市里是看不到的，秦岭的独角仙却长得又大又强壮。爸爸在南方打工时告诉过大羊子，南方城市的孩子要玩独角仙得去买，得二十多元一只，个头还不大，比秦岭的独角仙差远了。大羊子听爸爸说得直想笑，独角仙还用买？不如来找我大羊子。

露露和猫头樱商量后，果然找上了大羊子。

大羊子抓过多少独角仙，却从来没见过金色的。

“为什么独角仙就不可能有金色的呢？”露露问大羊子。

“谁告诉你独角仙就只能是黑色的？”猫头樱说，“说不定，万一，就有一只金色的，就在我们学校发现了呢？”

“对啊，就像当年发现棕色大熊猫一样。”露露说，“说不定就是咱们这里特有的！”

“对，对！肯定是！”猫头樱兴奋地说。

露露和猫头樱言之凿凿，让大羊子也禁不住想去弄个明白。反正他闲着也是闲着，前面下过几天大雨，去熊猫谷的路又塌方了，爸爸妈妈都在谷里回不成家，打过电话要他自个儿在家做作业，饿了去找姑姑。一到雨季，这条路总会遇到这样的事儿，大羊子倒不害怕，却不想去被姑姑管着，自己到小超市买些面包饼干，晚上正想找点儿事干。猫头樱答应明天送他两个韭菜饼，多加肉的，大羊子假装想了想，就拿出一个宝贝袋子，在里面装上几样东西，跟着两个背着书包的女孩一起往学校去。

露露是大武老师的女儿，跟学校看门的李大爷熟头熟脸，听说是要去学校抓独角仙，李大爷乐呵呵地就放她们进了校门。

“要抓独角仙，得去树多的地方。”大羊子一副老师讲课的样子，“教学楼里不大可能有，咱们去学校后面看看。”

“不，我就是在综合教室外面看见的。”露露坚持要去教学楼里。

大羊子和露露都看猫头樱，她是关键一票。

猫头樱很坚定地指了指教学楼。她不仅想抓独角仙，也想去看看综合教室新装的大屏幕什么样。

“真去综合教室?”大羊子掂掂手里的桃子，感觉这桃子恐怕是要浪费了。

露露和猫头樱一人拉住他一条胳膊，他不去也不行了。

“慢着！先说好，地方是你们选的——错误的地方，”大羊子稳住脚步，正经八百地说，“抓不到可不能说我本事不行。”

露露和猫头樱都点点头。

“还有，韭菜饼要涨到三个，不然我马上回家!”大羊子盯着猫头樱说。

猫头樱一巴掌拍到大羊子脑袋上：“想得美！抓不到，给你一个都嫌多。”猫头樱虽然是女生，却跟韭菜一样长得快，比大羊子高出大半头。

没办法，大羊子只好跟着她俩去综合教室。去教室前，他坚持在学校后面去绕了一圈，捡了两根带树皮的树枝。还好前几天下过大雨，地上的落枝倒不少。

三个人来到顶楼，走廊的灯暗着，一片黑魆魆的。露露伸手要打开走廊的灯，却被大羊子拦住了。

“先等等。”大羊子悄声说。

露露听见大羊子窸窸窣窣在弄什么，黑乎乎的，也看不清楚他到底在做什么。可她知道，抓独角仙还是大羊子懂行。猫头樱想问，刚说了一个“你”，就被露露的“嘘——”给挡下了。

“综合教室门口，还是窗口?”大羊子小声问。

“前门。”露露特别小声地回答，怕大羊子没听清楚，又说了一遍，“前面那个门。”

只听大羊子窸窸窣窣地往前挪过去，露露听声音，估摸他是停在综合教室前门的位置，又窸窸窣窣了一阵子，才听见轻轻的“啪嗒”一声，前门那里亮起了一圈光。

“是手电筒。”猫头樱轻声说。

大羊子轻轻地移回来，说：“好了，走吧。”

“去哪儿？”露露小声问，眼睛盯着前门那圈暖黄色的光，“你们去，我在这儿守着。”

“不用守，”大羊子低声道，“明天早上早点来看。”

“那不行。”猫头樱说，“万一出来又跑了怎么办？”

大羊子急道：“那你们要等多久？”

“你跟你妈说的多久？”猫头樱压低声音问露露。

“我说找你温习功课的，九点回去。”露露轻声说。

“我也说的找你温习功课，九点半。”猫头樱说。

难怪这俩人都背着书包，大羊子这下明白了。

“我妈吃过饭要给我打电话的，”大羊子说，“我先走了。”

大羊子正挪着步子要走，被一只手拉住了，不用看他也知道，是高大有力的猫头樱同学。

“你这手上是什么啊？这么黏！”猫头樱叫起来。

“嘘——”露露赶紧拉拉猫头樱的书包。

“不许走。”猫头樱低声说，“再等等。你手上什么这么黏？”

“蜂蜜。”大羊子小声说，“独角仙喜欢甜的和亮的。树枝上涂了蜂蜜，下面还有个熟透的大桃子。”

大羊子真有一套，露露暗自佩服。前门那边，手电筒的灯光暖暖地亮着。

三个人就这样待在黑暗里，静悄悄地等着。

大羊子又小声说过两回要走，都被猫头樱拽住了。猫头樱说他要是走了，一个韭菜饼也拿不到。

“根本不会有金色的独角仙。”大羊子低声道。

“人家还说根本不会有棕色的大熊猫呢。”猫头樱答道，“结果我们这里不是有？”

“人家还说我们学校根本不会有塑胶操场。”露露跟着说，“我们不也有了？”

“可我们学校根本不会有真正的科学老师，”大羊子望着综合教室前门的光圈，低声说，“也不会有真正的美术老师和音乐老师。”

这一回，露露和猫头樱都没接话。

露露想起三年级时，大羊子曾经是科学课代表，可那一年他们学校并没有科学课老师，有的时候是算术老师来上，有的时候是思想品德老师来上，有的时候，是露露的爸爸大武老师来上。

露露问过爸爸，为什么中心小学没有科学老师，也没有音乐老师、美术老师？

她记得爸爸说，我们这个地方穷，留不住老师，更留不住科学课和艺术课的老师。就算来了，也得走。

露露又问，我们这个地方怎么穷了？猫头樱家的韭菜饼那么好吃，我们家的粉皮腊肉那么好吃，我们县城里有四辆又干净又漂亮的出租车，我们还有棕色的大熊猫，有秦岭的蜂蜜，有满山遍野的树和花，有哗啦哗啦高高兴兴流着的椒溪河。怎么我们就是穷了？

爸爸哈哈大笑地搂着她，对她说，是啊，我们有的东西很多呢。我们还有好邻居，好乡亲，好医生。

好医生？你是说卫生所的赵大夫吗？露露去卫生所看病，每次都见到笑眯眯的赵大夫。他也爱吃猫头樱家的韭菜饼。

是啊，赵大夫可是咱们县仅有的两个会照彩色B超的好医生之一。别的医生看咱肚子里都是黑白的，赵大夫看的可是彩色的。爸爸一说起赵大夫，就忍不住竖大拇指。

露露想起有时候赵大夫还会带回些外面来的好大夫，来给大家做体检，其中有一辆大车，就是叫彩超车。听爸爸一说她才明白，原来那是看肚子里的东西的。听赵大夫说，外面来的大夫比他还厉害，学校看门的大爷脖子上长过一个大包，就是被外面来的大夫治好的。

那我们这个地方怎么就是穷了？露露还是不明白。

爸爸说，我们会一天更比一天好的。你看，我们不是有塑胶操场了吗？有许多人在帮我们呢。

谁在帮我们？

露露想知道是谁帮我们，可爸爸没有说。

大羊子想知道，猫头樱到底什么时候能让他走，猫头樱也没有说。

静静地等待，尤其是在黑暗里，是很容易让人打瞌睡的，特别是对于根本不相信会有金色独角仙的人来说。

就在大羊子要冒出第一个瞌睡鼻涕泡的时候，猫头樱忽然轻呼了一声："来了！"

"就是它，就是它——"露露尽量压低着自己的声音，可还是忍不住让声音高高地扬了起来。

大羊子被摇醒，两个女孩的手指向同一个地方。他顺着她们指的方向看过去，在手电筒的小小的光圈里，真的多了一个金黄色的小东西——那是一只真正的大金龟子，头顶有一根长长的、弯弯的角，角尖上还带着叉角，可它的身体却不是黑的，而是金色的，在手电筒光的照射下，闪耀着迷人光泽，就好像是星星变的一般。

“金色的，金色的，独角仙……”大羊子呆住了，他简直不敢相信自己的眼睛。

“捉住，捉住它！快！”猫头樱用力摇着大羊子的胳膊。

“开，灯，开灯，快。”大羊子一面说，一面从袋子里掏出了最后一件“宝贝”，一张小小的圆口网。

露露“啪嗒”一声打开了走廊的灯。

大羊子抄着网子，三两步冲到综合教室的前门口，看都没看就把网子照着刚才金独角仙待着的地方罩了下去。

猫头樱和露露同时尖叫起来：“啊！抓到了！”

两个女孩飞奔到大羊子身边，三个孩子屏住呼吸，轻轻把网子翻了过来。

网子里什么也没有。

“独角仙呢？”露露问。

猫头樱和大羊子抬头四处搜寻，却根本没有金色独角仙的踪影。

“不可能，刚才明明在这里的！”猫头樱把手往综合教室的前门上一按，没想到“吱呀”一声，门居然开了。

大羊子可不管那么多，从后面一步踏进综合教室里，“啪”的一声打开教室里的灯，一双眼睛炯炯有神，像一张无形的网，要把教室里的一切都牢牢罩住。

他看到了。

金色的独角仙就停在那儿。

在教室正前方那个大屏幕上面。

大羊子在那个大屏幕里面看到了自己，还有跟在他后面的猫头樱和露露。

她们都看到了。

它就在那里，像一颗星星那样，闪了一闪，然后消失在了黑色的屏幕上。

直到新学期开始，露露再也没有见到过那只金色的独角仙。她、猫头樱和大羊子又去过学校好几次，却都一无所获。

不过，至少大羊子不会再说“根本不会有金色的独角仙”了。

现在大羊子问的是：“这个大屏幕到底是干吗用的?”

猫头樱和露露都说不清楚。露露问爸爸，大武老师到开学前才笑嘻嘻地告诉她，谢天谢地，他不用再去教二年级的美术课和三年级的音乐课。

开学了，露露终于明白了爸爸的意思。

会一天一天好起来的。

那块综合教室里的大屏幕，把北京的、上海的、武汉的、西安的、全中国的好老师都链接到了这个中心小学的课堂上。

科学课老师、音乐课老师、美术课老师，所有露露他们需要的老师，就从大屏幕上给他们讲课，听他们提问，给他们回答。露露甚至还见到了离开的美术课魏老师，她可以继续教大家做拼贴画、做陶艺了。

大羊子再次担任了科学课的课代表，这一次他当得特别开心。这是他第三样特别喜欢特别骄傲的事。

下课的时候，露露时不时会想起爸爸说的话，有很多人在帮我们呢。

雨季过去，通往熊猫谷的路重新修好了。

椒溪河的水哗啦哗啦地流着，河边有大片大片的黑色卵石，也有星星点点的彩石头。猫头樱去捡来许多黑石头，在综合教室的大屏幕美术课上，用金色的颜料把它们染成新的颜色，做出了一幅石头画。

这幅画的名字是露露取的，就叫作《金色的独角仙》。

图书在版编目（CIP）数据

村暖花开，与三村同行 / 中华文学基金会，中国平安编 . -- 北京：作家出版社，2020. 1
ISBN 978-7-5212-0856-6

Ⅰ. ①村… Ⅱ. ①中… ②中… Ⅲ. ①中国文学－当代文学－作品综合集 Ⅳ. ①I217.1

中国版本图书馆CIP数据核字（2019）第287548号

村暖花开，与三村同行

编　　者：中华文学基金会　中国平安
责任编辑：丁文梅
装帧设计：丁奔亮
出版发行：作家出版社有限公司
社　　址：北京农展馆南里10号　　**邮　　编**：100125
电话传真：86-10-65067186（发行中心及邮购部）
86-10-65004079（总编室）
E-mail:zuojia@zuojia.net.cn
http://www.zuojiachubanshe.com
印　　刷：三河市北燕印装有限公司
成品尺寸：152×230
字　　数：307千
印　　张：28.5
版　　次：2020年1月第1版
印　　次：2020年1月第1次印刷
ISBN　978-7-5212-0856-6
定　　价：56.00元
